消失的女人

（美）卡琳·斯劳特 ◎著
（Karin Slaughter）

解村 ◎译

青岛出版社

图书在版编目（CIP）数据

消失的女人 /（美）卡琳·斯劳特著；解村译. —青岛：青岛出版社，2019.1
　　ISBN 978-7-5552-6125-4

　Ⅰ.①消… Ⅱ.①卡…②解… Ⅲ.①长篇小说-美国-现代 Ⅳ.①I712.45

中国版本图书馆CIP数据核字（2018）第235470号

Copyright © 2016 by Karin Slaughter
Published in agreement with William Morrow, an imprint of HarperCollins Publishers.
Simplified Chinese edition copyright © 2019 by QingDao Publishing House CO., LTD
All rights reserved.

山东省版权局著作权合同登记 图字：15-2017-228号

书　　名	消失的女人
著　　者	（美）卡琳·斯劳特
译　　者	解　村
出版发行	青岛出版社（青岛市海尔路182号，266061）
本社网址	http://www.qdpub.com
邮购电话	13335059110　0532-68068026
策划编辑	刘　坤
责任编辑	刘芃芃
封面设计	末末美书
照　　排	戊戌同文
印　　刷	山东临沂新华印刷物流集团有限责任公司
出版日期	2019年1月第1版　2019年1月第1次印刷
开　　本	32开（880mm×1230mm）
印　　张	15.5
字　　数	310千
书　　号	ISBN 978-7-5552-6125-4
定　　价	58.00元

编校印装质量、盗版监督服务电话　4006532017　0532-68068638

谨以此书献给我的读者

目录

序　章　⋯　001

星期一　⋯　007

一周以前　⋯　229

回到今天　⋯　367

星期二　⋯　381

十天后：星期六　⋯　465

尾　声　⋯　479

序章

她人生中第一次把女儿搂在了怀里。

很多很多年以前，那个护士问她想不想抱抱自己的孩子，但是她拒绝了。她拒绝给这个女孩儿起名，拒绝在出生证明上签字。她小心翼翼地逃避所有风险，因为她一向如此。她还记得自己是怎样提着牛仔裤跑出医院的。她曾经紧绷的裤腰那时变得松松垮垮，上面还有羊水破裂后留下的的湿渍。她用手攥着宽出的裤边，从后门的楼梯下来，冲出了医院。一个男孩儿正在一辆停在街角的车里等她。

在她的记忆里，似乎永远有一个男人在某处等待着她，索取着她，渴望着她，憎恶着她。十岁那年，这个男人是她妈妈的皮条客，她用嘴，只为了换一顿饱饭；十五岁，是她的养父，他喜欢动刀子；二十三岁，是一个士兵，他把她的身体当成了战场；三十四岁，一个警察让她相信这不是强奸；三十七岁，另一个警察让她相信他会永远爱她。

然而，所谓的"永远"总是没有想象中那么长。

她摸了摸女儿的脸。跟以往不同，这一次她很温柔。

好美。

女儿的肌肤柔软、光滑。她闭着眼睛，眼睑在微微地颤动，轻柔的呼吸吹拂着母亲的胸膛。

她小心翼翼地拨弄着女儿的头发,轻轻地掖在她的耳后。很多年以前,在那家医院里,她本就可以像这样抚平女儿皱起的额头,亲吻她每一根小小的手指和脚趾。

而现在,她看到的是女儿精心修剪过的趾甲,长长的脚趾经过多年的芭蕾训练和深夜习舞早已变形。各种各样的活动填充着她没有母亲的青春岁月。

她用手指触摸了一下女儿的嘴唇,已经十分冰冷——女孩儿流了太多的血。一把刀插在她的胸口,刀柄随着心跳的节律,时而像节拍器一样上下摆动,时而又像被卡住的秒针一样微微颤抖。

时光无法倒流。

在医院的时候,她就该抱抱她的女儿,哪怕就那一次也好。她该用她的触摸在女儿的记忆中留下些印痕,那么她的女儿现在就不会像对待一个陌生人那样,从母亲的手中警惕地把手抽出来。

她们的确是陌生人。

她摇了摇头。她不该陷入回忆的深渊,纠结那些已经失去的东西。她该想想自己有多么坚强才活了下来。她的一生都行走在刀锋上,竭力地逃离那些普通人追求的东西:丈夫、孩子、家庭,乃至一段正常的人生。

逃离快乐,逃离幸福,逃离爱。

现在她才发觉,正是这一路的逃离带她来到了这间阴森的小屋,困在这片黑暗之中,让她人生中第一次,也是最后一次抱住了自己的女儿——女孩儿失血过多,就要死在她的怀里。

这时候,门外传来窸窸窣窣的脚步声。从门下方的缝隙透进来的光影可以看出，门外的地板上有两只脚。

害死她女儿的凶手？

来杀她的人？

木门摩擦着金属门框，发出"嘎吱嘎吱"的声响。原先安装门把手的位置现在只剩下一个洞，一束光从那里透进来。

她开始考虑可以当作武器的东西：她跑过马路时踢掉的高跟鞋，鞋跟是钢制的，或者那把插在女儿胸口的刀。

女孩儿还有一息尚存。她体内的刀刃抵住了致命的部位，阻滞了汹涌的血流，使得她死得缓慢而痛苦。

她用手指轻触了一下那把刀子，又缓缓把手挪开。

门"嘎吱嘎吱"地晃动起来，同时传来一阵金属摩擦声。从门把手处的洞透进来的光黯淡下来，随后完全消失了。这时，一把螺丝刀从外面伸了进来。

"咔哒，咔哒"，好像空膛的枪扳机被扣动的声音。

她护着女儿的头，轻轻地放在地板上，然后跪在地上，咬紧嘴唇，撕心裂肺的疼痛侵入她的肋骨。她肋侧的伤口已经迸裂开来，鲜血沿着身体流到了她的腿上。她的肌肉开始抽搐。

她在黑暗的房间里爬行着，顾不上满地的锯末和金属碎屑扎进她的膝盖，甚至忘记了肋骨间的剧痛，任由止不住的鲜血在她爬过的地方留下一道血迹。她摸到了散落一地的钉子，然后她的手碰到了一块冰冷的圆形金属。她把它捡起来，在一片漆黑中，她靠手指的触觉判断，这就是门上掉落的那个把手。坚硬、沉重，四英寸[①]长的钢轴尖利得像一个冰锥。

伴随着门闩处最后的"咔哒"一声响，那把螺丝刀掉在了地上，门被撬开了。

[①] 1英寸等于2.54厘米。

门外射进来的光迫使她眯起眼睛。她回想起一生中那些与人搏斗的经历。一次用枪一次用针，还有数不清多少次用拳头用嘴用牙或者用心。

门又打开了一点儿，一个枪口缓缓地伸了进来。

她攥紧了手里的门把手，让尖利的铁轴朝向外面，等待着那个人进来。

星期一

第一章

威尔·特伦特很关心他的狗。此时有人正在给贝蒂刷牙。给一只宠物花这笔钱简直有些荒唐。可是,兽医向威尔解释,动物如果不注重口腔卫生,有可能会生很多大病。为了让小家伙珍贵的寿命延长几年,他甚至做好了卖掉房子的准备。

显然,在亚特兰大,关心宠物多过关心人的傻瓜并不止威尔一个。他扫视着排在荷兰谷动物诊所门前的长队,一条倔脾气的大丹犬堵在门口,几位猫主人无奈地对望了一眼。威尔转过身,面向街道,擦着脖子上的汗水。他搞不清楚自己为什么流汗,是因为担心,因为八月末的酷暑,还是因为慌张不知所措。他以前从未养过狗,从未对某种动物的生命担负过责任。他把手放在胸前,仍然能感受到把贝蒂交给兽医时,她像铃鼓一样凌乱的心跳。

他该不该回到诊所里把她接走呢?

就在他心烦意乱之际,一辆汽车尖利的鸣笛声吓了他一跳。威尔看到一道红光闪过,菲斯·米歇尔的迷你酷跑一个急转弯,掉头停在了他身旁。他正要伸手去拉车门,菲斯推开车门,探出身来。

"快点。"她的声音盖过了车内开到最大的空调发出的呜呜轰鸣,"阿曼达已经发来两条短信,问我们究竟在哪里。"

威尔犹豫了一下,钻进这辆小车。菲斯的那辆雪佛兰公务车还在店里。现在这辆车的后座装了一个婴儿座,只给前座留下了大约三十英寸的空间,有点装不下他六尺四①的身躯。

菲斯的电话响了一下,来了一条新短信。"阿曼达。"和大多数人一样,她诅咒似的说出这个名字。阿曼达·瓦格纳是佐治亚州调查局的副局长。他们这位上司的急脾气众所周知。

威尔把西装外套扔到后座上,然后像一个墨西哥卷饼一样蜷缩着钻进车里。他歪着头,伸进天窗凹进去的一小块额外空间。他的小腿紧紧抵在手套箱上,膝盖几乎碰到了脸。要是出了什么交通事故,法医必须得把他的鼻子从头骨里挖出来。

"谋杀。"菲斯说。还没等威尔关上车门,她的脚就松开了刹车,"男,五十八岁。"

"很好。"威尔说。他用一种执法者才会有的方式品味着一宗谋杀案。用他自己的话说,过去的七个月里,他和菲斯一直都在做着西西弗斯一样推石上山的苦役②。菲斯被借调出去,参与亚特兰大公立学校集体舞弊丑闻的调查,他则陷在一宗广受关注的强奸案的烂摊子里。

"亚特兰大警方是在凌晨五点接到的报警电话。"菲斯带着兴奋的神情说,"一个不明身份的男人说,他在查特胡奇岸边的废弃房屋里发现一具尸体。现场有大量血迹,没有发现凶器。"她看到前方的红灯,减缓了车速,继续说:"广播里没有公布致死原因,所以死状一定很惨。"

---

① 1英尺等于30.48厘米,6英尺4英寸约为193厘米。
② 西西弗斯,希腊神话的人物。由于泄露了宙斯的秘密,他被打入冥界,到了冥界后告假还阳处理自己的后事,不想返回,死后被判接受推石上山的惩罚。

车里响起了一阵蜂鸣，威尔在座位上摸索着安全带："我们为什么要插手这件事？"佐治亚调查局不能自行处理案件，必须由当地政府或警方提出请求才能出面。而亚特兰大警方几乎每周都会接到谋杀案报案，通常不会请求协助，尤其不会请求州调查局介入。

"受害者曾经是亚特兰大的警察。"菲斯帮威尔抽出安全带扣好，像照顾自己的小孩一样，"一级警探，不过已经退休了，叫戴尔·哈丁，听说过他吗？"

威尔摇了摇头："你认识他？"

"我妈妈认识他，但我没跟他共事过。他以前负责调查商业犯罪，后来因病退休，再出现时已经做起了私人保安，是个不靠谱的家伙。"在成为威尔的搭档之前，菲斯在亚特兰大警察局工作过十五年。她的母亲和她在同一个警局工作，在副巡长的职位上退休。母女两人加在一起，几乎认识局里所有的人，"我妈说，一听到哈丁的大名就能猜得到，说不定他是惹恼了哪个皮条客，要不就是欠了一屁股高利贷，被人狠狠揍了一顿。"

红灯刚一变成绿灯，车就猛然开动起来，威尔感觉到他的格洛克手枪戳进了肋骨。他努力调整了一下重心。尽管空调已经开到最大，他背上的汗水还是浸透了衬衫，沾在车座的靠背上。他像揭开创可贴那样把衬衫揭了下来。仪表盘上的时钟显示的时间是早上7：38。他不敢想象到了中午天气会热成什么样子。

菲斯的电话又响了。一声，两声，三声。"阿曼达！她为什么不能把话一次说完？三句话要发三条短信，还全是大写字母，真是有毛病。"菲斯抱怨道。她一只手开车，另一只手回复短信，这样既危险又违法，不过她是那种眼睛里只能看到别人违法行为的警察，"我们大概还要五分钟就到了吧？"

"看这个路况，可能要将近十分钟。"威尔伸手过去稳住方向盘，否则他们就要开到人行道上了，"你有那栋废楼的地址吗？"

菲斯翻回前面的一条短信："地址是灯塔路 3-80。"

威尔的下巴剧烈地抽动了一下，脖子疼得仿佛被一道闪电击中："那是马库斯·里皮的夜总会。"

菲斯惊讶地看了他一眼，说："你没开玩笑吧？"

威尔摇了摇头，关于马库斯·里皮他可没有什么玩笑好开。他是一个篮球明星，被指控下药迷奸女大学生。过去的七个月里，威尔已经掌握了足够的证据对付这个恶棍，可是里皮有大把的钱雇佣各路律师、专家和公关确保他可以免于判刑。

菲斯问："里皮被指控强奸之后不到两周，一个前任警察死在他的俱乐部里，这两件事会不会有什么关联？"

"等我们到那里之后，相信他的律师团会拿出一个像模像样的解释。"

"真是要命。"菲斯把手机扔到杯架上，用两只手握着方向盘。她沉默了一会儿，似乎感觉这件事有些棘手。戴尔·哈丁当过警察，不过是个坏警察。一般来说，在大城市里，谋杀案的受害者很少是什么阳光正派的公民。虽然不能说死者罪有应得，但是他们确实常常卷入各种麻烦事之中，比如得罪了皮条客，或者欠了一屁股赌债，他们最终被杀就好像成了顺理成章的事情。

然而这宗案子牵涉到马库斯·里皮，一切就不同了。

早上的交通状况堵得好像一锅粥，菲斯不由得减缓了车速："我知道你不想提你那个烂尾的案子，但现在我需要你给我讲讲。"

威尔仍然不愿意谈起那个案子。在犯案的足足五个小时中，里皮不停地殴打受害的那个女孩儿，几次扼住她的脖子使她陷入昏迷。三天后，在医院里，威尔站在那个受害女孩儿的病床前，看到了她脖子上被里皮的手指掐出的一道道深色的淤痕，简直跟他抓篮球的方式一模一样。化验报告里还记录了另外几处伤痕：割伤、撕裂、钝击、出血。那个女孩儿已经气若游丝，却仍然不停地把她的遭遇讲述给每一个愿意听的人，直到里皮的律师团想办法让她闭嘴为止。

"威尔？"菲斯问道，"他强奸了一个女人，花钱摆平了。他以后还会再犯，没准以前也做过。不过这些都无所谓，因为他会打篮球。"

"哇，信息量很大，谢谢。"

威尔感到下巴的疼痛更剧烈了："新年夜的第二天上午十点，昏迷的受害者在马库斯·里皮的房子里被一个女佣发现。女佣打电话给里皮家的保安队长，保安队长打电话给里皮的经纪人，经纪人打电话给里皮的律师，最后律师叫来一辆私人救护车，把这个女孩儿送到皮埃蒙特医院。大约早上八点，也就是受害者被发现前两个小时，里皮带着全家人坐私人飞机去了迈阿密。他声称这次度假早有计划，可实际上机票是在起飞前半小时才订好的。里皮说，他也不知道受害者为什么会在他的房子里。他从未见过她，从未和她说过话，也不知道她的名字。那天晚上他们办了一场新年派对，上百人从他的住所进进出出。"

菲斯说："Facebook[①]上有一条……"

"是Instagram[②]。"威尔说，因为他已经饶有兴致地看了几个小时人们在派对上用手机拍摄的视频，"派对上有个人发了一段短视频，视频里受害者含含糊糊地说了几句话，然后就在冰桶里

---

①脸书，美国的一个社交网络平台。
②照片墙，一款社交应用。

呕吐起来。里皮的手下有她的化验报告,她服食过大麻、安非他命和酒精。"

"你刚才说她被送到医院的时候还在昏迷,那么她是否允许里皮的手下看她的化验报告呢?"

威尔摇摇头,表示这些都无关紧要。里皮的团队贿赂了医院化验室的人,把报告泄露给了媒体。

"你不得不承认,他的名字起得很好,里皮/赖皮。"菲斯撇了撇嘴,又想到一件事,"他的房子很大,对不对?"

"一万六千平方英尺①。"威尔眼前浮现出那张他研究过好几个小时、仍然深印在脑中的房屋布局图,"那栋房子的形状像一块马蹄铁,中间是游泳池。里皮和家人生活的主要区域是蹄铁的顶部。沿着两翼展开,还有一大片客房、一间美甲沙龙、一个室内篮球场、按摩室、健身房、电影院、两个孩子的游戏室……只要你能想到的,他们应有尽有。"

"那么,从道理上讲,房子某处出了什么事,另一处的某个人是有可能不知道的。"

"另一处的两百个人都不会知道。他家里的女佣、管家、男仆、助理、配餐员、厨师、酒保什么的都不会知道。"威尔曾经被里皮家的保安队长带着,花了两个小时参观这座豪宅。房子里里外外遍布着摄像头,可以毫无盲点地拍摄到每一个角落。此外,前院还安装了重力感应器,只要是比一片树叶重的东西落下来,都会被探测到。没有人能够在不为人知的情况下进出这栋房子。

只有强奸案发生的那一晚例外。那天晚上下着暴雨,供电断断续续。虽然豪宅里安装了最先进的供电设备,但不知出于什么原因,当晚监控摄像机并没有连接备用电源。

---

① 1 平方英尺约为 0.0929 平方米。

菲斯说："好吧，我看到新闻了。里皮的人说那个受害的女孩儿是个疯子，想在派对上找机会敲他们一笔。"

"他们提出给她一笔钱，她拒绝了。"

"可能在等一笔更大的报价。"菲斯用手指敲着方向盘，"她的伤口有没有可能是自己弄的？"

里皮的律师团所持的正是这种论调。他们甚至找到一个专家愿意证明她脖子、后背和大腿上的巨大指印是她自己所为。

"她在这里有个伤痕……"威尔指着自己的后背，"有一个拳印在肩胛骨中间，那是一个很大的拳头，可以看到上面的手指印跟脖子上的淤痕是一样的。另外，她的肝脏也受了重伤，医生让她卧床休息两周。"

"一个避孕套里发现了里皮的精液。"

"那是在一间客厅的洗手间里找到的，他太太说那是他们俩那天晚上用的。"

"然后他把用过的避孕套留在客厅的洗手间，而不是卧室里？"菲斯皱起眉头，"避孕套外侧有没有测出他太太的DNA？"

"避孕套是在瓷砖地板上找到的，而且地板刚刚用含有漂白成分的清洁剂拖过，从避孕套外侧一无所获。"

"受害者身上有没有发现谁的DNA？"

"有一些无法确认身份的DNA，全部是女性的，可能是她室友的。"

"受害者有没有说是谁邀请她去派对的？"

"她是和几个学校里的朋友一起去的，谁也不记得是谁最先接到的邀请。没有人和里皮有来往，或者说至少没人承认。我上门找她们的时候，四个女生都迅速和受害者划清界限。"

"受害者能否断定是里皮所为呢？"

"她说她只喝了一杯酒就开始感到恶心,好像什么地方不对劲。她在冰桶里呕吐过后就排队去洗手间。这时里皮朝她走过来,她马上认出了他。里皮很友善,告诉她在走廊另一端的客房区还有一个洗手间。于是,她跟着他过去,走了很长的路。她感到有些晕眩,里皮用手搂着她,防止她跌倒,把她带到了走廊尽头的最后一间客房里。她从洗手间出来时,里皮已经一丝不挂地坐在床上。"

"然后呢?"

"然后她就只知道自己第二天是在医院里醒来的。她有严重的脑震荡,头部受到过重击。很明显,她还被反复扼住脖子,导致几次窒息昏迷。医生认为她永远不能完全恢复那天晚上的记忆了。"

"唔。"

威尔从她的声音里听出满满的狐疑。

菲斯问:"就是在那个洗手间里找到的避孕套吗?"

"是在和那间客房隔了六个房间的另一个洗手间里。他在回到派对的路上交给了手下,由手下转移到了那里。"威尔又补充道,"从大家手机录的视频可以看出,里皮整晚都在派对现场进进出出,忙着制造不在犯罪现场的证据。还有,他的球队有一半的队友都出来为他作证,包括贾米尔·戈登、安德烈·杜普利、鲁本·费加罗,后面还跟着律师团,每个人都讲着完全一样的故事。等到佐治亚调查局接手案子的时候,所有人都拒绝再次接受询问。"

"典型招数。"菲斯说,"里皮说他在派对上从来没见过受害者?"

"没错。"

"他太太倒是很愿意出来说话，是吗？"

拉登娜·里皮出席了每一个可能出席的脱口秀和新闻节目。"她是里皮的传声筒。她支持丈夫说的每一句话，包括她也说自己在派对上从未见过受害者。"威尔说。

"嗯。"菲斯的怀疑又加深了一层。

威尔补充道："当晚见过受害者的人都说她喝醉了，朝看到的每一个篮球运动员身上乱扑。如果你看看她呕吐的视频，再结合化验报告，就觉得这说法合情合理了。不过你再看看她的呈堂证供，就会知道她确实遭到了非常粗暴的强奸。别忘了，她还记得当她走出洗手间的时候，里皮正全身赤裸地坐在床上。"

"我来逆向思考一下？"

威尔点了点头，虽然他早就知道会是这样。

"这个案子之所以烂在那里，就是因为两人各有一套说辞，谁的话都没法证实，所以让里皮占了便宜。谁让宪法就是这么写的，除非证据确凿，不然就是无罪。另外，别忘了里皮是个超级富豪，假如他住在拖车屋里，法庭指派给他的律师早就给他搞成判五年的非法拘禁罪了，连性侵登记处都不用去了。"

威尔没有回答，因为他不知道有什么好说的。

菲斯紧握着方向盘："我讨厌强奸案。要是一桩谋杀案，陪审团不可能会问你'这个人真的被杀死了吗''受害者是不是为了博取关注而说谎''他当时为什么要喝酒'，还有'她以前都约会过哪些杀人犯'。"

"人们不会同情她的。"威尔很讨厌从这方面谈论案子，"她的原生家庭一团糟，单亲母亲吸毒，父亲不知道是谁。她本人在中学就有吸毒史和自残史，现在还在大学试读期。她跟她这个年纪的年轻人一样，到处跟人约会，沉迷于各种交友约炮网站。里皮的人还查出她几年前堕过一次胎。她基本上一身都是对方可以抓住的把柄。"

"好女孩和坏女孩之间本来就只有一线之隔,不过一旦你跨过了那条界限……"菲斯长吁了一口气,"当我怀上杰里米之后,你根本想象不到那些烂人是怎么说我的。前一天我还是中学里的优等生,前途一片光明,可第二天就成了学校里的魔女玛塔①。"

"他们以为你是间谍?"

"你知道我的意思,我成了一个弃儿。杰里米的爸爸被带到北部和家人一起生活。我哥哥至今都没有原谅我。我爸爸损失了一大把顾客,被迫关掉旅馆。原来的朋友没有一个愿意跟我说话,我最后也不得不退学。"

"至少在你有了爱玛之后,生活有所不同。"

"嘿,没错,一个三十五岁的单身女人带着一个二十岁的儿子和一个一岁的女儿,这样的生活真是美好得让人羡慕。"说到这里,她转变了话题,"她有个男朋友,对吗?那个受害者。"

"强奸案发生的前一周,她男朋友就跟她分手了。"

"哦,天哪。"菲斯调查过很多强奸案,知道辩护律师梦寐以求的情况,就是原告和男友刚刚分手,想方设法要让他妒火中烧。

"他在强奸案之后站了出来,站在她的一边,给她安全感……至少试图这样做。"威尔说,虽然他一点都不喜欢受害者的这个前男友。

"戴尔·哈丁的名字在调查过程中没有出现过吗?"

威尔摇了摇头。

---

① 影片《魔女玛塔》改编自第一次世界大战期间风靡全球的真实间谍玛塔·哈丽的故事,由葛丽泰·嘉宝主演。

一辆新闻报道车飞速驶过，在车道间并来并去，转弯的时候闯了一个红灯。

菲斯说："看来午间新闻有好戏看了。"

"他们想要的不是新闻，而是八卦。"在里皮的案子结束之前，威尔一踏出GBI①总部，就提心吊胆，生怕一不小心就毁了自己的职业生涯。考虑到来自里皮粉丝的那些死亡威胁和网络"人肉"，他的行动格外低调。

菲斯说："我猜想，哈丁死在里皮的夜总会里可能只是个巧合。"

威尔瞥了她一眼。一个警察，尤其是菲斯这样的警察，是不会相信巧合的。

"好吧。"威尔的眼神让菲斯的语气软了下来。她快速操纵着方向盘，紧跟着前面那辆无视交规、横冲直撞的新闻报道车，"起码我们知道阿曼达因为什么事连发四条短信了。"正说着，她的手机又响了一声，"五条。"菲斯拿起手机，一边用拇指滑动屏幕，一边驶过一个急转弯："杰里米终于更新他的Facebook了。"

菲斯给儿子发着信息，威尔接过方向盘。菲斯的儿子利用夏天的几个月，和三个朋友一起从大学出发，开车穿越整个美国，似乎他此行唯一的理由就是挂念他的母亲。

菲斯一边打字一边喃喃自语，抱怨这帮孩子，尤其是她儿子在冒傻气："你看这个女孩儿的样子有十八岁吗？"

威尔扫了一眼照片，杰里米和一个穿着暴露的金发女孩儿站得很近，迷醉地咧着嘴傻笑，看了简直让人心碎。杰里米在佐治亚理工学院学物理。他瘦小、木讷，虽然并不惹人讨厌，但肯定不是这些金发美女常常约会的那类男孩儿。"我更担心的是地上

---

① Georgia Bureau of Investigation，佐治亚州调查局的缩写，下同。

那些大麻管。"他说。

"啊,该死的。"菲斯气得差点把手机扔出车窗,"他最好祈祷别让她外婆看见。"

威尔看到菲斯把照片转给了她母亲,显然是希望借助杰里米的外婆来整治他。

威尔指着远处说:"那就是查特胡奇河。"

菲斯一边转弯,一边仍在咒骂着那张照片:"作为有儿子的老妈,我看了照片会想:'千万别让她怀孕。'而作为有女儿的老妈,我又会想:'千万别跟一个你刚刚认识的人一起喝酒嗑药,因为他和朋友们可能会把你轮奸之后再杀掉,把尸体扔在酒店的储物间里。'"

威尔摇摇头。他知道杰里米和他的朋友们都是很好的孩子:"他已经二十岁了,你应该开始试着相信他。"

"我没法相信他。"她把手机扔回杯架,"除非他不再问我要吃的、穿的、医疗保险、iPhone、电子游戏、零用钱、汽油钱……"

威尔对菲斯给她可怜的儿子列的长长的清单听而不闻,思绪很快回到了马库斯·里皮身上。他的头脑中浮现出这个篮球明星叉着双手仰卧在椅子上,缄口不言,脸上一副洋洋得意的神情;又回想起他每一次问里皮太太问题,她都会用令人厌恶的目光瞪他一眼;还有里皮的经纪人和那些狡诈的律师,活脱脱就是"007"系列电影中的大反派。

控告马库斯·里皮的女孩儿名叫凯莎·密斯卡维吉。

凯莎剽悍、无畏,即使在病床上也本色不改,用嘶哑无力的声音不住地骂着脏话,眼睛冷冷地斜视着,好像威尔倒成了被她询问的对象。"不用可怜我,"她警告他,"把你该死的工作做完就行了。"

威尔不得不暗自承认,越是对这样剽悍的女人,他的内心越是充满怜惜。凯莎的案子以失败告终让他内疚得无地自容。他甚至没法再看篮球比赛,更别说自己去打篮球。每次手碰到篮球,他都会不由自主地想起马库斯·里皮。

车向前滑行了几米,停在一辆新闻车后面。"我的妈,一半的警力都在这里了。"菲斯说。

威尔透过车窗看了看路边的停车场,菲斯的估计八九不离十。现场人头攒动,车辆拥挤。一辆拖着照明灯的半挂车,一辆亚特兰大警察局的犯罪现场调查车,一辆GBI的法医流动实验室,还有大量巡逻警车和便衣警车,像散落的火柴棍一样横七竖八地停着。黄色的隔离带中央围着一辆烧毁的汽车,车身还冒着黑烟,地上的沥青在高温灼烧下蒸腾起水雾。技术人员集中在犯罪现场,忙着用黄色记号笔给所有可能作为证据的东西标上数字。

菲斯说:"我猜我知道发现哈丁尸体的是什么人了。"

威尔猜道:"瘾君子?锐舞客[①]?逃犯?"他看到前方有一栋坟墓一样荒凉阴森的建筑,那是马库斯·里皮新建的夜总会。然而自从六个月前强奸案呈现出胶着状态之时,这栋建筑就停工了。灌浇的水泥墙壁经风吹日晒,已变得粗糙不堪,底部还覆盖着黑压压的几片涂鸦。地基周围的杂草已经枯黄。楼的高处,面对街道的一侧有两扇大窗户,窗玻璃几乎被染成了黑色。

威尔绝不会羡慕这些技术人员的工作,他们需要把现场每一个避孕套、针头、吸毒管登记入库,更不用说有多少指纹和鞋印

[①]锐舞,源于英语"rave",原为一群人聚众热闹之意。后来它代表着在Disco-Jockey(DJ)打碟号召之下,打扮入时的年轻人沉醉于DJ播放的新派跳舞音乐中,通宵达旦,热烈起舞。

需要采集。满地亮晶晶的项链碎屑和药片显示着这里曾是锐舞客的地盘。

菲斯问:"这间夜总会怎么回事?"

"投资商撤资了,要等里皮的案子了结再继续施工。"

"现在投资商还会回来吗?"

威尔喃喃咒骂了一声,不是因为菲斯的问题,而是因为他的上司正站在楼前,双手倒叉着腰。阿曼达看了看表,又看了看他们,然后又看了看表。

菲斯下车的时候也骂了一声。威尔摸索着对他来说仿佛只有巧克力豆大小的圆形门把手。车门打开的瞬间,热风呼啸而入。这时正值亚特兰大有史以来最潮湿酷热的夏天,一走出门就好像钻进了一张湿漉漉的狗嘴。

威尔从车里钻出来,尽可能无视几英尺外围观的警察。他虽然没听见他们的声音,却能猜到他们一定是在打赌,赌从这辆小小的车里还会钻出多少个傻大个。

很幸运,阿曼达的注意力被一名犯罪现场分析员引开了。在人群中,威尔一眼就认出了长着金鱼眼、留着八字胡的查理·雷德。威尔四处张望,想找找其他熟悉的面孔。

"你就是米歇尔吗?"

威尔转过身,看到一个非常英俊的男人。他留着深色的波浪卷发,长着一个苹果下巴。他看着菲斯的眼神像一个所向无敌的铁汉。

"嗨。"菲斯有些不自然地提高了音调,"我们见过面吗?"

"一直没有这个荣幸。"男人用手指捋了捋像小男生一样蓬乱的头发,"你长得很像你妈妈。我还穿警服的时候就和她共事过。我是科利尔,这位是我的搭档老吴。"

老吴只是很酷地微微抬了抬下巴。他留了一头军人式的板寸,戴着全包式墨镜。跟他的搭档一样,他也穿着牛仔裤和黑色的亚特兰大警察 T 恤。在威尔面前,他看着就好像旧时意大利牛排馆里的领班。

"我是特伦特。"威尔挺直了身子,至少他有身高优势,"有什么最新进展?"

"一场闹剧。"老吴没有抬头看威尔,而是望着旁边那栋建筑,"我听说里皮已经坐飞机去迈阿密了。"

菲斯问:"你进去看过了吗?"

"没有上楼。"

菲斯等他继续说下去,却没有等到,于是试探着问:"我们能跟发现尸体的警察谈谈吗?"

老吴假装记性不好,问他的搭档:"你记得他们的名字吧,老兄?"

科利尔摇了摇头,说:"完全没印象。"

菲斯对他们的好印象一扫而空:"嘿,龙虎少年队①,我们是不是该先走一步,别让你们装得那么辛苦。"

老吴笑了,不过仍然没有提供任何菲斯想要的信息。

"拜托,科利尔,你认识我妈妈。我们的上司是她的老搭档,如果我们请求她给我们查案提供一点帮助,你觉得她会拒绝吗?"菲斯说。

科利尔无奈地叹了口气,揉着后脑勺,看着远处。他的眼角有深深的皱纹,阳光映出了他头上的几缕白发。他有四十五六岁,比威尔老一些,这让威尔感觉良好。

"好吧。"科利尔又用手指捋了捋头发,然后妥协,"总机接

---

① 美国电影,讲述两个警察假扮高中生在学校卧底的故事。

到了一个匿名报案,说在这个地点发现一具尸体。二十分钟之后两名警察到达,展开搜索,在楼上的一间屋子里发现了尸体。死者是男性,脖子中刀,流了一地血。其中一个警察在合唱团见过死者哈丁,认出了这个集酒鬼、赌棍、老淫魔于一身的典型老派烂警察。我相信你妈妈知道不少他的故事。"

老吴说:"我们被派来之前正在忙一个家庭暴力案,真的够暴力,受伤的小妞得做几天几夜的手术。月圆之夜总是让人疯狂。"

菲斯没有理会老吴的恐怖故事,问道:"哈丁或者凶手是怎么进到这栋楼里的?"

"好像是用断线钳。"科利尔耸了耸肩,"挂锁被整齐切开,这需要一些力量才能做到,所以我们认为是一个男人做的。"

"你们找到断线钳了吗?"

"没有。"

"那辆车又是怎么回事?"

"我们赶到的时候,那辆车像切尔诺贝利核电站一样烧得一塌糊涂。我们叫来火警把火灭了,他们说是因为油箱爆炸,车上有助燃剂。"

"你们来之前没有人报火警?"

"对,是不是很震惊?"老吴说,"你别指望窝在附近的那些吸毒鬼和婊子会挺身而出。这简直是另一个基蒂·吉诺维斯案[①]。"

菲斯说:"瞧他满嘴都是都市传奇的劲儿。"

威尔扫视着里皮夜总会附近的两栋废弃楼房,楼上面挂着建

[①] 1964年,受害者吉诺维斯遭到持刀袭击。30分钟内有38位邻居听到呼救,却无一人救援甚至报警。

筑标识"多功能建筑,即将开放使用",可是残破的外观又显示着"即将"还没有到来。每一栋楼都有四层高,红砖像是上个世纪初的产物,哥特式拱门上的彩色玻璃很久以前就已经破碎了。

威尔转过身,看到街对面有一栋配套的写字楼,至少有十层高,也许还有地下室。黄色标牌挂在用锁链紧锁的大门上,标示着这栋大楼计划拆毁。这三栋楼已经是亚特兰大的工业遗迹。如果强奸案了结,里皮的投资人继续投资的话,新建的项目可以为他们净赚上亿美金。

菲斯问:"能不能给我看看车辆信息?"

科利尔拿给她:"白色,2016年款起亚索兰托,登记人为戴尔·哈丁。警方说这辆车燃烧了四到五个小时。"

"这么说,某个人杀死了哈丁,然后烧了他的车。接着另一个人,也有可能是同一个人,在五个小时之后打了报警电话。"

威尔盯着那个夜总会:"为什么在这里?"

菲斯摇着头:"为什么交给我们?"

老吴不明白他们的问题背后的意思。他用手指着那栋楼说:"这里本来是要开一家夜总会,楼下是舞池,楼上是一圈包厢,中间上下打通,就像商场里的天井。我当时就觉得这个夜总会可能有帮派势力参与,想把这里搞成一个毒品窝点。于是,我就给我手下的妞儿打了个电话,让她帮我查一下。一听到里皮的名字,我就大呼'见鬼了',马上报告给上级。上级恭恭敬敬地给你们那位'母老虎'打了个电话。十分钟后她就到了这里,挨个找我们的麻烦。"

他们一起看向阿曼达那边。查理·雷德已经不在,她身边换了一个身材高挑的红发女人。女人一边跟阿曼达说话,一边扎着头发。

老吴低声冲女人吹了个口哨:"嘿,兄弟们,看看那个漂亮的女童子军,你们猜她今天的粉底跟内衣颜色搭不搭?"

科利尔咧嘴坏笑,说:"明天早上让我来告诉你。"

菲斯低头瞥见威尔攥紧的拳头:"够了,你们这两个家伙。"

科利尔仍然一副嬉皮笑脸的样子:"我们只不过是找点乐子,长官。"他冲菲斯眨眨眼睛,"你知道吗,我曾经因为偷吃女童子军的布朗尼蛋糕被她们撵了出来。"

老吴哄笑起来。菲斯白了他们一眼,径自走开。

"她是'小红'。"威尔告诉两位警探,"大家都这么叫她。她是一个犯罪现场技术员,不过常常惹麻烦,你们小心点。"

科利尔问:"她有男朋友吗?"

威尔耸了耸肩,说:"这很重要吗?"

"一点儿都不重要。"科利尔的语气里透着一种从未被女人拒绝过的极端自信。他得意地向威尔挥挥手,"谢谢你的情报,老弟。"

威尔松开紧握的拳头,走向阿曼达。菲斯则朝着大楼走去,也许是想找块阴凉。红发女人正在登记进入犯罪现场。她看到威尔,脸上露出微笑,威尔也向她微笑。她的名字并不是"小红",而是莎拉·林顿。她也不是犯罪现场技术员,而是一名验尸官。她内衣的颜色不关科利尔和老吴什么鸟事,因为三个小时前她还在床上被威尔压在身下,咬着他的耳朵说了好多下流的情话,让他一时间难以消受。

威尔走过来的时候,阿曼达一直看着她的黑莓手机,头也没有抬。像往常一样,威尔站在她面前静静等候。他已经很熟悉阿曼达头顶的样子,在她的头盔里,螺旋形发饰扎着灰白的头发。

终于,阿曼达发话了:"你迟到了,特伦特探员。"

"是的，长官，以后不会再迟到了。"

阿曼达眯起眼睛，十分怀疑他的保证："空气中飘着一股'麻烦大了'的气味。我已经跟市长、州长和两位不愿意因为牵涉马库斯·里皮的案子再次抛头露面的地区检察官通过电话。"说完，她低下头继续看手机。这部黑莓手机是她的移动指挥所，在她巨大的联系人网络中收发最新消息和指令。

阿曼达说："又有三辆卫星通信车往这边赶来，其中一辆是国家级的。我已经收到了超过三十个记者的邮件，请求我做案情公告。里皮的律师团打电话过来，说他们会密切关注所有细节，一旦我们对里皮采取任何不当举措，他们就会告我们骚扰。他们明天早上才能跟我会面，他们说他们很忙。"

"一如既往。"威尔有过一次和里皮面对面询问查证的机会，里皮全程几乎一言不发。菲斯说的对，那些有钱人最让人讨厌的一点，就是他们太了解自己的法律权利。

威尔问阿曼达："现在负责这个案子的是我们还是亚特兰大警方？"

"如果不是由我负责，你认为我会站在这里吗？"

威尔瞟了一眼身后的科利尔和老吴，说："那位苹果下巴的警长知道吗？"

"你觉得他很可爱吗？"

"呃，说不上……"

话没说完，阿曼达已经朝夜总会的那栋楼走去，威尔小跑着才赶上她。她的脚步像设得兰矮种马一样快。

两人在犯罪现场入口的警察那里登记之后，没有立刻进去。阿曼达让威尔继续站在阴影之外，太阳很快就要把他烤成焦炭。

阿曼达说："我还是菜鸟的时候就认识哈丁的父亲。老哈丁也是个烂警察，把钱都花在嫖妓和赛狗上面，1985年死于动脉瘤。儿子遗传了老爹赌博的恶习。戴尔两年前因病退休，年初的时候就把养老金都取光了。"

"他生了什么病？"

"HIPAA法案。"她提醒威尔。由于这个法案的保护，警察无权向医生询问病人的详细信息，"我正在通过其他渠道获取信息，但是这样做不太好，威尔。哈丁是一个坏警察，但他也是一个死去的同事，而且他的尸体躺在一个我们治不了罪的强奸犯的地盘上。"

"哈丁和里皮有没有什么关联？"

"我倒希望有个探员能帮我查清楚。"阿曼达转过身，走进夜总会大楼。楼里仍然没有通电，空荡荡的大厅潮湿晦暗，阳光透过深色的彩色玻璃，投下幽灵般的倒影。两人的鞋上套了保护罩，趟着地行走。突然间，发电机咆哮了一声，转动起来。氙气灯随之打开，照亮了楼里的每一寸角落。威尔感到他的视网膜在强光下急剧收缩。

威尔的眼睛渐渐适应了灯光，发现地上的东西和他预想的完全一样：垃圾、避孕套、针头、一架空购物车、几把草坪躺椅、几张脏床垫，还有数不清的啤酒罐和酒瓶。墙上是五颜六色的涂鸦，人手臂所及之处全都涂得满满当当。威尔在涂鸦之中发现了几个帮会的标志：苏尔诺、赤血帮、瘸子帮……不过更多的是泡泡形的人名和爱心、和平旗，还有长着彩虹眼睛的独角兽。这些都是典型的锐舞艺术。至于锐舞客喜爱的那些迷幻药，它们最大的好处就是可以让你在心脏停止跳动之前，感到巨大的快乐。

老吴对于建筑布局的描述相当准确。楼中间是一个商场里那样上下贯通的天井，天井边缘用临时的木扶手围了一圈，不过留了些空隙，一不小心就有掉下去的危险。底层非常大，用水泥墙分隔出了不同的包厢,在中间圈出了一片用于跳舞的开放空间。楼厅背侧的拱形区域大概是吧台的位置。两座巨大的弧形旋梯通向二楼,每座至少有四十英尺长,好像眼镜蛇的两颗毒牙,从墙上伸出,向舞池咬去。

一个戴着黄色安全帽的女人朝阿曼达走来。她把手里拿着的另一顶安全帽递给阿曼达,阿曼达又顺手递给威尔,威尔把它放在了地板上。

那个女人开门见山地说:"在停车场找到了一些东西,一个空塑料包装袋,里面只有一张商品标签,上面写着"棕色防水帆布",是一个随处可见的牌子,长五英尺,宽三英尺,用途很广。"她滔滔不绝地说了一大段,然后停下来喘了口气,"还找到一卷用过一些的黑色强力胶带,最外层的塑料包装已经不在了。根据报告,三十六个小时之前这里下了一场暴雨,可是帆布包装袋里的纸质标签和强力胶带的边缘都没有被雨水淋湿的痕迹。"

阿曼达说:"嗯,我想它们下雨时是放在有窗户遮挡的地方。"

"帆布。"威尔嘴里念念有词,"那是画画的人用的。"

"没错。"那个女人说,"这栋建筑里里外外都没有发现画画用的工具。另外,这两座旋梯也是犯罪现场重要的一部分,我们正在研究。目前我们找到的东西还有一些女式手提包里的纸巾,揉成了一大团,杂牌子,不是克里内克丝的。"女人指着一架剪叉式升降机说:"你们需要用那个上楼。我们已经叫操作员过来了,他很快就到。"

"你在耍我吗?"科利尔悄无声息地突然出现,"我们不能走楼梯?"他警惕地打量着那架剪叉式升降机,液压发动机可以把一个平台直接升到空中。它看起来摇摇欲坠,好像和死神只隔了一道细细的栏杆。

阿曼达问威尔："你知道怎么操作那个东西吗？"

"我能弄明白。"机器已经插上了电源，威尔找到藏在辅助电池盒里的钥匙，用钥匙尖端捅了一下机器底部很小的重启按钮。剪叉式升降机"哐当哐当"地上下震动了几下，然后开始正常运转。

威尔抓住安全栏，踩着两个踏板爬了上去。阿曼达抓住他的手，跟着上来。她看起来毫不费力，因为主要是威尔在用力。她很轻，比一个拳击沙袋还要轻。

两人一起转过身，等科利尔上来。科利尔却瞟着那两座毒牙一样的旋梯。

阿曼达拍了拍自己的手表，说："再给你两秒钟，科利尔警探。"

科利尔深吸一口气，捡起地上的黄色安全帽，紧紧扣在头上，然后惊慌地跑上平台，像一个吓坏了的小猴子。

威尔转动钥匙，发动马达。事实上，他在大学期间一直兼职做建筑工人，差不多可以操作工地上的所有机器。他甚至故意让平台微微颠簸，只为了看看科利尔死死抱住安全栏的狼狈相。

马达上升的时候发出刺耳的噪音。此刻莎拉正站在楼梯上帮助一个技术员取证。她穿着一条卡其色的裤子和一件 GBI 的深蓝色 T 恤，衬出玲珑有致的身材。她的头发仍然扎在脑后，但是有几缕散落下来。她戴上了眼镜，威尔喜欢她戴眼镜的样子。

威尔已经跟莎拉·林顿交往了十八个月，比他从前人生中最持久的一段快乐长了十七个月零二十六天。他常常住在莎拉的公寓里，两人的狗相处融洽。他喜欢她的妹妹，体贴她的母亲，害怕她的父亲。两周之前，莎拉正式加入 GBI，这是他们合作的第一个案子。威尔见到她时非常兴奋，这令他自己也十分尴尬。

威尔的目光故意避开她，因为在一个阴森的犯罪现场盯着女朋友看，让他感觉自己好像一个变态连环杀人犯。

或许他只会杀一个人。此刻莎拉正弯下腰协助技术员的工作，科利尔为了从恐慌中转移注意力，一直盯着莎拉的屁股看。

威尔变换了一下身体重心，平台随之晃动，科利尔发出了一声介于窒息和惊叫之间的怪声。

阿曼达给了威尔一个少见的微笑，说："我第一次出警就是去处理一个从脚手架上摔下来的家伙，当时还没有这么多防护设备和那些愚蠢的安全规定，那家伙都没剩下多少东西留给法医来验尸，脑浆洒得人行道和排水沟里到处都是。"

科利尔的手臂仍然紧紧抓着安全栏，身子斜靠下去，用手臂抹去脸上的汗水。

升降机晃动了一下，停在比二层地面低一些的位置。木制安全栏打开，面前是一大摞半英寸厚的发霉墙板，堆到人胸部的高度。密封剂的包装桶已经积上厚厚的灰尘，显然从六个月前停工时就闲置在那里。在两座旋梯上方各有一只彩虹眼睛的独角兽涂鸦守卫在那里。涂鸦的喷漆流淌下来，沾得地板、墙壁、建筑材料到处都是。

威尔看到一排厚重的木门，他猜测那些是贵宾包厢。门上雕花的桃木出厂时大概是咖啡色的，不过经涂鸦者之手变成了黑色。黄色的犯罪现场标记遍布整个楼厅，从一座旋梯延伸到另一座旋梯。几个穿着高密度聚乙烯工作服的技术员正在照相和取证。几个贵宾包厢都喷满了发光氨，那是一种能在黑光下让生物体液呈现蓝色的化学试剂。

威尔不愿去想象那些遍地的体液。

菲斯站在楼厅的另一头，背对他们喝水。她穿着一件白色的高密度聚乙烯工作服，拉链却没有拉上，两侧的袖子系在腰间。显然，她没有等升降机启动就冒充技术员来到犯罪现场。密封的证据袋堆在她的面前，旁边是整齐摞起的手套盒和防护衣。死者所在的房间就在不远处，房门敞开着。技术员正在给尸体拍照，闪光灯闪个不停。在房间的每一寸都留影备案之前，他们不能进入。

阿曼达一边走向案发房间，一边拿出手机阅读新收到的消息："CNN①来了，我要马上把最新信息报告给州长和市长。威尔，我忙的时候由你先负责这里。科利尔，我需要你查一下哈丁家人的情况，我印象中他有一个姑姑。"

"是，长官。"科利尔贴着墙壁远远跟在后面。

"把安全帽摘下来，你看着像'乡下人'乐队里那个建筑工人。"阿曼达看了一下手机，又来了一条新消息，"哈丁有四个前妻，其中两个还在警局工作，我们有她们的档案，问问她们有没有频繁听到哪个债主或者皮条客的名字。"

科利尔一边把安全帽放在地上，一边跌跌撞撞地跑过来："你认为他的前任还会跟他有联系吗？"

"这个问题真的是你问出来的吗？"显然，她一语戳中了要害，科利尔很快点点头敷衍过去。阿曼达把手机放回口袋，说："菲斯，把现场情况告诉我。"

"门把手的钢轴插进了死者的脖子。"菲斯指着自己脖子侧面，"跟这里其他的门把手一样，所以我们可以假定这并非凶手特意携带的凶器。他们在车旁找到一把 G43 袖珍手枪，枪机已经坏死，不过坏死前至少射出过一发子弹。查理正在查这把枪的序列号。"

---

① Cable News Network 的缩写，美国有线电视新闻网。

"那是格洛克最新的型号。"科利尔说,"那把枪什么样子?"

"又轻又小、磨砂枪柄,很适合秘密携带。"

科利尔问了另外一个关于这种政府定制手枪的问题,威尔打断他,告诉他单凭这把枪破不了案。

威尔绕过地上标出的血脚印,弯下腰近距离观察门的锁具。后板是长方形的,大约长六英寸,宽三英寸,用螺丝钉在门上。中央用黄铜铸了一个花体的"R",那是里皮的标志,在里皮家里随处可见。他看了一眼锁舌,这条金属圆柱通过旋转控制屋门开关。原先门把手所在的位置已经被掏空,四周有许多刮痕。随后他又看到地板上那把长长的螺丝刀,旁边用黄色数字卡片做了标记。

当时某个人被关在屋子里,另一个人用螺丝刀撬门进来。

威尔站起身,看着凶杀现场。一个摄影人员跨过尸体,尽量不踩到血泊之中。

地上有一大摊血。

血溅到天花板和墙壁上,涂鸦中间的几点分外醒目。地板上血流成河,似乎凶手割开了哈丁的颈动脉,放干了他全身的血。血液渐渐凝固、变黑。空气中弥漫着某种金属味,同时混杂着一股尿骚味。威尔觉得这比这个自作自受的恶棍被门把手扎得血肉横飞更让人难过。

在警察工作的时候,死者并没有太多尊严。

戴尔·哈丁的尸体在房间的正中央,上面罩着一层保护罩,大概占了十五平方英尺。这个大块头的秃头男人平躺在地,穿着一身闪闪发光的廉价西装,挺起的肚腩那里扣不上扣子,看起来更像他父辈时代的警察形象。他的衬衫一侧已经撕裂,红蓝条纹的领带劈成两半,像跨栏运动员的双腿一样,腰带则滑落下来。

他那块不锈钢的泰格豪雅手表像一条止血带绷在手腕上,因为他身体的其余部分都已经肿胀、糜烂。一枚金托的钻戒嵌入他粉色的手指,黑袜子包住了蜡黄的脚踝。他嘴巴张大,双眼紧闭,身上长满湿疹,嘴和鼻子附近的干皮好像撒在一道菜上用来做点缀的白糖。

奇怪的是,在尸体的正上方只有一抹血迹,像是油漆匠用刷子涂上去的。此外,除了脸上零星的几滴,连紧绷的衬衫领口周围都没有预料中的血迹。

"这些是在楼梯上找到的。"

威尔转过身。

菲斯把证据袋卷起来,好看清里面的标签:"贝茗彩妆、魅可唇膏、淡褐色眼影、咖啡色睫毛膏、巧克力色眼线笔、自然色粉底。"

阿曼达说:"所以可能是个白人女人。"

"还有一支海蓝之谜唇膏。"

"有钱的白人女人。"阿曼达补充道。威尔知道这个牌子,因为莎拉用它。他曾经无意中看见购物小票,差点心脏病发,一盎司①的唇膏就比一大包海洛因还贵。

阿曼达说:"所以我们可以假定,当时这里有一个女人和哈丁在一起。"

"用门把手刺入脖子,听起来像是女人做出来的事。"

阿曼达问:"那个女士手提包呢?"

"在房间里,表面有破损,好像是被什么东西勾到过。"

"只有化妆品掉出来了?"

菲斯又拿起其他几个证据袋,检视里面的证物:"一把雪佛

---

① 1 盎司约为 28.35 克。

兰车钥匙，车型未知，没有钥匙链；一把梳子，里面缠着一根棕色长发，他们会尽快送到实验室检测；一盒口香糖，留兰香口味；几枚硬币、一包纸巾、塑胶隐形眼镜盒、一管俏唇润唇膏，也就是穷人用的'海蓝之谜'。"

"没有钱包？"

菲斯摇摇头："负责拍照的人说他没在手提包里看见钱包，不过我们可以等他完工再看看。"

"那么，我们现在知道有一个死掉的警察和一个不明去向的女人。"阿曼达读懂了威尔的表情，"她没离开过家，我一个小时前才跟她谈过话。"

里皮的控告者——凯莎·密斯卡维吉，她的名字没有透露给媒体，不过在互联网时代没有谁可以保持匿名。从三个月前开始，凯莎就被迫深居简出。由于里皮粉丝的死亡威胁，她二十四小时都处于警方的保护之下。

科利尔说："这些帮会标志怎么办？上面有两个，楼下至少有四个。我们应该找帮会专案小组来负责，抓几个黑老大出来。"

菲斯问："我们是不是也该把所有独角兽都抓起来？"

阿曼达摇摇头，说："这件案子跟这个女人有关。我们先假设她当时就在房间里，而且跟受害者的恶习有关——姑且称哈丁为受害者。"她看了看手提包里的东西，"这是一个非常有钱的白人女人，午夜时分在城市破败的一隅和一个烂警察见面，为什么？她在这里做什么？"

科利尔说："收钱办事总比恋爱结婚容易，说不定她是个妓女，只是因为哈丁不想付或者付不起钱，她就一怒之下杀了他？"

菲斯反对道："约在这里'办事'也太奇怪了吧。"

"那张帆布很小。"威尔提醒不了解五金器具的阿曼达，"标准尺寸是 5 英尺 ×7 英尺，6 英尺 ×12 英尺，可是外面发现的那张是 3.7 英尺 ×5.7 英尺，也就是 43 英寸 ×67 英寸。哈丁的腰围至少要 40 英寸[①]，身高大约 6 英尺[②]。"

阿曼达盯着他说："用我能听懂的话说。"

"如果凶手把帆布带到犯罪现场是为了处理尸体，那么这张帆布是为一个个头更小的人准备的。"

"一张'女人尺寸'的帆布。"菲斯说，"好样的。"

阿曼达点点头："哈丁想在这里杀掉那个女人，可是反而被她杀掉了。"

"她受伤了。"莎拉走上楼梯。她的眼镜别在 T 恤领口，用手臂内侧擦掉额头上的汗水，"左边的旋梯上有一些向上走的带血的光脚足印，应该是女人的，尺寸在七码到八码[③]之间，脚印沉重，说明她当时在奔跑。"她指着身后的楼梯，"下面第二级台阶上有一个印记，表明她曾经摔倒并撞到头部，很可能是头顶。我们找到一些棕色长发，跟梳子上发现的很相似。"莎拉又指向另一侧的楼梯，说："我们在右边的楼梯上发现了更多脚印，行走中留下的，此外还有一道血迹通向应急出口，随后消失在金属楼梯。从血液溅出的状态来看，伤口在渗血。"

"跑上楼，走下来？"阿曼达推测。

"有可能。"莎拉耸了耸肩，"有几百人进出过这栋楼，脚印有可能是某个人上周留下的，而血迹有可能是另外什么人昨晚留下的。我们需要检测每个样本的 DNA，然后才能断定它们属于谁。"

阿曼达瞪起眼睛。DNA 检测要花几周的时间，她等不及。

---

① 40 英寸等于 101.6 厘米。
② 6 英寸等于 182.88 厘米。
③ 美码 7 码的女鞋适合的脚长为 24 厘米，8 码为 25 厘米。

"完工。"摄影师开始脱下防护服。他的衣服都已经被汗水浸湿,头发看起来好像画在头顶一样。他告诉阿曼达:"房间是你们的了。我回去马上处理照片,上传系统。"

阿曼达点点头,说:"谢谢。"

莎拉从后侧裤兜里取出一双新手套:"这里的鞋印……"她指向地板,"根据应答器的检测,一共有两组,其中一组穿的是汉克斯警用黑鹰靴。"

科利尔气呼呼地说:"他们在案件说明里说他们没有进入房间。"

"你该回去修理他们一顿。"莎拉的鞋上套着一双新保护罩,一边在地上滑动,一边解释,"现场有大量血迹,是受害者的,他也是一名警察,所以……"

"等等,'小红'。"科利尔像交警一样举手示意,"你不觉得你该等验尸官来了再进去吗?"

莎拉冷冷地看了他一眼:"我就是验尸官。还有,我更希望你叫我莎拉或者林顿博士。"

菲斯放声大笑,笑声回荡在整栋大楼。

莎拉一边用手扶着墙壁,一边走进房间。房间里的血泊泛起微微的涟漪。她捡起角落里的手提包,包带已经坏掉,从一侧垂下来。包身是粗面皮革,配以沉重的黄铜拉链、扣环和挂锁。这种包通常不是很昂贵就是很便宜。

"我没看到钱包。"莎拉拿起一管金色包装的口红,"希思黎,玫瑰软绒,我家里有一支一样的。"她眉头微蹙,"金色包装上有刮痕,跟我的一样,应该是出厂时的瑕疵。"她把口红放回手提包,试了一下包的重量,"感觉不像杜嘉班纳。"

"不像。"阿曼达盯着包的内侧,"仿制品,看见这里的针脚了吗?"

"'&'①符号也用错了字体。"菲斯把塑料布摊在地上,以便保护现场,"为什么她买得起希思黎和海蓝之谜,却要买一个假的杜嘉班纳?"

阿曼达说:"两千五百美元的手提包和五十美元的口红可以相提并论吗?"

菲斯说:"口红只需要握在手里,但是手提包人人都能看见。"

"也许是试用装,刮痕可能是撕标签的时候造成的。"

威尔想要偷偷递给科利尔一个"咱们大老爷们儿对她们说的一窍不通"的表情,可是科利尔已经在用一种"我要一枪打爆你的头"的表情狠狠地瞪着他。

莎拉回到房间,这是她第一次有机会来到凶案现场检验。威尔也偶尔领略过她的这一面,不过从未在如此官方的场合。她耐心地探索房间,安静地研究溅到天花板上的血迹。涂鸦给她的工作添了不少麻烦,四面的墙壁上满是喷得黑压压的各种标志。她凑近墙壁,戴上眼镜,仔细区分喷漆和血迹。验尸之前,她围绕房间走了两圈。

她不能跪在血中,只好蹲在哈丁肥大的腰侧,翻他裤子的前兜。她递给菲斯一块融化的巧克力、一袋打开的彩虹糖、一沓用绿色橡皮绳扎起来的钞票,还有一些零钱。接着,她检查哈丁的西装外套,在胸前的兜里发现一张折起来的纸,上面写着:"比赛信息表,在线下注。"

"赛狗?"阿曼达猜测。

"赛马。"莎拉把信息表交给菲斯。菲斯把它放在塑料布上,和其他物证放在一起。

"没有手机。"菲斯指出,"哈丁身上没有,手提包里也没有,

---

① Dolce & Gabbana(杜嘉班纳)中有一个"&"。

整栋楼里都没有。"

莎拉轻拍尸体，检查是否忽略了他衣服里的什么东西。她翻开哈丁的眼皮，又用双手掰开他的下巴，观察他的口腔。她解开他衬衫和裤子的纽扣，检查他大肚腩上的每一寸皮肤，又卷起他的袖口，察看他的小臂，提起他的裤腿，脱下他的袜子。

最后，她说："尸斑表示尸体没有被移动过，这就是他死亡时的位置和姿势。我需要测一下肝脏温度。不过从他全身僵硬的状况可以大致推测，他的死亡时间在四小时到八小时之间。"

"这么说，这件案子是周日晚上到周一早晨之间发生的。"菲斯说，"消防部门估计那辆汽车是四到五个小时之前被点燃的，也就是今天凌晨三点左右。报警电话是五点钟打来的。"

"对不起，我可以问个问题吗？"科利尔似乎还在舔舐伤口，不过显然也想要证明自己的用处，"他的嘴和鼻子附近有些发霉，这难道不需要五个小时以上的时间吗？"

"发霉确实需要更长时间，可那不是发霉。"莎拉说，"你可以帮我把尸体侧过来吗？别让他迎面倒下去。"

科利尔从箱子里取出两只鞋套，一边脱下进楼时穿的旧鞋套，一边朝莎拉歪嘴一笑："顺便说一句，我叫霍尔顿①，跟书里那位重名，我的父母希望我成为一个愤世嫉俗的独行者。"

听到这个愚蠢的玩笑，莎拉微笑了一下，威尔简直想自杀。

科利尔一直咧嘴笑着，接过莎拉给他的手套，戴在他那双跟小孩差不多大小的手上："你想让我怎么做？"

"我数到三，你就动手。"莎拉数到三，科利尔呻吟着抬起哈丁的肩膀，费力地把他转向一边。尸体僵硬，如铰链一样斜翘着。眼看哈丁就要迎面倒在血泊里，科利尔不得不用膝盖抵住胳

---

①塞林格小说《麦田里的守望者》的主人公。

膊，勉力支撑尸体。

莎拉脱下哈丁的外套和衬衫，检查他的后背。威尔猜测她是在寻找刺伤的痕迹。莎拉用戴手套的手指按压哈丁的皮肤，没有找到任何伤口。地上的黑色血迹让哈丁看起来好像在滴机油。

莎拉问科利尔："你能再坚持一分钟吗？"

"当然能。"科利尔上气不接下气地说，威尔可以看到他脖子上暴起的青筋。哈丁至少有二百五十磅①，也许更重。科利尔费力地维持尸体侧身的姿势，手臂不住地颤抖。

莎拉换了一副新手套，伸进哈丁的后兜，取出一个厚厚的尼龙钱包。她打开钱包，尼龙搭扣发出撕裂的声响。她大声报出找到的东西："票根、快餐店收据、投注单、两张从 Back Door Man.com 网站上下载的金发裸女照片、几张名片。"她看着科利尔说，"你可以把他放下了，但是要小心点。"

科利尔把尸体放回地板的时候长吁了一口气。

"你们也许想看看这个。"莎拉把一张名片递给菲斯。威尔认得那个纯色的标志，他在里皮团队递交的文件里见过无数次。

"妈的。"菲斯低声咒骂，"吉普·基尔帕特里克，他不是里皮的经纪人吗？我在电视上见过他。"

威尔看了看阿曼达，她双眼紧闭，似乎想把这个男人的名字从脑子里抹去，威尔也一样。吉普·基尔帕特里克是里皮的经纪人、首席律师，也是最好的朋友，负责给他收拾各种烂摊子。威尔虽然没有证据，但他确信，基尔帕特里克派手下买通了新年夜派对的两个目击者，并威胁第三个人保持沉默。

莎拉说："我讨厌把事情搞得更复杂，不过我还是得说，门把手没有刺中哈丁的咽喉和颈动脉，没有刺中食道，也没有刺中任

---

① 1 磅等于 0.45359 千克，所以 250 磅为 113.3975 千克。

何重要部位。他的嘴巴和鼻子里没有血，铁轴上留下的血迹也非常稀少，只有一道干了的血迹在他的脖子侧面，除此之外再没别的伤口。这里的血，或者说这么多的血，并不是他的。"

"什么？"阿曼达的声音似乎恼怒多过震惊，"你确定吗？"

"确定。他衣服背面的血是从地上沾来的，衬衫上的一抹血迹则明显来自另一个人。他的主动脉完好无损，头上、躯干、手臂和腿上都没有大的伤口。你们在这个房间里看到的血不是戴尔·哈丁的。"

威尔很惊讶，接着感到自己的惊讶显得很愚蠢。莎拉对现场的解读比他高明。

"那么，这些血是谁的？"菲斯问，"'海蓝之谜女士'的？"

"有可能。"莎拉小心地站起身，以免失去平衡。

阿曼达试图理解这种可能性："这位消失的女人头撞到楼梯上，跑过楼厅时留下了血脚印，然后呢？"

"两人在房间里有过肢体冲突，天花板上有高速泼溅的血迹，意味着动脉被刺穿，而如我刚才所说，不是哈丁的动脉。"莎拉走到远处的角落，"因为涂鸦太暗，我们需要另一个光源交替照明。不过你们可以看到墙上这道血迹吗？那是人手留下的，这只手沾满了血，从形状和大小来判断，更像是一个女人的手。"

威尔先前也注意到了这一抹血迹，但是没有发现末端的手指印。这些指印让他想起凯莎·密斯卡维吉脖子上的抓痕。

阿曼达问莎拉："昨晚没有发生枪击，那么这些都是刺伤？"

莎拉耸耸肩，说："有可能。"

"有可能。"阿曼达重复了一遍，"很好，我会通知各家医院，他们'有可能'要在医院内寻找一个身上有不明原因刺伤、头部受重伤的人。"

"交给我吧。"科利尔已经开始在手机上打字,"我有一个兄弟负责格雷迪医院那个片区,他可以马上查一下急诊室。"

"我们还需要查一下亚特兰大医学中心和皮埃蒙特医院里的伤者。"

科利尔一边打字一边点头。

菲斯说:"莎拉,我还是不明白,门把手并没有杀死哈丁,那他究竟是怎么死的?"

"他糟糕的生活习惯害了他。他病态的肥胖,腹部异常肿大,眼睛里有结膜红斑。我猜测他还有心脏扩大症、高血压。他的下腹部和大腿上有针眼,说明他是需要长期注射胰岛素的糖尿病患者。他的日常饮食是快餐和彩虹糖。他放任身体状况恶化,不知道是因为抑郁,还是想自残,或是其他什么原因。"

科利尔露出质疑的表情:"也就是说,在一场生死搏杀中,哈丁非常及时地陷入了糖尿病昏迷?"

"不止这么简单。"莎拉指着自己的嘴巴四周,"哈丁脸上的东西,你认为是发霉,但是霉菌通常聚集生长,想想面包变质时的样子。我最先的猜测是脂溢性皮炎,不过现在我很确定,那是尿素霜。"

威尔说:"我好像闻到了尿味。"

"好鼻子。"莎拉递给科利尔一个包,用来装他的手套和鞋套,"尿素是一种由肾脏过滤排出的有毒物质,如果肾脏出于某种原因停止工作,比如糖尿病或高血压,那么身体就会通过流汗来排泄尿素。当汗水蒸发,尿素结晶,就会形成尿素霜。"

科利尔点点头,似乎听懂了:"那东西要多长时间形成?"

"不长。他有晚期慢性肾病,正在接受一些治疗。他的手臂上有一个移植的血管通路。出现尿素霜是非常罕见的现象,说明他出于某些原因停止了透析,可能已经有一周到十天左右。"

"老天。"菲斯说,"那这还是不是一宗谋杀案?"

"看起来他们都试图杀死对方,而且都差不多成功了。"阿曼达对莎拉说,"让我们把重点放在那个消失的女人身上。你说房间里有过肢体冲突,显然输的一方是哈丁,不过他也给对方造成了不小的伤害,这里的血迹就是证据。那个女人受了这么重的伤,还有可能走出这里,自己开车离开吗?"她又补充道:"别说什么'也许''有可能',你不是站在法庭上,林顿博士。"

莎拉仍然没有直接回答:"我们先从楼梯上的撞击痕迹说起,如果是那个消失的女人的头撞出来的,那么这绝对是重重的一击。她的头骨有可能会破裂,最起码也会脑震荡。"莎拉回头看了看凶杀案发生的房间,"真正的危险在于失血过多。我估计她的失血量略大于2升,占人体血量的30%~35%,相当于三级大出血。除了止血,她还需要输血。"

"她可以用帆布止血。"威尔说,"那块帆布没有找到,并且在停车场发现了一卷胶带。"

"有可能。"莎拉同意,"不过我们先来说一说她伤到了哪里,如果血是从胸部或者颈部流出的,那么她应该已经死了;也不会是腹部出血,因为血液会积留在腹部。所以伤口有可能在大腿根部,她仍然可以行走,虽然很困难;也可能在内踝,也就是踝关节内侧,她仍有可能拖地或者爬行出去;还有这里……"莎拉举起双臂,手掌朝外,"桡动脉或者尺动脉,手臂挥动时,血就会像从橡胶软管里喷出的水一样洒遍房间。"她回头看了一眼哈丁,"如果是这样,我希望他身上多留下些血迹。"

阿曼达说:"博士,谢谢你拖泥带水地说了这么多可能性。想找到这个活人,我们还有多少时间?"

莎拉没有理会她话里的挖苦："不管哪一种伤都必须接受治疗，就算她能自己止血也没有用。考虑到四到五小时的死亡时间，以及她的失血量，我想如果在没有得到救治的情况下，她只有两到三个小时了，然后她的器官就会开始衰竭。"

"你处理死人，我们去找活人。"说完，阿曼达转向威尔和菲斯，"我们现在要争分夺秒，首要目标是找到这个女人，带她接受治疗，然后是搞清楚她在这里搞了些什么鬼。"

科利尔问："那两张 Back Door Man.com 的照片呢？跟里皮有没有关系？"

"那是哈丁的个人癖好。"威尔说，"里皮有自己特定的口味。"

菲斯补充道："深色头发、伶牙俐齿、魔鬼身材。"

科利尔说："他老婆是金发。"

菲斯翻了个白眼，说："我才是金发，她是染的。"

"你们可以在我们找到那个女人之后再讨论头发颜色。"阿曼达对科利尔说，"让你那个搭档去做一个四十八小时内失踪人口报告，年轻女人、里皮喜欢的类型。"科利尔点头答应，可是她还没有说完，"我需要至少十个警察去搜查旁边的两栋废楼和那栋写字楼。把这里的结构工程师找来，这栋楼看起来很有问题。搜查的时候不光要用眼睛看，也要用脚走。每一个楼层，每一个犄角旮旯，都要翻个遍。我们这位受害者或凶手也许正淌着血躲藏在我们眼皮底下。我们谁也不想看见明天早上的新闻头条这么写。"

阿曼达转头对菲斯说："去一趟哈丁的住处，你到那之前我就会把搜查令办好。哈丁自称私家侦探。一种合理的猜想是他在调查一个女人，有可能是被里皮雇用。这个女人也许会成为另一个受害者，也可能她抓住了里皮的什么把柄，在向他勒索，或者两者同时成立。哈丁应该有一份她的档案，里面会有她的照片、记录,最好还有地址。"

她指着威尔说:"你跟她一起去。哈丁不会住在什么高档的地方。他住的小区里会有酒铺、地下钱庄、脱衣舞俱乐部什么的。那里可能会有卖一次性手机的,看看能否通过 IMEI 码①和监控录像定位到哈丁的号码,然后查一下他和吉普·基尔帕特里克或者马库斯·里皮有没有联系。"

"是,长官。"各位的回应声此起彼落。

威尔听到一阵金属刮擦水泥的声音,剪叉式升降机把查理·雷德带到了二层。查理朝他们走来的时候,脸色十分阴沉。

阿曼达说:"有话快说,查理,我们时间有限。"

查理拿着手机,忐忑不安:"我查到了那把格洛克 43 的资料。"

"说下去。"

查理盯着阿曼达说:"也许我们应该……"

"我让你有话快说。"

查理深吸了一口气,说:"那把枪注册在安吉·波拉斯基名下。"

威尔突然心里一紧,喉头一阵发酸。

"深色头发、伶牙俐齿、魔鬼身材。"

威尔的脸颊好像烧着了一样。大家盯着他,等待他的反应。豆大的汗珠滚落进他的眼睛。他抬头望着天花板,不敢看任何人。

终于,科利尔的问题打破了沉默:"我漏掉了什么关键信息吗?"没有人回答。他又问:"谁是安吉·波拉斯基?"

莎拉清了清嗓子,然后说:"安吉·波拉斯基是威尔的太太。"

---

① International Mobile Equipment Identity,国际移动设备识别码,即通常所说的手机序列号,用于在移动电话网络中识别每一部独立的手机等移动通讯设备。

第二章

莎拉看到威尔用手支撑着墙壁才勉强站稳,她觉得自己应该做点什么——安慰他,告诉他一切都会好的。可是,她只是站在那里,忍受着每次有人提起他那个行为古怪、令人厌恶的妻子时她内心涌起的怒火。

从威尔十一岁时起,安吉·波拉斯基就像一只蚊子一样在他的生命里飞进飞出。两人在亚特兰大儿童福利院相识,在虐待、忽视、放任、折磨中一起长大。然而威尔青少年时代所经历的所有痛苦,都比不上安吉带给他的。就在此时此刻,她依然在带给他痛苦,因为最近一个被她伤害的人正躺在眼前的血泊之中,折磨着在场每一个人。

戴尔·哈丁只不过是连带的受害者,威尔才是安吉一直以来的首要目标,她从未停止过对他的伤害。

这会是她的最后一击吗?

"不。"威尔停下来,扫视了一遍发生凶案的房间,"她不会……"

莎拉强压下怒火,这不是安吉第一次粗暴地攫取他人的注意力。她知道此时威尔的头脑中也在把她和这些事物联系起来:肢体冲突、致命伤、名副其实的"血泊"。

受伤、危险、绝望。

安吉。

"她……"威尔再次停下来,"也许她……"他扶着墙蹲在地上,气息散乱,"啊,天哪,上帝,"他用手捂住嘴,"她不会……"他嘶哑着声音说:"是她。"

"我们还什么都不知道。"莎拉尽力让声音平静。她提醒自己这不是为了安吉,而是为了威尔。看到他如此痛苦,她感到好像有一把尖刀在自己的胸口翻搅,"她的枪也许是被偷了,或者……"

"是她。"莎拉看到威尔脸上痛苦的表情。他背过身,向前走了几步。莎拉感觉自己被一种巨大的无力感吞噬。安吉是他们两个都急切地想要摆脱的人,但不是以这种方式。她必须承认,她早就知道安吉绝不可能温和地退出。即使是死亡,或者奄奄一息之时,她也会想办法拖威尔下水。

阿曼达问:"查理,手枪注册的地址是哪里?"

"跟她驾照上的一样。"查理看了一眼手机屏幕,"贝克街……"

"98号。"威尔打断他,仍未转过身来,"那是她的旧地址。手机号码留的是哪个?"

查理读出一串号码,威尔摇摇头,说:"她已经不用了。"

阿曼达问威尔:"你知道她在哪里吗?"

他又摇摇头。

"你最后一次见她是什么时候?"

威尔沉思了一下,回答:"周六。"

莎拉感到胸口的尖刀正在给她残酷的致命一击:"周六?"

周五晚上两人在威尔家里过夜,他们还做了爱,两次。周六早上，威尔告诉莎拉他要出去跑步，没想到是去密会他的妻子。

莎拉艰难地吐出几个字："你两天前见过她？"

威尔沉默不语。

阿曼达烦躁不安地叹了一口气："你有她的电话吗？她上班的地方？任何能联系到她的方式？"

威尔一直摇头。

莎拉凝视着他的背影、她常常搂着的宽肩膀、她吻过的脖子、她用手指轻抚过的浓密的金褐色头发，眼泪蓄满了她的眼眶。他一直在和安吉见面吗？那些加班的夜晚？那些有早会的清晨？那些两小时的跑步和街头篮球赛？

"好了。"阿曼达击掌唤回大家的注意力，用整栋楼都能听到的嗓音说道，"犯罪现场的所有工作人员，休息十五分钟，补充水分，坐着吹空调。"

穿白色工作服的技术人员们发出一阵低声的欢呼，纷纷走向出口，他们大概一出门就要开始八卦。

莎拉趁泪水没有落下，赶紧抹了抹眼睛。她正在工作，必须控制好自己，应对眼前的事情。她告诉阿曼达："我们可以用流动实验室化验血型，马上就能出结果。"她仍然忍不住轻轻的呜咽，"这不是DNA检测，不过我们可以用血型来确认或者排除安吉作案的可能性。"说到这里，她不得不再次停下来，忍住抽泣，也不知道自己的声音别人能否听清，"我们可以先作一些简单的判断，比如，楼梯上的血迹和走向房间的血脚印血型匹配吗？这些又和房间里的血迹匹配吗？跟动脉喷溅的血型相同吗？手印的血型呢？"莎拉突然紧闭双唇。她准备说多少次"血型"这个词呢？换做别人的话，可能会简单明了地说："我需要安吉的血型，然后等待DNA检测提供进一步证据，不过至少血型可以告诉我们一些东西。"

阿曼达草草地点了点头："就这么办。安吉做过十年警察，我会从她的档案里调取她的血型信息。"她的语气中一反常态地流露出不安，"菲斯，你去调查一下，我们需要她现在的住址、电话号码、雇主信息，还有所有你能查到的东西。科利尔，给你和老吴的任务没有变，另外我想请你带队搜查废弃的……"

"让我去做。"威尔开始向升降机走去。阿曼达一把抓住他的手臂，强硬地阻止住他。

"留在这里。"他想要挣脱，但阿曼达的指甲深深嵌入他的衣袖，"这是命令。"

"她也许还……"

"我知道她也许还活着，但你必须留在这里，回答我的问题，听明白了吗？"

科利尔捂着嘴干咳，学着老师训斥学生的样子。菲斯拍打他的手臂，让他闭嘴。

阿曼达说："查理，带科利尔和菲斯下楼，然后再上来找我。"

菲斯走过的时候捏了捏莎拉的手。她们两人之间有一个无言的约定，除非泛泛提及，否则绝不谈论威尔。此时此刻，莎拉无比想要打破这个约定。

"阿曼达。"威尔没等大家离开就忍不住说，"我不能……"

阿曼达竖起手指，让他别说话。她担心莎拉再次受到羞辱。

周六。

两天前。

莎拉当时不知道威尔有事瞒着她。还有多少她不知道的事呢？她努力回顾过去的几周，威尔并没有表现出什么异样。如果有的话，他比往常更加体贴，甚至更加浪漫，这也许是某种最重要的征兆。

"阿曼达。"威尔努力压低声音,想表现得更加冷静,"你听到莎拉怎么说了,安吉会失血而死,她可能只有几个小时了……"他的声音越来越低,如果安吉没有及时得到救治,大家都知道会发生什么,"我必须去找她,只有我知道她会躲在什么样的地方。"

阿曼达冷冷地瞪了威尔一眼,说:"我发誓,威尔,你只要走下这层楼一步,我就会让你戴上手铐,看不见阳光。"

威尔的双眼几乎被怨恨点燃:"这件事我永远不会原谅你。"

阿曼达拿出手机,做了个样子:"快把这件事添加到你记恨我的列表里。"

威尔转过身背对她,目光掠过莎拉。他没有跟她说话,甚至没有目光的接触,径直向楼梯口走去。莎拉以为他会不顾一切地下楼,可他却转身走回来,在楼厅中走来走去,像一只笼中的困兽。他紧紧咬着牙关,莎拉可以看到他凸起的下颌骨。他双拳紧握,又一次站在了楼梯口,摇了摇头,喃喃自语。

莎拉从他的口形可以看出,不是道歉,不是解释,而是"安吉"。

威尔并不爱安吉,至少不是夫妻的爱,至少他对莎拉是这样说的。他说在这一年里,为了签离婚协议,他正在四处寻找他的妻子。他说他们的婚姻是一个谎言,是一次头脑发热。他向莎拉承诺,他将会竭尽所能结束这段婚姻。莎拉觉得好可笑,一个佐治亚调查局的探员竟然找不到一个两天前就在他眼前的人。

威尔和安吉是在某个餐厅还是酒店见面的?莎拉感觉她的泪水又呼之欲出。他和他们一直在一起吗?他是在玩弄自己吗?

"说吧。"阿曼达等到升降机落地才开口,"周六你在哪里见到了安吉?"

威尔慢慢转过身,双臂交叉,看着阿曼达头顶上方的某处:"在我家附近,她停车的路边。"说到这里,他停了下来,莎拉希望他是在回忆一件不愉快的事情,"我本来是要出去跑步,却看见了她的车,那是一辆雪佛兰蒙特卡洛SS,1988年款,黑色和……"

"和红条纹,我已经发出了五州联合通缉。"阿曼达问了威尔一个莎拉骨鲠在喉的问题:"她为什么去你家?"

威尔摇头,说:"我不知道,她看见我之后就回到车里,然后就……"

"她没跟你说话?"

"没有。"

"她也没有进家门?"

"没有。"威尔随后改口道,"据我所知没有,不过她偶尔会自己进来。"

莎拉看了看菲斯留在地上的证据袋。

那支口红。

希思黎玫瑰软绒,包装侧面有一条刮痕,不是什么出厂瑕疵,这支就是莎拉的口红,她上个月留在了威尔家的浴室的洗手盆上。他们一起出去吃晚饭,回来的时候这支口红就不见了。

在安吉的手提包里,握在她的手中,夹在她的指间,涂在她的唇上。

莎拉感到一阵反胃。

阿曼达问威尔:"你知不知道她为什么把车停在你家外面?"

威尔摇头:"不知道。"

莎拉努力让语气平静下来:"她有没有在我的车窗上写字?"

"没有。"威尔回答道。可是莎拉该怎么相信他?他跑步回来后两人一起去吃早餐,然后一天都腻在他家的沙发上,午饭点了一份比萨外卖。威尔有无数次机会告诉她,这个他找了一年的女人今天早上就把车停在他的家门外。莎拉是不会生气的,顶多有些心烦,不过也不针对威尔。她从不为了安吉那摊烂事责备威尔。威尔知道这一点,因为安吉从前已经给两人带来数不清的麻烦。

也就是说,威尔隐瞒安吉到访的唯一原因,就是这件事背后还有隐情,比如安吉进过他家,比如她偷走了莎拉的口红。还有什么东西她找不到了?几把梳子、一瓶香水。莎拉曾经责备自己在她家和威尔家之间乱放东西,却从没想到丢的东西是安吉偷走的。

但是,威尔知道。

阿曼达说:"我们回到那一天的情境。你从家里的前门出去,然后看见安吉把车停在路边,她坐在车里。"

"她站在车旁边。"威尔谨慎地回答,似乎每句话都需要思虑再三,"她看见了我,也知道我看见了她,然后回到车里,接着……"威尔低头瞥了一眼证据袋:雪佛兰的车钥匙,样式老旧,也许就是1988年款蒙特卡洛的钥匙。

他继续说:"我跑过去追那辆车,但是没有追上。"

莎拉试图在脑海中勾勒出威尔沿着大街追赶安吉的画面。

阿曼达对莎拉说:"你刚才问的车窗上写字是怎么回事?"

莎拉耸耸肩,那件事似乎微不足道,却又让她耿耿于怀:"她有时候会在我的车窗上写字,内容你们都能猜到。"

"最近一次呢?"

"最近一次是三周以前。"那是莎拉在格雷迪医院做儿童医师时值的最后一班。一个四岁的男孩儿误把一包冰毒当作糖果吃掉，被送到医院的时候心脏已经完全停搏。她用了四个小时全力救治，却徒劳无功。当她准备开车回家的时候，在挡风玻璃上看到几个用黑色眼线笔写的字：臭婊子。

毫无疑问，这几个字出自威尔太太的手笔。安吉字迹潦草，"F"写得像"J"，"E"写得像反过来的数字"3"。从一年半之前的一天早上，也就是威尔在莎拉的公寓度过的第一夜起，莎拉就开始时常收到安吉在她车窗上的留言，她对安吉的笔迹已经非常熟悉了。

阿曼达问威尔："安吉没给你留过言吗？"

威尔摩挲着下巴，说："她不会这样做的。"

他很了解她。莎拉低下头，看着地板。

"好吧。"阿曼达的声音比先前更加不安，"我给你们两个人五分钟时间谈一谈，然后你们就回到工作中去。"

"不。"威尔几乎喊了出来，"我要去找安吉，你必须得让我去找她。"

"如果你找到的是她的尸体呢，威尔？你不是一直想方设法要跟前妻离婚，好跟新女友在一起吗？负责犯罪现场的验尸官不正巧是你的新女友吗？你的搭档和上司不是也在办这个案子吗？我们的工作守则里又是怎么说的？你需不需要我给你念一遍？"

莎拉从威尔的表情可以看出，他对这些一点都不关心。

阿曼达继续说："你太太杀了——或者按你女朋友的说法，并没有杀一个警察。他受吉普·基尔帕特里克雇佣，为马库斯·里皮服务，而里皮正是过去七个月里被你们以一宗不成立的强奸案找过麻烦的人。她倒叉着腰，"哦，还有，你这位太太还一直在跟踪你的女朋友。我说的没错吧？"

"我只想找到她。"

"我知道你想,但你必须让我来处理这件事。"阿曼达转向莎拉说,"五分钟。"她走向升降机,鞋子的低跟发出响亮的声音。莎拉甚至没有听见查理把升降机开上来。

威尔张开嘴想要说话,却被莎拉制止住。

"去那边。"莎拉表示他们应该离开案发的房间,不管戴尔·哈丁生前如何,死者都应该得到一些尊重。

威尔拖着高密度聚乙烯鞋套跟她走去,耷拉着肩膀,看上去好像一个犯了错要被关进柴房的小孩。他们在一堆石膏板的后面停下脚步,威尔双手摩挲着脸颊,想抹去一切表情。

莎拉站在他面前,等待他说点什么,什么都行,比如他很抱歉说了谎,比如他很难过或者很愤怒,比如他爱她并愿意跟她一起跨过这个坎,比如他不想再见到安吉。

他什么也没有说。

他的目光穿过莎拉的肩膀,盯着升降机将会回来的地方。他的双拳仍然紧握,身体紧绷着,迫不及待地等着升降机返回他的视线。

"我不想把你扣在这里。"莎拉感觉她的话被卡在了喉咙里。每当她生气的时候,声调反而会弱下去,此刻她已经提不起一点力气,"你可以去那边等,我还有很多工作要做。"

威尔没有动:"你想让我说什么?"他们都知道,没到五分钟,查理是不会回来的。

威尔的语气似乎很生气,可他有什么资格生气?莎拉的嘴巴发干,心脏怦怦直跳:"你为什么不告诉我你见到了她?"

"我不想让你烦心。"

"通常人们这么解释,实际上表示他们没有胆量说实话。"

威尔笑了笑，这个表情一下子激起了莎拉心中的怒火。

"看着我。"莎拉从没有这么想扇他耳光。

威尔显得很不情愿，但终于还是把目光移向她。

"你知道她拿了我的口红，你知道她一直在用我的东西。"莎拉感觉她的眼泪又忍不住要落下来，这一次是出于愤怒。通过这支口红，一切都明朗起来，因为她知道以安吉的为人，做起坏事绝不是一次就会收手的。莎拉想着她留在威尔房子里的所有私人物品，头脑中浮现出安吉触摸它们的画面，感到既恶心又愤怒："她有没有闯进我的公寓？"

"我不知道。"威尔耸肩摊手，好像这些完全不关他的事，"你想让我怎么……"

"闭嘴。"莎拉扯着嗓子说，"她乱动我的东西，那是'我们'的东西。"

威尔用手指摩挲着下巴，又看向别处。

"你去年换了门锁。"莎拉知道这起码是真的，因为威尔给了她一把新钥匙，她还看见了拆下来的废门闩，"你也给了她一把钥匙？"

威尔摇了摇头。

"你知道她这样闯进你的房子多久了？"

他耸了耸肩。

"回答我！"

"是你让我闭嘴的。"

沙拉感觉嘴里要喷出火来，她的笔记本电脑就留在威尔家里，她的身家性命都在那里面——患者档案、个人邮件、通讯录、工作日程表、照片。安吉有没有猜她的密码？有没有用过她旅行袋里的东西？有没有穿她的衣服？她还偷走了些什么？

"听着。"威尔说,"我也不清楚她有没有进过房子里,有时候东西自己会乱跑,要不就是你自己动过,或者我动过,或者……"

"你真的是这样认为的?"威尔生性整洁,永远会把用过的东西放回原处,莎拉在他家时也会很留心地照做,"你为什么不再换一次门锁?"

"换门锁做什么?你以为这么容易就能阻挡她吗?你真觉得我有办法阻止住她?"莎拉的问题似乎让威尔很苦恼,固执如他,倔强如他,却在和安吉的关系中总是处在被支配的一方。安吉就像一个想要保护他的大姐姐,像一个用性爱来掌控他的偏执的恋人,像一个最可恶的妻子,既不想要婚姻,又不愿意放他走。安吉爱着他,恨着他,需要他。她常常不见踪影,有时几天,有时几周、几个月,还有不止一次消失了一整年。三十年来,唯一不变的,就是她总会回到威尔身边。

莎拉问:"你真的一直在找她吗?"

"我给你看过离婚文件。"

"你在上面写的是同意离婚吗?"

他眼中闪过一丝怒火,说:"是。"

"你之前有没有见过她却没告诉我?"莎拉的语气突然慌乱起来,"你是不是一直跟她在一起?"

威尔脸上的怒气更盛,好像对方根本没有资格问这个问题:"不,莎拉,我没有背着你跟她乱搞。"

他说的是实话吗?她可以相信他所说的吗?莎拉已经把一生托付给了这个男人。她压下本能的妒火,抛开道德的枷锁。她接下这份工作,在所有同事面前出丑,更不用提她的家人会怎样想,她为了瞒过家人,只能比威尔说更多的谎话。

威尔问:"你认为她还活着吗?"

"我不知道。"现实有着残忍的不确定性。

威尔看了一眼手表,心里一直在默默计时。等到升降机一回来,他立刻就要骑上白马,再一次去拯救安吉。

昨天,也就是威尔见他妻子的第二天,莎拉和他一起在开放日去参观了一栋待售的房子。两人原本是在外面散步,作为只看不买的闲人,去参观只是为了借房里的空调避避暑。不过,莎拉还是情不自禁地想象着每天威尔回家时,她走下楼梯,用一个吻迎接他的情景,或是威尔在院子里除草,她在一旁种花,或是某个深夜,她一边跟威尔一起站在厨房里吃着冰激凌,一边思考着该给她那个该死的床头柜上一把什么样的锁。

"上帝。"莎拉双手掩面,泪水夺眶而出。她此刻想把自己泡在碱液里。

"她不会放弃的。"威尔挑了一下眉毛,莎拉从第一次见面就注意到,每当他紧张时就会如此,"安吉是不会放弃的,就算受伤也不会。"

莎拉没有回答。不过他说的对,安吉是一只打不死的蟑螂,在所到之处散布病毒,却没有什么能够摧毁她。

"她的车不在这里,但是钥匙在,不过她也可能还有另一把钥匙。"威尔垂下手,"她是个警察,也是儿童福利院里最坚强的女孩儿,比男孩儿还坚强,有时比我都要坚强。她知道怎么照顾自己。她有她的人脉,遇到麻烦的时候会有人帮助她……如果她受了伤的话……"

他说的每一句话都好像一把刀子。

"对不对?"威尔说,"要是有人能逃过此劫,那么这个人一定是安吉。"

莎拉摇头,她没办法接话:"你想要我做什么,威尔?安慰你?让你放心?告诉你你欺骗我也没关系?告诉你虽然你明知道她在侵犯我的隐私、我们的隐私,但是这都无所谓?"莎拉用手捂住嘴,她知道疾言厉色也于事无补,"我知道你仍然对她有感情,三十年来她在你生命中一直占有重要的位置。我接受,我也理解这份感情是因为你们曾经同甘共苦。可你现在是和我在一起,至少我以为我们在一起,我需要你对我诚实。"

威尔摇摇头,好像这只是一个误会:"我一直对你很诚实。她确实只是停在路边,我们没有说话。我猜我应该告诉你得好。"

听到"猜"字,莎拉狠狠咬了一下嘴唇。

又一次,威尔把目光投向升降机即将到达的位置:"已经过了五分钟了。"

"威尔。"莎拉残存的一点自尊心也消失无踪,"请告诉我,你想让我怎么办,请你告诉我。"她无法自持地抓住他的手,她无法忍受他从身边离去的感觉,"我该给你一些时间吗?如果你需要时间,请告诉我。"

威尔低头看了看两人的手。

"说话啊,求求你。"

威尔用拇指轻抚着她的手背。他是不是在想办法离开她?他是不是还有事情没有坦白?

莎拉感到她的心在颤抖:"如果你需要一个人处理这件事,那就告诉我,我没问题的。只要你告诉我,你想让我怎么做。"

他仍旧抚摸着她的手背。莎拉回想起威尔第一次这样抚摸她是在医院的地下室里,这种肌肤相亲的感觉点燃了她身体里的火焰,她的心怦怦狂跳,和现在一样。不过那一次她充满渴望,这一次则是恐惧。

"威尔?"

威尔清了清嗓子,握紧她的手。莎拉屏住呼吸,等待他说点什么,思忖着这是他们关系的终结,还是另一座他们必须翻越的大山。

他说:"你能不能去接贝蒂?"

"什么?"莎拉的大脑没有反应过来。

"她在兽医那里……"威尔喘了一口气,把她的手握得更紧,"我不知道我要到多晚,你能不能把她接回来?"

莎拉的嘴巴张了又闭,然后又张开。

"他们告诉我……"威尔停顿了一下,莎拉看到他的喉结上下翻动,"他们让我五点去接,不过你或许可以打电话问问能不能早一点,因为他们说中午前就能结束,只是麻醉……"

"好。"莎拉平静下来,不知道还能怎么办,"我会照顾好她。"

"谢谢。"威尔长长地舒了一口气,仿佛解决贝蒂的问题是最重要的事情。

查理·雷德走上楼梯,脚步沉重得不太正常。他两只手各提了一个看起来很重的帆布兜。

"楼梯处理好了,不用那个要人命的升降机了。"查理对威尔和莎拉说,八字胡下面的嘴巴生硬地咧开,笑了笑,"威尔,阿曼达在车里等你。"

威尔把手从莎拉手中抽出来,绕过查理,一步两级地飞快走下楼梯。

莎拉凝视着他的背影,搞不清刚刚发生了些什么,也不知道该作何感受。她把手放在胸口,想确认自己的心脏仍在跳动。她的心咚咚地跳个不停,好像刚刚跑完了一场马拉松。

"老天爷。"查理走上来，把两个兜放到地上，然后扣着双手向莎拉走来，"我在想怎么才能让气氛更加尴尬，我是不是该脱下裤子，唱一首歌？"

莎拉努力发出几声笑声，可听着却更像哭声："对不起。"

"不要向我道歉。"查理非常友善地微笑着，从工装裤里取出一瓶水，"你需要把这个喝光，天气预报说这里有一千一百亿摄氏度。"

莎拉勉强露出笑容，因为他很卖力地逗她。

"第一个选项，一醉解千愁，不过这样做有利有弊。"查理说。

莎拉只能想到这样做的"利"。她已经有一年多没喝过酒，因为威尔不喜欢酒味："第二个选项呢？"

他指了指这栋楼，这里仍是犯罪现场。

"喝酒的主意很诱人。"莎拉由衷地说，"不过还是说一说我们需要做些什么吧。哈丁的尸体可以运走了，我们至少需要四个人。"

"因为要下楼梯，我叫了六个人，估计四十分钟后到这里。"

莎拉看了看手表，她的眼前模糊一片，只能猜测时间："他们还需要花点时间准备，我会在午饭后开始尸检。"贝蒂的兽医脾气暴躁、不近人情，肯定不会在五点以前把贝蒂交给莎拉，"现在最重要的是验血报告，查到安吉的血型了没有？"

"阿曼达说，一查到她就会给你发短信。同时我也让一个技术员取了血样，他大概要花半个小时。如你所见，墙已经被涂鸦喷成黑色，所以我只让他取了一些位置明显的血样做三重检验。他比较慢，但是很彻底。"查理停下来喘了口气，"至于现在，你可以帮我装设黑光灯，拍摄鲁米诺反应结果，也可以去车上吹吹空调,等血样出来了再大显身手。"

莎拉很想一个人去车里坐坐,但还是说:"我来帮你。"她喝了一口水,冰冷的液体在胃里翻搅。她满脑子想的都是那支口红,难以自控地想象着安吉站在威尔浴室的镜子前,试着自己的化妆品,把想要的全部拿走的画面。安吉·波拉斯基就是这种人,她总是把别人的东西据为己有。

查理问道:"你可以吗?"

"没问题。"莎拉小心地拧上瓶盖,问查理,"还有其他要做的吗?"

"我们还在登记证据,可能要花三四天的时间。哈丁的车已经冷却下来,可以检查了,不过我怀疑我们找不到什么东西,因为整辆车都烤焦了。"查理转过身,看到一个年轻的技术员正走上楼梯,他穿着一件没有帽子的高密度聚乙烯工作装,头上套了一个发网,马尾辫像箭矢一样在脑后摆来摆去。他脖子的一侧文了一个华丽的红蓝色十字架,下巴上留着一小撮山羊胡,眉骨上穿了环。

查理介绍道:"他是加雷·昆塔纳,刚毕业,超级聪明,也很爱学东西,别被他神经兮兮的外表骗了。他收养流浪猫,还是个素食主义者。"

莎拉微笑着点头,假装在听查理说话。她感觉自己的心脏快要跳到喉咙里了,胃里面翻江倒海。她祈祷自己不要生病。

查理扣起双手,说:"我已经把我那些昂贵的摄影器材和灯……"

"不好意思。"莎拉打断他,又把手放在胸口,连查理都能看出她的心脏在狂跳,"能不能给我几分钟时间?"

"当然可以,我去那边第一个房间装设器材,等你准备好了随时可以进来。"

莎拉哽咽着吐出一句"谢谢",向远处的那座旋梯走去。她穿过戴尔·哈丁死亡的房间,感到自己罪大恶极,因为一个人正横尸于此,而她却一蹶不振。莎拉站在楼梯口那只彩虹眼睛的独角兽前,感觉五脏六腑都翻涌起来。她闭上眼睛,等待着反胃的感觉退去。她掏出手机,好让自己低着头静静站在那里的样子看上去并不反常。

有一条妹妹泰莎发来的信息。泰莎在南非做传教士。她发来一张女儿和当地小朋友一起筑沙堡的照片。

莎拉调出键盘,打了"安吉回来了"几个字,但是并没有发送出去。她盯着这条信息看了看,然后删掉了后面三个字,改成了:"安吉可能死了。"她的大拇指在"发送"键上徘徊了一会儿,仍然没有按下去。

莎拉参与过几宗牵涉手机信息的谋杀案的审讯。她想象自己站在证人席,向陪审团解释,为什么妹妹得知威尔的妻子可能死了的消息后,发来了一个笑脸。她删掉了这条未发送的信息,凝视着小外甥女的照片,直到五脏六腑不再翻涌,不再感觉自己随时会滚落下楼梯。

莎拉从未完全理解威尔和安吉之间扭曲的关系。她把这个看作爱一个人所必须包容的那些事,就好像威尔拒绝吃蔬菜,或者他完全注意不到厕纸快要用光一样。安吉是一种瘾,是一种病。

每个人都有一段过往。

莎拉先前也结过婚,她毫无保留地深爱过一个男人,愿意跟他幸福地共度此生。但是,他死了,她不得不强迫自己抽身出来。最终,她离开了自己长大的小镇,离开了家人,离开了她熟悉的一切,搬到亚特兰大,重新开始。随后,威尔出现了。

他们算是一见钟情吗？其实遇到威尔的感觉更像是大梦方醒。那时候，莎拉已经做了三年的寡妇。她在格雷迪医院值两个班，每天的生活就是两点一线，往返于医院和家之间。直到有一天，威尔走进了急诊室，莎拉感到她内心深处被拨动了，好像一朵冬天的小花从积雪中伸出头来。他英俊、聪明、有趣，而且非常非常复杂。他心头负荷的包袱之多，足以装满天空中每一架飞机的行李舱，而安吉只不过是其中的一部分。

莎拉职业生涯的大部分时间都在做儿科医师，转做验尸官之前，她已经见过无数被大人当作泄愤工具的可怜儿童。直到遇见威尔，她才真正明白，这些受虐待的儿童长大之后会变成什么样子。威尔的伤疤既是身体上的，也是情感上的。他不信任别人，至少不够信任。让他说出自己的感受就好像拔牙一样痛苦。事实上，让他说出任何真正重要的东西，都困难得好比从流沙里把泰坦尼克号拖上岸，而且是只用一根鞋带去拖。

他们在一起的前三个月，他连身上的伤疤也讳莫如深。将近一年过后，他才告诉莎拉其中几处伤疤的来由，但是没有涉及细节，当然更不涉及这背后的情绪。莎拉渐渐心领神会，不再问他问题。每当她用手抚摸他的后背时，都假装感觉不到那块被皮带扣抽打留下的方形伤疤。她和他接吻时，也会忽略掉他嘴唇上的裂痕。她只给他买长袖衬衫，因为她知道他不想让别人看到他小臂上的剃刀伤口。

那道伤口是因为安吉。

威尔曾经为安吉自杀，不是因为被她拒绝，而是因为儿时的一件事。那时候两人一起被一个男人领养，这个男人的手一直在安吉身上摸来摸去。她像狼一样嚎叫，可是没有警察理会她，因为她十四岁就有了案底。威尔取出一把剃刀，在自己的手腕到小臂之间割开了一道六英寸长的伤口,因为他知道,只有进了急诊室他们才不会坐视不理。

这不是他第一次,也不是最后一次为安吉·波拉斯基冒生命的危险。威尔花了很多年的时间,试图打破她的羁绊,可是直到今天,这羁绊真的破除了吗?得知这个他相识一生的人可能死亡的消息后,他只是出于人之常情而感到难过吗?

莎拉不由自主地又想起那支口红,她全部的注意力只能放在那里,因为那支口红连带出的种种侵犯是她不敢想象的。威尔早就知道安吉闯入他的房子。为了她,他可以牺牲生命,而对于莎拉的隐私,他都不愿意用心保护。

莎拉摇了摇头,起码她现在知道了,她在威尔眼中的重要性排在了贝蒂后面。

莎拉把手机放回兜里,摘下别在领口的眼镜,镜片已经脏了。整栋楼里酷热难耐,所有东西上都笼着一层湿气。她拿出一张纸巾,擦了擦镜片。

她觉得去接贝蒂至少有一点好处,就是威尔终究要去找她。这有些可笑,她为什么让他如此凌驾于自己之上?她是一个成年女性,不该像一个小女生一样,等待着男孩儿在她偷偷放进他储物柜的小纸条上勾选是否爱她。

莎拉检视着镜片,瞥见上面的一个污点。她正要骂自己又毁了一副眼镜时,突然发觉那个污点并不在镜片上,而是在后面的独角兽上。

她戴上眼镜,靠近观察。独角兽有一匹真实的马那么大,头部微微倾斜,向下看着旋梯。它的彩虹眼睛高度到莎拉的肩膀处,虹膜的蓝绿条纹中央有一个十美分硬币大小的洞。一些彩色喷漆脱落,留下灰色的水泥点,被她看成了镜片上的污点。莎拉低下头，看到地上的烟头和吸毒管上覆盖着一层水泥粉尘，似乎是最近落下的。

"查理！"她呼唤着。

查理把头探出房间："什么事？"

"你能不能带上相机和镊子过来一下？"

"这是我这星期里听到的最有趣的建议。"他回到房间，出来时一手拿着相机，一手提着犯罪现场专用工具箱。

莎拉指着独角兽的眼睛，说："这里。"

查理哆嗦了一下，说："我最害怕两样东西：独角兽和眼球。"他从工具箱取出一个放大镜，凑近观察，"啊，我明白了，了不起的发现。"

莎拉站在一旁，查理拍下独角兽穿孔的眼睛，用一把小金属尺测量了一下长度。他拍完独角兽下方的灰尘，又换上长镜头拍摄远景。终于把这只独角兽记录完整后，他递给莎拉一把尖头镊子，说："你来吧。"

莎拉知道，如果她操之过急，一定会搞砸。她也知道，自己做手术从未失败过。她把掌根贴在独角兽的眼睛下方，把镊子打开到刚好与虹膜中的洞孔同宽，慢慢地把镊子头伸进去，直到感觉到某个硬物。她没有张开镊子，而是收拢，十分肯定可以夹到什么东西。她的判断是正确的，镊子的尖端夹到一枚变形的子弹壳。

查理说："他们拿独角兽当靶子吗？"

莎拉微笑道："点38口径？"

"看着像。"查理说，"那把G43没有开火，弹夹里是九毫米的美国之鹰子弹，全金属外壳。"查理撇着八字胡思考着，"这可能出自一把左轮手枪。"

"有可能。"莎拉赞同,比起九毫米口径的枪,戴尔·哈丁这样年纪的警察也许会更喜欢左轮,"你们没有找到这把枪吗?"

"可能是在他的车里烧化了,我会告诉技术员,让他们再找找。"

莎拉闻了闻那枚子弹壳,有一股木屑、铅粉和硝化甘油混合的气味:"时间还不长。"

查理也闻了一下,说:"没错,不过没有血。"

"这枚子弹的温度没有高到能在穿过人体后烧干血液,不过可以再用显微镜看一下。"

"做个酚酞测试?"

莎拉摇摇头,现场验血出了名地靠不住:"我们应该交给实验室来做,我不想让他们说我们独占了唯一的关键样本,让他们没法做 DNA 检测。"

"好主意。"查理低头看着地板,"我不是医生,但我知道如果子弹击中了什么重要部位,比如动脉,那么这附近一定能发现血迹。"

"同意。"莎拉从工具箱里找到一个小号塑胶证据袋,查理的字迹更漂亮些,所以由他填写标签。

查理说:"你知道吗?阿曼达授权我们在每个环节加急办理,包括 DNA 检测。"

"二十四小时总比两个月要好。"莎拉研究着独角兽眼中的弹孔,"你看这个孔是椭圆形的吗?"

"我拍照的时候注意到了,我们会找几个计算机高手做一个透视图,计算弹道、射速和射角。我会让他们加急来做,用不了几天就能有结果。"

莎拉从工具箱里拿出一支马克笔,把笔头伸进弹孔里,笔帽朝一个角度倾斜了一点点:"你有没有两个水平仪和绳子?"

查理笑着说:"你是百战天龙①吗?"

莎拉在一边等待着。查理从其中一个帆布兜里取出绳子,系在马克笔末端,然后掏出手机,打开一个水平仪软件。

"啊,好办法。"莎拉也掏出手机,用拇指滑动着屏幕,找到了水平仪软件,"到楼厅另一侧有多少码?"

"28 码②。"

莎拉说:"计算空中飞行物还要考虑到空气阻力、风力和重力。"

"这里没有风,空气阻力在这个距离可以忽略不计。"

"那就只有重力了。"莎拉把手机放在马克笔上方,屏幕上显示出一个老式的斯坦利牌水平仪,测量结果:7.6°。她又把手机放在笔侧,水平仪显示的数字上下浮动,"就算 32 好了。"

"好极了。"查理开始向后退,把绳子放长、拉直,不时停下来检查手机上的水平仪与绳子之间的角度,只要保持角度不变,靠这条绳子就能大体定位到子弹离开枪口的位置。

查理一边倒退一边回头张望,跨过地上的黄色塑料标记牌。他的手举得太高,难以合理估计一个中等身高的人持枪射击的位置。他走过案发的房间,走过墙板堆,慢慢把手放低,一直走到另一侧的旋梯口才停住脚步。

"等一下。"莎拉看着手机上的水平仪,"你偏左了。"

"我有我的方法。"查理走下一级台阶,然后又走下一级。他回头看看莎拉,把拿着绳子的手放低,再放低。莎拉稳稳地拿着

---

① 美国电影,主人公擅长用普通生活用品作为工具,帮助自己和搭档摆脱困境。
② 1 码等于 0.9144 米,所以 28 码为 25.6032 米。

那支笔，绳子从门厅的方向移开，在空中绷直，好像一条钢丝。查理渐渐把手放低到自己的脚踝处，又用水平仪做了一点调整，把手向后移，直到碰到墙壁。他最后检查了一次角度，说："这里就是最后的位置。"

莎拉仔细观察着绳子的走向，查理的方法非常好，开枪的人一定是站在旋梯的某一处，也许并不是站着，因为查理手的位置很低，离台阶只有三英寸高，再往下两个台阶就是女人撞到头的地方，那个女人很可能就是安吉。

莎拉说："他们在那里争抢那把枪。"

"安吉和哈丁。"查理展现出他训练有素的推理，"安吉拿着一把枪正在往楼梯上跑。哈丁从后面抓住她，把她的后脑勺往台阶上撞。她眼冒金星的时候哈丁扑上来抢枪。也许就在哈丁把她的手按在台阶上时，压着她的手扣动了扳机。"

"安吉是左撇子。"莎拉讨厌自己知道她这么多事，"如果她是背对哈丁，按你的说法，枪会拿在她的左手，那就意味着子弹会射向另外一侧，不是这里。"

"她会不会改变了习惯？"

莎拉耸耸肩，世事无绝对，再考虑到他们用的只有一团绳子和一个免费应用程序，就更不好说了。

"我们想想这种可能。"查理开始把绳子重新团起来，"安吉正在逃脱哈丁的追赶，她的格洛克手枪出于某种原因留在了停车场，所以她的手里拿着一把左轮。在她快要跑到旋梯顶端时，哈丁抓住了她，这时手枪走火。安吉挣脱开哈丁，跑进房间里，关上门，故事未完待续。"他举起一根手指继续说道，"问题在于，枪怎么会走火？一个警察在跑上楼梯时是不会把手指放在扳机位置的。他们受了无数的训练，要把手指放在护圈上，直到准备开枪才放到扳机处,这一点就算摘下了警徽也不会忘记。"

"这里的脚印让我很困惑。"莎拉说,"为什么她上楼梯的时候脚就已经流血了?"

"因为没有穿鞋?"查理猜测,"下面有一大片碎玻璃,有些沾了血。这让我想起楼下还有一些看着像鼻血一样的干血渍。"

"这样就和那些吸毒设备对应起来了,不过我们还是需要取血样验一验。"

"对不起,长官。"那个救助流浪猫的技术员加雷走到查理身后,"我忍不住偷听了你们的对话,不太明白他们争夺手枪这种假设。如果两人在楼梯上扭打在一起,那么枪口不应该是向上,冲着天花板吗?"他尽力模仿着安吉的姿势,手在空中的样子就好像七十年代电视里的"霹雳娇娃",那时候加雷还没出生。

"更像是这样。"查理说,也跟着摆了一个姿势,"然后枪可能会朝向这边……"他翘起手掌,"我看着像不像一座海斯曼奖①奖杯?"

这一次莎拉笑得很真诚,因为他们两人的样子都非常滑稽:"也许我们应该把计算机高手叫过来。"

加雷端起一个装满小玻璃瓶的托盘,说:"我把各处能见到的血迹都采了样,包括哈丁脖子上的,你不介意我看你验血吧?我以前从来没见过。"

莎拉突然觉得自己老了,且不提"霹雳娇娃",辛普森案②的律师让整个美国了解DNA检测技术的时候,加雷很可能还在穿尿布。

加雷连蹦带跳地跃下楼梯,莎拉小心翼翼地跟在后面。她尽

---

① 一项授予美国大学美式橄榄球运动员的奖项。
② 1994年前美式橄榄球运动员辛普森杀妻案,因辛普森被无罪释放而轰动美国。

量不去回想威尔操作升降机时科利尔生闷气的样子有多好笑,就好像自己会跟科利尔约会一样。

她问加雷:"关于血型你知道多少?"

"有四种主要血型。"加雷回答,"A 型、B 型、AB 型和 O 型。"

"对,大多数人是这四种之一,属于哪一种是由红细胞血型抗原决定的。血型鉴定就是根据红细胞抗原与相应抗体在凝胶微柱介质中发生的凝集反应来完成的。"

"明白了,长官。"加雷一脸茫然,"谢谢。"

莎拉又解释道:"你只需要把血滴在一个预先准备好的卡片上,涂抹均匀,然后就能知道血型了。"

"哇,好酷!"加雷在门口的警方登记台签字离开。

加雷打开门,一道强光晃得莎拉睁不开眼,所以也看不出加雷是真的感兴趣还是仅仅出于礼貌。她潦草地在加雷名字的下面签了字。穿过停车场的时间里,她的眼睛慢慢适应着外面的阳光。加雷摘下发网,把马尾上的发带绑紧。他已经解开了工作服的拉链,GBI 的深蓝色 T 恤袖子团在肩膀上,露出手臂上的文身。他戴着一条粗重的金链子,圆形吊坠反射着阳光,好像一面镜子。

莎拉环顾着停车场和附近的建筑,心里说着自己并不是在找威尔甚至阿曼达,可是谁也没有看到的时候她依然有些失望。她拿出手机,想看看阿曼达有没有把安吉的血型发过来。很奇怪,没有发来,而阿曼达通常做事很快。莎拉把手指放在呼叫键上,这是一个很合理的打电话的理由。她可以询问阿曼达安吉的血型记录,然后随口问问其他方面的进展,比如威尔是否找到了安吉,是否在抱着她赶往医院。

莎拉把手机放回兜里。

她抬起头，很快又低下。阳光直射进她的眼睛，她凭着儿时的童子军训练，猜测现在是十点钟左右。阳光毫不留情，射得她眼泪直流，她不得不低着头走路。走过哈丁那辆烧焦的起亚时，她看到两个技术员正跪在地上，用放大镜做详细检查。焦黑的车身刚刚冷却下来一点，莎拉走过时仍可以感觉到它散发出的热浪。

GBI的法医流动实验室建在一辆从医疗保险诈骗犯那里没收的大巴车上。车上的座椅已经拆除，换成了一张长桌子，上面摆放着一排电脑，还有各种各样的工具盒和证据袋。最重要的是，车上的空调运转完好。当凉风拂过皮肤时，莎拉畅快得差一点跪倒在地。

加雷把装着血样的托盘放在桌上，给莎拉搬来一把椅子，然后自己也搬了一把。莎拉尽量不去看他的项链，项链的吊坠上写着：监狱。

加雷问："用这些工具可以测出性别和种族吗？"

莎拉用纸巾擦干脖子和脸上的汗水，说："性别的话，需要用DNA测试检查Y染色体。"她一边说，一边翻箱倒柜地找她那套血型检测设备，那是在亚马逊上买的，因为比当地的店里便宜，"至于种族，可以依靠统计数据粗略估计，但是未必准确。白人里A型血相对较多，拉美裔O型血多，亚裔和非裔B型血多。"

"混血人种呢？"

莎拉怀疑加雷问这个是因为安吉。安吉有地中海地区的外貌特征——橄榄色皮肤、浓密的褐色头发、玲珑有致的曲线。莎拉唯一一次站在安吉身边时，感觉自己就像一个营养不良的可怜孩子。

她告诉加雷："混血有一点复杂，父母和孩子的血型未必一致,但是可以靠等位基因来判断。父母二人一个 AB 型一个 O 型,孩子可能是 A 型或 B 型,但不会是 O 型或 AB 型。而父母都是 O 型,孩子也只会是 O 型,不会是其他血型。"

"哇!"加雷挠着他的山羊胡说,"在学校的课上,一提到血液总要讲到 DNA,怎么采样、怎么处理。你说的这些让我大开眼界。"

莎拉搞不清楚他的话是不是真心的。如今,连书呆子都可以毫不费力地迎合别人,而她像加雷那么大时却棱角分明,与周围的人格格不入。

莎拉提议说:"我先做第一组,你来做第二组,我保证你能很快掌握,然后你可以自己把其他的血样都做完。"

"酷!"加雷微微一笑,"谢谢你,林顿博士。"

"叫我莎拉。"她撕开血型检测设备外面的铝箔,"这个是血型检测卡。"她给加雷看了一张印着黑字的白色指示卡,上方有四个凹陷的空圆圈,每个圆圈中央都有一个小圆点,那是检测试剂。圆圈下方是四个标签:抗 A、抗 B、抗 D、对照。

"抗 D?"加雷问。

"抗 D 是用来检测 Rh 血型的。"莎拉又给他上了一课,"在测出血型之后,还要测 Rh 血型是阴性还是阳性。所以,如果你看到血液凝集在 A 圈和 D 圈,说明是 A 型阳性。如果没在 D 圈凝集,那就是 A 型阴性。"

"Rh 血型?"

她边戴手套边说:"这是用恒河猴命名的,因为最初是用它们的血来做抗血清。"

"唉,可怜的猴子。"加雷感叹道。

莎拉在工作台上铺了几张干净的纸巾,把整套设备放在上面,接着把酒精棉和柳叶刀放到一边,因为要检测的不是活体。她拿出四根塑料棉签和一小瓶水,对加雷说:"在卡片上记录第一组血样的来源。"

加雷从兜里掏出一支笔,写下"左侧旋梯二号撞痕",然后写下地址、日期和时间。他的金吊坠一下一下敲击着桌子。莎拉猜他还没见过阿曼达。她有一次拿一把尺子拍在威尔的脖子后面,要求他遵守规定,把头发剪到距衣领一寸以上的位置。

莎拉戴上眼镜,把卡片平放在纸巾上,又从瓶子里挤出几滴水,滴在四个圆圈里。加雷打开其中一个测试瓶,里面装了一个球形的人体组织,大概是头皮。莎拉用一根玻璃吸液管抽出了一些血液,轻轻涂抹在卡片上,然后用塑料棉签把圆圈里的血液和试剂混合。

加雷说:"就要开始凝集了吗?"

"不会在对照孔凝集。"莎拉把更多血液滴到第一个标着抗A的圈里,用一根棉签涂抹均匀,然后对B、D两个圈如法炮制。她对加雷说:"接下来,你把卡片竖起来拿十秒,然后倒过来再拿十秒,就这样反复,直到血液和试剂完全融合。"

加雷说:"看起来B圈正在凝集。"

他说的没错,B圈里有一些斑状的血块正在凝集。

"D圈里没有凝集。"加雷说,"也就是说,这是B型阴性血,对吗?"

"没错。"莎拉对他说,"做得好。"

"你知道特伦特大人的血型吗?"

听到这个称呼,莎拉感觉喉咙上挨了一拳:"我们叫她波拉斯基。"

"啊,不好意思。"

"我还没有收到她的血型。"莎拉检查了一下手机,确定自己没有收到阿曼达的短信。她又开始担心是不是发生了什么事。威尔习惯于口头上答应阿曼达,然后自行其是。莎拉曾经觉得这是他的迷人之处。

加雷问:"波拉斯基女士当警察时有没有留下 DNA 档案?"

莎拉并没有告诉加雷,从她的口红上可以采集到完整的 DNA 样本,而是回答:"应该没有,除非她自愿协助过犯罪现场调查,不过以她的为人应该没有这种可能。"莎拉尽量把注意力集中在眼前的任务上,"DNA 是黄金标准,但是血型也是重要发现,B 型阴性在白人中只占 2%,在非洲裔美国人中只占 1%,在其他种族中占不到 0.5%。"

"哇,谢谢你,林顿博士。科学真奇妙。"加雷拿出笔,主动填写下一张卡片,整齐的大写字母刚好嵌进方框里:左侧旋梯血脚印 A。

他说:"嗯,先滴水,对吗?"

"只要一小滴。"加雷操作第二组的时候,莎拉一直保持着安静。他学东西的确很快,混合血液的时候,圆圈边缘处理得比莎拉还好。他开始竖起卡片,停留十秒就翻转一次。和上一组一样,B 型阴性。

莎拉对他说:"检测一下哈丁脖子处的样本。"

加雷拿起一根棉签,由于没有太多血,他只好用小刀切下棉签顶端,放进检测区域,然后用水把血冲开。他重复着相同的步骤。这一次,只有 D 圈凝集了。他问道:"我哪里做错了吗?"

"他是 O 型阳性,白人最常见的血型,不过最重要的是我们确定了楼梯上的脚印和溅血不是哈丁的。"莎拉递给他下一组,"我们试一下哈丁死亡的房间里的血样。"

这时传来一阵响亮的敲门声，莎拉和加雷都吓了一跳。

"我的老天爷。"查理走上车，手里拿着他的相机，"在那些屋子里我简直快要烧着了。"他闭上眼睛几秒钟，吸了几口冷气。

加雷开始检测下一组。莎拉递给查理一张纸巾擦脸，他的全身已经被汗水浸透。看来在他们继续工作之前，需要在楼里放一些电扇。这时正当八月，即使太阳落山之后，气温也降不了几度。

"我好多了。"查理把纸巾扔进废纸桶，"我刚才一直在其他房间里做发光氨测试。"

莎拉点点头。发光氨在黑光灯的照射下，会使血液中的酶发出蓝光。这个反应只持续几秒，而且只出现一次，这就是为什么一定要用相机记录过程。

她问查理："有什么发现吗？"

"啊，有的，我带过来了。"查理打开相机后面的LED灯，开始一张张切换照片，"顺便说一句，我在独角兽身上发现了喷血痕迹，这说明子弹穿过了人体。"

"喷了很多血还是一点点？"

"像打喷嚏一样。"

"用检测卡验血还不够，我们需要DNA检测。"看到忙碌中的加雷，莎拉又补上一句，"没有时间在血液上纠缠了，没准哪些是某个锐舞客三个月前留下的。"

查理说："只有那只独角兽知道发生了什么。"他用拇指切换着照片，浅蓝色的墨渍图一张张闪过。

"林顿博士！"加雷拿着刚处理完的卡片说，"又是B型阴性。"

查理问他："我问一句，你们有没有从左侧楼梯上来第二个房间里取样？"

"有的，长官。"加雷在测试瓶里翻找着，"我在房间右后方角落的地上发现了一些血迹，反复检查确保写对了标签。"

"好小子。"查理说，"请你帮我测一下那个的血型。"

加雷等待莎拉点头。

莎拉问查理："怎么回事，你发现了什么吗？"

"嗯，我发现了一些东西。"

莎拉不喜欢悬念，但还是让查理享受他的乐趣。总体而言，司法取证是警察的工作里最不招人喜欢的。他们不像电视里出现的警察那样，穿着考究，利用精妙的技术从蛛丝马迹中提取线索，挥舞着手枪审问犯人，然后把他们关进监狱。查理一半的工作都是文书工作，另外一半则是把眼睛放在照相机或者显微镜后。他大概是在天花板或者某个神不知鬼不觉的地方找到了一处反常的喷溅血迹，要不就是在某块鲜血中发现了可用的指纹。

"在这里。"查理的声音非常得意，把相机递到莎拉面前。

屏幕上是一片熟悉的化学光——发光的蓝色映在涂鸦的背景中，酷似一道X光。这并不是反常的喷溅血迹，也不是清晰的指纹，只见屏幕里有两个血字：救我。

"林顿博士？"加雷完成了检测卡，"B型阴性，跟另外两个一样。"

查理向他再次确认："加雷，你确定这些血是取自第二个房间，也就是我找到这些字的那个房间吗？"

"是的，长官。我确定，十分确定。"

"莎拉。"查理期待着，"阿曼达发给你安吉的血型了吗？"

莎拉听而不闻，眼睛一刻也没有离开相机里的发光字迹。她盯着那两个字，熟悉的潦草笔迹像放射性物质一样被她的大脑吸收。

两个字母"E"写得好像反过来的数字"3"。

这时,阿曼达打开了后门。她伸出手,让查理扶着她进入车里。加雷站起来把座让给她,阿曼达看了一眼他的文身和金链子,怒视着他说:"年轻人,到外面去等我。"

加雷立刻听命,下车后轻轻地把门关上。

阿曼达坐在椅子上,对莎拉说:"威尔正在搜查街对面的写字楼。"她的语气非常不满,好像责怪莎拉没有阻止他,"结构工程师说那堆破砖烂瓦马上就要倒了,但是威尔不听。我不能派任何人进去找他,否则如果楼塌了,我要负法律责任。"

莎拉把相机递给阿曼达。

"这是什么?"阿曼达低头看着屏幕,盯着那两个字好一会儿,"你认识这个笔迹?"

莎拉点点头,过去一年里,她已经收到太多用这样的笔迹写的下流留言。她对安吉的笔记简直比对自己的还熟悉。

阿曼达说:"这个信息暂时不要告诉其他人,只有我们三个知道,不要再给威尔煽风点火。"

查理说:"是,长官。"

莎拉发现自己无法回答。

阿曼达说:"他们终于把安吉的档案发来了。"她把相机放在腿上,沉下肩膀,突然看起来十分疲惫,显得比她六十四岁的实际年龄要老,"请告诉我,你们采集的血样里没有 B 型阴性。"

第三章

写字楼的前门早已被链条封锁，不过有一扇窗户被吸毒者撬开了，地下室的门和电梯门则被焊死了。然而，这些没有妨碍在此聚会者的兴致。大厅里遍地都是损坏的桌椅上掉下来的碎玻璃和铁条。整栋楼老旧得好像是用木头而非水泥筑成的，没有烧毁简直是个奇迹。石棉砖的地板有火烧的痕迹，石棉天花板则已被熏黑，四面的墙上满是尿渍。有价值的东西都早已被损坏或者搬走，就连铜丝都被人从墙壁里抠了出来。

这栋楼有十层，楼的长宽高构成一个完整的正方形。威尔观察到每个楼层都被分割成二十间办公室，每侧十间，中间有一片长长的公共区域，两端各有一个洗手间。这里的布局并不像迷宫，更像埃舍尔的错觉画。在一些房间里有用桌子和箱子搭建起来的临时楼梯，通向天花板上的破洞。威尔搜查完一个楼层后，将借助这些摇摇晃晃的楼梯去楼上锁住的房间里搜查。他感觉自己就像一颗弹球，在楼层的上下左右弹来弹去。他爬到堆叠起来、嘎吱作响的木箱上面，趴到散乱摆放的桌子底下，撬开每一个柜子，放倒每一个书架，踢开那些发霉的陈年纸堆。

安吉。

他必须找到安吉。

阿曼达已经浪费了威尔宝贵的一小时，让他在州长办公室外等她汇报哈丁案的进展。这段时间里，威尔一直在试图使自己相信阿曼达是对的。他不能去找安吉，不能由他去找。媒体会抓住机会炒作，威尔不仅会失去工作，还可能会进监狱。他还会毁了阿曼达的仕途，毁了菲斯，毁了莎拉，会造成无法挽回的伤害。

除非他把安吉活着带回来，除非安吉可以讲出里皮的夜总会里究竟发生了什么。

想到这里，威尔走出州议会大厦，拦下一辆出租车。

四十分钟已经过去了，如果莎拉说得没错，如果安吉真的只剩下两三个小时的生命，那么现在也许已经太晚了。

但是，他不能放弃。

威尔推开三层最后一间办公室的门，窗户没有罩上铁板，阳光充满了这个小房间。他推开墙边的一张桌子，一只老鼠猛地蹿出来。威尔惊得退后一步，脚陷进一块碎裂的地板砖里，他感到自己小腿后的皮肤如拉链似的撕裂开来。他迅速把腿抽出，心里祈祷里面的针头和碎玻璃不要让他感染。他的裤子撕破了，血流到他的鞋上，可他现在无计可施。

大厅的尽头有一座楼梯，水泥台阶层层叠叠，好像大楼的脊椎，从破窗户射进来的阳光晃得威尔睁不开眼。他抓着扶手，步履蹒跚地迈上台阶，走到中间转角的时候，膝盖几乎跪在了地上。他的腿伤比他最初想象的更严重，他能感觉到血正在鞋跟聚积，爬到楼上的时候，袜子里发出"咕嘟咕嘟"的声响。

"嘿！"科利尔正在上面等他。他的黄色安全帽扣在后脑勺，身体靠在门框上，两只胳膊交叉在胸前，"此路不通，老弟，你该出去了。"

威尔说："让开。"

"我告诉你的女上司你在这里,她当场发飙,我亲眼看到她气得把裙子都撑破了。"科利尔笑了笑,"要是发现我也在这里,我猜她又会撑破另外一条。"

科利尔没有让开,于是威尔把他推到一边。

"喂,老弟,这个地方不安全。"威尔步子很大,科利尔不得不小跑着跟上他,"搜查队是由我负责的,要是你摔伤了腿、碰伤了脖子什么的,那可都要记在我的账上。"

"我已经摔伤了腿。"威尔大步流星来到走廊,走进第一间办公室,看到脏兮兮的地毯、坏掉的椅子、生锈的金属桌。

科利尔追上他,站在门口,看着威尔搜索房间:"你有毛病吗,老弟?"

威尔看到一个床垫的一边堆着很多报纸,下面似乎盖着什么东西。他踢开报纸,紧张得不敢呼吸,直到看见下面是一块毛毯,不是安吉。

科利尔说:"这里只有一堆破烂儿,兄弟。"

威尔转身准备离开,科利尔仍然挡在门口。

威尔问:"你的搭档呢?"

"老吴去搞失踪人口报告了,另外他从昨晚开始就在医院守着那个家庭暴力案的受害者,他得有几天见不到阳光了。"

"你为什么不去帮他?"

"因为我在帮你。"

"不,你没有。"威尔俯视着他,"让开,不然我就动手了。"

"你是报复我先前对你女朋友的态度吗?还是该称她为你的情妇?无所谓啦。"科利尔得意地笑道,"知道吗,哥们儿,你应该先告诉我她是你的马子,做事情要有个男人样。"

"你说的对。"威尔卯足力气,狠狠地照科利尔头的一侧打了一拳——不仅因为莎拉，也因为他很讨人厌，还挡路。

科利尔抬手去挡，不过晚了一秒钟。这一拳的力量超出了威尔的本意，也可能是科利尔不太禁打，他的眼珠翻了过去，嘴巴像鱼一样张开，像一坨大便一样摔在地上，昏厥过去。

威尔畅快了五秒钟，随即恢复理智。他低头看看自己的手，惊讶于自己突然爆发的暴力行为。他弯了弯手指，有两个指关节破了皮，几道鲜血流到手腕上。一瞬间，他怀疑起他的手是不是总是自作主张，不听他的使唤。这不是他，他不会挥拳头打人，即便是科利尔这种该打的人。

这是安吉真正掌控威尔的方式——她会唤醒他最坏的部分。

威尔解开衬衫擦了擦手上的血，又把衬衫扣上。他俯下身，抓住科利尔的肩膀，把他靠在门框上，然后继续搜寻安吉。

另一间办公室、另一张书桌、另一座翻倒的书架、一辆购物车里放着一台老旧的IBM打字机。他转过身，看到门边有一个金属柜，似乎每间办公室里都有一个，六英尺高，三英尺宽，十八英寸深。跟其他金属柜不同的是，这一个是关上的。

威尔擦了擦手掌上的汗水，握住柜子把手，用力转动门闩，但是里面已经锈住。他使出全身力气，几乎把柜子抬离地面。随着一声巨响，柜门"吱吱呀呀"地打开了。

空的。

安吉也许会躲在某个柜子里。她喜欢黑暗的地方，喜欢她能看到你，你却看不到她的感觉。儿童福利院里的地下室是她最喜欢躲藏的地方。有人搬了一张沙发床下去，放在冰凉的地板砖上，孩子们常常躲在那里抽烟或者干别的什么。福利院的负责人弗兰尼根太太走不了楼梯，因为她的膝盖已经老化，因为她太胖了，因为她根本不知道下面在发生什么。或者，也许她都知道，也许她理解，身体的抚慰是他们唯一可以给彼此的东西。

威尔拿出手帕，擦了擦脖子后面。

他永远也忘不了和安吉在地下室里的过往。那是他的第一次。他没有太多动作，因为太过兴奋和恐惧，害怕做得不对，太快或是太畏缩而被她嘲笑到羞愤自杀。

安吉比威尔大三岁。她那时已经跟很多男孩儿做过很多次，也跟很多男人做过一些别的事，并不总是出于她的选择，但是她知道自己在做什么，而威尔不知道。

只是碰一下她的手都会令他颤抖。威尔笨手笨脚，大脑一片空白，忘记如何解开自己的裤子。在他人生的这个阶段，那些碰触过他的人不是在伤害他，就是在给他的伤口缝合。他没有控制住自己，大哭起来。那是真正的哭，不是鼻子被打破后流下脸颊的泪水，也不是他用剃刀割开自己手臂时的哭喊。

大口喘气，羞耻地抽泣。

安吉没有嘲笑他，而是抱住了他。她的双臂搂着他的后背，双腿缠绕着他的双腿。威尔不知道他的双手应该做些什么，他从未和人拥抱过，他的身体从未如此靠近过任何一个人类。他们在地下室待了好几个小时。安吉抱着他，亲吻他，教他怎样做。她保证永远不让威尔离开。可事实却是，他们生活在两个完全不同的世界里，安吉只愿意见到一个伤痕累累的威尔。

将近三十年后，威尔才再次感觉到与一个女人如此亲近。

"特伦特！"科利尔站在走廊尽头，像一个不倒翁一样摇摇晃晃。他用手摸了一下耳朵，疼得龇牙咧嘴，血沿着他的脸和脖子侧面流下来。

威尔把手帕放回兜里，推开另一扇门，进入房间搜查。

"安吉。"他的头脑中不断回响，"你藏在哪里？"

威尔知道呼喊是没有用的，因为安吉不想被找到。她是一头野兽，从不暴露她的软弱。她只会偷偷溜走，在无人的地方舔舐伤口。他早就知道，当她大限将至之时，一定会独自离开，一个人死去，就像那个养育了她的女人一样。

或者说，至少想要养育她。

狄德丽·波拉斯基注射最后一针剂量不足以致死的海洛因时，安吉还只是一个孩子。那个女人成了一个植物人，此后的三十四年，都在一所州立的临终安养院里昏迷着。安吉曾经对威尔说，她不知道哪一种情况更糟：在狄德丽那里接客，还是住在儿童福利院里。

"特伦特！"科利尔用手撑着墙壁，口水从嘴里淌下，"妈的，你是用什么打的我？大铁锤吗？"

威尔忍住心中的愧疚，强迫自己不道歉。他推开下一扇门，看到洗手间里的污秽，不禁一阵反胃。地板已经烂出了一个洞，坏掉的马桶、洗手盆和水管都塌落到楼下一层。

洞下面那一层里有另一个金属储物柜，柜门紧闭。安吉会不会在里面？她会不会贴着墙壁钻进了这个房间，好把自己关起来等死？

科利尔说："你不能下去！"他站在威尔身后，一只手捂着流血的耳朵，"别开玩笑了，老弟，你会摔死的。"

威尔拿出手帕递给了他。

科利尔把手帕罩上耳朵时，龇牙咧嘴地咒骂了一声："兄弟，那个柜子只有一英尺宽，那个娘们儿有多瘦？"

"她能进得去。"

"能坐得下来吗？"

威尔想象着安吉此刻正坐在柜子里，双目紧闭，听着他们的对话。

科利尔说:"好吧。可是这娘们儿受伤了,对吗?伤得还很重。她有那么多房间可以选择,为什么要选这个有大洞的房间?她是怎么进去的?"

他说的有道理,安吉不擅长运动,她讨厌流汗。

威尔转过身,走进对面的一个洗手间。

科利尔依旧站在门口看着他,双手交叉,靠在门框上:"他们都说你是一头倔驴。"

威尔踢开一个隔间的门。

"我猜你那个好大夫把你的手接到了屁股上?"

"闭嘴。"几个小时前,威尔刚刚听莎拉对他说了同样两个字。他从未见过她如此生气。

科利尔说:"你有什么秘密吗,老弟?我没有恶意,可你毕竟不是布拉德·皮特。"

威尔一把抓住科利尔的衬衫,把他推到一边。

安吉不在这一层,还有六个楼层要搜索。威尔走到楼梯跟前,向上走去。他的方式有没有问题?他是不是应该从顶层而非底层开始?这里会不会有一个阁楼?一个供老总们使用的顶层全景式办公室?

从策略上讲,通常楼层越高越好。写字楼正对着里皮的夜总会,安吉可以全程观察下面的情况。她也许已经看到了警车集结,看到消防员、技术员和警探们像没头苍蝇一样忙得团团转,而她正在十层楼上得意忘形地大笑。

或者流着血,奄奄一息。

威尔穿过五层、六层、七层,看到大大的数字"8"时,已经累得气喘吁吁。他停住脚步,双手扶着膝盖,弯下腰调整呼吸。他感到酷热难耐,汗水一颗颗滴到地上。他的肺就快要爆炸了,小腿筋撕裂一样地疼痛,血一道道流到鞋上,指关节的伤口再次崩开。

这样会不会错了?

即便是身体无恙的时候,安吉也不会爬这么多楼梯,何况现在她带着致命伤,而且她讨厌运动。

威尔坐在楼梯上擦着脸,再把手上的汗水甩掉。他甚至不能确定安吉在这栋楼里。她的车在哪里?他是不是应该去寻找她的住处,而不是冒着生命危险搜查一栋危楼。

莎拉怎么办?

"圣母玛利亚!"科利尔在一段楼梯下停住脚步,喘得像一辆火车头,"我觉得我的耳朵需要缝针。"

威尔把头靠在墙上。他是不是已经失去莎拉了?安吉是不是用这种方法,完成了她去年没能达成的目的?

贝蒂是威尔的软肋。他和莎拉刚在一起的时候,每当他加班,莎拉总是主动提出照顾贝蒂。他最初以为莎拉想了解他办的那些案子,但是后来才慢慢发觉,她是利用他的狗做诱饵,引他来自己的公寓。威尔花了很长时间才敢接受这个事实——一个莎拉这样的女人想跟他在一起。

她如果现在想要一刀两断,就不会同意去接贝蒂。

对不对?

"特伦特。"科利尔像一个坏掉的唱片机一样喋喋不休。他拖着脚步来到威尔下方的楼梯转角,"老弟,你这样做有什么意义?你认为她正躲在一台打字机下面吗?"

威尔低头看着他,说:"你为什么在这里?"

"在外面待着比较自在。你的借口是什么?"科利尔似乎真的很感兴趣,"老弟,你明知道她不在这里。"

威尔抬头望着天花板,上面的涂鸦也回望着他。

他为什么在这里?

也许更好的问题是:他还应该在哪里?没有提示可以参考,没有线索可以追踪,他不知道安吉住在哪里、在哪里工作,也不知道她为什么出现在里皮的楼里,为什么会跟一宗他没有办好的强奸案、一个他最鄙夷的恶棍扯上关系。

也许他知道最后一个问题的答案——安吉总是插手威尔的事情。她神出鬼没,像猫一样追踪猎物,然后把可怜的尸体像战利品一样留在威尔家门口,而威尔则必须想方设法搞清楚尸体的来历。

很多人的死威尔至今也没有搞清楚,成了竖在他人生中不计其数的无名墓碑。

科利尔说:"我为你老婆打了一圈电话。"他把肩膀靠在墙上,又把手臂交叉起来。好消息是他耳朵流的血渐渐止住了,坏消息是威尔的手帕和他的皮肤粘在了一起。

"然后呢?"威尔问,虽然他可以猜到科利尔查到了什么。安吉和很多人上床,频繁而且随意。她是最糟糕的警察,你不能把后方托付给她。她很孤僻。她渴望死亡。

科利尔一反常态,委婉地说:"听起来她不是个省油的灯。"

威尔不得不同意他的说法。

"我认识几个这样的妞,她们都很好玩。"科利尔仍然和威尔保持着距离,不想再次挨揍,"重点是,她们总能遇到靠谱的人帮助她们。"

威尔对莎拉说过同样的话,可是这话从科利尔嘴里说出来就变得很恶心。

"你真的认为她会跑过大街,到这个垃圾场里来?"科利尔沿着墙壁坐下,仍在喘着气,"听着,我没见过那个娘们儿,不过类似的倒是见过不少。"他抬头瞟了一眼威尔,确保他没有下来,"恕我直言,兄弟,她们总能给自己留好退路。你明白我的意思?"

威尔明白他的意思。安吉总有一个可以投奔的男人,这个男人不总是威尔。她有不同的男人,在人生的不同阶段供他驱使。每当威尔的回合过去,他就会回到工作中来,重新给浴室铺砖,修理他的汽车,让自己相信这段时间不是在等待安吉回来。他不安着,期待着,疼痛着。

科利尔说:"照我看是这样的:昨晚的事情过后,她受了伤,所以拿出那部我们没有找到的手机,打给一个男人,然后那个男人赶过来救了她。"

"如果哈丁就是那个男人呢?"

"你认为她只有一个男人吗?"

威尔深吸一口气,尽可能长地屏住呼吸。

科利尔问:"现在我们可以走了吧?"

威尔站起身,因为中暑,他已经开始眼冒金星。他用了一点时间稳住身体,眨着眼挤掉眼里的汗水,然后转过身继续向上爬楼梯。

"老天爷。"科利尔嘟囔了一声。他的鞋底像砂纸一样在台阶上摩擦,"要我说,你应该马上跑下楼,向你的'小红'疯狂地道歉。"

科利尔说的对,威尔欠莎拉一句道歉,不只是一句道歉,但是他必须继续前行。因为一旦后退一步,开始思前想后,他就会丧失所有力量。

科利尔说："那可是个漂亮妞儿。"

"闭嘴。"

"我只是随便说说，兄弟，我没有别的企图。"

在上方的转角处，威尔看到了"9层"的标志。他继续向上爬，每爬一步，酷热就加剧一分。他用手扶着墙，头脑中又回想了一遍：他不知道安吉的住处，不知道她在哪里工作，不知道她有哪些朋友——如果她有朋友，或者想要朋友的话。她是威尔大半生的重心所在，威尔却对她一无所知。

"你们应该回家吃一顿烤牛排。"科利尔说，"不要去麦当劳吃开心乐园餐。"他大笑起来，"我是说，没有什么问题是一顿烤牛排解决不了的，可我们他妈的总是时不时地想吃一顿油腻兮兮的芝士汉堡，我说的对吗？"

威尔走过九层的转角，抬头望向楼上。

他的心跳停住了。

一只女人的脚。

赤裸的脚，肮脏的脚。

脚底划着纵横交错的血痕。

"安吉？"他轻声呼唤着，害怕声音大一点她就会消失不见。

科利尔问："你说什么？"

威尔跌跌撞撞地爬上楼梯，几乎支撑不住自己的重量。爬到转角处时，他跪在了地上。

安吉趴在地上，褐色的长发散乱，两腿张开，一侧手臂压在身下，另一侧的放在头上。她穿着一件威尔见过的白棉织连衣裙，布料很薄，所以她要在里面戴黑色胸罩。她的裙摆掀到了腿上，露出与胸罩配套的黑色比基尼内裤。

血从她静止的身体下面渗开，在头下形成一个红圈。

威尔把手放在她的脚上,皮肤冰冷,没有脉搏。

他的头垂了下来,紧闭双眼,忍住呼之欲出的泪水。

科利尔在他身后说:"我叫人过来。"

"不要。"威尔需要一点时间。他无法听见楼外震耳欲聋的警方广播声,无法把手从安吉的腿上移开。她比上次见面时瘦了——不是周六那匆匆的一瞥,而是大约十六个月以前,那是他们在一起的最后时光。狄德丽终于死了,安吉从未去探望过她,她孤零零地死在安养院里。威尔当时正在外面办案,得知这个消息后开车回到亚特兰大陪伴安吉。那个时候,莎拉已经出现在他生活的画面里,好像背景边缘一个若有若无的模糊影像,他们的关系还取决于一切如何发展。

威尔告诉过自己,他欠安吉最后的一次机会。可是,当安吉的目光和威尔相接的一刹那,她就知道了——两人共同背负的那份沉重,那个装着他们痛苦与恐惧的潘多拉之盒终于卸了下来。

威尔清了清嗓子,说:"我想看她的脸。"

科利尔张着嘴,却没有说出他想说的话——他本想说应该让尸体保持原位,然后叫技术人员、阿曼达和所有能处理安吉·波拉斯基这摊腐尸的人过来。

可是,他什么也没有说,只是默默爬上楼梯,走到安吉头部的位置。他甚至没有戴上手套就把双手伸进她瘦削的肩膀下面:"数到三?"

威尔鼓动起全身的力量,想要站起来,想要用双手握住安吉的脚踝。她的肌肤光滑。她每天都会剃掉腿上的汗毛。她讨厌别人碰她的脚。她喜欢在咖啡里加鲜牛奶。她喜欢杂志里赠送的香水小样。她热爱跳舞。她热爱冲突与混乱,热爱所有他无法忍受的东西。但是,她在乎威尔。她爱他,像弟弟,像爱人,像不共戴天的仇敌。她恨他离开她,她不想再要他,可是她不能让他走。

她永远永远也不会再像在地下室里那样抱住他。

科利尔数到了三。

两人不发一语,一起把尸体抬起,翻转。安吉并不僵硬,头上的手臂摇摆着,落到眼睛上,仿佛不能面对自己死去的现实。

她浮肿的嘴唇上有一道裂口,暗红的血液沾满下巴,白色粉末星星点点地撒在她的头发和脸上。

威尔颤抖着伸出手去挪开挡在她脸上的手臂。她的脖子上、手臂上和沾满污垢的手指间都有血迹,血不仅从嘴里和鼻子里流出,也从密密麻麻的针孔里渗出。

威尔感到一阵钻心的痛苦,眼前天旋地转。他用手指触摸着她冰冷的皮肤,触摸着她的脸。他要看一看她的脸。

突然间,手臂挪动了。

科利尔问:"是你动的吗?"

没有任何外力,她的手臂从脸上移开了,跌落在地上。

她张开嘴巴,然后睁开血红的双眼。

她看着威尔。

威尔也看着她。

这不是安吉。

第四章

菲斯把车停在戴尔·哈丁家所在的联栋式小楼外,坐在车里,呼吸了一口酷热的空气,汗如雨下。她转发了一条儿子的Facebook,希望被儿子未来的某个雇主看到。

也许杰里米可以跟外婆一起住。菲斯把他和大麻管的照片发给伊芙琳时,墨镜下的嘴角又泛起微笑。这是她从未用过的非常手段,如同把儿子关进集中营。她不介意在儿子面前扮演墨索里尼的角色。

她喝了一大口水,盯着戴尔·哈丁家所在的那栋联栋式小楼。小楼旁边是一片维护有加的小平房。

这解释不通。

菲斯讨厌解释不通的感觉。

菲斯为了搞到安吉·波拉斯基的联络信息四处碰壁,然后又花了半个上午和半个下午追查戴尔·哈丁的住处。这两项棘手的任务把她带到了亚特兰大东部最阴暗隐蔽的社区里。很多邻居和债主都说戴尔是个浑蛋,欠他们的钱。对于他的暴毙,没有人表现出惊讶或者伤心,倒是有几个人表示遗憾,因为他们没能亲眼看着他死掉。

如阿曼达所料,这里有很多酒铺、脱衣舞俱乐部、发薪日贷款店，还有各式各样乌烟瘴气的廉价酒吧，里面到处都是哈丁一样的人渣。这些地方的店员很多都能认出哈丁，不过没有人记得过去六个月里见过他。菲斯去的每一家店都告诉她，六个月以前，哈丁每天都来喝得烂醉如泥；六个月前，他每天都来给脱衣舞女捧场；六个月前，他每天都来买散烟和三美元一升的威士忌。

没有人告诉她六个月前发生了什么。

菲斯正准备放弃的时候，碰到一个脱衣舞女，她说哈丁答应给她儿子一百美元，只要她儿子帮他把一些箱子搬到新家里去。要不是哈丁把那个男孩儿带了过去，菲斯绝不可能找到亚特兰大北部这栋宁静的小楼。

每件事都说得通，从欠下一屁股债到脱衣舞俱乐部的常客，再到一个十五岁的男孩儿。唯一说不通的是被哈丁称作"家"的这个地方。

他此前一直住在比监狱好不了多少的地方。根据网站上的介绍，这栋楼属于梅萨养老院，供五十五岁以上的退休者入住。菲斯羡慕地看着网站上的介绍，可以看出这栋楼的内部陈设非常现代。介绍里的每句话都用斜体和感叹号强调，包括这里不允许十八岁以下儿童来访超过三天。

> 水疗浴室！
> 一层主卧！
> 全实木家具！
> 中央吸尘系统！

对于一个出生于婴儿潮年代的人，这个地方简直就是梦想中的住处。绿色的草坪、略有坡度的人行道、工匠风格的小平房沿着一条条绿树成荫的胡同整齐地排开。这里有俱乐部酒廊、健身房、游泳池,还有一个网球场,虽然室外温度超过了三十八度,仍然有两个老人在里面打着球。

菲斯用威尔的西装袖子擦了擦脖子后面的汗水,此时此刻,温度计应该已经显示着"地狱温度"。

她喝光了水,把空瓶子扔到后座上。她怀疑哈丁傍上了一个富婆,可转念一想又觉得不像,除非那个富婆的品位非常非常差,这种可能性是存在的。粉红色的棉织窗帘挂在前窗,院子里有三个小矮人草地雕塑和一只陶瓷兔子,都穿着不合身的粉色外套,跟哈丁身上的投注单和 Back Door Man.com 网站的裸女照片很不相称。

哈丁在死前就已经如同行尸走肉。菲斯很奇怪他会选择梅萨养老院度过余生,更奇怪的是,梅萨会接收他。网站上写着一千二百美元一个月的会费,似乎不是一个早已把自己的养老金透支得一分不剩的人负担得起的。

不过,哈丁早就知道自己活不久了,所以也许他只是赖在里面,死在梅萨养老院总好过死在政府建的安养院厕所里。

在一家废弃的夜总会里,被人用门把手插在脖子上死去,这究竟是讽刺还是幸运呢?

不是随便哪家夜总会,而是马库斯·里皮的夜总会。

菲斯没有忽略一种可能,哈丁的"幸运"也许是经过了周密的计划。七个月前,马库斯·里皮被控强奸。一个月后,哈丁突然有了一大笔钱,然后安吉·波拉斯基也出现在他们之间。是她被派到夜总会干掉哈丁,还是哈丁被派去干掉她呢?

菲斯还想不明白,但是她知道这是案情的关键。

她把手伸到后座摸出今天早上老妈坚持让她带上的一瓶水。

这瓶水从六点半就开始在车里烘烤，现在这些滚烫的液体好像热油一样穿过喉咙。不过这座城市正处在红色高温警报中，她可不敢让自己缺水。

菲斯并没有把时间都浪费在脱衣舞俱乐部和酒铺里。她花了整整一个小时在梅萨养老院门口走来走去，每次敲门都没有人应答，透过窗户望进去，只有一间间设施齐全的空房。物业办公室外的牌子上写着下午两点上班，可这个时间早已经过去了。菲斯想起十分钟前在网球场里看到两个不怕热的老人在打球，她刚要朝球场走去，就感到一阵头昏眼花，于是坐回了车里。她吹着空调，用莎拉教的方法测了一下血糖，她的糖尿病很严重。

可怜的莎拉。

"来吧。"菲斯咕哝一声，做好了回到酷暑中的心理准备。她熄了火，正要打开车门时，手机响了起来。她重新发动汽车，以便坐在空调里接电话。

"米歇尔。"阿曼达说，"威尔在对面的写字楼里找到一个'简·多伊'①，吸毒、无家可归。从她身上的满满一大包可卡因看来，她像是有意吸毒过量。她的鼻子和咽喉损伤严重，现在在格雷迪医院，手术要两个小时。哈丁那边你尽力而为，然后去医院陪床。我打赌她看到了什么。"

菲斯默默地在头脑中回顾了一遍案情，想要把所有信息串联起来："知不知道她为什么要自杀？"

"她是个瘾君子。"阿曼达说，好像这是最有力的解释，"我收到了你发来的哈丁的住址，我们正把搜查令发给物业管理处。"

"那里没有人。我打了紧急联系电话，敲了所有门，很奇怪，

---

① 警方对与案件相关的未知姓名的女性的代称。

这是一个退休社区,却找不到几个人。这里环境非常好,我猜要好过哈丁能负担得起的程度。"

"那些房产登记在一个空壳公司名下,我们正在追查。不过我们也知道,基尔帕特里克有很多价值很高的房产都是低于市场价售出的。"

"聪明。"菲斯不得不佩服马库斯·里皮的智囊,他是一个洗钱的高手。她对阿曼达说:"这是个洗钱的好办法,哈丁住在这个香格里拉式的养老院里,只需要象征性地付一点点钱。基尔帕特里克用这种方式代替了账面的工资支出。"

"另外,哈丁六个月前买了一辆新车,现金付款。"

"哈丁六个月前花钱做了很多事。"

"告诉我你找到线索了。"

"还没有。"菲斯不想给他们虚假的希望,"我只是有一种感觉,某些地方很难解释得通。"

阿曼达叹了口气,不过菲斯的过人之处在于,她的直觉还从未失过手。"科利尔从各家医院搜集被刺伤者的情报,两个是因为家庭纠纷,一个是酒吧打斗,还有一个是自己不小心,她说是做饭的时候被刀子误伤。"阿曼达说。

菲斯对这些与本案无关的刺伤事件毫无兴趣,这份工作她已经做得太久了:"我需要在一小时内拿到哈丁的银行账户和通讯记录,一发到我的邮箱,我马上开始处理。另外,我想我可以去问问那两个打网球的人,到目前为止我只见过这两个人。"

"犯罪现场到处都是安吉的血。"

菲斯咬着嘴唇,感觉情况越来越糟:"威尔什么反应?"

"他还不知道,也不会知道,先别挂。"随着"嘀"的一声,阿曼达接起了另一个电话。

菲斯揪扯着方向盘上的皮套,想起当查理说那把枪登记在安吉名下时,威尔那副崩溃的表情。唯一比他的表情更糟糕的是莎拉的表情。阿曼达给了威尔和莎拉一点私人时间,但是签字离开犯罪现场要排很长的队,所以菲斯还是听到了他们对话的梗概。

莎拉比菲斯好。要是菲斯发现她男友的前任乱动甚至偷窃她的东西,她一定会烧掉男友的房子。

"菲斯。"阿曼达切换回跟她的通话,"你有没有跟威尔联系过?"

"有啊,他一边帮我编头发一边跟我聊了几个小时他的内心感受。"

"我没心情听你开玩笑。"阿曼达一反常态地用焦虑的语调说。威尔很奇怪,相比他和安吉"阁楼之花"①式的恋情,他在阿曼达面前倒是把他的心理畸形表现得更加明显。阿曼达是他生命中最接近母亲角色的人,而他的亲生母亲却在他睡觉时捂住他的口鼻,想要把他憋死。

阿曼达说:"威尔找到'简·多伊'后就消失不见了。我不知道他在哪里,他不在家里,也不接电话。"

菲斯知道他的车不在犯罪现场:"他被莎拉接走了吗?"

"他们发现'简·多伊'之前,莎拉就已经走了。"

"多亏她走了。"

"是的,不过我相信他正在用别的办法伤害莎拉。"

菲斯的想法跟她完全相同:"你觉得安吉死了吗?"

"我们只能这样希望。"阿曼达的话似乎是认真的,"我派了科利尔过去帮你搜查哈丁的住处。"

---

① 美国电影,改编自同名小说,讲述兄弟姐妹四人被祖母囚禁在阁楼里受尽折磨,艰难求生的故事。

"我不需要他帮忙。"

"那不关我的事。别挂电话。"从捂住的电话另一端传来阿曼达厉声给某个下属布置任务的声音。她继续对菲斯说,"下午四点,我强行安排了和吉普·基尔帕特里克的团队会面。让科利尔在哈丁那里搜查,你直接去医院。我不想让你跟他待在一起太久。"

"这是什么意思?"菲斯感到有些恼怒。

"意思是,他是你的菜。"

菲斯一阵惊愕,没能笑出来:"他也开一辆六万美金的卡车,住在他老妈的拖车屋里吗?"

阿曼达咯咯笑了几声,然后又传来"嘀"的一声,电话挂断了。

菲斯盯着手机,让干妈同时成为自己的上司没有多少好处,坏处倒是有一大堆。

她用手机设了一个闹钟,准备一个小时后离开。按她的经验,格雷迪医院的手术通常比预计的要快,而菲斯希望"简·多伊"醒来的时候自己能够站在她的床头。她知道,感动证人的机会只有一次,再考虑到这个案子和她的搭档有如此密切的关系,菲斯绝不能搞砸。

菲斯把手放在车钥匙上,但是没有熄火。空调太宝贵了,多吹一秒是一秒。去那个网球场要越过一座小山,再上几层台阶,它感觉不像梅萨养老院所属。她又看了看哈丁住处的前门,比网球场要近得多。院子里有一块石头看起来很像假的,下面很可能藏着一把备用钥匙。搜查令应该已经到了物业办公室的传真机里,她现在就可以开始行动了。

菲斯刚刚下车,科利尔就开着一辆黑色道奇赶了过来。空中铁匠乐队的音乐从关闭的车窗里飘出来,仪表盘上立着一个穿草裙的半裸夏威夷少女像。他一个急转弯,车轮在沥青地面上猛地滑过,然后他挂上倒挡,把车倒进菲斯的迷你酷跑旁边的车位。

科利尔走下那辆道奇的时候,像早上一样,从上到下扫视了一眼菲斯,目光中似乎充满赞赏,虽然她只穿着 GBI 的通行证——深蓝色 T 恤、柿子色短裤。她另外在大腿侧配了一个枪套,因为制服的设计非常"贴心"地把枪套的位置放在了屁股后面。

"那是怎么回事?"她指着科利尔右耳上包裹的两层创可贴,耳廓里的血已经凝固。

"刮胡子的时候弄伤的。"

"你用大砍刀刮胡子吗?"

"我的剃须刀坏掉了。"他瞥了一眼菲斯的车后座,看到那个婴儿座和撒了一座的脆谷乐,露出心领神会的样子。

她直接挑明:"我有两个孩子,一个一岁,一个二十岁。"

"呃,没错。你跳槽之前在亚特兰大警局干了十五年,未婚,毕业于佐治亚理工学院。你妈妈以前也是干这行的,你爸爸原来在保险公司工作,已经去世。你住在离你妈妈两条街远的外婆留给你的一栋房子里。这就是为什么你这样一个吃政府薪水的人,可以住在高档社区里。"科利尔戴上墨镜,"好了,米歇尔,你知道警察八卦起来跟叽叽歪歪的小姑娘们没什么两样。"

菲斯已经开始沿着人行道往上走。

"我是我家九个孩子里的老二。"

"天哪。"菲斯嘟囔了一声,觉得他妈妈很可怜。

"我老爸是个退休警察,有两个弟弟在亚特兰大警局,两个在富尔顿,还有一个在麦克多诺。我还有一个妹妹是消防员,不过我们不怎么谈起她。"

菲斯捡起那块看起来很假的石头,想看看它是真是假。

"喂,米歇尔。"科利尔像小狗一样跟在她身后,"我知道你也摸过我的底细,你妈妈怎么说我?"

菲斯做出一个合理的猜测:"她说你很臭屁,而且办事不靠谱。"

科利尔咧嘴一笑:"我就知道她还记得我。"

菲斯突然想起了什么,问道:"你把威尔带到哪儿去了?"

他收起笑容,说:"什么?"

"威尔在写字楼里找到'简·多伊'之后就消失了,你把他带到哪儿去了?"

"那是一次一级警探任务,好搭档。不过那女人并不是他找到的。好吧,是他找到的,但是我也在场。所以你可以说那女人是我们一起找到的。"

"我不是你的搭档。"菲斯蹲在地上研究着那些看起来很假的石头,"你还没回答我的问题。"

"我把他送回了家。"科利尔双手插兜,"别问我为什么,因为我不能告诉你。我妹妹说我真该当个消防员,因为我是那种着火了却不逃跑,反而往楼里冲的傻瓜。"

"你知不知道'简·多伊'为什么要自杀?"

"她是个吸毒鬼。"科利尔耸耸肩。

菲斯捡起一块颜色很暗的可疑石头,这一块确实是假的。她打开塑料封盖,期待能找到房子的钥匙。

空的。

科利尔问:"你妈妈有没有告诉你,我在中学的时候摔伤过,睾丸扭转。"他斜靠在门边,双臂交叉。

菲斯把空石头扔回院子。

"真是个悲剧。"科利尔用手指捋着头发,眼睛看着斜前方。"我永远不能有孩子。"他朝菲斯眨了一下眼睛,这显然是他剧本里的一部分,"但我一直在尝试。"

"你们好啊!"一个嬉皮士风格的女人从人行道走上来,她穿着配腰带的黄色连衣裙,鞋子边走边发出"啪嗒啪嗒"的响声。她的灰色长发披在肩膀上,手里拿着一沓纸,手腕上挂着一大串钥匙,"你就是刚才打电话的那个警察吗?"

"是的,女士。"菲斯从兜里掏出证件,"我是探员菲斯·米歇尔,这位是……"

"噢,我不需要看那个,亲爱的。你们T恤的背面都写着呢。"

菲斯收回了证件,本想告诉她这年头谁都可以在背后印上"警察"两个字,但是没有说。

那个女人说:"老哈丁出了什么事我一点儿都不惊讶,他可不是什么省油的灯。"她"啪嗒啪嗒"地走到哈丁门前,用拳头使劲敲门,手腕上挂着的钥匙串"哗啦哗啦"地响着,"喂,有人吗?"

菲斯问:"他和什么人一起住?"

"没有。不好意思,职业习惯,我经常做健康检查,从来不会不敲门就进屋。"女人伸出手,"忘了说,我是维尔莉特·尼尔森,这里的物业管理员。抱歉我出去太久了,一直腻在图书馆里。"

"把房子出租给哈丁的过程你有参与吗?"

"那是业主的事,文件上写着房产所有者是一家在特拉华的公司,我猜是为了减税优惠。"她翻找着钥匙串,查看上面整齐的彩色数字标签,"呃,我需要眼镜,你们两位有没有……"

菲斯看着科利尔,因为他看起来比这个女人更需要老花镜。

科利尔眯着眼坏笑了一下,说:"我比我的外表年轻。"

"你们也离老花不远了,两个人都一样。"维尔莉特大笑起来,虽然并不好笑。她继续翻找着钥匙,那一大串里至少有五十把。菲斯没有提出帮忙,因为她觉得维尔莉特想用这个时间跟他们闲聊,"我打开这扇门之后,你们想待多久就待多久,走的时候只要从我办公室的门缝里把钥匙塞进来就行了。"

菲斯又和科利尔对视了一眼,因为这不是物业管理员通常的态度。另外,他们接触的大多数物业管理员都在铁栏杆或者防弹玻璃后面工作。

菲斯说:"我敲了几个邻居的门,似乎今天没人在家。"

"周末会热闹些。"维尔莉特试着将一把钥匙插进锁孔,"这年头没人真的退休。他们都有兼职的工作,一些衣食无忧的就去做志愿者。你要是四点钟过来,会看到我们大部分都在下面的俱乐部会所里喝餐前鸡尾酒。"

如果在下午四点钟喝酒,菲斯一定会醉晕过去。她问那个女人:"你认识戴尔·哈丁吗?"

"当然认识。"提起哈丁,维尔莉特似乎不太高兴,"他简直是我的眼中钉、肉中刺,让我给你们讲讲吧。"

菲斯摆了摆手,告诉她只要负责开门就好。

"他是世界上最脏的人。"

科利尔猜道:"嫖妓?酗酒?"

"垃圾堆。"维尔莉特说,然后纠正道,"不是叫他'白垃圾',而是真正的垃圾堆,早该被倒掉的垃圾他都堆在屋里。他并不是喜欢囤积破烂儿,更可能是他已经懒惰到走不到垃圾桶。他隔壁的芭芭拉好几次投诉他屋里的异味,说哈丁房间里那些腐烂食物的臭气,透过墙壁飘到了她的屋子里。我也闻到过,超恶心!我已经给特拉华的公司写了差不多十封信,可是一点用也没有。我们正在跟业主协会的律师商量该怎么办。"

"太可怕了。"菲斯说。她心想,普通人绝不会知道腐烂的食物和腐尸的气味非常相似,"还有呢?"

"他们永远在吵架。"维尔莉特又试了一把钥匙,"芭芭拉和哈丁。其实哈丁跟每个人都吵,尤其是芭芭拉。他俩总是冤家路窄。"她插进另一把钥匙,仍然不对,"好几次闹得厉害了,我都不得不上去给他们劝架。我不喜欢说死人的坏话,可戴尔实在是个……"她在努力想一个词来描述他。

"人渣?"菲斯提醒她,因为这似乎是大家一致的看法。

"对,人渣。"维尔莉特表示赞同,"如果这是一个《杀机四伏》里那种命案,你问我戴尔有什么仇敌,答案就是,他走到哪里都在给自己树敌。"她指着窗户说:"这些恶心的窗帘就是最好的例子。社区规定里说的很明白,每户都应该用白色窗帘。我给他写信要求他换掉那些粉色窗帘,他竟然用一张假的律师事务所的信纸给我写了一封律师信,要告我歧视同性恋。"她翻了个白眼,"那把年纪的基佬怎么会买涤纶窗帘?"

菲斯看着她又试了一把钥匙,快把钥匙串上的每一把都试过了:"他那个邻居芭芭拉是怎么回事?你说他们经常吵架?"

"他总是无缘无故地嘲笑人家,而且没完没了。"

"比如呢?"

维尔莉特挥手指着院子:"那是芭芭拉的几个'小矮人',还有一只兔子,孙子送给她的。我们都知道,她总会给他们穿上当季的外套。情人节穿红色,停战日穿格子。"维尔莉特耸耸肩,"萝卜青菜,各有所爱。可是有一天,芭芭拉过来跟我说发生了一件奇怪的事情，院子里的小矮人和兔子都不见了。我们当时把这笔账记在了孩子们头上，这附近有一群小孩是惯犯。后来终于水落石出，两天后，哈丁把小矮人和兔子放在了他的前院，他给它们都穿上了粉色的外套，而且都不合身。"维尔莉特又试了一把钥匙，"其实原本是有四个小矮人的，但是他把其中一个涂成了黑脸，这也是社区规定里明令禁止的。"她压低了声音解释道，"要是没有这份规定，这片草地会摆满雕塑的。"

"哈丁家有没有常来的访客？"

"我一个都没见过。"

科利尔问："他每天都做什么？"

"多半是待在这里，这一点非常烦人，让他有机会到处骚扰别人。像他这么懒的人，竟然会穿过两条街道，跑去对着水池里玩耍的孩子们乱吼。"

"他是什么时候搬进来的？"

维尔莉特又试了一把钥匙："六个月前，大概是吧？我有他入住手续的文件，给我你的邮箱，我扫描发给你。他已经过期未缴物业费。"她终于找到了正确的钥匙，"是业主……"

突然间，科利尔把她的手从门把手上抓了回来。

菲斯已经拿起了她的格洛克手枪。

房子里有声音。

窸窸窣窣的声响，好像是某个人在竭力保持安静。

菲斯看了一眼那块假石头，里面没有钥匙。为什么没有钥匙还要放一块假石头？

除非某个人已经用那把钥匙开门进来了。

维尔莉特还没来得及发问，科利尔就把手指放在了嘴唇上，示意让她退后，再退后，直到她站到了他的车后。

那阵声音又出现了,这一次更大。

科利尔拿出手机,轻声打给总部请求支援,然后向菲斯打了个手势,让她先进去。

这意味着,他保持五十年的女权主义立场也许会随着菲斯中枪而终结。

菲斯把手指按在格洛克手枪的一侧,扳机的上面一点。这是他们接受的训练,只有到决定要开枪时才能把手指放在扳机上。她想了想车里的防弹衣、宝贝女儿的婴儿座、体贴的老妈今天早上给她的那瓶水,还有手机里儿子帅气的照片。

然后她抬起脚,一下子把门踹开。

"警察!"菲斯大喝一声,让这个词在口腔里爆炸。

她转动身体,扫视着房间的每一处。厨房、桌子、沙发、椅子、杂物……她所有的感官都关闭了,只剩下一种。她的目光射穿门廊和窗户,搜寻拿着武器的手。科利尔检查了衣柜,空的。他把后背靠在菲斯的背上,轻拍了一下她的腿。两个人步调一致,屈身前进,头都像炮塔一样转来转去。

菲斯想起梅萨养老院的网页,哈丁住在"塔霍湖"开放式套房,有两间卧室、一间浴室。

她走到一个门口。

独立客用洗手间!

又一个门口。

配备齐全的洗衣间!

角落。

菲斯找到一个角度，让这个角落成为门厅里持枪者的盲区，只要她看不见他们，他们就看不见她。她把枪举在身前，双脚分开，不自觉地把手指从枪侧放在了扳机上。她强迫自己把手指放回去，给自己多一秒时间判断，以防站在门厅另一端的是一个孩子或者年老耳聋的人。

就趁现在。

一厘米一厘米，她缓缓地探身出去，凝视着转角处。

没有人。

菲斯一鼓作气走进门厅。

又一个门口。

带有淋浴间和豪华坐便器的中央浴室！

一扇关上的门。

采光一流的主层卧室，为您和您的客人准备。

两间卧室分别位于客厅两端，每间都占了房子后面的一部分空间。

菲斯让科利尔负责右边的房间，自己找好一个角度给他掩护，并且看守着另一扇关上的门，确保他背后无虞。科利尔的动作慢得令菲斯嗤之以鼻，他走过去，转动门把手，把门打开后狠狠地向后推，以防门后有人。粉色窗帘覆盖着正对后院的凸窗，地板上放着一张充气床垫，衣柜上没有门，只有一面帘子。

确认安全。

科利尔回到客厅,站在左侧卧室对面,向菲斯点头示意。

菲斯狠狠把门踢开,门把手"砰"地撞进墙板。又是窗户和粉色窗帘,地板是一张弹簧床垫,床上铺着脏床单,床头桌上放着一个纸板盒,悬空的电线连接着一盏台灯。衣帽间有门,而且门上有锁。

菲斯喘了口气。她屏住呼吸太久,已经快要支撑不住了。她的肺只有一半在工作,心脏像秒表一样"滴答滴答"。她把紧握着格洛克手枪的双手松开了一点儿,以免开枪时的后坐力震伤她的手腕。汗水顺着她的双手滴下来。

科利尔靠墙而立,盯着衣帽间。菲斯向前移动,摒除头脑里播放的电影画面:衣帽间的门突然打开,一把猎枪探出来,一枪打爆她的胸口。

菲斯带着一万分的小心,把左手抽离格洛克手枪,指节咯咯作响。她夹紧肩膀,放低手臂,把手伸向那个蛋形门把手。她的皮肤感受到金属的冰冷,手腕的关节轻轻转动。

锁住的。

菲斯张开嘴,吸了一口气。

宽敞的步入式衣帽间!

铰链在外面,无法把门踢开。

菲斯回头看了一眼科利尔。他仍然十分紧张,不过没有面向她,而是对着门厅,呼吸短促,胸口起伏着,格洛克手枪指着天花板。

阁楼。

额外的储藏空间，存放您珍贵的纪念品！

大厅里，一根绳子从阁楼的折叠梯上悬吊下来。

菲斯不禁摇头，她绝不能在只有一个人掩护的情况下上阁楼。

一阵噪音响起。

又是摩擦声，这一次更重，好像有人在阁楼里缓慢移动。

科利尔走进门厅，一直保持着蹲姿。菲斯也是同一姿势，停在了门口。科利尔看着她。她点点头，尽管她全身的每一寸都有一种不祥的预兆。科利尔走上前，抓住从梯子悬下来的绳子。弹簧发出一声尖叫，菲斯的心脏差点跳出来。科利尔一只手展开梯子，另一只手仍然握着格洛克手枪，枪口指向上方。

两个人都一动不动地站在原地，等待另一个人行动。

这无关乎勇气，两人都感到同等的恐惧。这关乎一个人把头门户大开地伸进别人的射程时，能否把后方托付给另一个人。

菲斯低声咒骂了一句，掏出手机。被人射中手总比射中脸好。她划到摄像模式，点开手电筒，好让法医看到清晰的录像，明白这两个警察是如何死在这里的。

菲斯强迫自己腿上的肌肉放松下来，准备爬上梯子。她的脚已经离地一英寸时，科利尔从她手里一把抢过手机，向她做出一副表情，好像在说她疯了。科利尔的黑色运动鞋踏上了梯子的第一级，由于他的体重，弹簧发出"吱吱呀呀"的声响。他接着走上第二级。

菲斯的头脑中又掠过这一幕，不过这一次主角是科利尔：一把猎枪探出来，一枪打爆了他的胸口。

科利尔停在了梯子的第二级。他的双手都在胸口的高度，一只握着格洛克手枪，另一只拿着菲斯的手机。他留心倾听，试图定位声音的方位，因为他只有一次机会把手机的光束投向阁楼的黑暗里。菲斯无法帮他定位，她耳畔听到的只有自己血液流动的声音。她张开嘴呼吸，舌头好像一团棉花，感觉到一股酸腐的味道，好像腐肉、汗水和酸液的混合物——那是她的恐惧。

科利尔回头看了一眼菲斯，她点点头。两人透过阁楼入口，凝视着里面的一片黑暗。科利尔沉着肩膀，缩着头，把手机当作潜望镜举到了上面。他们一起看着屏幕。突然，一个影像闪现出来。

菲斯感觉她的胃被顶到了胸口。

科利尔低声骂了一句："妈的！"

一只猫那么大的老鼠盯着手机屏幕，圆溜溜的眼睛在灯下闪着红光。它蹲在地上，下巴一动一动地嚼着东西，手里拿着什么。这让菲斯感到更加恐怖，她不敢想象一只老鼠可以用手拿东西。

科利尔把手机在阁楼里三百六十度旋转一周，然后把枪收进枪套，用空闲的那只手放大看了一下那只老鼠，迅速转了过去。共用墙一边的梁上搭着有两个文件盒，看起来有些摇摇欲坠。靠近梯子的一边有一包打开的腐烂牛肉末，上面有蛆虫爬来爬去，好像波涛翻滚，苍蝇嗡嗡作响。他们正看着，那只老鼠伸出手，把托盘从梯子那边拉回了一点。滑动的声音让菲斯觉得就像是从她的头骨里发出来的。

老鼠警惕地看着他们，用尖细的手指从袋子里挖出一团腐肉，然后蹦跳着走开，一边咀嚼一边低头盯着他们。

"好吧。"科利尔从梯子上下来，把手机还给菲斯，"我现在要去吐了。"

菲斯以为他在开玩笑，因为他看起来还好。可两秒钟之后他就到了浴室，把胃里的东西呕了个精光。

菲斯向他喊道："别忘了取消支援。"

科利尔干呕着应了一声。

菲斯沿着落满灰尘的门框顶部摸索，没有摸到钥匙。于是她从工装裤的口袋里拿出一支笔，把哈丁当床头桌用的硬纸盒戳了几个孔，然后又检查了一下窗台和厅门，都没有发现钥匙。

听声音，科利尔似乎已经吐完了，可就在此时他又一轮猛烈地吐了起来，那声音震得菲斯耳朵疼。她打了个寒战，不是因为呕吐声，而是因为阁楼的梯子仍然展开着。她可以想象出那只老鼠用没有拇指的爪子抓着梯子扶手，笨拙地沿梯而下的画面。她把后背靠在墙上，溜过梯子的位置，安全地撤回客厅，然后播放手机里的录像。

老鼠是灰蓝色的，有一对圆耳朵，一条又粗又脏、像卫生棉条一样的白尾巴。它透过屏幕看着菲斯，嘴巴一动一动。虽然没有声音，但菲斯发誓听到了它吧唧嘴的响声。托盘后面有一道血迹，那是老鼠把肉从梯子上拉向某个地方时留下的，很可能是拉到它的窝里。

她想到这里，全身战栗起来。

菲斯又点了一次播放键。她想起她女儿在一次圣诞节上收到的一本立体书。书中间插页里弹出来的苍蝇有数不清的复眼，爱玛被吓坏了，却仍然忍不住一次次打开、尖叫。菲斯再次观看视频时也是同样的感受，她感到恶心，却无法把视线移开。

浴室传来一阵马桶冲水声。科利尔来到客厅，用手背抹了一下嘴，然后一边刷着溅到衣服上的呕吐物，一边说："咱们这一场叫作'007大战变异鼠'吗？"

菲斯把视线从手机上移开，此刻头脑里能想到的唯一的词，就是这一整天别人对戴尔·哈丁的评价：浑蛋。

"你看那些文件盒上有标签吗？"

菲斯拿出手机，让科利尔自己看。

"嗯，啊。"他竖起手指，仿佛需要一点时间作判断，"好吧，没问题了。"

"你确定？"菲斯问。科利尔的脸色好像一张白纸。

"不确定。"科利尔走到厨房的水槽前，打开水龙头，挪开一摞盘子，然后把头伸到水龙头下面。他"咕嘟咕嘟"地喝着水，然后吐回到水槽里。虽然这很恶心，但是菲斯感觉哈丁一定在那个水槽里做过更恶心的事情。

"两位警官！"

菲斯几乎已经忘了维尔莉特。

"老天爷，这里的气味好像混着氨水的垃圾堆。"维尔莉特就站在门口，捏着鼻子说，"查好了吗？"

"上面有一只老鼠。"科利尔说，"个头很大，可能是怀孕了。"

"是灰毛白耳朵的吗？"

菲斯把手机里暂停的录像拿给她看。

"要死啦。"维尔莉特直摇头，"芭芭拉的孙子上个周末把他的老鼠带来，他发誓把笼子盖严实了，结果却让老鼠满地乱跑。"

"我很确定那不是一只宠物。"科利尔扇走了一只苍蝇，"我是说，它个头很大，大得不自然。"

维尔莉特提出："我可以带你看看芭芭拉贴在留言板上的那张'寻鼠启事'"。

科利尔闭上嘴，摇摇头。

菲斯想到阁楼上的那包牛肉末，说："老鼠是在芭芭拉的房子里走丢的吗？"

"不是，那孩子把笼子在芭芭拉的门廊里放了半个小时。老鼠看起来很喜欢新鲜空气，孩子回来的时候笼子盖已经被顶开，它跑掉了。"维尔莉特走进房间时皱了皱眉，"这里真是一片狼藉，就像《尼姆的老鼠》①的实验室。"

菲斯问："芭芭拉经常待在家里吗？"

"你问这个啊，她一般都在。她要是知道自己错过了这出好戏，肯定要难受死了，她最爱管闲事。"

菲斯喜欢爱管闲事的人。她把名片递给维尔莉特，说："你能不能让芭芭拉给我打个电话，我想向她了解一下哈丁的情况。"

"除了告诉你哈丁是个浑蛋，我不敢保证她还能告诉你多少东西。"

"人们总能出乎意料地回忆起很多事情。"

维尔莉特把名片塞进内衣的肩带里，说："按我先前说的，等你们完事了只要把钥匙从我办公室的门缝里塞进来就行了。"

菲斯听着她"啪嗒啪嗒"地走远了。

"宠物。"科利尔挥手赶走了又一只苍蝇。

"那就解释了为什么它不怕我们。"

"我还是想把它弄死，现在就用火烧死。"

"找找钥匙。"菲斯对他说，"我们得打开那个衣帽间。"

"我们需要呼叫动物管理中心。"科利尔反驳道，"小兄弟在阁楼里养了一只老鼠，更不用说衣帽间里会有什么了。"

菲斯不准备等什么动物管理中心。她走到臭气熏天的客厅和厨房，思忖着哈丁这样的人会在哪里藏钥匙。她感到一阵剧烈的

---

①美国作家罗伯特·奥布赖恩(1918—1973)的长篇童话。

恶心,"狼藉"这个词就像是专门为哈丁的住处发明出来的。塑料泡沫的碟子和杯子从客厅到厨房遍地都是,棕色的丝绒沙发看起来湿答答的,划痕累累的咖啡桌上铺满了肯德基外卖盒子。啃剩下的鸡骨头长着绿毛,可乐上面浮着一层浑浊的液体,发黄的叉勺上还沾着土豆泥。

然后是气味,像一记锤子突然砸到她的鼻梁上。不只是氨水味,还有腐烂的气味。如果莎拉对哈丁最后的日子估计得没错,这些气味很可能是出自他恶劣的生活习惯。刚刚破门而入时,菲斯还没有留意到这股恶臭。肾上腺素总能让你专注于首要任务,而她的首要任务就是不被杀死。现在她的恐惧已经减退,其他的感官纷纷回归,她立刻受到臭气的袭击。

还有苍蝇的骚扰,这片垃圾堆上至少有二十多只苍蝇。

菲斯说:"在这个温度下,蛆只要八到二十个小时就能孵化,三到五天就能化蛹。"

科利尔突然捧腹大笑,说:"抱歉,'化蛹'这个词太好笑了。"

"我是根据这个来推测,阁楼里的那些肉是上个周末放上去的,可能是用来喂老鼠的,也可能是为了让老鼠待在上面。"菲斯用力打开一扇窗,好让屋里的气味散一散,然后又拉开防蚊蝇纱窗对付那些苍蝇。

科利尔大声打了个嗝,然后问:"你有薄荷糖吗?"

"没有。"

菲斯背过身,想到她车里有薄荷糖,要是能够借此离开哈丁这栋油腻恶心的房子五分钟该有多好。她的嗅觉已经恢复正常,腐臭的气味一直刺到她的口鼻深处。她敢拿全部家打赌,阁楼里的腐肉跟地上那些湿乎乎的报纸和杂志下面盖着的东西相比,实在不值一提。这些垃圾纯粹是出于哈丁的懒惰，他把所有吃剩的东西都随手扔在地上，然后再也不管。

"是不是很奇怪？"科利尔看着菲斯开窗，"精神紧张会阻断人的嗅觉？"

"你怎么会闻不到这个气味？"菲斯打开了另一扇窗，不想和这个傻瓜多费口舌，"电视在哪儿？"

科利尔指着一个低矮的电视柜，说："这里曾经有一台电视，看样子还很大，但现在没了。"

"没有电脑。"菲斯拉开沙发旁边桌子的抽屉，用笔到处戳戳点点，"没有iPad，没有笔记本电脑。"她拉开另一个抽屉，只有更多废纸，没有柜子钥匙。

科利尔说："哈丁竟然是个喜欢保留纸质文件的家伙。"

又是一股怪味渗入菲斯的鼻孔。她咳了一声，推开另一扇窗，说："主卧的床头有几根充电线。"

"我已经查出那是他手机用的。"科利尔双臂交叉，两脚岔开站着。这种站姿大概是源于他当巡警的日子，那时他总要扛重达五十磅的器械，"所以，你现在做的都是为了特伦特吗？你是他工作上的闺蜜吗？还是有点什么别的？"

菲斯看着一辆亚特兰大警方巡逻车停在了她的迷你酷跑后面。科利尔打电话取消支援时他们很可能已经在来的路上，所以决定无论如何都过来看一看。那两个男人看起来年轻而又热切，司机摇下了车窗，他们伸长脖子盯着这栋房子。

菲斯挥挥手让他们离开，向窗外大喊："我们没事。"

司机还是挂了停车挡。

"雪中送炭。"科利尔说，"咱们派他们其中一个上阁楼取那些文件盒，别提老鼠的事，看看会发生什么。"

"他会打两个星期的狂犬病疫苗。"菲斯知道,当哈丁把文件盒塞到阁楼里,又放上一包牛肉末和某个怪小孩失踪的老鼠时,他就希望发生今天的这一幕。这是他最后一次露一手的机会。他早就知道他活不了几个星期了,要么死于别人之手,要么死于自己恶劣的生活习惯。他还知道,他死后会有人来搬空他的房子,来人很可能被这只老鼠吓一跳。

菲斯走出前门,阳光强烈得像要割开她的眼球。她不清楚她脸上流淌的是眼泪还是血,她也不在乎。哈丁做过警察,他知道警察持枪破门而入时会面对怎样的危险,所以他设下了这一出。

菲斯举起手遮挡阳光。两名巡警站在警车旁边,低头看着手机。

菲斯对司机说:"把你的卸胎棒给我。"

"我的卸胎棒?"

菲斯突然探身到车里,拿起固定在后围侧板里的卸胎棒。她掂了掂这个又长又重的铁棍,单手使用型的,呈L形,末端有一个凹槽用来松防滑钉。

完美。

科利尔站在窗前,看着她回到房子里。菲斯拿起一把椅子放在门厅,科利尔跟过来,问:"你在干什么?"

"我要打死那个畜生。"她站在椅子上,朝天花板挥舞着卸胎棒,有凹槽的一头嵌进了石膏夹板里。她继续用力,转动了一下铁棒,然后把铁棒拉下来,一大块墙皮掉落到了地板上。

菲斯扔掉卸胎棒,很高兴自己的推测是正确的,两个文件盒在手臂所及的范围内。现在她要做的只有赶走苍蝇,拿到它们。

"嘿,女士。"其中一个巡警在客厅喊道,"这儿有一架梯子。"

"那儿有一只老鼠。"科利尔告诉他,"像哥斯拉的兄弟一样大。"

"你是说拉顿?"

"是 Chibi 丸,兄弟。拉顿是个替身。"

"是哥罗龙。"菲斯说。有三年的时间,她每周六都陪杰里米看哥斯拉系列电影,"科利尔,帮我接一下这些箱子。"

"她说的对。"科利尔说,"那只老鼠就像哥罗龙一样,好像在外面找血喝。"他露出牙齿,双手弯成爪子状。

菲斯想把第一个箱子砸到他的脑袋上。

讨厌的是,科利尔还是接住了它。他把箱子放在地上,等待菲斯递下来第二个。

巡警说:"你需要我们做些什么吗,老兄?"

科利尔摇摇头,说:"我能搞定,兄弟。"

"衣帽间。"菲斯提醒他。

"哦,对。"科利尔向巡警们打了个手势,示意他们跟他到另一个房间去。菲斯手上拿着第二个沉重的箱子,小心翼翼地从椅子上下来,然后把箱子放在第一个旁边。她听到他们在另一个房间里讨论如何把钉子从铰链里拔出来,就好像他们从未听说过锤子和螺丝刀一样。

菲斯掸掉手臂上的灰尘,又用手指捋掉头发里的砂砾。腐肉的气味太过刺鼻,她不得不打开卧室的窗户。苍蝇蜂拥而至,她又拉开防蚊蝇纱窗。撕裂天花板也许不是最好的办法,但是每当她气急败坏的时候,理智总会跑到九霄云外。哈!真的让她气急败坏了。

在 GBI,菲斯调查过一些坏警察,他们的一个共同点是:都认为自己仍然是好人。偷窃、强奸、谋杀、勒索、诈骗、拉皮条都无关紧要，他们仍然认为自己犯的罪是为了更大的善，或是为了照顾家庭，或是为了保护抑郁症的兄弟。他们认为自己只是犯了个小错误，决心永远不会再犯。在这点上他们如此相似，都仍然坚信自己本质上是个好人。

而哈丁则不同。他不仅享受自己的坏，还要拿他的坏来影响别人。

现在菲斯不得不面对更多他留下的烂摊子。

菲斯把椅子拉到窗边，把两个箱子踢到同一方向，然后坐下。她努力不去思考为何第一个箱子的盖子摸起来是潮湿的，可她的头脑还是告诉她，老鼠走到哪里都会留下它们的尿液。

她打了个哆嗦，然后摸到一摞贴着整齐标签的档案夹。

哈丁做过私家侦探，第一个箱子里装的是世界各地的私家侦探共同的拿手好戏——各种场合的偷情照片。廉价小旅馆里、汽车的后座、小巷的深处、路边的加油站，乃至后院的儿童乐园里。

哈丁的工作记录保存得一丝不苟。汽油费、餐费和冲洗照片费用的收据都订在了花销报告上。他每天都记录有关调查目标的工作日志，用细瘦的大写字母。他的拼写能力完全符合你对一个高中毕业就去了警校的人的预期，并不是说菲斯就没有这些毛病，但她至少知道 you're[①]和 your[②]的区别。

科利尔站在门口说："衣帽间排查完毕。"

"你也许应该让防爆小组来排查。"

这时，科利尔也感觉自己刚才未免有些盲目自信。他们都知道，涉及哈丁的事情并非儿戏。

[①]你是；你们是。
[②]你的；你们的。

他说:"衣帽间里曾经放了某样东西。地毯上有一片圆形痕迹,像一个五加仑①的水桶。"

菲斯站起来,准备亲自去看看。两个巡警在后面低头玩手机,拇指动来动去。就算她在他们面前用卸胎棒杀掉科利尔,他们也不会注意。

门已经卸下来,搭靠在墙上。菲斯打开手机里的手电筒工具,检查着这个4英尺×8英尺的步入式衣帽间。如科利尔所说,在后面的角落里,棕色的地毯上有一个圆圈状的印痕。菲斯又看了看其他地方,挂衣杆已经卸掉,原先电灯的位置垂下一根电线,白色墙壁的底部有磨损。这个封闭空间内竟充斥着一股下水道的气味。

科利尔说:"这种事我们见得多了。墨西哥毒贩把丸状或者粉状海洛因放进骡子的胃里,越境后让它们把毒品拉到桶里,骡子的主人收了钱,再回墨西哥继续装运。"

"你觉得像这样一个地方,他们连在院子里的草地摆放雕塑都要明令禁止,如果看到一帮墨西哥人出入哈丁的房子,难道不会打电话报警吗?"菲斯又对两个巡警说:"把门板翻过来。"

"我们得走了,又有新任务了。"两人走出房间时头也没有抬,仍然看着手机。

"这两个小伙子挺不错的,对不对?"科利尔似乎很喜欢他们。

菲斯用手握了握门边,没错,是实木的。她把门立着放回原位,沿门轴推动,最后一刻把手松开。门重重地撞到了墙上,凿下了一道痕迹。菲斯退后一步观察,发现门的下部有刮痕。她又反复检查铰链,确认这是朝向衣帽间的一面。

---

① 1加仑等于3.78541178升。

"老鼠干的？"科利尔猜测。

菲斯把刮痕照了下来，说："我们需要叫技术人员过来。"

"我的人还是你的人？"

"我的人。"菲斯把照片发给查理·雷德，他已经在里皮的夜总会连续工作七个小时了，也许愿意换换脑子。菲斯用短信告诉他地址，让他首先调查衣帽间。菲斯不是科学家，但也知道一个五加仑的水桶和一个背面有刮痕的上锁的门，很可能意味着有人曾被关在里面。

或者，也可能是哈丁留下的垃圾，调查这些纯属浪费时间。

科利尔说："我们到这里的时候，衣帽间的门就是锁住的。既然里面什么也没有，为什么还要锁住？"

"哈丁做什么都不奇怪。"菲斯走回另一间卧室，坐在椅子上，把那些婚外情的档案放回第一个箱子。科利尔又站在门口。菲斯对他说："这里什么也没有，至少没有重要到需要藏到老鼠后面。"

"我不在乎维尔莉特说什么，那只老鼠绝对不一般。"科利尔坐在床垫上，发出一阵放屁似的声响，如菲斯所料，他做出一副窘迫的表情。他打开第二个箱子的盖子，那里面没有档案夹，只有一大堆纸，最上面是一些裸女照片。

科利尔拿走照片，把纸递给菲斯。

菲斯迅速翻看起来。住院记录、拘捕令、戒毒记录、犯罪登记表，这些全部属于一个人——黛丽拉·金·帕尔默，二十二岁，住在柴郡汽车旅馆——那里是有名的卖淫窝点。她没有家人，从出生起，黛丽拉的监护权就属于州政府。

她还是 Back Door Man.com 网站的一名现任模特，也是莎拉在哈丁的钱包里发现的那几张入狱照片上的女人。她的发色在每张照片里都不一样,有时是银色,有时是她本来的褐色,还有时是紫色或粉色。

"是她。"科利尔凑过来,肩膀压着菲斯的胳膊。他给她看了一张钱包大小的照片:黛丽拉趴在厨房柜台上,回头看着镜头,嘴巴张开,模仿着高潮的样子。他说:"我本来就猜她不是真正的金发妞。看,我还可以吧,米歇尔,你以后办案应该带着我。"

菲斯知道GBI的信息技术部门已经在查Back Door Man.com的情况了,但还是对科利尔说:"你为什么不上那个网站看看呢?"

"好主意!"科利尔掏出手机。谢天谢地,下面一个小时他就要沉溺在色情网站里,这样菲斯就可以专心工作了。

菲斯和从前的每一任男友都是这样的相处模式。

她又拿起那些文件,更加细心地翻阅。翻到黛丽拉青少年时期的犯罪记录时,她觉得很奇怪,因为未成年犯罪记录通常是密封的。黛丽拉第一次被捕是在十岁那年,她在亚特兰大东部的多布斯小学里贩卖奥施康定①。菲斯还曾帮助联邦政府在那个小学成立反腐败专案组,调查考试舞弊案——几个教师组织了一次晚餐会,在餐会上改动学生的答题卡,最后他们做过手脚的学生几乎都获得了政府的午餐资助。

菲斯端详着十二年前黛丽拉的第一张入狱照。那时女孩儿的手还很小,在镜头前好像还拿不住她的名牌。她的头还没有够到身后墙壁上标出的第一道身高线。她的脸上有血痂,褐色的短发没有洗过,眼睛下面是深深的黑眼圈,也许因为缺乏睡眠,也许因为饥饿,也许因为缺少安全感。

---

① 即盐酸羟考酮缓释片,用于缓解持续的中度到重度疼痛,有上瘾的风险。

黛丽拉在多布斯小学是个异类,不仅是因为她这么小的年纪就参与了毒品交易。上个月,菲斯精心准备考试舞弊案的诉讼材料,她必须向地区检察官证明她的数据没有差错。2012年,多布斯的白人学生不足百分之五,全校只有五人。如果这个比例翻转过来,这座城市不可能容许这样的腐败存在如此长的时间。

菲斯翻到黛丽拉后面几次被捕记录:十二岁时再次贩卖奥施康定,十五岁又有一次。十六岁那年,黛丽拉从学校退学,沾上了海洛因。那是大多数买不起奥施康定的人下一步的选择。一颗八十毫克的奥施康定药丸,根据行情可以卖到六十到一百美元不等,而同样的钱可以买一包海洛因,够爽好几天。

她又翻到缴费单:保释、隔离治疗、再次保释、强制戒毒。

黛丽拉虽然有这样的犯罪史,可从未在监狱里待过一晚以上。

她第一次因卖淫被捕是在十六岁的末尾,此外还有四次被捕是因为招嫖,两次因为贩卖大麻和海洛因。每一次被捕都附送了一晚富尔顿县监狱的免费住宿。

菲斯扫了一眼拘捕黛丽拉的警局,其中一些她很熟悉,它们都在六区。这很说得通,因为罪犯也和其他人一样,喜欢待在自己那片地方。

哈丁也在六区工作过,显然他一直关注着黛丽拉。从这些材料的字里行间,菲斯猜测,哈丁其实总在想方设法帮这个女孩儿一把。

科利尔说:"你给我讲讲还是要我自己猜?"

"你闻着好像一摊呕吐物。"

"我刚刚吐了,你没听见我在浴室里的声音吗?还有回声的。"

菲斯把黛丽拉的犯罪登记表递给科利尔,说:"两间卧室、两张床,一定还有别人和哈丁住在这里。"

"你觉得是这个叫黛丽拉的小妞?"科利尔皱皱眉,"她看起来无足轻重,但是能做的比哈丁更多。"

菲斯想了想锁住的衣帽间、水桶、下水道味,觉得哈丁有可能在强制自己戒毒,这比在戒毒中心接受治疗要便宜太多。而且这也许能更好地解释这里的满地狼藉,看起来就是一个瘾君子住的地方。

"你看见那个了吗?"科利尔朝地上的一只牙齿保持器点了点头,"我的几个妹妹把牙套摘下来之后都要戴那个保持器,不是这种,她们戴另外一种,不过都很小,跟那只很像。也就是说,看那只的大小也是女孩子戴的。"

菲斯不明白,为什么他表达一个意思需要说那么多话:"那个网站怎么样?"

"没什么特别的。"科利尔笑起来,"一语双关。我见识过太多了。"

菲斯翻了个白眼。

"你知道吗,米歇尔。我第一次遇到你时,我就觉得我们最后会一起关在卧室里看 A 片。"

菲斯站了起来。

"等等。"科利尔从盒子里拿出一摞照片,"看看这些,黛丽拉已经做过一段时间模特。我估计她十六岁左右就开始在 Back Door Man.com 上面做了。更早的这些没有印上网址或者网站标志,我看她那时只有十二三岁。"

菲斯把这些艳照和黛丽拉不同时期的入狱照摆在一起,觉得科利尔多估计了几岁。她可以确定女孩儿第一次被捕是在十岁,艳照上的这个小女孩儿简直令人心碎。黛丽拉穿着蕾丝内裤，胸罩如果没有在背后紧紧别住，一定会滑落到脚上。她那时还没有腰身，没有曲线，只有一点后来被海洛因消去的婴儿肥。菲斯看着她那双呆滞无神的眼睛，感到她浑身上下散发出的被遗弃的气息。

为什么哈丁这样一个对任何人、任何事都漠不关心的人，对这个被遗弃的女孩儿如此感兴趣？她对哈丁意味着什么？

科利尔问："下一步怎么做，女侠？"

"我马上回来。"菲斯起身来到厨房，科利尔又跟在她后面，就像一个小孩子，总是跟在家长身边碍手碍脚。她怀念起威尔的安静与克制："我们可不可以分开两秒钟？"

"那我怎么知道你要做什么？"

菲斯打开冰箱门，看到里面塞满了冰激凌和酒，还有一个塑胶密封袋，背面贴了几张纸。塑胶密封袋和一盒炸鱼条被冰箱里的霜粘在了一起，菲斯敲打盒子把袋子分开。

慢性病或者重症晚期的患者常常在冰箱里留下如医疗指示之类的重要文件，以便医护人员找到。就连哈丁这样的恶棍也遵循了这条建议，上面交代医生尽一切可能保证他的生命。

"上帝。"科利尔越过菲斯的肩膀看到了这份文件，"这家伙已经病入膏肓，竟然还要求医生保证他死不了？"

"这份文件是两年前填的，也许他都忘了。"菲斯在第二页找到了联系人的信息。

亲属：黛丽拉·金·帕尔默

关系：女儿

"她是哈丁的孩子。"科利尔说。他忘了菲斯就在他头顶一起看着，"少管所的登记表上写着她是一个孤儿。"

黛丽拉的名字旁边写着三个电话号码，其中两个用横线划掉了。三个号码的墨色各不相同。菲斯用哈丁的座机给最新的号码拨了个电话，发现已经停用。

她为求稳妥，又试了另外两个号码。

停用。

"轮到我来露一手了？"科利尔拿出他的手机。

"你自便。"

科利尔正要跟着菲斯来到卧室，菲斯伸出手拦住他，说："我们没必要做什么都在一起。"

"要是老鼠又来了怎么办？还带着一群小老鼠。"

"那你就大声尖叫。"

菲斯又走向门厅，抬头看了一眼阁楼的梯子，知道老鼠还在那里。它有可能真的在生小老鼠，因为这一天里她遇到什么恶心的事情都不奇怪了。谢天谢地，她在天花板上弄出了更多破洞，以防那个家伙扩大它的地盘。

菲斯坐在椅子上，重新看着黛丽拉的照片。

一个父亲收藏着自己十二岁女儿搔首弄姿的裸照，这种事有多么恶心暂且不论，这个女孩儿身上一定还有故事。这些照片与她执法生涯中所见过的几百张类似的照片究竟有什么区别，菲斯也无法明确说出，但是一定有什么不同。

这些被生活盘剥的人都有一个共同的特征：悲惨。黛丽拉目光呆滞，可能是刚刚吸食了海洛因，也可能是为了求得海洛因而面对镜头摆姿势。她的大腿根部红肿，显然被人粗暴地对待。一层薄薄的粉底勉强遮盖住她脖子上的淤伤。她的口红沾到了牙齿上。可是，这些并没有什么新奇或者特别之处。

菲斯还是有那个持续了一整天的感觉：有些地方解释不通。

菲斯讨厌这种感觉。

"为什么是照片，这是不是很奇怪？"科利尔又在门口徘徊。

菲斯说："你是说，父亲通常保存的都是孩子的校园照，只有哈丁会保存裸照？"

"不，我是说他为什么没有视频？色情片才是互联网时代的主流，它毁掉了传统的裸照产业，就连《花花公子》都开始转型了。"

"你是问，哈丁为什么喜欢看女儿的裸照，而不是她拍的色情片？"

"差不多……我靠！"科利尔突然用手扼住脖子，咳嗽起来，"我好像吞进去了一只苍蝇。"

"试试把嘴巴闭紧。"

"哈——哈。"科利尔又坐在了床垫上，发出一阵放屁似的声响。他再次向菲斯做了个表情，"我让负责档案的女孩儿优先帮我查一下小黛丽拉的背景，我们就能知道她最近的情况。她早晚要进监狱的，哈丁一死，更没有人能把她捞出来。"

"她也许知道些什么。"菲斯说，"我们需要搞清楚，上周在哈丁的身上发生了什么，好解释他为什么会死在里皮的夜总会里。"菲斯鼓起勇气说出那个一直让她心烦意乱的想法："他是个恋童癖，还是个色魔父亲呢？"

"我认为他两者都是。"

"他肯定为了这个女孩儿用光了自己的本钱。"一个警察的本钱就是出了事知道找谁帮忙，同时也要知道，当那个人回过头找你帮忙时，什么也不要问，只要照做，"我不是说让交警少开一张超速罚单，我指的是向高层求助，比如警督、假释官甚至法官。他不可能还清这些人情债，因为以他的级别根本没有那么多资源，警界大概不会再有什么人愿意出手帮他了。"

"你知道，这个当爸爸的已经不在警局工作了，大概就是因为他断不开和小女儿的关系。"

菲斯摇头，希望科利尔闭嘴。威尔的玩笑有时候也很过分，但是他永远不会开玩笑说一个父亲猥亵自己的孩子。

终于，科利尔奇迹般地察觉到了她的反感："哈丁没有电脑或者打印机。"

菲斯检查了一下照片的纸张材料，说："这些照片不是照相馆印的，是私人印制的。"

"你认为是别人给他印的？为了什么？勒索他？"

菲斯想到哈丁六个月前那笔意外之财，加上他搬进了梅萨养老院，还买了一辆新车："恰恰相反，哈丁才是从某件事中获得利益的人。"

科利尔的手机蜂鸣了一声，他用手指划过屏幕："有附件。"他等待下载完成，然后说，"哈哈，局面越来越明朗了。"他举起手机，屏幕里显示出一份结婚证的扫描件。

菲斯瞥了一眼上面的字，然后不得不再次定睛细看。

五个半月之前，戴尔·哈丁和黛丽拉·金·帕尔默结婚。这是哈丁的第五段婚姻，是黛丽拉的第一段。

菲斯用手捂住嘴，认真思考起来。

"混账东西。"科利尔说，"这家伙娶了自己的女儿。"

"应该不是这样。"

"这里白纸黑字，于续齐全。"

"他在两年前已经把他们的法律关系写成父女，那些表格你也看到了。"

科利尔没有菲斯以为的那样糊涂："那些医疗指示表格不是官

方文件,至少在拿到医院之前不是。"

菲斯感觉头昏脑涨,想要回去再看看那些文件,但她知道自己没有看错:"怎么会发生这种事?谁都没办法跟亲属结婚,结婚登记的时候他们会在系统里……"

"她在系统里一直是个孤儿。哈丁大概没有监护权,婚姻登记员做背景调查的时候,这段关系不会显示出来。"

菲斯手里的艳照早已滑落在地。她低头看着这些散落的照片,不敢想象思考哈丁为什么保存了这么多年:"上帝,这个女孩儿好可怜……"

"他没有跟她发生关系,"科利尔打断了菲斯,"至少最近没有,浴室里没有伟哥。考虑到那家伙的状况,他恐怕很难'耕得动地'了。"

"我们需要找到这个女孩儿。"菲斯开始给阿曼达发短信,请求发布联合通缉令,"她是哈丁的合法妻子。哈丁浑身是血,死在了一个房间里。如果我是杀死他的人,那么下一步就会寻找哈丁最亲近的人,不管她是哈丁的妻子还是女儿,她一定知道些情况,因为他们住在一起。"

"你有没有注意到她不在这里?"科利尔的状态转变了许多,"电视不见了,而且没有电脑。也许她听说哈丁死了,知道自己是下一个目标,所以卖掉了他的那些破烂儿,溜之大吉了。"

"维尔莉特,那个物业管理员,她从没见过黛丽拉。再加上这个古怪的衣帽间,为什么要把一个女孩儿藏起来,不让社区里的人见到,这里面一定有原因。"

科利尔说:"她是个妓女,对这里的街道很熟悉。哈丁把她关起来,她说不定也在反过来对付哈丁。另一种可能是,哈丁是因她被杀。我可以想象,这个女孩儿遇到一个坏家伙,哈丁冲进去保护她，然后挨了这一记门把手。"

"不管是哪种可能，她现在很危险。"菲斯问，"档案员有没有给你她最后一次登记的地址？"

科利尔又拿起手机，念道："文艺复兴套房公寓I-20，我那个档案员小妹已经联系了那儿的经理，要到了黛丽拉最后一次的预订记录。那个经理说他什么都不知道。"

菲斯听到自己的手机响了一下。她读完短信之后说："阿曼达已经对黛丽拉发出了联合通缉令。你要做的是动用你在亚特兰大警局的资源调查这个女孩，去她住过的每一栋楼、每一个房间，调查她的前科，走访她的学校，不惜一切代价找到她的朋友。"

科利尔的脸上露出怪异的表情："还有别的吩咐吗，女领导？"

"有，她曾经因为招嫖被捕，所以她一定有一个皮条客，找到这个人，了解情况，如果有需要就抓进来。"菲斯手机上的闹钟响了，她开始把文件和照片收回箱子里，"我们需要在黛丽拉被别人找到之前找到她。"

科利尔问："我为你跑腿打工的时候，你准备做什么？"

"我要去医院见一见威尔找到的那个'简·多伊'，昨晚她也许看到了什么。"

"呃，确切地说她是'我们'找到的，威尔和我。"

菲斯用力抬起箱子，发现它比想象的还要重："我要在赶到格雷迪医院之前得到哈丁的银行和电话信息。这些文件我会再检查一遍，以免……"

"等等。"科利尔又跟着她来到客厅："你那个'简·多伊'……她认识我。她可能更愿意跟一个熟悉的面孔交谈。"

菲斯猛然停下脚步，科利尔猝不及防，撞到了她的后背。菲斯说:"查理·雷德,我们负责犯罪现场的那位,他马上就会到这里。你在这里等他,然后去找黛丽拉,如果找到了,我们需要和她谈谈。如果安吉和哈丁确实是被人杀死,她也许知道原因,而她也可能因此被害。"

"你真的认为她很危险?"

"你不认为吗?"

"你算不上什么女权主义者。"科利尔笑了笑,看着她有些惊讶的脸,"黛丽拉就不能是杀死安吉和哈丁的凶手吗?你就没有想过吗?女人也能杀人的,搭档。"

"你要是再叫我搭档,我就会让你知道女人能做出什么事。"

"我会让老吴开始行动,等你的人一到这里,我就去协助他。我以后可以给你打电话吗?"这一次科利尔当真了。

"如果你找到了黛丽拉或者发现了有价值的信息,可以。"

"如果我是想找你一起看 A 片呢?"

菲斯用肩膀推开前门,低着头,以免自己的眼睛灼烧起来。她回到车边,用膝盖顶住箱子,笨拙地摸索门把手的位置,差点把东西都掉到地上。终于,她用小拇指的指尖抠开了门把手,又用脚尖撬开了门。她把两个箱子扔到副驾驶座上,然后坐进驾驶位。整个过程中,科利尔都站在门口,没有上前帮忙的意思。当菲斯不需要他时,他就默默跟在她的屁股后面,而菲斯也无法让他挪开半步。

"该死。"菲斯咕哝着。

阿曼达是对的。

科利尔是她的菜。

第五章

威尔站在塔楼大厦 100 号写字楼金碧辉煌的大厅里。这座二十九层的摩天大楼是塔楼大厦的一部分,坐落在皮埃蒙特和桃树街的一角。巴克黑德区的街道上从早到晚排起捷豹和玛莎拉蒂的长龙,这栋楼的存在就是一部分原因。

威尔跟随着安吉留下的蛛丝马迹来到了这里。他先是回家换了衣服,从保险柜里拿了一些文件,然后去了安吉的开户银行。根据开户信息,他来到这栋写字楼,安吉的邮政信箱就在这里。威尔没有穿西装打领带,而是选择了更舒适的衣服,所以在这里他就像个乡巴佬,显得格外扎眼。他即使想要假扮 IT 怪杰也不够资格,因为他的牛仔裤是幸运牛仔的,不是阿玛尼。这件 Polo 衫是莎拉买给他的,牌子他听都没听过。脚上的一双旧运动鞋从他家的浴室里沾上了许多浅蓝色斑点。

他的浴室本来是深棕色的,有一天早上他感觉这个颜色对莎拉来说太过硬朗,于是又涂成了浅色。

莎拉。

威尔做了一个平静的深呼吸,感到自己的胸膛上下起伏。光是想到莎拉的名字都能帮他驱走一些焦躁。他给自己一点时间,回忆每次深夜从莎拉的怀抱中醒来的美好感觉。她与威尔如此契合，就好像在复杂的拼图上落下最后一块拼板。威尔从未遇到过像她这样的女人。有时候，她夜里把威尔弄醒，只是为了和他抱在一起，抚摸他，索取他。安吉从未如此需要过他。

那么，他在这里做什么？

威尔低头看着手里那个厚厚的灰色信封，吉普·基尔帕特里克的经纪公司的彩色商标印在左上角，安吉的名字打印在邮政编码上方。安吉的邮政信箱在一家UPS快递中心里，信箱里只有两封信，威尔第一眼看到的就是那个彩色商标。他的心跳个不停，就像一列火车撞进一堵砖墙。

他一动不动地站在UPS快递中心，怔怔地盯着信封，想要平复内心的波澜。这封信是安吉和吉普·基尔帕特里克，乃至马库斯·里皮之间实实在在的联结。他本应该第一时间给阿曼达打电话，叫技术人员过来检查指纹并调取监控录像。但是，威尔什么也没有做，因为阿曼达最先想要知道的一定是，他是如何追查到这个邮政编码的。

安吉的开户银行给了威尔她的开户证明，上面有她的信箱地址。威尔给银行经理看了他的结婚证，证明他和安吉仍是合法夫妻关系。可是，那个经理根本不需要看，她需要的只有威尔的驾照。威尔的名字依旧写在安吉的活期账户上，已经写了二十年。

他没有跟莎拉提起过这个账户。

安吉最近的银行对账单里出现了一笔反常的大额余额。安吉是个月光族，而威尔喜欢存钱，因为他害怕再次一贫如洗，露宿街头。只要口袋里有钱，安吉就会花光。她曾告诉威尔她年纪轻轻就会死掉，所以她要及时行乐。

她真的年纪轻轻就死掉了吗？四十三岁还算年轻吗？

为安吉预估的两到三小时的存活时间早在几个小时以前就过

去了。莎拉是一个优秀的医生,她懂得如何分析犯罪现场,也知道一个人的体内有多少血液。可是,威尔仍然无法接受安吉已经死去。他并不相信冥冥中的预示,但是他知道,如果安吉真的遭遇不测,他的内心会有感应。

威尔把信封对折,塞到口袋里,然后走向银行的电梯。过去的两趟都挤满了人,他意识到所有电梯从地下停车场就已经满员了。他看了看表,下午三点半,已经不是午饭归来的时间,按理说上班族都应该在等待下班了。他最终挤进了一趟电梯,里面飘着一股烟酒味。威尔看了看控制板,几乎每一层都有人下。

他只去过一次吉普·基尔帕特里克的办公室,对马库斯·里皮做过一次简短而平淡的询问。威尔仍然可以回想起那间办公室里的奢华陈设,因为那种陈设的初衷就是为了盘踞在你的头脑中。

110体育经纪公司占据了大楼最顶端的两层,两层之间有一架奢华的水晶浮梯。墙上到处贴着真人大小的贴纸,贴纸上是球星在灌篮、冲网或者投出制胜的触地得分。会议室外挂着长长一排用相框裱住的球衣,写着人们熟悉的号码,就好像历任CEO[①]的照片。这个做法是正确的,因为体育是亿万美元的大生意,不仅仅是靠一两个超级巨星支撑起来。

在所有那些上亿美元的交易背后,都有一个由律师、经纪人、代理人和中间人组成的团队,他们各自都要分一杯羹。这是件好事,可是也会产生一些问题。可口可乐也是一个亿万美元的企业,无数易拉罐和饮料瓶的生产商靠它赚钱。可是,一旦有一罐可乐爆炸了,那么人们就会把另一罐也扔出冰箱。同样,一旦

---

① Chief Executive Officer, 首席执行官, 是在一个企业中负责日常事务的最高行政官员。

一个体育明星在高速路上开过了一百迈[1]，警察拦下他，发现他吸了一口可卡因，并且有一个妓女在他的腿上，那么他的整个生意也就全毁了。

然而塞雷娜·威廉姆斯只有一个，佩顿·曼宁只有一个，马库斯·里皮也只有一个。

威尔把想到马库斯·里皮时浮现出的画面驱赶出脑海。这个画面并不像那种常见的体育明星照片，比如站在几百万豪车前，坐在私人飞机里，或者用手抚摸着纯种阿拉斯加的大脑袋。他想到的画面是里皮和家人在一起，像一个幸福的父亲和体贴的丈夫。而凯莎·密斯卡维吉，这个被里皮强暴的女人，则接受着二十四小时的贴身保护，因为她收到了来自里皮粉丝的死亡威胁。

球星只需要一句话就可以阻止那些人，只需要报道中的一行文字，或者Twitter[2]的一条状态就能让凯莎回家，重新开始她的生活。

然而，里皮似乎很高兴看到她失去自由。

电梯"叮"的一声停在五层，开门后下去了几个人。威尔紧靠在一边，摸了摸脖子，想起打领带已经为时太晚。

威尔被科利尔送回了家。他估计自己就算不被开除，总归要被停职一段时间。他想起以前那些被解雇的人，他们是不需要穿西装打领带的。几个小时前，他从家里出发的时候，心里想的是去追查安吉的下落，而不是去面对吉普·基尔帕特里克。现在他已经后悔这样的穿着了。

电梯停在十二层，一半的人下去，没有人上来。威尔的后背

---

[1] 1迈等于1.609344千米/小时。
[2] 推特（非官方），一家美国社交网络及微博客服务的网站。

一直贴着电梯壁。又上了两层,上来一个人,随即又在下一层下去。当电梯到达十五层的时候,电梯间里只剩下威尔一个人。他一阵耳鸣,随着一层层的数字闪过,电梯飞速升上顶层。

楼层的数字每改变一次,他心里就默念一声:"安吉。"

他是在欺骗自己吗?安吉真的死了吗?

威尔也给别人发过死亡通知。他在敲门之前总要先让自己坚强起来,以便在告知一个母亲、父亲、丈夫、妻子或孩子,他们挚爱的人再也不会回家之后,给他们一个肩膀靠着痛哭。

他如今也要接到死亡通知了吗?他会不会在一小时、一天或者一周之内接到电话?会不会有人告诉他,安吉那辆蒙特卡洛已经找到,她的尸体就倒在车轮旁边?

威尔将会作为配偶去鉴定尸体。他必须看见她的脸,才能相信她真的死了。在这样的酷暑之中过了这么久,她会变成什么样子?因浮肿而面目全非?他以前见过这样的尸体。他们将不得不用DNA检测来验证身份。可即使DNA检测的结果是安吉,威尔的心中也会质疑,那张肿胀变形的脸真的是他妻子的吗,还是说安吉是诈死,就像她在其他方面的欺诈一样。

安吉向来是个幸存者,她也许还活着。科利尔是对的,她总有一个男人可以依靠,也许其中一个是个医生,也许她此刻正在康复,因为太过虚弱,所以拿不起电话告诉威尔她还活着。

只要莎拉在威尔身边,安吉就永远不会给他打电话。

威尔用力揉了揉眼睛。

电梯停在了二十九层。电梯门打开,满目都是白色的大理石光泽。接待处一个美艳妖娆的金发女郎从电脑前抬起头,威尔之前见过她,但是确信她不会记得自己。

他错了。

"特伦特探员。"金发女郎收住了微笑,"请先坐一会儿,基尔帕特里克先生还在开会,还有五到十分钟才能结束。"

吉普·基尔帕特里克是个聪明人,但是不能未卜先知。威尔听到阿曼达说明天一早要和马库斯·里皮的经纪人及律师会面,而他在半个小时前还不知道自己会来到这里。也许基尔帕特里克也没有料到他会来。里皮是基尔帕特里克最大的客户,是他唯一的"一罐可乐"。面对强奸指控,弱一点的经纪人早就已经兵败如山倒,因为这比解释死人的事情难办得多。

"那边。"接待员指给他休息区的位置。

威尔朝她指的方向走去,穿过了一个有他整栋房子那么大的大厅。这里有一扇霜花玻璃门通向办公室,一扇通向洗手间,其余业务则全部暂停。

从稀疏的装饰品来看,你很难想象自己正站在全国最顶尖的体育经纪公司里。威尔猜想他们是有意如此,因为没有一个潜在客户想要在这里看到他赛场上对手的笑脸。再者说,当你的星途黯淡下来,你也绝不会愿意看到那些当红的臭小子取代了你在这面墙上的位置。

威尔坐在落地窗边的一把软椅上,从这里向外眺望可以将市中心收入眼底。大厅的陈设多用深蓝色皮革,四面的墙漆成亮灰色,看起来好像壁纸。他注意到上次来还没有的一样东西:一块四分之一英寸厚,比威尔还要高的镀镍金属牌,上面镶嵌着巨大的金色字母。

威尔仔细观察这些字母,一共有三行,每个字母都至少有十八英寸高。这些字母在他眼中如海葵一样浮动起来,"M"和"A"交叠在一起,"E"又变成了"Y"。

威尔一直有阅读障碍。他并不是文盲,他可以阅读,但是要花些时间，如果是印刷体或者书写工整的笔迹会好些。这个问题从童年时代就开始困扰他。他勉强从高中毕业，大部分老师都认为他只是懒惰或者愚笨，或者两者都有。上大学时，威尔才听一位教授谈到失读症。这个病他从未告诉任何人，因为人们通常觉得阅读缓慢代表着思维缓慢。

莎拉是第一个不把他的阅读障碍看作缺陷的人。

MAN

AGE

MENT

威尔静静地读着牌子上的三个词，一遍，两遍，三遍。

他突然听到一阵马桶冲水的声音，然后是水龙头的流水声，接着是烘干机发出的响声。洗手间的门打开了，一位黑人老妇走出来，拄着拐杖朝休息区走来。

接待员对她微笑着说："拉斯洛很快就过来接您，林赛夫人。"

威尔站了起来。他是被一个年龄足以做他祖母的女人抚养长大的，弗兰尼根太太教了他们许多对待老年人的礼节。

林赛夫人似乎很赞赏他的礼貌，她亲切地微笑着，坐在了威尔对面的沙发上。

她问威尔："外面还是热得像魔鬼降世一样吗？"

威尔坐下来，回答道："是的，夫人。"

"上帝保佑。"她又冲威尔笑了笑，然后拿起一本《体育画报》，封面上正是马库斯·里皮手持篮球的照片。威尔转头看向窗外，因为一看见那个人的脸他就气得想把椅子扔出去。

林赛夫人从杂志上撕下一张订阅卡，当作扇子来扇风。

威尔跷起腿，瘫坐在椅子里。他的小腿肚抽痛着，牛仔裤染上了一点血迹。从他的腿在那栋该死的写字楼里受伤之后，他感觉已经过了一辈子那么久。他已经在家里用纱布把伤口裹了起来，但显然解决不了问题。

威尔看了一眼手表，看到手背上的干血渍，但是毫不在意。他又看了一眼手机，里面全是阿曼达发来的威胁信息。整个大厅静悄悄的，只有林赛夫人偶尔翻动一页杂志，还有接待员不时用长指甲敲击一下键盘的声音，"嗒，嗒，嗒"，她的操作非常不熟练。威尔情不自禁地重复起他在电梯里的咒语。

安吉，安吉，安吉。

她总是消失不见。有时过了几个月，有时过了一整年，就在某一天，威尔在厨房吃饭或者躺在沙发上看电视的时候，安吉会若无其事地走进来，好像离上一次见到他只过了几分钟一样。

她总会说："是我，宝贝儿。想我吗？"

现在也是这样。她消失了，但她还会回来，因为她最后总会回来。

威尔展开双腿，身体前倾，双手抱住膝盖。他揉搓着手指上那只廉价的结婚戒指，这个金戒圈是他刚刚才花二十五美元在一家当铺里买的。他戴在手上，希望在银行经理面前像一个已婚的人。威尔本不用花这笔钱，因为银行经理仅仅扫了一眼他的驾照，就把安吉的所有账户权限给了他。

他抠着这只戒指，抠掉一些金屑，这比安吉送给他的那只要好。

威尔把手放下，想要站起来走走，但是直觉告诉他，接待员不喜欢他这样，林赛夫人也不喜欢，没有人愿意看着别人在自己面前走来走去。更何况这会暗示他内心的紧张，而他不想让吉普·基尔帕特里克知道他紧张。

他应该紧张吗？威尔是占上风的，至少他自己这么觉得，不过基尔帕特里克也曾经给他意外的一击。

威尔拿起一本杂志,看到罗博报告集团的标志,封面上是一辆宾利添越SUV。他随即翻到相关的文章。数字从不对他造成困扰,他找到车的规格数据,又把手指挪到下面的文字。这些文字对他比较容易,因为都是描述汽车的语言,他喜欢汽车。双涡轮增压6.0升W12发动机,600马力,峰值扭矩664磅英尺,最高时速187迈。从车身内部的照片上可以看到手工刺绣的真皮座椅,仪表盘周围还有精致的小凸嵌线。

威尔开的是一辆有三十七年历史的保时捷911,但不是什么经典款。他最早的代步工具是一辆川崎越野摩托车。他觉得在上班的路上大汗淋漓或者被雨水淋湿是一种美好的体验。有一天,威尔在家附近的旷野里发现了一块烧坏的汽车底盘。他花钱雇了一些流浪汉帮他把这块保时捷的底盘搬回他的车库。六个月后车就可以开了,但是由于缺钱,再加上电路比较难搞,威尔花了接近十年才完全修复了它。

莎拉曾在圣诞节给威尔一个惊喜,带他去试开了一辆全新的911。威尔站在陈列厅的时候感觉自己就像一个骗子,但是莎拉却气定神闲。她是舍得花钱的人。她住的是顶层豪华公寓,至少价值一百万美元。她的车是一辆顶配的宝马X5。莎拉有一种自信,就是她想要的东西都会买得起。就像昨天她站在待售的房子里,在空旷的房间里左顾右盼,默默思考如何根据自己的品位重新布置,却完全没有注意到威尔数着公告牌上价格之后的一大串"0"时,他那双颤抖的手。

六岁那年,威尔的社会保险号就被一个领养者偷走了,直到他二十岁,要开自己的第一个银行账户时才发现。那时候他的银行信用就已经跌到了茅坑里。一直到二十八岁,他都只能用现金来买东西,连他的房子都是现金买的。那是一栋因未缴税而被没收的房产,他在法庭上买下了它。前三年里,他每晚睡觉都要在床头放一把猎枪,因为瘾君子们总在这里出没,这栋房子过去是一个帮派的据点。

威尔至今都没有信用卡。因为只花现金,他已经由不良信用者变成了无信用者。如果莎拉想跟他合买一栋房子,她就要做好心理准备,把她百万美元的顶层公寓变卖成一鞋柜的现钞。威尔已经一整天没有理睬阿曼达了。他可能要失业了。

"你是球员吗?"

威尔从杂志上抬起头,林赛夫人正在对他说话。

"不是,夫人。我是 GBI 的探员。"到目前为止,他觉得还可以这样介绍自己。

"这工作有趣吗?"她把玩着脖子上的珍珠项链,"GBI 是州警察吗?"

"不是,夫人,我们是州一级的调查机构,主要提供犯罪现场调查和计算机辅助司法方面的协助。"

"就是州一级的 FBI 吗?"

她比大多数人更快地理解了。"是的,夫人,完全正确。"威尔说。

"什么案子都做吗?"

"是的,夫人,各种案子都做。"

"多有意思啊。"她开始摸索自己的手提包,"你来这儿是工作原因吗?没人惹上麻烦吧?"

威尔摇了摇头,说:"没有,夫人,只是来问些常规的问题。"

"你的全名是什么?"

"威尔·特伦特。"

"威尔·特伦特,有两个名字的男人。^①"她取出一个黑胶封面上绘着教堂玻璃图案的小笔记本,拿出别在里面的钢笔。

威尔直起身,取出钱包,递给她一张自己的名片:"请多指教。"

林赛夫人端详着名片,念道:"佐治亚调查局高级探员,威尔·特伦特。"她微笑着把名片夹在笔记本里,收回手提包,"我想要记住我遇到的人。你结婚多久了?"

威尔低头瞥了一眼手上那枚从当铺买来的戒指。他算是鳏夫吗?在你准备跟妻子离婚的时候,妻子死掉了,你会如何看待自己和她的关系?

"抱歉。"林赛夫人说,"我多管闲事了,我女儿经常说我好奇心太重,这样不太好。"

"没有,夫人,没关系,我也是这样的人。"

"考虑到你的职业,想必是这样。"她笑起来,威尔也跟着笑了,"我已经跟一个好男人结婚五十一年了。"

"看来你们是青梅竹马了?"

她又笑了,说:"你真会说话,特伦特探员,可惜不是,我的丈夫三年前去世了。"

"你有一个女儿?"威尔突然有一点点哽咽。

"对。"她只说了这样一个字,然后紧紧抓住放在大腿上的手提包。她仍然对威尔保持微笑,威尔也微笑回应。

这时,威尔看到她的下半身颤抖起来。

她的眼眶湿润了。

威尔看了一眼接待员,她仍在电脑上打着字。

他压低了声音问:"您还好吗?"

---

① 威尔的姓"特伦特"(Trent)在西方常作为名(First Name)出现。

"啊，还好。"她咧开嘴笑了笑，但是嘴唇仍然止不住颤抖。

威尔注意到接待员已经停止了打字，正在接电话。林赛夫人的嘴唇仍然颤抖不停，显然，她想到了什么难过的事情。

威尔努力寻找话题："您住在附近吗？"

"就在这条街的另一端。"

"巴克黑德区。"威尔说，"我的上司也住在那边，她住在桃树街的联排房。"

"那是个很好的社区。我住在三座教堂中间的老房子里。"

"耶稣路口①。"威尔说。

"主无处不在。"

威尔并没有宗教信仰，但他还是说："住在那里一定会有主的护佑。"

"你说的对，我确实是被主保佑的人。"

威尔感觉自己陷入了一个等离子球之中，电弧在他和林赛夫人之间闪来闪去。他们默默对视了十秒钟，接待台后面的门打开了。

"林赛小姐？"一个留着子弹头发型的貌似暴徒的人站在门口。他身着一件黑色紧身衬衫，一条更紧的黑裤子，操着一口浓重的波士顿口音说："宝贝儿，可以进去了。"

林赛夫人握住手杖站起身，威尔也跟着起来："很高兴认识您。"

"我也是。"她伸出手，威尔握了一下，感到又湿又冷。林赛夫人咬着嘴唇，让自己停止颤抖，然后拄着拐杖，头也不回地穿过那扇办公区的门。

---

① Jesus Junction，亚特兰大人将三座教堂的中心点称作耶稣路口，在此特指桃树街这一处。

那个暴徒模样的人临走前甩给威尔一个凶狠的眼神,然后关上了门。威尔胡乱猜测,这个人就是拉斯洛,是吉普·基尔帕特里克手下的人。每个干净体面的成功者背后,都要有一个愿意干脏活的人。威尔感觉拉斯洛本身就有前科。

接待员说:"基尔帕特里克先生需要五到十分钟才能过来。"

"不止吧。"威尔说。接待员看起来有些困惑,于是威尔解释道:"因为你刚才就说要五到十分钟,所以加在一起……"

她没有理会,又开始摆弄她的电脑。

威尔双手插兜,看着沙发,感觉林赛夫人也许会给他留下些什么,说不定有什么蛛丝马迹。

什么也没有。

他朝洗手间的方向走去,但是没有进去,又转过身,走向饮水机。他开始这样踱来踱去。接待员一直对他摆出厌恶的脸色,把键盘挪到了一边。他在想她是不是在更新自己的Facebook主页。一个接待员不负责接电话,那么这份工作的职责究竟是什么呢?威尔一边踱步,一边想着这个问题。他不愿意想别的,因为那些事远比这个问题复杂和沉重得多。他在想到第六个答案时,传来一声响亮的"叮"。

电梯打开,阿曼达走了出来。

她脸上的表情迅速从惊讶转变到愤怒,再变成她平常那副冷淡的样子。"你来早了。"她对威尔说,就好像他在这里完全在她意料之中。她对接待员说:"请问基尔帕特里克先生还要多久?"

那女孩儿拿起电话,用长指甲拨着号码。

"谢谢。"阿曼达的语气很礼貌,但是她的鞋暴露了内心,高跟鞋的鞋跟像刀子一样戳着大理石地板。她坐在威尔先前的位置,双脚悬空,上下摆动了一下,调整身体的平衡。威尔从未见过阿曼达这样完完全全地坐进椅子里。可问题是，这个椅子是为那些有着篮球运动员那样长腿的人设计的，所以威尔坐得很舒服。

威尔对阿曼达说："抱歉，我来早了。"

阿曼达拿起那本《罗博报告》："我想把你打出屎来。"

接待员"咔哒"一声挂掉电话："基尔帕特里克先生说他还要五到十分钟。""也可能不止。"想起威尔的话，她补充了一句。

"谢谢。"阿曼达盯着杂志，突然对里面的名表产生兴趣。

威尔觉得这次他真的把阿曼达惹毛了。他又开始在洗手间和饮水机之间踱来踱去，想起他在安吉的信箱里找到的第二封信，白色的信封，看起来平淡无奇，却比第一封更震撼。这封信上没有邮戳，是安吉留给威尔的，威尔把它放在了车里。基尔帕特里克的信是证物，而第二封信则与其他人毫无关系。

他问阿曼达："你们发现了什么吗？"

阿曼达面无表情地看着他："你是说犯罪现场？"

阿曼达转向接待员："打扰一下。"她等女孩儿抬起头，接着说，"上次我来这里，他们给我做了一杯好喝的薄荷茶，能否麻烦你再给我做一杯？加蜂蜜。"

接待员勉强露出一个微笑，一拍桌子，把椅子滑到后面，然后站起身，打开通往办公室的门，又"砰"地用力关上。

阿曼达对威尔说："坐下。"

威尔坐在沙发上。

阿曼达说："你必须在那个女孩儿回来之前给我一个不立刻开除你的理由。"

威尔想不到什么好的理由，决定把该交代的都交代了。他拿出第一封信，轻轻扔到玻璃茶几上。

阿曼达没有拿起来,只是看了一眼寄信地址,正是现在他们所在的这个地方。她没有问信的内容,而是问:"你是怎么知道安吉的邮政编码的?"

"我去了一趟银行。我一直在她的活期账户上。她的邮政信箱在一家快递中心里,那家快递中心在……"

"斯普林街。"阿曼达瞪了他一眼,"你的手机是GBI的,威尔。如果我愿意的话,你蹲的是哪个茅坑我都能追踪到。"她做了个手势让他继续,"你去了快递中心,然后呢?"

威尔暂且没去理会追踪的事:"我给客户经理看了有我和安吉名字的银行对账单,还有我的驾照,他就把信箱权限给我了。"他省略掉自己塞给客户经理一百美元,以及暗中威胁店长将对他的经营展开调查的事情,但是从阿曼达的表情中可以看出,这些她都知道。

"你打了谁?"阿曼达又端详起这个信封,仍然没有碰它。

威尔看了一眼手背上的伤口:"某个也许不该打的人。"

"会有麻烦吗?"

"不会。"威尔觉得科利尔不是那种人。

"见莎拉之前,你必须把那个结婚戒指摘掉。我不会告诉她你还在安吉的银行账户上,因为她可能会纳闷,你在过去的一年半里一点关于安吉的线索都没有,你是如何在两个小时之内找到她的信箱的。"

威尔没有听到问句,所以没有回答。

"你为什么还在她的账户上?"

"因为她有时候需要钱。"他看着窗外,不明白自己为什么以前没试过通过银行账户信息寻找安吉,"她如果需要帮助,有时候会给我发短信。"

"也就是说你有她的手机号？"

"她上次给我发短信是十三个月前，向我要了几百块。"实际上是五百块，但威尔不想细说，"当时她用来发短信的就是查理找到的手机号，现在已经停用了。"他又补充了一句："她在银行账户里留的也是这个号码。"

阿曼达终于拿起信封，取出基尔帕特里克用个人账户开出的五千美元支票，这是安吉曾经为基尔帕特里克工作的证据。阿曼达一拍大腿，说："这就是为什么她不需要再向你借钱了——如果你把她那些行为称作'借'的话，我猜她从来没还过你。"

因为不是问句，威尔又没有回答："过去三个月里，每两周安吉的账户就会入账五千美元，跟这张支票上的数额一样。她在为基尔帕特里克工作。"

"你认为出于什么原因，基尔帕特里克才会用个人账户每个月付给她一万美元？"

威尔耸耸肩，虽然他能想到很多安吉有可能做的违法勾当。安吉从童年起就断断续续地贩卖非法药品。她从不介意做坏事，也不会因别人为她做坏事而羞愧。她也有合法的职业，所以威尔尽量从最好的方面去想："她是在州政府注册的私家侦探所工作，也许基尔帕特里克是让她做些调查，了解一下潜在客户的背景。她当警察的时候就兼职做过安保工作，所以也有这个可能。"他又问阿曼达："你们在犯罪现场发现了什么？"

阿曼达再次无视了这个问题："告诉我，为什么一个半小时以前，发现这张支票的时候你不给我打电话？"

威尔低头看着自己的手，又揉搓起那只婚戒。他不知道自己为什么对它产生了依恋。这只戒指对于他，大概和婚礼上安吉戴在他手上的那一只有着同等的意义。

阿曼达说："房间里的血迹是非常罕见的 B 型阴性。安吉就是 B 型阴性。我只有这么多发现。"

"房间里所有血迹都是 B 型阴性？"

"大部分都是。"

威尔的脑中回响起莎拉的话。

"真正的危险在于失血过多。"

阿曼达说："'简·多伊'仍在手术中。现在有一个女孩儿是我们的线索，黛丽拉·帕尔默，听说过她吗？"

威尔摇摇头。

"白人女性，二十二岁，八岁开始卖淫和吸毒。她已经出来混社会很多年。哈丁是她的守护天使。我们已经发布了通缉令，这个黛丽拉·帕尔默也许知道哈丁和安吉遇害的原因。她可能是头号嫌疑人，也可能是下一个遇害者。"

威尔揉搓着戒指，强迫自己不要看表。莎拉说安吉所剩时间不多，他不想去计算时间过了多久。

安吉会回来的，她总会回来。他不断对自己这样说。他把这一次看作和她以往的每一次消失一样。也许一年以后，两年以后，威尔会接受此刻自己看着假装看杂志的阿曼达，而安吉正孤零零死去的事实。正如安吉自己常说的那样，也正如威尔所希望的那样，因为他想让莎拉好过。

威尔望向窗外，努力咽了一口唾沫，感到一阵胸闷气短。他对安吉说的最后一句话是，他已经不爱她了。

然后他回到了沙拉身边。

阿曼达放下杂志，站起身，绕过茶几，坐在沙发的一边。她展平裙子，看着面前的墙壁，把肩膀给了威尔。威尔用尽一切力量，不让自己靠在她的肩膀上。

阿曼达说："你知道，我还是个孩子的时候，我母亲就在我家后院的树上上吊自杀了。"

威尔抬起头，阿曼达的语气就好像这是众所周知的事情，可是他从未听说过。

阿曼达说："我每次刷碗的时候，都会看着窗外的那棵树想，你是最后一个让我有这种感觉的人。"

威尔没有问她指的是什么感觉。

"然后肯尼就来了。我相信菲斯给你讲过她这个叔叔的事。"

威尔点头。肯尼·米歇尔是一个退休的飞行员，曾经为NASA[①]工作。

"肯尼是个冰山美男，我们以前都这样形容他。"阿曼达神秘地一笑，"我不理解他为什么选了我。我是那么一个单纯而且有点傻气的女孩儿，非常幼稚，只知道讨爸爸欢心，胆子小得像绵羊。"

威尔完全不能把阿曼达和她描述的样子联系起来。

"肯尼就像毒品，起初令我心潮澎湃，接着又让我痛苦不堪。就是这种感觉驱使着你那个'简·多伊'吸光了两盎司的可卡因。"阿曼达的语调毫不夸张，"我为了他放低自己，做了一些我从未想象自己会去做的事。"

威尔回头看了一眼紧闭的办公室门，茶究竟什么时候才能泡好？

"最难熬的是，我的内心深处知道，他永远不会娶我，也不会和我生孩子。"阿曼达顿了顿，说，"我隔着五十码就能看出一个罪犯在说谎，可我选择相信从肯尼口中说出的每一句话。我已

[①] National Aeronautics and Space Administration 的缩写，美国国家航空航天局。

经把人生中如此宝贵的年华都花在了他身上,我不能承认自己错了,我害怕自己看起来像个傻瓜。"

威尔向后坐了坐。如果阿曼达觉得他和安吉就是这样的关系,那么她就错了。威尔从一开始就知道安吉是错误的选择。至于说看起来像个傻瓜,没错,所有人都知道她背叛了威尔。

经常背叛威尔。

阿曼达继续说:"肯尼和我在一起将近八年,然后我遇到了罗格。"说起这个名字,她的语气柔和了许多,"细节我就不讲了,只能说他让我非常动心。我从肯尼那里得不到的东西他都愿意给我。可是,我拒绝了他,因为我不知道怎样和一个喜欢我的人相处。"她语气中的柔和渐渐消失了,"肯尼的不确定性让我上瘾,让我怀疑没有他自己还能不能活下去。那时我觉得,我能治愈他内心的痛苦。我花了很长时间才认识到,其实内心痛苦的是我。"

威尔摩挲着下巴,真是同病相怜。

阿曼达转向他,手放在沙发背上:"我们养了一只小猫,叫小扣子。因为她总是挠沙发,所以我爸爸给我买了一支水枪,让我看到她要挠的时候就喷她。我记得第一次向她喷水时吓了她一大跳,可是她反而跑过来,黏在我身上,求我安慰。我轻轻抚摸她,直到她平复下来。我和肯尼就是这样的关系,你和安吉也是。"阿曼达断言:"这是没有母亲的孩子身上的诅咒。我们从伤害我们的人那里寻求安慰。"

她的话像利刃一样将威尔划开。

她说:"我觉得,你从来没有查过安吉的账户,是因为你害怕她把账户注销了,这样她就切断了和你最后的纽带。"

威尔低头看着双手,上面有打科利尔时留下的伤口,还有那枚代表着一段假婚姻的假戒指。

"我说的对吗？"

威尔耸耸肩，但他知道阿曼达是对的。

安吉留给他一封信，就是她信箱里的第二封。信封上用大写字母写着威尔的名字，非常醒目，以便他一眼就能看到。然而信里的内容却是另一回事。安吉故意用非常潦草的字迹来写，因为她知道威尔自己读不懂，需要找其他人为他读。

莎拉？

威尔清清喉咙，说："是什么让你最终离开了肯尼？"

"你认为我是会放弃的人？"阿曼达从腹腔里笑出声来，"当然不是，是肯尼离开了我，为了一个男人。"

威尔吃了一惊。

"我知道他是同性恋，我没有那么幼稚。"她耸耸肩，"那是七十年代，人们还认为同性恋可以转变过来。"

威尔努力从震惊中回过神来，说："那时候再和罗格在一起太晚了吗？"

"晚了半个世纪了。他想要一个待在家里的主妇，而我想要事业。"阿曼达看了一眼手表，又看了看关上的那扇门，"不过他起码让我知道了高潮的感觉。"

威尔双手抱头，被这样的自我牺牲触动。

"好了，到此为止。"阿曼达站起来，表示谈心结束，"威尔，我已经认识你很多年。你在个人生活中一直是个糊里糊涂的蠢货。别把莎拉搞丢了，你根本配不上她，最好想办法别让她知道你那些破事。"

她抓住威尔的手，把戒指拽了下来。

威尔看着她跺着脚走到接待台，把戒指扔进了垃圾桶，"叮"的一声，好像一轮比赛结束时锤子敲钟的声音："还有，别告诉菲斯,她不知道她的叔叔是同性恋。"

门开了,接待员说:"基尔帕特里克先生现在可以见你们了。"

"谢谢。"阿曼达等待威尔站起来跟上她。

威尔把手撑在膝盖上,费力地从沙发上站起来,脑海中还回旋着阿曼达给他讲的一幕幕。但是,现在不是摇摆的时候,阿曼达说的话并不能影响他要做的事。安吉还没有死。她藏在某处,那是她一直藏身的地方。终有一天,他家的前门会打开,他会听到那句熟悉的话。

"是我,宝贝儿,想我吗?"

突然,一声高呼把威尔的思绪拽了回来。两个穿着时髦的年轻人高高击掌,庆祝着什么。办公区远不像大厅里那么安静。电话的响声此起彼伏,秘书们对着耳机絮絮不止。水晶浮梯上贴着杂志封面里的那些人。头顶上,巨大的LED屏显示着本年度他们为球员创造的收入,数以百万计。

除了攀升的数额,这里和四个月前威尔来的时候没有什么两样。真人大小的贴纸仍在墙上,每一间办公室外都有一个漂亮的女郎坐在桌前。那个不友好的接待员把他们交给另一位金发女郎。她年龄稍大,说不定从哈佛拿了一个MBA[①]。这些在办公室里工作的金发美女肯定不只是用来当花瓶的。

这个金发女郎告诉阿曼达:"我把你的薄荷茶放在会议室了,但是吉普想先和你们谈话。"

威尔意识到,他刚才应该问问阿曼达,来这里想要达成什么目的。发现尸体后来找业主询问调查,这是例行公事。但是,对于吉普·基尔帕特里克这种段位的人而言,这实在没有意义。他不可能让他们见到马库斯·里皮,就算不录音也不可能。

---

① Master of Business Administration,工商管理硕士。

现在再问阿曼达已经太晚了,金发女郎敲了敲办公室门,然后带他们进去。

办公室里光线充足,吉普·基尔帕特里克坐在中央一张巨大的玻璃桌前,头顶的天花板有二十尺高,暗色的大理石地板砖上铺着真丝刺绣的羊毛地毯。休息区大号的沙发和座椅明显是为身材高大的运动员设计的。基尔帕特里克本人并不高大,他的小脚搭在办公桌的一边,摩擦着他那双订制皮鞋的鞋底。他仰靠在椅背上,双手把一只篮球抛上抛下,对着蓝牙耳机说话,满脸的不耐烦。

基尔帕特里克还有其他客户:一个顶尖的网球手、一个帮美国拿下世界杯的足球运动员。但是,他知道谁才是真正的巨星。他背后的墙上高挂着一块马库斯·里皮的NBA[①]背景板,这里简直是一座马库斯·里皮博物馆。基尔帕特里克把一件里皮青少年联赛时的球衣裱在墙上,窗台上摆了一排里皮签名的篮球。两个里皮形象的摇头娃娃放置在他办公桌的一角。里皮的那些冠军奖杯摆在一个特制的浮架上,用点状光把每一寸黄金照得闪闪发光。他甚至还有一双青铜铸造的十四号篮球鞋,那是里皮在大学时代帮助校队在四强赛中夺冠时穿的。

威尔常猜想基尔帕特里克曾经是一个失败的球员。他不太矮,但也不够高。他应该是队里哈巴狗式的角色,其他球员对他爱答不理,而他却卖力讨好他们。现在他仍然做着一样的事情,唯一的区别是,他能靠这个赚钱。

"看球。"基尔帕特里克说,把球传给威尔。

威尔让球砸在胸口,接着在屋子里弹来弹去,声音在冰冷的办公室里回荡。他们一起注视着球最后缓缓滚到角落。

---

① National Basketball Association,美国职业篮球联赛。

基尔帕特里克说:"看来你不是球员?"

威尔没有说话。

"我以前见过你吗?"

为了里皮的案子,威尔已经追踪了基尔帕特里克和他的手下七个月。他恨不得在休息室里挂上一个用基尔帕特里克的脸做成的飞镖靶盘。不过,如果基尔帕特里克想要假装跟他不认识,威尔也很乐于配合。

威尔说:"没有印象。"

"我也是。"基尔帕特里克一拍桌子,站了起来,桌上的摇头娃娃被震得晃来晃去,"瓦格纳女士,再次见面我说不上很高兴。"

阿曼达没有告诉他她有同感:"谢谢你抽空见我们,我相信我们都想尽快把事情解决。"

"当然。"基尔帕特里克打开一个小冰箱,里面装满了"擦板球",那是一种口味像止咳糖浆的运动饮料。他拧开瓶盖,灌进满满一大口,然后咽下去:"告诉我,这次又是什么事?"

"这次是一宗谋杀案,发生在马库斯·里皮的夜总会里。"见他没有反应,阿曼达继续说,"我在电话里和你说过,我需要了解一些信息。"

基尔帕特里克"咕嘟咕嘟"喝着饮料。威尔看了一眼阿曼达,她异乎寻常地耐心。

"呃。"基尔帕特里克打了个嗝,把空瓶子扔进垃圾桶,"我现在能告诉你的就是,我从来没听说过这个叫哈丁的家伙。"

"这么说,这家名叫铁三角控股的有限公司,跟你一点关系也没有?"

"没有。"基尔帕特里克抓起地上的篮球,"从来没听过。"

威尔不知道阿曼达想要问出什么答案,但是为了帮她,他向基尔帕特里克解释道:"三角进攻是迈克尔·乔丹时代的芝加哥公牛队的战术,是在主教练菲尔·杰克逊手中发扬光大的。"

"乔丹,哦?"基尔帕特里克抓着篮球,露出微笑,"我感觉听过那个家伙,好像是很久以前的马库斯·里皮。"

阿曼达说:"戴尔·哈丁住在一栋高档住宅里,业主就是铁三角控股。"

基尔帕特里克把篮球投向墙上的篮筐,打板弹回。他又投了一次:"空刷。"虽然那个篮筐的高度他伸手可及。

阿曼达说:"铁三角控股最初在特拉华注册,随后转到了圣马丁,接着又去了圣卢西亚,一路下来,最后成了一家哥本哈根的公司。"

威尔恍然大悟,怪不得里皮夜总会的招牌上有一面丹麦国旗。

阿曼达显然更早注意到了这个细节,并且知道怎样利用这一点:"我已经提请国务院对这家公司的股东展开官方调查。如果你能直接告诉我的话,事情会简单很多。"

"不清楚。"基尔帕特里克试图用指尖转动篮球,"我也很希望帮到你。"

"你可以让我们和马库斯·里皮对话。"

"不可能的,女士。"他笑得咳嗽起来。

威尔又偷瞟了阿曼达一眼,想知道她会怎么办。她该知道,这一球他们没有投中。

阿曼达又问道:"那么,安吉·波拉斯基这个名字呢?"

基尔帕特里克终于让篮球在指尖转动起来:"怎么了?"

"你听说过她吗?"

"当然。"他拍打着篮球,想让它转得更快。

"怎样认识的？"

"嗯，这么说吧，她向我提供服务。"

"背景调查？安保工作？"

"拉皮条。"基尔帕特里克脸上的表情让威尔想要把他打出窗户，"她带一些女孩儿来我的派对，我并不需要她们怎样，只要求她们经验丰富。"他顿了顿，又补充道："交际花，经验丰富的交际花，像我说的，我没有任何关于性的要求。她们都是成年人，我付钱让她们来聊天，如果发生其他的事，那都是她们的个人选择。"

"个人选择。"威尔重复着这个词。他知道，马库斯·里皮喜欢让女人没有选择。

阿曼达说："所以你是说，安吉·波拉斯基为你的派对提供陪伴服务。"

基尔帕特里克点点头，眼睛一直盯着旋转的篮球。

威尔不得不承认，他说的并非没有可能。安吉喜欢做坏事，享受在警察和罪犯之间摇摆的感觉。她也知道自己参与组织了卖淫，但她从不觉得女人用自己了解的方式赚钱有什么问题。

基尔帕特里克说："我的客户都是有头有脸的人，有时候他们需要一些高档次的陪伴。他们认识女人不容易。"

阿曼达问："你是说，他们太太之外的女人？"

威尔想到安吉认识的那些女孩儿，她们都是低档次的站街女或吸毒者，有些连牙都没有。她们都是些走投无路的人，徘徊在监狱和坟墓之间。威尔也许能想象她们的世界。安古带女孩儿们出来，也许她觉得是在帮助她们。可是，她认识的那类女人绝不会是基尔帕特里克的客户们想要的。

基尔帕特里克说："所以，这就是你们想知道的？就是波拉斯基为我做什么？"

"你有她现在的住址吗？"

"只有邮政信箱。"他拿起电话，敲下几个数字，然后说，"来我办公室。"他挂掉电话，对阿曼达和威尔说："我的手下的拉斯洛会告诉你们详情。"

又是拉斯洛。威尔的猜测是对的，那个留着子弹头的波士顿流氓是给他们干脏活的。

阿曼达问："你是怎么认识波拉斯基女士的？"

基尔帕特里克耸耸肩，说："你认识这类人的方式就是，他们总在那里，知道你需要什么，并开价提供给你，就这么简单。"

威尔说："就像在强奸案审判上贿赂目击证人。"

基尔帕特里克看着他，从鼻子里冷哼了一声："对了，现在我想起你是谁了。"

阿曼达问："有她的电话号码吗？"

"拉斯洛会给你们，我不和这些人打交道。"

"没错。"威尔说，"你只会从你个人的银行账户给他们寄支票。"

阿曼达瞪了威尔一眼，对基尔帕特里克说："我们找到一张开给安吉·波拉斯基的支票，是从你的银行账户开出的。"

"代理商只负责晚餐和酒水，其他事都是我们自己来。"基尔帕特里克解释道，"在我们的财务预算里，这一部分叫做'业务发展费用'。"

阿曼达说："我们来说说另一件事吧，有关今天早上发现的那具尸体。"

"我来告诉你们真实情况吧。"基尔帕特里克又开始转篮球。

阿曼达说："这样说的意思是，你目前为止告诉我们的都是虚假情况吗?"

基尔帕特里克愣了一下。

这时传来了敲门声,拉斯洛进来说:"老板,他们到了。"

基尔帕特里克运球穿过办公室:"把关于波拉斯基的详情告诉这两个人。他们是警察,正在找她。"

"真没想到。"拉斯洛接过球,投了一个篮。

基尔帕特里克准备过去抢篮板。

阿曼达一把把球抓过来,放在身边的椅子上:"我们准备好了,就等你了,基尔帕特里克先生。"

他眼睛盯着篮球,却没有再去拿:"这边。"他在走廊带路,"我们的新工程下周就要动土开工,咱们就把它命名为'全明星中心'。"

阿曼达问:"咱们?"

"对,拜你们所赐。"基尔帕特里克带他们走过一排关上门的办公室,"因为你们安在马库斯头上那桩好笑的强奸案,其他投资人都撤资了,我们这才意识到这里可以有更大的商机。"

"什么商机?"

"我们把新的投资计划讲给一些高端客户,准备一起把那里拓展成一个居住办公一体化社区。"

阿曼达说:"就像亚特兰大站那种吗?可是那一带的犯罪率比亚特兰大站还高。"

威尔笑了。她说的没错,亚特兰大站曾经是这座城市的梦幻开发项目,想要把这片衰败地区变成繁华的税收基地。然而,它像大多数的梦幻一样,以失败告终。现实是那里频发性侵、盗窃、抢劫和蓄意破坏。甚至有一次,一个成规模的银行抢劫团伙用铁链拴住一台 ATM 机,用卡车直接把它拖出墙壁。

基尔帕特里克显然对这个话题早有准备:"那些是发展的阵痛,总会发生。现在情况已经好转很多,相信你们也知道。另外,他们的开发商里又没有八个全世界最杰出、最伟大的运动员不遗余力地想要促成这件事。"他招摇着双手,好像一个嘉年华吉祥物,"想想吧,单单马库斯·里皮就有超过一千万 Facebook 粉丝,Twitter 和 Instagram 上已经达到了两千万。他只要在社交网站上发一条消息,说他喜欢某个夜总会或者某家时尚店,一个小时之内那里就会挤满人。他是引领时尚的弄潮儿。"

基尔帕特里克带他们走过一个拐角,走进一间有着巨大玻璃墙的会议室,那张桌子能容纳五十个人。威尔看到房间里已经到了四个律师,他强迫自己不要退缩。阿曼达要求会面的时候,基尔帕特里克一定就把这几台重量级武器召来了。

威尔发现他们都是参与了里皮强奸案调查的律师,看起来好像"007"里的反派头目:两个年老的白人,每个身边都坐了一个三十岁上下、穿着性感的女郎。基尔帕特里克为他们彼此介绍,但是威尔早就给他们设计好了"007"里的角色。坐在桌首的是"金手指",得名于他鼠尾草一样的金发和一口浓重的德国口音。自然,他手下的这位金发女郎就是"普斯格罗"了。另外一位是"诺博士",出于某种原因,他总是把手放在桌子下面。他的助理是"罗莎",不是因为相貌,虽然她也很美,而是因为她的尖头高跟鞋很像是藏着一把淬毒的匕首在里面。

"金手指"说:"副局长,特伦特探员,谢谢二位光临,请坐。"他指着一把面前摆好茶杯的椅子,跟"罗莎"相隔两个座位。

威尔从桌子另一端拉出两把椅子,跟四位大反派遥相对峙,他知道阿曼达的剧本是这样。她坐下的时候抬头瞟了一眼威尔光溜溜的脖子，威尔知道她很恼火自己没有穿西装打领带。

威尔也很恼火，他觉得该在身后别上一把枪，他需要装备来对付这些人。如果酬金低于每小时三千美元，这些人连床都懒得下。出席这一次会面，他们几个人的酬金加起来大概比威尔一个月的收入还多。

威尔看着基尔帕特里克，不过他显然已经撒手不管。他靠在一把椅子上，手里把玩着一瓶没打开的"擦板球"。

阿曼达选择暗暗示弱："我很想知道，为什么需要四个律师来回答一个简单的问题。"

"金手指"微笑着说："这不是一个简单的问题，副局长。你想了解受害者所在的那栋楼的详情，我们来这里就是为了给你更全面的信息。"

阿曼达说："按照我的经验，只要涉及谋杀，背后就一定会牵涉到很多事情，不过我从来没见过这么多律师一起出马的情况。"

威尔盯着他们。没有人说话，没有人有动作。除了这个没人回答的问题，阿曼达似乎并不讨厌和律师交谈。威尔隐隐觉得，让他们共聚一室正是阿曼达的意图所在。

唯一的问题是，为什么？

阿曼达把茶包放在一边，喝了几口茶。

终于，"金手指"看着"诺博士"，"诺博士"又冲"罗莎"点点头。

"罗莎"站起来，把几个文件夹摞在一起，绕过一棵红杉一样宽的会议桌。威尔可以听到她的连裤袜摩擦紧身裙的声音。他又低头看了一眼她脚下的恨天高，鞋底是红色的，红色让男人无法自拔。莎拉也有一双同样牌子的鞋，他更喜欢这双鞋穿在莎拉双脚上的样子。

"这些是开发项目的资料。""金手指"告诉他们,"就是上个月我们呈报给市长和州长的那一份。"

阿曼达本来有机会提前了解这个项目。今天早上她面见了市长,并在威尔玩失联的时候在州议会大厦向州长做了简要汇报。她对这里的信息没有太多兴趣,只是看了一眼文件夹,中央印着一个很大的星星标志。她把资料交给威尔,威尔放在手边。

"诺博士"身体前倾,手仍然掩在桌下:"我们需要请你们对这份资料保密。在官方发布之前,它都处于媒体封锁状态。这份资料你们只能自己阅读。"

阿曼达等他继续说下去。

"金手指"介绍道:"全明星中心里会有一家包含十六个影厅的电影院、一座三十层的大酒店、一栋二十层的公寓楼、一个蔬果市场、一个带有高端时装店和各类连锁店的户外购物商场、独门连栋别墅、一家会员制夜总会。当然,还有一座完整的篮球馆,挨着我们准备命名为'全明星体验馆'的地方,是一个NCAA[①]的互动式专题博物馆。"

阿曼达问:"这笔钱从哪里来?"

"我们有几位私人投资者,他们的名字我目前还无权泄露。"

"还有外国投资者吧?"阿曼达直戳要害。

"金手指"微笑着说:"一个如此规模的项目需要很多很多投资者,其中一些希望可以隐于幕后。"

"包括你们自己吗?"

他笑而不答。

---

① National Collegiate Athletic Association 的缩写,美国大学体育协会,每年举办各种体育项目联赛,其中最受关注的是上半年的篮球联赛和下半年的橄榄球联赛。

阿曼达说:"建筑公司是 LK,这是一家丹麦公司。"

"没错。你知道,亚特兰大是一座国际化都市,我们寻求海外投资,这是双赢的选择。"

威尔考虑着亚特兰大有哪些人会参与投资。显然,政府对这类项目的扶持力度很大。城市债券倡议、几十年的延期纳税、新的道路、新的基础设施、新的红绿灯和警察——基本上,只要有冷冰冰的钞票,这些发展就都可能成为现实。而那些有钱人正要借此兜售他们企业的荣耀,抬高自己的地位。

这就是"美国梦"。

"副局长。""诺博士"向阿曼达这边靠了靠,就好像两人之间没有横亘着大海一样的桌子,"市长和州长反复表示,对这个开发项目非常期待。由于毗邻佐治亚穹顶、佐治亚理工学院、世纪村和太阳信托公园,这个中心将成为游客的朝圣地。"

威尔觉得让查特胡奇大道成为朝圣地的想法有点离谱,但他不得不假设这些人看过地图。

"金手指"说:"我们希望全明星体验馆可以匹敌市中心的大学橄榄球名人堂。如果我们能承担更多'疯狂三月'的比赛,那么毋庸置疑,这将给这座城市带来无限商机。"

"听起来很动人。"阿曼达不需要懂体育就能理解这是一个大买卖,她低头看着桌子问,"然后呢?"

"诺博士"接过这个话题:"我们希望你们能理解,这是一个需要细致把握的项目。"

"普斯格罗"插话道:"这不仅仅是规划和建筑的问题。我们花了很多时间和精力在项目的宣传造势上,想要让它闪耀亮相的机会只有一次。我们会把所有全明星投资者召集起来出席,还会把纽约、芝加哥、洛杉矶的记者请来。我们预订好了高级套房和餐厅,还计划举办一场持续两天的大型派对,在动土的时刻达到高潮。我们已经让各大媒体摩拳擦掌。现在最重要的是,每一位投资者不能对这个项目有任何迟疑和动摇。"

"金手指"补充道:"包括这个选址。"

阿曼达说:"如果你们担心我们又来控告你们的客户强奸,我可以让你们放心。"她笑了笑,"这是一件谋杀案,所以如果我们指控,也会是谋杀指控。"

整个会议室的气氛顿时凝重起来。

"金手指"微笑,然后变成大笑。

"诺博士"也笑起来,他的双手仍然放在桌下,样子好像一只旅鼠。

阿曼达问:"这个派对在什么时候?"

"这个周末。"

"哦。"她的样子好像刚刚知道一样,可是威尔敢打包票,她在进门之前就已经知道有这个发布会了。市长和州长比这几位律师给她的压力更大,希望她暂缓调查,以便项目顺利进行。这座城市需要创造就业,这个州需要钱。

阿曼达告诉他们:"事实仍然是,死者在夜总会里被发现,我们有一个很大的犯罪现场需要处理,就算加班,也至少要到周六才能把所有证物登记存照完毕。"

这不是威尔第一次佩服阿曼达的说谎本领,因为犯罪现场不可能需要那么久才能处理完。她是准备打持久战了,威尔看不到了结的那一天。

"金手指"说:"这是我们需要解决的问题,周六对我们有一点困难。"

"不只是一点。""普斯格罗"说,"我们承诺让《洛杉矶时报》

的记者提前到夜总会踩点。他们计划周五一早就去，想拍一组马库斯的前后对比照，在现在的吧台后面或者天井旁边为他拍照，等新的夜总会完工后在同样的地点再拍一次。"

"这件事不能推后吗？"阿曼达问。

"普斯格罗"皱了皱鼻子："'推后'是最让记者抓狂的一个词，我们会在优质媒体面前失去信誉。"

阿曼达对他们说："我今天早上就在夜总会里，那里看起来更像一个吸毒窝点，而不像一个二十八亿美元项目的地标。"

他们似乎都没有注意到，阿曼达已经把价钱算得清清楚楚。

"普斯格罗"说："我们本来安排了清洁人员今天早上去打扫夜总会，当然，那时候那里已经成了犯罪现场。"她又加了一句，"不过，我们仍然需要至少两天时间，把那个地方从里到外打扮得漂漂亮亮。"

"你们没发现媒体已经听到风声了吗？"阿曼达说，"他们知道夜总会里发现了一具尸体。"

"是的，他们知道那里发现了一具尸体。"普斯格罗"说，"除了流浪汉他们想不到别的可能。"

"GBI和亚特兰大警察局都在现场，媒体会推测我们不会在一个死亡的流浪汉身上投入这么多力量。"阿曼达对他们微微一笑，"每个人的死亡都是悲剧，但是在那种情况下，地方警察通常不会向州一级请求援助。"

"所以这可能是一次没谈拢的毒品交易，或者两个流浪汉团伙为争夺地盘大打出手。"普斯格罗"说，"这只会更加彰显全明星开发项目积极的一面，把曾经的高犯罪率地区转变成安全、干净、宜居的社区。"

"可他并不是流浪汉，他是亚特兰大警局的退休警探。"

没有人回应。

阿曼达说:"对不起,各位,我理解你们的难处,可我不能为了你们的活动就让一宗谋杀案的调查草草了事。我必须为受害者的家人着想。他有一个妻子,只有二十二岁。"

威尔努力抑制自己惊讶的神情。根据这个年龄,他猜测这个妻子指的是黛丽拉。他不知道为什么阿曼达没有告诉他这个细节。哈丁究竟是黛丽拉的守护天使还是丈夫,两者差别很大。妻子会知道很多事情,因为她更接近受害者。如果哈丁之死是因为他知道的太多,那么黛丽拉将会是下一个目标。

阿曼达继续说道:"那个女孩儿和哈丁刚刚结婚几个月,我就要告诉她,她成了寡妇。我是不是应该回去再跟她说,她丈夫的死亡应该给一个媒体事件让路?"阿曼达摇摇头,似乎想到这里就很悲伤,"说到媒体,哈丁太太是个很上镜的人,金发碧眼,非常漂亮,媒体会围着她团团转。"

"不,不。""诺博士"说,"我们不希望任何一方受损,副局长,我们并不是想阻碍你们的调查。"他给"金手指"递了个眼色,毫无疑问他们在竭力阻碍调查。

阿曼达一定早就已经知道他们的动向,所以威尔再次纳闷起来,她来这里的目的究竟是什么?

"副局长。""金手指"说,"我们只想请求你们加速完成调查。"他竖起手指,"当然,也不是加速,因为那意味着草率。我只想说,请你们高效迅捷地处理这件事。"

阿曼达点点头:"当然,我会竭尽所能,但我没办法让我的人在周六之前撤出,原因很简单,我们的时间不够用。"

"诺博士"问:"有没有什么我们能帮忙的地方?"

威尔隐隐感到阿曼达为之一振,"诺博士"的问题正中她的下怀。

"我想能否……"她突然停下,"算了,没什么。我们尽力。谢谢各位抽出时间。"她站起身说。

"请等一等。""金手指"打手势让她坐下,"我们能做什么?"

阿曼达重新坐下,深深地叹了口气,说:"恐怕还是要跟马库斯·里皮谈谈才行。"

"没门儿!"基尔帕特里克一下子跳起来,"你们不能见马库斯,绝不可能,别做梦了。"

阿曼达对"金手指"说:"在我看来,我这位功勋卓著、受人爱戴的前警探同事在一栋在建的楼里被谋杀,按正常的调查流程,第一件事就是和业主谈话,消除他的嫌疑,然后共同列出一份有权限进入那栋楼的人员名单。"

"我可以给你们一份该死的名单。"基尔帕特里克唾沫四溅地说,"但你们不需要和马库斯谈话。"

"恐怕我需要。"阿曼达无可奈何地耸肩摊手,"我只需要他的一点点时间,以及他开诚布公的态度。如果他愿意现身协助警方调查并同意录音,对修复他的名誉有很大好处。"

"你他妈的在开玩笑吗?录音?"基尔帕特里克暴跳如雷,对"金手指"说,"按这个州的法律,对警察说谎要判五到十年。"

阿曼达问:"你的客户准备说什么慌?"

基尔帕特里克没有理她,继续对"金手指"说:"这只该死的毒蜘蛛想要给马库斯下套,让他说出……"

"古普。""诺博士"止住他,基尔帕特里克的嘴像鳟鱼一样一下子闭住。

"金手指"对阿曼达说:"副局长,我能否和你单独谈谈?"

另外三个律师心领神会地一起走出去。

阿曼达拍了拍威尔的手臂，让他放心出去。威尔向门口走去。

基尔帕特里克向空中做了个投篮动作："放屁，简直是放屁！"三个律师已经各自走到一边。威尔从走廊里看着基尔帕特里克，他又多说了两声"放屁"才走出房间，想要狠狠地把玻璃门甩上，不过门上装有气动缓冲装置。

拉斯洛冷不丁地出现在威尔身边。基尔帕特里克指着他们，红着脸，愤怒地说："把这个浑蛋带到大厅，然后来我办公室。快点！"基尔帕特里克一拳打在墙上，石膏板有些凹陷，但没有裂。他又朝墙上踢了一脚，然后大摇大摆地走开了。

"嘿，浑蛋。"拉斯洛指着回大厅那条长长的路，"这边。"

"拉斯洛。"威尔仗着比拉斯洛高了半头，俯视着对方。他不准备抛下阿曼达自己离开，而且这个流氓有些惹恼了他，"你姓什么？"

"滚犊子，快点走。"

"拉斯洛·滚犊子。"威尔没有动，"你有名片吗？"

"老兄，你要是再不走我就用大鸟捅爆你的菊花。"

威尔干笑了一声，像往常一样双手插兜。

"你他妈笑什么？"

威尔按捺不住心中想要修理这个家伙的冲动。他想起大厅里的那位老妇人，她的嘴唇为什么颤抖？因为拉斯洛还是基尔帕特里克？威尔本能地感觉这里面有故事。

他对拉斯洛说："林赛夫人警告我你是个杀人犯。"

拉斯洛的脸一下子阴沉下来，意味着威尔说中了。威尔想象他在波士顿有什么样的案底，总之不会很轻。他的脖子侧面印着入狱标志，看他的样子属于那种不仅很抗打，而且能打赢的类型。

拉斯洛警告他："你离那个老女人远一点，不然我会把你揍翻。"

"那你最好带上梯子。"

"别以为你是警察我就不敢动你。"拉斯洛把双手放在屁股上，看到这个姿势，威尔知道他要发飙了。拉斯洛的紧身衬衫敞着口，衣料被撑得很薄。他怒视着威尔："死娘炮，你看什么呢？"

"你这件衬衫不错，有成人尺寸的吗？"

会议室的门打开了。

"非常感谢。"阿曼达对"金手指"说。她冲威尔微笑了一下，胜利式地眨了眨眼睛。马库斯·里皮很重要，但是没有这笔每人都想分一杯羹的二十八亿的买卖重要。

阿曼达问威尔："走吧？"

"这边走。"拉斯洛指着走廊说。

"谢谢你，捷夫考维奇先生。"阿曼达走在前面，问拉斯洛，"你能找到波拉斯基女士的电话号码吗？"

拉斯洛递给阿曼达一张折叠起来的纸条，目光却没有离开威尔。

阿曼达扫了一眼号码，然后递给威尔。

还是那个停用的号码。

拉斯洛猛地拉开大厅的大门："还有什么要为你们做的？"他的波士顿口音之中又加入了一层含含糊糊的腔调，听起来好像中了风一样。

威尔问了他最后一个问题："你认识安吉吗？"

"波拉斯基？"他咧嘴一笑，"当然认识。"他递给威尔一个会心的眼神，"她那里像条大蟒蛇，可惜了。"

"可惜了？"阿曼达问。

他当着两人的面，"砰"的一声把门关上了。

第六章

　　格雷迪医院的重症监护室里，菲斯坐在护士站对面一把很不舒服的塑料椅子上。走廊两端都有持枪的警卫，处于全面戒备状态。格雷迪医院是亚特兰大唯一的公立医院，它的一级创伤中心接收了大部分政府送来的重病者。一直以来，四分之一的病人都是用手铐铐在病床上的。

　　菲斯看了一眼桌后的白色名牌。护士长奥利维亚正在更新一位病人的身份信息。格雷迪接收了很多"简·多伊"，但菲斯只关心她的这位潜在的目击证人"简·多伊 2 号"。她仍被标为病情严重。这位吸毒者的手术比原计划多用了四个小时。他们必须重塑她的鼻子和咽喉。她还做了一次大换血，为可卡因快速脱毒。而现在，她被打了满满一管吗啡。想要她醒来，至少还要再等一个小时。

　　菲斯没有白白浪费掉这段时间，她查看了戴尔·哈丁的银行记录和电话记录。这些东西没有让她理出任何头绪，更不用提可以追踪的线索。哈丁的电话都是打给比萨或者中餐外卖，所以他一定还有一个无法追踪的一次性手机。至于他的银行记录，根本不需要什么专业的财务分析就能理解里面的数字。过去六个月内，哈丁账户里的钱维持在不到一百块，没有变动，因为他一直在用一张万事达金卡消费,从塔可钟的墨西哥夹饼到维持他大腿血液循环的护腿袜。过去六个月他的累积花费是四万六千多美元。哈丁已经停止支付各种账单,菲斯猜测这是计划好的。他停止了透析,相当于给自己判了死刑。显然,他打算在死前伤到越多的人越好。

问题是,他想害的人里包不包括黛丽拉·帕尔默?菲斯很难不去想那些色情照片,还有照片上女孩儿毫无生机的眼神。早在十岁的时候,黛丽拉似乎就已经对命运妥协,注定成为每一个男人的玩物了。不仅是每一个男人,而且是戴尔·哈丁,一个警察、一个父亲、一个她本该信赖的人。这个人却把那些下流的照片存放在阁楼里,并且娶了她……这究竟是为什么?

黛丽拉一定是哈丁和安吉之死的关键人物。菲斯不相信科利尔那一套女权理论,不相信是这个女孩儿杀死了两个人。黛丽拉一直在哈丁身边,她一定知道他已经时日无多了,又何必杀死一个垂死之人呢?她完全可以等一段日子,让他自赴黄泉。

菲斯可以想到很多希望安吉·波拉斯基死的人,所以她把焦点放在戴尔·哈丁身上。他是个赌徒,喜欢冒险。他也许想在死前为了一大笔钱搏一把,让黛丽拉——他的法定配偶成为受益人,而这一大笔钱又是非法的。这样就解释得通了,也可以解释为什么黛丽拉处在生命危险之中。

菲斯已经派科利尔那个白痴去找她。

菲斯草草地翻过和科利尔分开后,他发给自己的十六条各不相同的短信。如果说当面他是一个话痨,那么打字的时候他则是个废纸篓。他的短信里充满了没用的信息,比如天气、收音机里放的歌、他喜欢吃的菜。菲斯觉得,有必要让他发信息的时候自己用着重号标出重点,否则她的头就要爆炸了。

菲斯从工装裤的口袋里取出活页本和笔，翻到新的一页，在最上面写下四个人名：黛丽拉、哈丁、波拉斯基、里皮。

她在名字下方的空白处敲着笔。联系，她需要看到这些人之间的联系。黛丽拉嫁给了哈丁，她可能是他的女儿；哈丁为里皮工作；根据从阿曼达那里得到的简短信息，安吉为基尔帕特里克工作，也就是说她真的为里皮工作。

菲斯悬在半空的笔又敲起来。安吉也许很早以前就认识哈丁，两个坏警察沆瀣一气。这两个人都告诉自己，他们被同事排挤，原因是只有他们两个最能干，而实际上是好警察都不愿意与他们为伍。

菲斯翻到下一页，在开头写下几个问题：

1. 为什么安吉和哈丁在里皮的俱乐部相遇？
2. 黛丽拉知道什么？
3. 谁想要杀死哈丁？
4. 谁想要杀死安吉？

如果哈丁和安吉很早就认识，那么其中一个人的工作就可能是另一个人给基尔帕特里克干活的人介绍的。哈丁搬到梅萨养老院是在六个月前，所以菲斯可以合理地估计他是从那时开始为基尔帕特里克工作的。而安吉的银行账户出现大额入账是在四个月前，那也就意味着她至少为基尔帕特里克工作四个月了。

菲斯翻回前一页。

所有箭头都指向马库斯·里皮。

她的手机震动了一下，又是科利尔发来的一条冗长的短信。她快速在字里行间寻找重点，跳过了他在一个加油站吃热狗的报告。周六，也就是案发前一天，黛丽拉·帕尔默在胡维米尔路的赫兹租车公司租了一辆黑色福特。交易过程没有安全录像，只知道她用的是一张 Visa 卡。科利尔已经对那辆车申请了通缉令。他重申了自己的海洛因骡子理论，并指出毒贩租车是因为他们害怕返程的时候骡子被警察扣住。

菲斯又在笔记本上敲起了笔。她不买科利尔的账，科利尔是个认死理的人。

黛丽拉租车是在周六，而不是周日或者周一，也就是说在哈丁被杀之前她就已经预订了，表示她提前就知道哈丁有危险，自己需要逃跑。可是，她租车用的是自己的驾照和信用卡。黛丽拉已经混社会很多年，不该单纯到用自己的真实姓名跑路。

菲斯的手机又震动了一下，另一条短信，庆幸的是这条很短。

"我手下的妞儿说苏扎六个月前吸毒过量死了，知道吗？"

菲斯往回翻动短信，回想着苏扎是谁，然后在两个小时前的信息里找到了。根据科利尔在六区的情报，弗吉尼亚·苏扎是另一个哈丁常常接触的妓女。她是为黛丽拉站街拉皮条的人，性情十分暴戾，曾两次被指控殴打未成年人。菲斯不知道那个未成年人是不是黛丽拉。

她又看了一眼短信，科利尔最后说要找年轻的妓女了解情况，她们有可能知道黛丽拉的行踪。或者，他去找年轻妓女只因为他是科利尔。他最后一条短信留下一串茄子的表情，她从杰里米的 Facebook 主页得知，那代表一串生殖器。

菲斯又拿起笔记本，许多箭头都指向里皮，许多问题都没有答案。她本该让科利尔虚耗在这里，自己去追查黛丽拉的下落。这是一宗谋杀案，你永远不知道哪条线索带你破案，哪条线索把你引入深渊。菲斯觉得他给了科利尔一条好的线索，如果他最后撞到坏人手里，她准备从楼顶跳下去。

菲斯的手机又震动起来。她实在不想看科利尔对于案情鞭辟入里的长篇大论,可她又不是一个能忽略事情的人。手机屏幕上的来电显示:芭芭拉·渡边。

"我是米歇尔。"菲斯站起来,为了通话隐私走到走廊尽头。

"是高级探员菲斯·米歇尔吗?"一个女人问。

"对。"

"我是芭芭拉·渡边,维尔莉特告诉我你想跟我谈话?"

菲斯几乎已经忘记哈丁这个邻居:"谢谢你打过来,你能否告诉我一些戴尔·哈丁的情况。"

"啊,他的恶行我能给你数落到明天。"芭芭拉说,然后真的照这个架势数落起来,抱怨他房子的气味、他有时停车轧倒草坪、他的污言秽语、他电视和收音机的超大音量。

菲斯尽可能地听着。芭芭拉比科利尔还要啰唆。她总是先说了点什么,然后否定自己的话,接着再说第一遍的内容,然后又变得模棱两可,最后把自己都绕糊涂了。菲斯开始理解为什么哈丁那么讨厌她。

"我真的不想说他的那些音乐。"

于是,菲斯听她说起哈丁的音乐,同一个说唱专辑,早中晚循环播放。她的孙子说那是 Jay-Z 的《黑色专辑》。菲斯很熟悉那些歌,她儿子也曾关起门大声播放,因为那是衬托他身为一个受过高等教育的白人的优越感的最佳背景音。

她一直寻找机会打断芭芭拉。终于,这个女人不得不停下来喘口气。菲斯趁机说:"他有访客吗?"

"没有。"芭芭拉说完,又说,"有。我是说,应该有吧。没错,他也许有过一个访客。"

菲斯用一只手捂住双眼,说:"感觉你不是很确定。"

"呃,是的。没错,我不是很确定。"

菲斯不得不考虑一下科利尔的毒品骡子理论:"有没有人从他家进进出出?那些看起来和这个小区格格不入的人。"

"没有,没有那种人,如果有我会报警的。不过好像有个什么人,另外一个人,某个时候在那里。"

"什么时候?"

"最近。呃,不对,上个月。"

"你是说上个月哈丁家有人到访?"

"对,嗯,也许是待在那里?'到访'这个词可能用得不对。"

菲斯咬紧了牙关。

"我想说,我觉得可能有某个人在那里住过。戴尔刚搬进来的时候,白天通常都不在家,可是后来又天天待在家。从那时候开始他就成了这里的祸害。这话听起来可能有点刻薄,可实际上就是那样。"

菲斯试图把所有信息整理清楚:"也就是说,六个月前,哈丁刚搬进来时,他总是不在家,可是上个月你发现情况不一样了。"

"没错。"

"而就在那段时间,你听到隔壁有其他人的声音,说明除了哈丁还有人住在那里。"

"对。"

菲斯等待她纠正自己,但是没有。

"像我说的,我听到了声音。"芭芭拉顿了一下,然后又开始摇摆不定,"实际上也不算声音。我是说,有可能是电视的声音。可是,谁一边看电视一边播放说唱专辑呢?"她立刻又否定了自己,"不过话说回来,有些人可能会这样。"

"有人可能会。"菲斯说,尤其是他们想要掩盖其他声音的时候,比如一个瘾君子敲打衣帽间的门想要出去时,"你听到过什么撞击声吗?"

"撞击声?"

"撞墙或者撞门的声音。"

"嗯……"她花时间想着这个问题。

菲斯回想起在梅萨的网站上看到的"塔霍湖"套房格局。客房和隔壁相邻,主卧朝向外面,让房间有了更多的窗户,也有了更多隐私。

  大号主卧衣帽间,女性之友!

芭芭拉说:"我想有类似锤子的声音。"

"锤子敲东西的声音?"

"对,但是是重复的。可能他在往墙上挂画。"她顿了一下,"不,不会有那么多画。并不是连续不断的,我是说那声音,但时间很长。我猜他可能在组装什么家具。我儿子就常给我组装,但要他有时间才行。我有个儿媳妇,你懂的。不过说真的,哈丁的排泄物才是真正的问题。"

菲斯有点摸不着头脑:"你刚才说什么?"

"排泄物,你知道的。"她压低了声音,"便便。"

"粪便?"

"人的。"

菲斯把两个词放在一起重复了一遍:"人的粪便?"

"对,就在后院。"她叹了口气,"你知道,哈丁每天傍晚都要倒光那个水桶,一开始我还以为他在屋里刷漆,那还说得通,因为你刷漆的时候会听着音乐,对不对?"

菲斯说："没错。"

"所以我就以为他在刷墙,而且用的是挺难看的颜色。可是,后来有一天,我孙子到后院里去找嫩树枝给尼姆老鼠磨牙,你知道的,老鼠的牙长得很快。啊!"她突然激动起来,"谢谢你们找到了他。我儿媳妇一直为这事记恨我。真的,她一直记我的仇。其实我自己也不太喜欢我的婆婆,但你还是应该做你该做的,对不对?这就叫做尊重。"

菲斯努力把芭芭拉掰回来:"咱们继续说排泄物。"她从来没想过自己会说出这样一句话来,"你看见哈丁每天晚上都去倒那个水桶吗?"

"对。"

"什么时候开始的?"

"两个星期前?不对。"她纠正道,"十天前,应该是十天前。"

"是不是一个很大的水桶,不是拖地用的那种?"

"对,没错,是刷漆用的,也可能是盛化学溶剂的,不过也真够大的。"

"有一天你孙子走进后院,发现了什么?闻到了什么?"

"对,不对,对也不对。他闻到了什么气味,然后走过去,踩到一摊烂泥,或者类似的东西,别管踩到的是什么吧,反正弄得他满鞋底都是。"

芭芭拉说:"我不得不用水管给他洗鞋底,真恶心。他妈妈很生我的气。她是我儿媳妇,我知道我得按她的规矩来,不过老实说……"

"你有没有问哈丁有关排泄物的事?"

"啊,没有。我没法跟哈丁说任何事,一点用都没有。他只会把我骂一顿,然后走开。"

菲斯理解这是为什么:"除了那辆白色起亚,你有没有见过他那边停过其他车?"

"我想不起来。"她这次例外地坚定起来,"没有,我确信没见过。"

"你经常在家吗?"菲斯小心地确认着,因为即使是头脑清楚的人有时候也会夸大其词,"我这样问是因为,今天下午你就不在家。"

"我最近在基督教青年会做志愿服务比较多。我负责叠毛巾,帮忙做一些清理工作。我这个人非常干净,你知道,这就是为什么我总跟哈丁过不去。我不喜欢东西乱糟糟的,拿起一样东西之后没理由不放回原位的,对不对?"

"对。"菲斯又一次捂住眼睛。这个女人说点什么都一定会跑题,"所以你做更多志愿服务是为了离哈丁远一点?"

"没错。最开始,我做志愿服务是为了到外面走一走,帮助别人,当然是为了帮助别人。但是,后来这成了我逃离噪音的唯一方式,还有臭味,你闻到臭味了,对吧?我没法一整天闻着那个味,根本受不了。"

菲斯怀疑哈丁做这些会不会就是为了逼走芭芭拉。如果他把黛丽拉锁在衣帽间给她戒毒,一定不希望有人听到她的喊叫声,然后报警。

菲斯问:"你什么时候开始外出得多了?"

"上个星期。"

"七天前?"

"对。"

这意味着在整整三天的折磨之后,哈丁可以趁她不在把黛丽拉送出去。

芭芭拉说："我投降了。情况变得越来越糟，那气味、那噪音，我实在无法再忍受下去了，而我又不是那种爱抱怨的人，维尔莉特能证明这一点。"

菲斯觉得维尔莉特不会作这个证："你要忍受这么多东西，我很同情你，渡边女士，非常感谢你给我讲了这么多，如果你想起其他……"

"真伤感。"芭芭拉打断了菲斯，"他刚搬进来的时候，我以为他只是一个孤独的老光棍儿。他显然是有什么病的，而且看起来不大开心。我心想，这里对他来说是个好地方，我们是个大家庭。像维尔莉特说的，我们这里的人想法各不相同，甚至南辕北辙，但我们彼此关照，对不对？"

菲斯感觉手机震动起来："是的，那里确实是个好地方。我现在需要……"

"等你到了一定的年纪，就会学着不在意别人的个性和怪癖。"她长长地叹了口气，"不过我要跟你说，亲爱的，对在你后院里倒大便的人还是没办法不在意的。"

"嗯，好的。"菲斯的手机又震动了一下，是威尔的一条短信，"谢谢你，渡边女士，如果你又想起了什么请给我打电话。"

菲斯在芭芭拉抛出另一段人生感悟之前挂了电话。她打开威尔的短信，他发来一张格雷迪医院正面的照片，想表达自己正在医院找她。菲斯回给他一个餐盘的表情和一坨微笑的大便，意思是在美食广场和他见面。

她走过护士站的时候查看了一眼病人的信息牌，"简·多伊2号"仍然标为病情严重。菲斯没有费事问护士最新状况，她留下了名片，护士保证在病人能够说话的第一时间发短信给她。

菲斯开始下楼梯。她拍拍裤兜，确认验血试剂盒还在那里。她还剩两瓶胰岛素，半小时前刚刚喝过半瓶，所以她现在需要吃东西。问题是格雷迪医院只有快餐店，这对急需能量的心脏病人是个福音，但是对糖尿病人却是件坏事。菲斯不喜欢总是小心翼翼控制血糖的感觉，她渴望有一天能够胡吃海喝，把所有压力释放掉。

威尔先一步来到美食广场，坐在后面一个安静的位置。菲斯一开始没有认出他，因为他穿着一条牛仔裤和一件漂亮的长袖 Polo 衫，后者显然是莎拉偷偷放进他的衣柜的。威尔是个帅气的家伙，但是穿衣服总是瞎糊弄，不像她认识的其他警察那样讲究。

威尔问："这个可以吗？"

他指的是为菲斯点的沙拉。菲斯盯着已经蔫掉的生菜和像死人手指一样的白色鸡肉条，而威尔的餐盘里是两个芝士汉堡、一大份炸薯条、一大杯冰激凌，还有一杯可乐。

"看着不错。"菲斯坐下来，竭力克制着抢走他餐盘所有食物的冲动，"谢谢。"

"阿曼达在明天安排了一次对里皮的录音问询。"威尔说。

"我知道，她把所有进展都告诉我了。"

"所有？"

"我知道你和安吉共有的银行账户，也同意你不该让莎拉知道。"

威尔没有回答，他很少收到不请自来的建议："我拿到了拉斯洛·捷夫考维奇在波士顿的案底。他有一些轻罪：嫖妓、飙车、斗殴，还有一项重罪，在一次酒吧争斗中过失杀人。他刺了一个人二十八刀，然后放任他流血至死，却不用蹲监狱。"

"这是情节严重的过失杀人。"菲斯说,"他一定有个好律师。"

"我猜是有他的团伙捞他,或者他是在波士顿版的基尔帕特里克手下做事。"

"他关于安吉的那些话不会让你难受吧?"

"我更加为他担心,因为他竟然知道蛇的阴道是什么感觉。"

菲斯盯着他。

威尔耸耸肩,说:"这就好像跟酒鬼生活在一起,他们说自己在酒吧的时候,你是不会惊讶的。"

菲斯曾经和一个酒鬼谈恋爱很多年。担心恋人被呕吐物呛着或者酒驾撞死,这种感觉和知道他在外面和所有会动的东西上床是不一样的。

不过回顾往事,她觉得这件事也很值得担心。

威尔说:"我在基尔帕特里克的办公室外面遇到一个女人,林赛夫人,非裔,戴着珍珠项链,七十多岁。她给我讲了很多她自己的事。我觉得她跟案情大有关系,而且处于不利的位置。"

"她会不会是某个运动员的母亲,担心她儿子处事不稳妥?"

"她说起了一个女儿,但只是简单一提。如果她女儿是职业运动员的话,她不会用那种口吻描述。"

菲斯问:"她哪里不对劲?"

"她的嘴唇颤抖。"他摸了一下自己的嘴唇,"她好像很紧张,很不安。"

"她知道你是警察?"

"知道。"

"你知道她的全名吗?"

"不知道,但她告诉我她住在耶稣路口的公寓里。"

"那就好找了。"

"并不好找,我给那栋楼打电话,那里没有林赛夫人这个人。"

菲斯觉得很有意思,威尔竟然特意打电话过去:"这个年纪的女人应该在教堂有登记,你可以试着联系一下那附近的非洲人美以美会。"

威尔点点头。

"她到那儿找谁?"

"基尔帕特里克,我猜。是拉斯洛接她来的,他叫她'林赛小姐'。"

这里存在一个疑点:称呼一位上年纪的女性为"小姐"绝对是一种无礼,除非某些地方的礼节就是这样。"林赛有可能是她的名,上年纪的南方女人也许觉得称呼'小姐'是一种尊敬,像《为黛西小姐开车》里就是这样的。"菲斯说。

"我没想过这件事。"威尔耸耸肩,"可能根本无关紧要。"

"我没精力管这事了,你明天早上打几个电话吧。"她觉得给威尔派些差使能让他顾不上安吉的事,所以她尽量自己来主导任务分配,"哈丁死在里皮的夜总会,安吉为基尔帕特里克工作,拉斯洛是基尔帕特里克的走狗,林赛夫人在案发后几小时出现,拉斯洛把她带回办公室,大概是去见基尔帕特里克。你知道我想说什么,世界上没有巧合。"

"她不在他的办公室。"威尔说,"我是说林赛夫人,我没见到她。她有可能在楼下,也许见的是别人。"

"或者他们不想让你见到她。"

"嗯,有可能。"他开始吃冰激凌,"你那边有什么最新进展。"

"像玩打地鼠，而且还没有锤子。"菲斯一边吃沙拉，一边说起她了解的哈丁的生活状况——跟芭芭拉的矛盾、老鼠、气味、排泄物、黛丽拉的裸照和结婚证。

最后一部分吸引了威尔的注意，他问道："他把她填写为女儿，可是两年后，她成了他的妻子？"

"对。"

"而且和他钱包里的裸照中的是同一个人？"

"她从小学开始的裸照他都有。"

威尔放下冰激凌，说："哈丁是恋童癖。"

"对，也不一定。"菲斯这句话像芭芭拉说的，"让我不解的是，大部分恋童癖喜欢的对象都在特定的年龄段，有喜欢儿童的，有喜欢青少年的。他这样随着受害者长大还一直喜欢的非常少见。"

"只喜欢一个人也非常少见，哈丁这样的家伙很可能害了几百个人。你没有找到其他照片吗？"

菲斯摇摇头，勉强吃下一块塑料一样的鸡肉："哈丁还找过另外一个女人，弗吉尼亚·苏扎。哈丁的文件夹里没有一张她的照片。她死了，六个月前吸毒过量。"

"谜一样的六个月。"威尔说，"你觉得哈丁把黛丽拉关在房子里给她戒毒？"

"锁在衣帽间，除了一个用来大小便的桶之外，什么也没有。"她突然想到什么，"锁在里面的会不会是安吉？"

"不可能。要是她的话，早就把墙凿穿把哈丁杀死了。"

菲斯知道威尔没有夸大其词："科利尔认为哈丁用骡子贩毒。"

威尔递给她一个怀疑的眼神，说："墨西哥大毒枭不会用门把手解决问题。"

菲斯笑起来，主要因为威尔的话让科利尔像个白痴："好吧，那我们就假设黛丽拉是唯一被哈丁关在衣帽间里的人。他为什么把她锁起来？"

"因为他关心她。"威尔抬起手，像是要按下菲斯的反驳，"哈丁选择不再透析，知道自己很快会死。这就是他人生最后一段日子的打算——给她戒毒。"

"也许是他毁了黛丽拉。"她想起客房床头的牙齿保持器，"她戴着牙齿保持器睡觉，有人为她付钱矫正牙齿。"

"我们可以让科利尔的搭档去调查，给那一带所有牙齿矫正医师打电话，看看有没有她这个病人。"

菲斯拿起手机，开始打字。"我要让阿曼达安排一下。"她说。不过她的提议是让科利尔和老吴一起去查。

威尔等她发完短信，说："你说黛丽拉第一次被捕是因为贩卖奥施康定，你认为她是从哪里得到那些药的？"

菲斯考虑了一下，说："她生活的那个区域，小学里就充斥着阿德拉、专注达和利他林这类治疗注意力缺陷和多动症的药。初中就开始出现安定和扑热息痛。奥施康定主要流行于高中，更多是城郊白人的问题。"

"那么谁在黛丽拉十岁的时候就给她奥施康定去卖？"

"哈丁是坐办公室的，不会有这种渠道。"菲斯思考着，她的母亲以前负责六区的缉毒小队，收缴的药品都能开一间药房，"哈丁也许认识某个有渠道的人，可能找到了一个有药物问题的警察，然后逼迫他分享渠道。"

"六区？"

她点点头。

威尔的态度突然有所改变。

"你认不认识哪个在六区工作的人有药物依赖,而且可能跟哈丁有联系?"

"认识。"威尔说,他无需告诉她那个人是安吉,"她会那样对待孩子,至少以前会。"

"像黛丽拉那样的孩子?"菲斯感觉胃里一阵翻涌。安吉为高端派对拉皮条是一回事,而利用没有父母的小女孩儿贩毒则远远超出她能接受的范围。

威尔说:"安吉喜欢庇护那些年轻人或者小孩。"

"庇护的方式就是给他们违禁药品去卖?"

威尔摩挲着下巴说:"安吉知道这些孤苦无依的人的处境。"

"我没懂你的话。"菲斯说,"让一个十岁的孩子去贩毒,我不认为这是有同情心的表现。"

"卖奥施康定和卖淫,哪个更糟?"

"只有这两个选择吗?"

"对于领养系统里的孩子来说,就是这样。你理解他们一年要换五次学校和领养家庭,永远不知道下一晚睡在哪里的感觉吗?"他加重了语气,"对,这也是一种选择。"

做母亲的那个菲斯想要反驳他,而做了十五年警察的那个愤世嫉俗的菲斯却能够理解他。那种境况中的孩子根本得不到想要的生活,只能挣扎着生存下去。

威尔问:"哈丁需要走多少后门才能让黛丽拉一直没有麻烦?"

"数不清。"

"谁帮了这么多忙?"

"这不叫帮忙。"菲斯的声音回荡在美食广场。她有些愤怒。没错,像黛丽拉这样的孩子有他们的难处,可是教他们如何顺利进入犯罪的世界绝非解决之道,"天哪,威尔,安吉真的在给小女孩儿违禁药品去卖吗?"

威尔用手指敲打桌子,看着远处,这大概是他最常用也最讨厌的策略。

菲斯戳起一块鸡肉。她和威尔之间横亘着安吉是行善还是作恶这个问题。菲斯时常忘记威尔从前的生活有多么艰辛。不过这不怪她,因为从外表看来,他是一个很正常的家伙。可是再仔细看,你会发现他脸上的伤疤。另外,即使一万度的高温,他也从不卷起袖子,他从不谈论这些伤疤。实际上,他从不谈论任何事,比如他避而不谈拳头上那道因打人留下的新伤口,比如他避而不谈他太太可能已经死去,或者他女友的心已经被伤透。

"菲斯。"威尔等她抬头,然后努力向她露出微笑,"我想看看那只老鼠。"

她长长呼出一口气,这才发现自己已经屏息许久。她找到手机里的视频,从桌上滑过去:"科利尔吐了,传奇教父的史诗之吐。"

威尔大笑起来。他把视频播放了两遍,菲斯可以听到视频里科利尔惊恐的呼吸声。最后,威尔放下手机,说:"那是一只俄罗斯蓝鼠。"

"你是说这只老鼠?"

"我有一次突击搜查一家宠物店,那个老板私下里贩卖外来物种,不过前台摆放的全是老鼠,阿曼达让我给它们做登记。"他把手机推回菲斯面前,"哈丁可能是继安吉之后,第二个保护黛丽拉的人,他想在死前帮黛丽拉最后一把。"

菲斯耸耸肩,不过这个说法有道理。

他说:"所以这件事背后也许有贩毒团伙。"

"你觉得我们应该把这个告诉阿曼达吗？"

威尔点头。

"该死。"菲斯低声说，"科利尔本来想去追查夜总会墙上的帮派标志，如果他是对的我就没脸见人了。"

"别太早下定论。"威尔说，"这只是一种猜想，对吗？我们不确定安吉究竟在做什么。"

"只知道每个月基尔帕特里克都付给她一万美元。"

"也许她是跟他做违禁药品交易。"

"如果是生长激素或者类固醇，我会相信这种说法。"

"如果是这类药，他不会需要安吉来做。他会让医生开合法的处方。"威尔靠在椅背上，"如果我们找到了黛丽拉，而她从没听说过安吉，那该怎么办？"

"那她也会告诉我们正在发生什么。"菲斯没有给威尔嘲笑她的机会，因为他们都知道这不太可能。黛丽拉这样的女孩儿是不会跟警察交谈的，她只会等待时机，然后消失不见。

菲斯拿出笔记本，威尔读不懂她的字迹，但她还是在上面指指点点："黛丽拉跟哈丁结婚，而且他俩很可能有血缘关系。哈丁住在一栋跟基尔帕特里克大有渊源的房子里。安吉为基尔帕特里克工作。哈丁六个月前得到一笔飞来横财。安吉从四个月前开始领工资。"她指着最后一个名字，"他们全都跟里皮有关。"

威尔拿过笔记本，端详着这些名字。菲斯看到他的眼睛在动，但是不知道他多久才能理解。她知道，如果是见过的名字，对他就会容易些，但是这张纸上有新的人名。

威尔放下笔记本，问道："我们现在的想法会不会是一厢情愿？黛丽拉不知道因为什么原因而消失。里皮置身事外。我们能确定的两个人就是哈丁和安吉。他们在同一个地点，夜总会。其中一个死在那里,另一个因为那里发生的事情,也可能死掉了。"

菲斯没有在意"可能"两个字。

"这些指向里皮的箭头看起来很对,但实际上我们找不到直接的关联,因为所有东西都通过这里……"威尔用手指在基尔帕特里克的名字上敲了敲,"他是一个媒介,站在里皮和其他所有人之间。就算发生了什么奇迹,我们有足够的证据并取得了拘捕令,那么被控告的也不会是里皮,而是基尔帕特里克。里皮付钱给他的作用就是这个。如果你认为我们可以做一个共谋指控,那是痴人说梦。哈丁已经死了,安吉可能也死了,里皮只会像以往一样毫发无损地走掉。"

菲斯无法接受他的说法,虽然每句话都很有道理:"'简·多伊'也许见到了什么。她当时在街对面的写字楼里,有居高临下的视野。"菲斯看了一眼手机上的时间,"她应该很快就从吗啡昏迷状态中醒来了,我们可以去问问她。"

威尔看起来对此不抱希望。

菲斯合上笔记本,无法再多看它一眼:"你为什么认为她是想要自杀?"

"也许她很孤独。"威尔用手臂抱住身边空椅子的椅背,"无家可归是很难熬的,你不知道可以信任谁,你永远没有真正的睡眠,没有人跟你说话。"

菲斯发现威尔是第一个真正试图回答这个问题的人:"她用了多少可卡因?"

"我猜大概两盎司。"

"我的天哪,那差不多要三千美元,她哪儿来的这么多钱?"

"等她醒来我们可以问问她。"他突然把手放在胸口,痛苦得眉头紧皱,"我觉得我的心脏病好像犯了。"

惊慌之中菲斯立刻准备抢救,可刚刚站起来就被威尔止住了。

"不是真的,只是胸口一紧。"他用手指揉着胸口,"就是突然颤抖了一下,你有没有过这种感觉,心脏在胸口打战?"

菲斯经常有这种感觉:"应该是压力太大造成的。"

威尔继续揉着胸口:"莎拉发给我一张贝蒂的照片,她在莎拉家的小狗篮里,很不错,对不对?"

菲斯点点头,不知道他想说什么。威尔有自己的一套跟别人交流的方式。

他说:"我上网查了一下,那支口红卖六十美元。"

菲斯差点被一片生菜噎住。她脸上沾过的最贵的东西,就是一块纽约客牛排,那是一次跟罪犯打斗时打翻到眼睛上的。

威尔说:"我分不清楚口红的颜色,你能不能帮我从证物袋里看一眼产品编号。"

"威尔。"菲斯放下叉子,"莎拉并不在乎那支口红。"

他摇摇头,好像菲斯不了解情况:"她真的、真的非常生气。"

"威尔,听我说,这跟多少钱无关,关键是它被安吉偷走了。"

"安吉就是这样的人。"他似乎觉得这就是理由,"我们一起长大,小的时候一无所有,如果你看到什么想要的,就去拿,否则就什么也得不到,对好东西尤其如此。"

菲斯努力想办法向他解释:"如果有一天,莎拉的某个前男友闯进她的公寓,偷走了你的贴身衣物,你怎么想?"

"按道理,他不是更应该偷莎拉的贴身衣物吗?"

菲斯叹了口气,男人的头脑太简单了。男女吵架的时候,男人会直接向对方爆发,而女人会伤害自己,让两个人都吃不下饭。

菲斯说:"还记得去年在女子监狱里的那起自杀吗?"

"亚丽克希丝·罗德里格兹,她割腕自杀。"

"没错。我们问她的狱友,她为什么自杀。她们说有很多人偷她的东西,而且不仅仅是吃的穿的。她一放下笔,转眼就会不见;她脱下的袜子,第二天也会消失;她们甚至偷她的垃圾。你觉得她们为什么这么做?"

威尔耸耸肩,说:"因为刻薄。"

"因为她们要让她明白,什么都不属于她,无论多么微不足道的东西,她们都会随时从她身边拿走,而她毫无办法。"

威尔的表情半信半疑。

"要不然,安吉为什么要在莎拉的车上留下那些字?"

"她很生气。"

"当然,她很生气,可她这样做不是撒气,而是在向莎拉挑衅。"

威尔换了一个坐姿,仍然没有理解。

"安吉是个狠角色,威尔。她想让莎拉知道,只要她愿意,任何时候都能把你夺回来。所以她才偷那支口红,所以她才留下那些字。她在宣示自己的主权。"菲斯不得不说出下面这句话,"而你在放任她这么做。"

威尔向后坐了坐,没有起身离开,也没有告诉她别多管闲事。他摩挲着腮帮子,盯着门边的垃圾桶。

菲斯等待着他回答,尽力吃光她的那份沙拉,不时查看手机上有没有新短信。

"安吉留给我一封信。"威尔说。

菲斯等待着他说下去。

"阿曼达不知道,至少我认为她不知道。这是她留在信箱里的。"他看着自己的双手,"她在信封外面打印了我的名字,但是信却是用花体写的。"

菲斯知道威尔读不了花体字,安吉自然也知道这一点。这让菲斯比以前更觉得安吉是个贱女人。

他说:"我不能让莎拉读这封信。"

"对,你不能。"

"她希望的就是那样,让莎拉对着我,大声读出来。"

"没错。"

"所以……"

菲斯感觉喉咙动了一下,威尔从未请求她为他读过任何东西。他总是保留着这份自尊心,轮流写报告的时候也从未推辞过。在菲斯合作过的人中,他是唯一一个不想把她变成自己私人秘书的男人。

菲斯说:"好吧。"

威尔把手伸进上衣兜,掏出一张折叠的信纸,信纸的一边在撕信封的时候一起撕掉了。他打开信纸,在桌子上展平。一整页都是愤怒的字眼,穿过纸边,溢到纸背。有些地方像是一种强调,因为笔尖把那里的纸戳破了。

菲斯从信的背面看到了"莎拉"两个字,不禁有些难堪:"你确定吗?"

威尔什么也没说,只是等待着。

菲斯不知如何是好,只得把信翻过来,开始读:"嘿,宝贝儿,如果有人在为你读这封信,那么我已经死了。"

威尔用双手抱住头。

"我希望是莎拉,因为我希望那个婊……"菲斯暗暗骂了安吉一声,"我希望那个婊子知道,你永远永远不会像爱我那样爱她。"她抬头看了威尔一眼,他仍然双手抱头。

菲斯继续读信。

"还记得那间地下室吗?我想让你给你的宝贝儿莎拉讲讲那间地下室,那她就全明白了。她会明白,你干她是因为,她只是我的一个可怜的替代品,你一直都在骗她。"菲斯眯眼看着下面几个书写潦草的词,努力辨认出来,"你喜欢她,是因为她安全,因为她……"菲斯停住了,眼睛看着前方,对威尔说:"我不想……"

"请读下去。"威尔的声音隔着双手传出来,"如果你不读,我永远不会知道。"

菲斯清清嗓子,脸颊因难堪而涨得通红,为自己,也为莎拉:"你喜欢她,是因为她安全,因为她跪舔你的下面,而且你从没见过她吐出来。这是她的诡计。因为某些原因,她做了你的哈巴狗。"菲斯默默向后扫了一眼,祈祷后面的话不要更加不堪入目。

确实如此。

"像莎拉这种下贱的婊子,她们想要的是白色的尖桩篱笆,一群小孩儿在后院玩耍。你要把你那一团糟的烂基因传给一群小怪物吗?你这种大脑迟钝的弱智,连他们的名字都不会读。"

菲斯不得不再次停下来,表示她的愤怒。

她继续读道:"问问你自己,你会为了她冒生命危险吗?莎拉·林顿是一个无聊透顶的婊子,这就是你放不下我的原因,这就是为什么你找到了这封信。她永远不会像我一样让你激动。你永远不会像想要我一样想要她。她永远不会理解真正的你是什么样的人。世界上唯一拥有你的人只有我。可是现在,我死了,而你这个杀千刀的没有做一点事情阻止我死。"读到最后一行,菲斯感到一阵由衷的轻松,"爱你的安吉。"

威尔的头仍然埋在手臂里。

菲斯把信重新折成正方形。这是证物,安吉曾经怀疑自己会死,也就意味着她的被杀是早有预谋的。菲斯在头脑中想象着一个场景,当他们抓到凶手后,会由法庭审理,这封给威尔的信会成为公开记录的一部分。这就是安吉对莎拉最后的一记猛击,它将会是致命的一击。

菲斯说:"你得把这个销毁。"

威尔抬起头,双眼在头顶的灯光下闪烁。

菲斯把信撕成两半,然后接着撕了一次又一次,直到安吉那些充满仇恨的字眼被撕成碎片。

威尔说:"你认为她死了吗?"

"死了。你看到那些血迹了,也听到安吉写的信了,她知道自己很快就会死去。"菲斯把碎纸屑聚成一小堆,"别告诉莎拉这封信的事,它会毁掉一切,这正是安吉想要的。"

他又开始揉自己的胸口,脸色苍白。

菲斯努力回想心脏病的症状:"你的胳膊疼吗?"

"我只觉得麻木。"说完,他和菲斯好像同时明白了,"别人遇到这种事都是怎么熬过去的?"

"我不知道。"菲斯用手指把碎纸堆铲平,然后再堆起来,"我爸爸死的时候,我的整个世界都崩塌了。"她感觉泪水溢满了双眼,十五年仍然不足以忘记这段伤痛,"葬礼那一天,我觉得自己根本支撑不下去。杰里米有残疾,我爸爸一直在家边工作边照顾他,他们感情非常好。"菲斯深吸一口气,"所以,我们来到葬礼现场的时候杰里米都崩溃了,他婴儿期之后我再也没见过他那样号啕大哭。他紧紧抓着我不放,我必须一直抱着他。"

菲斯抬头看着威尔,说:"我还记得站在殡仪馆的台阶上时,我的胸口也有像你一样的感觉。我对自己说:'行了,你是个母亲,为了孩子坚强点,等你一个人的时候再处理这个问题,你能行的。'"菲斯露出微笑,可实际上她很少有一个人的机会。如果运气好,早上爱玛醒来之前她会有三十分钟的时间。随后电话就开始响起来,她必须马上做好上班的准备,面对这个汹涌而来的世界,"人们熬过痛苦的方式就是让自己没有选择,起床,穿衣服,上班,做你该做的事情。"

"我听过这种说法。"威尔说,"我不这么想。"

"这样的生活让我成为了今天这个女人。"

威尔用手指敲着桌子,端详着菲斯,好像在思索着哪里不对:"黛丽拉·帕尔默,你这么关心她,是因为你把正确的线索交给了科利尔去调查。"

听到威尔的猜测,菲斯也感觉到哪里不对劲:"不是因为我想推卸责任,当然不是,而是因为科利尔……"

"我也不信任他。"

菲斯的手机响了一下,护士终于发来短信:"啊,老天爷。"菲斯读了两遍才相信短信里说的,"'简·多伊'又被送回去做手术了,如果她能活下来,我们最早也要到明天早上才能跟她谈话。"

威尔笑了,但不是因为这件事好笑:"现在怎么办?"

"我要回家了。"菲斯把安吉那封信的碎片扫到手掌里,然后递给威尔,"冲到厕所里,然后去找莎拉。"

第七章

莎拉半躺在沙发上，贝蒂在她旁边的枕头上，用全身裹着她的头。莎拉的两只格雷伊猎犬，鲍勃和比利，则挂在她的两条腿上。

她从傍晚开始，在饭厅的桌上一边喝着花草茶，一边研究尿素霜，接着又在厨房的柜台上喝着一杯葡萄酒，编辑一篇给期刊投稿的论文。最后她环顾了一眼公寓，觉得房间该打扫了。莎拉心情不好的时候总是打扫房间，可是这一次，她难过得连打扫的力气也没有。于是她就这样半躺在沙发上，喝着一杯苏格兰威士忌，让几只狗趴在自己身上。

她小口啜着酒，笔记本电脑展开立在肚子上。晚上剩下的时间，她都放任自己的小恶魔来主宰。她先是看了一部佩吉·古根海姆的纪录片，现在则在看，或者说试图在看《吸血鬼猎人巴菲》。这部剧的情节没有那么复杂，显而易见，就是讲巴菲要去猎杀一只吸血鬼的故事。但是，由于酒精作祟和其他的问题，莎拉无法集中注意力。

威尔没有打电话，也没有发短信过来。莎拉发给他一张贝蒂的照片，他还是没有回应。他花了一整天寻找安吉，就算到了现在，几乎可以肯定安吉已经死了，威尔仍然没有跟她联系的意思。

如果莎拉是一个有决断的人，她早就已经根据威尔杳无音讯的态度做出选择。

她暂停电脑上的工作，放下酒杯，闭上眼睛。

莎拉让自己的思绪飘回周六早上，抛开威尔见安吉的事不去想。周五晚上，他们决定待在威尔家，因为他家有一个带栅栏的后院和有狗门的厨房。他们睡觉的时候动物们就自在地玩耍。

莎拉四点半就醒过来，这是一个急诊医生的诅咒。她没法再睡着，想要做点工作，或者给妹妹打个电话。不过最后，她竟然不由自主地看了很久威尔睡觉，这完全是电影里才能见到的愚蠢桥段。

威尔仰卧在床上，头偏向一边，一道银光透过窗户映在他的脸上。莎拉轻抚他的脸颊，粗糙的皮肤燃起了她继续探索的兴趣。她用手指一路抚到他的胸膛，然后停在那里，用手掌感受他平稳的心跳。

这就是她记忆中的那天早上，一种拥有的喜悦感充盈全身。他的心属于她。他的精神、他的身体、他的灵魂都属于她。他们在一起只有一年，但随着每一天过去，她都爱他更深一些。她和威尔的关系是她人生中最有意义的联结之一。

莎拉的感情经历并不太多。她的第一任男友史蒂夫·曼把所有热情都投入到了高中乐团第三长号手的角色中。梅森·詹姆斯，她在医学院认识的第二任男友，对他自己的爱远多于对其他任何人。莎拉第一次把他介绍给家人的时候，她的母亲讥讽道："那个男人需要建一座桥跨过他自己。"

然后是杰弗里·托利弗，她的丈夫。

莎拉睁开眼睛。

她又啜了一口酒,此时喝起来更像是水而不是威士忌。她看了一下时间,给妹妹打电话已经太晚了。莎拉想找人说说话,熬过这场粉碎她生活的大爆炸,而泰莎是她唯一的避风港。菲斯一定是站在威尔一边的,因为她是他的搭档,多年出生入死的情谊坚不可摧。给妈妈打电话无需考虑,从凯西·林顿嘴里说出的第一句话一定是"我早跟你说过"。

上天可鉴,她的母亲早就跟她说过,说过许多次、无数次,不要跟已婚男人谈恋爱,不要爱上已婚男人,不要认为你可以信赖一个已婚男人。莎拉以前认为她和威尔的关系不完全是她母亲以为的那样,但现在她改变了想法。比"我早跟你说过"更糟糕的一句话就是"妈妈,你是对的"。

莎拉又看了一眼时间,连一分钟都没有熬过去。她掂量着要不要把妹妹叫醒。泰莎在南非,现在那边是凌晨两点,电话在这个时间响起来一定会吓她一跳。此外,莎拉也很清楚她们的对话会是什么样子,从泰莎嘴里说出的第一句话一定是"让他知道你的感受"。

这句话的意思是,要莎拉在威尔面前袒露脆弱,让他知道她已经濒临崩溃,她的生命中不能没有威尔。这是个谎言,因为莎拉可以没有威尔。她会悲惨、痛苦,但她能够挺过去。失去丈夫至少教会了她这一点。

但是,泰莎不会让莎拉用杰弗里的死当挡箭牌,她会说那早已经是过去的事情了。莎拉会提醒泰莎,威尔喜欢她的一点就是她的坚强。泰莎会说她在把坚强和固执混为一谈,然后会像每次那样,说起她们小时候看的《小鹿斑比》的故事。她们第一次看这部电影时,泰莎哭得稀里哗啦,而莎拉含含糊糊地找了个借口离开,说是要去准备一个单词考试,因为她不想让别人看见她哭。

最后的总结，泰莎会用她们母亲那样的语调说一句："只有傻子才觉得自己可以瞒住别人。"

恰恰相反，莎拉的职业常常要瞒住别人。如果你是一个带着孩子来看病的家长，最不想看到的就是一个哭哭啼啼的医生。如果你是一个充满恐惧的病人，绝不愿看到你的医生在你的床头一筹莫展。她把这个技能带到了生活中，在威尔面前表现得脆弱得不到任何东西，只能帮她以廉价的方式赢得一场争执。威尔会安慰她，而她会因为操纵了他的情感而痛苦。到了早上，一切都不会改变。

他仍然爱着他的妻子。

莎拉喝了一口苏格兰威士忌，迟迟没有咽下。

真是这样吗？威尔真的像丈夫爱妻子那样爱着安吉吗？关于周六那次见面，他已经对莎拉撒了谎，说不定还有别的事瞒着她。死亡常常能让人将自己的感情聚焦，也许失去安吉让威尔意识到他并不想要莎拉。

如果没什么可说的，他就没必要打电话或者发短信过来。

几只小狗活动起来，鲍勃跳下沙发，比利也跟了下去。莎拉听到一阵很轻的敲门声，她看着房门，想着为什么有访客不用对讲机就能进来。莎拉住在顶层，只有一个邻居艾贝尔·康福德，他这个月正在外面度假。

又是一阵轻轻的敲门声，两只小狗慢慢走到门前，贝蒂依然趴在枕头上，打着哈欠。

莎拉把笔记本电脑放在茶几上，努力站起来，让自己不要生气，因为几只小狗不叫的唯一原因就是，它们认识敲门的这个人。

她去年给了威尔一把钥匙，一周之后，威尔来找她仍然要敲门,这点曾经让她觉得很可爱。可是这一次,她觉得很讨厌。

莎拉打开门,看见威尔双手插着兜站在外面,穿着牛仔裤和那件她偷偷放进衣柜的灰色杰尼亚 Polo 衫。

威尔看着那台笔记本电脑,说:"没有我你就自己看《吸血鬼猎人巴菲》?"

莎拉敞着门,回来继续喝她的酒。这间公寓是开放式的,客厅、饭厅和厨房共同构成一片很大的空间。莎拉坐在沙发上,庆幸可以和他隔得远一点。贝蒂从枕头上站起来,又伸了个懒腰,但是没有向威尔走去。

威尔也没有向小狗或者莎拉走来。他靠在厨房柜台上,问道:"她还好吧?在兽医那儿。"

"还好。"

他双手握在一起揉搓着,用他揉搓那只婚戒的方式,可以看出,他指关节的皮肤破裂了。

莎拉没有问他为什么受伤,只是又喝了一口杯中的酒。

"有个女孩儿,她也许知道哈丁知道的东西。他们杀死哈丁,也可能会去杀她。"威尔说。

莎拉假装有兴趣:"就是你们在写字楼里找到的那个'简·多伊'?"

"不,是另一个女孩儿,哈丁的妻子,也可能是女儿,我们还不知道。"

莎拉喝着她的威士忌。

"我受伤了。"他没有抬起手,而是转过身,给她看自己右腿的小腿肚,那里有一大块深红色的伤口,"我绊到了塌陷的地板里。"他等了一会儿,继续说,"那里面有很多碎砖片。"

"如果超过了六个小时,缝合就太晚了。"

威尔没有说话。

莎拉也没有说话。她不想让他轻松过关。如果他想分手，那么也该用男人的方式来解决。

"你已经喝了很多……"他顿了一下，"酒？"

"不算多。"莎拉从沙发上起来，走过威尔身边，来到厨房。她的胃已经不想要第二杯酒了，不过她还是给自己倒了一杯。

威尔站在柜台另一边，看着她倒酒。他对酒有一种生理性的厌恶，看到酒时肩膀就会收缩，下巴就会抬起。莎拉不知道他自己有没有意识到。她猜测这是一种条件反射，来自他小时候那些虐待他的酒鬼收养人。像对大多数事情一样，威尔对此也一向避而不谈。

她问："你要喝一杯吗？"

他点点头，说："好。"

莎拉见过一次他喝酒的样子，不过那是在她的逼迫下。因为他止不住咳嗽，所以她给他灌了几滴苏格兰威士忌。

他问："你有杜松子酒吗？"

她俯下身子搜索酒柜。今晚之前，它已经有几个月没有被打开过了，酒瓶软木塞的金属箔上盖满了灰尘。她在酒柜深处发现一整瓶杜松子酒，但是直觉告诉她这种酒是安吉的最爱，而莎拉不打算在她的厨房里祭奠男友的亡妻。

她站起来，说："没有杜松子酒，冰箱里有葡萄酒，或者你想喝威士忌吗？"

"那是我上次喝的吗？"

她取下一个玻璃杯，给他倒了双份的量。他没有过来接，莎拉从柜台上推过去，他仍然没有接。

她说："阿曼达让我别告诉你，安吉留下了几个字。"

威尔脸色煞白地说:"她怎么……"

"你已经知道了?"

他张开嘴,却什么话也说不出来。

莎拉说:"很高兴现在都挑明了。我不想说谎,或者假装不知道,我不想那么虚伪。"

"她怎么……"他犹豫了一下,"阿曼达怎么知道的?"

"她负责整个调查,威尔,这是她的工作,她必须知道一切。"

威尔把双手撑在台子上,没有看她。

莎拉回想起在犯罪现场的巴士上,查理高兴地给她看墙上发光的血字"救我"。安吉的伤很重,生命危在旦夕,但她还是用自己的血在墙上写下这两个字,她知道威尔会看到,莎拉会看到。安吉想让所有人都明白,她永远掌控着威尔。她也许也可以写:莎拉·林顿,去死。

威尔问:"你看过了吗?那几个字?"

"看了,是我认出了她的笔迹。"

威尔仍然盯着自己的手,说:"抱歉。"

"为什么抱歉?你以前说过,你控制不了她。"

"她写的那些字……"他的声音越来越弱,变得有些恍惚,"对我并不重要。"

莎拉不相信他,而且安吉的死还没有确证:"对她很重要,那可能是她的绝笔。"

威尔拿起酒杯,灌了一大口,然后差点全都咳出来。

莎拉撕了一张纸巾递给他。

他的眼泪簌簌地流下来。他把台子上的泪水擦干,浑身颤抖,汗出如浆。他理应如此,因为安吉死了。她在死前请求他的帮助,这是真正生死攸关的一回,而他没能解救她。他人生中的三十年都已经随安吉而去。他已经陷入麻木，完全不需要喝酒。

莎拉从他手中接过酒杯，放在水槽里："在你的浴室里等我。"她没有给他时间回答，从沙发上拿起眼镜，走到书房，从橱架上取下医药包，然后转过身。

她突然不愿离开这个房间。

她站在书桌旁边，抱着医药包，想让自己冷静下来。

已经没办法修复，她不能像缝合他的腿一样缝合他们的关系，绕开这个话题只不过是在拖延时间，该来的总会来。然而她还没有勇气面对威尔。她僵在那里，恐惧着当他们真正谈起这些问题时，可能走向的结局。莎拉无法猜测未来，只有一点点空洞的未知在蔓延着。她能做的只有站在漆黑的书房里，听着自己血液流淌的声音。她数到了五十，又数到一百，然后强迫自己走了出去。

走廊似乎比以往都要长，她此刻就像是在跋山涉水。威尔的浴室在空卧室里，是莎拉专门留给他用的，为了方便他来住。就在她终于转过拐角时，她看到威尔就在门口等着她。

她说："脱下裤子。"

威尔呆呆地盯着她。

"这比把你的牛仔裤卷起来容易。"她把医药包里的东西倒在洗手盆里，挑出她需要的工具一字排开，"脱下你的裤子和袜子，站在浴缸里，我需要清理伤口。"

威尔遵循着命令，把牛仔裤从腿上脱下时轻轻哆嗦了一下。包扎伤口的绷带无异于一个大号的创可贴，此时已经被血浸透。他站到浴缸里。

"把绷带解开。"莎拉本想找一双手套，又觉得没有必要。如果安吉传染给了威尔某种疾病，那么莎拉早就也被传染了。她戴上眼镜说:"侧对着我。"

威尔转过身,他腿上的伤势比莎拉预想的更严重,不只是被一些碎砖片划伤的问题。他的小腿侧面有一道二点五英寸长的深深的裂口,一些碎屑已经流入血液,现在缝合已经太晚了,伤口很可能会感染。

她问:"你清洗过吗?"

"我试着用淋浴清洗,但是很疼。"

"现在只会更疼。"莎拉撕开一瓶必达净的包装,放下马桶盖,坐在上面。她没有提前给威尔任何提醒,就猛地把冰冷的消毒剂直接倒在伤口上。

威尔疼得龇牙咧嘴,手抓着窗帘杆,差点把它从墙上扯下来。

"还好吗?"她问。

"还好。"

威尔的伤口清理得很不合格,莎拉拔出很大一块碎砖,沾满了血,掉到白瓷浴缸里。威尔翘起脚趾,双手抓着窗帘杆和淋浴喷头,紧咬着牙关。莎拉早已忘记了希波克拉底誓言,已经从一个爱心满满的医生变成了一个被动性进攻的怨妇。她放下瓶子,看到威尔的腿颤抖着:"你想让我给你麻醉吗?"

他摇摇头,屏住呼吸。莎拉看到,他衬衫下面的每一块腹肌都在痛苦地扭曲着。

莎拉感到很愧疚,说:"对不起,我并不想让你这么疼。我是说,虽然我这么做了,但是我……"

"没关系。"

"不,有关系,威尔,有关系。"

她的话在浴室里回荡。她的声音听起来很生气。她确实很生气。两个人都知道莎拉说的不是他的腿。

他说:"我知道安吉为什么要拿走你的口红。"

莎拉等他说下去。

"她想折磨你。我本该阻止她的。"

"怎么折磨我?"莎拉真的想知道,"就好像她在夜总会墙壁上留下的字一样。她知道查理或者什么人会去那个区域拍照,所以我会看到,所有人都会看到。她想做什么就会去做。"

"墙壁。"威尔点点头,似乎墙上的字就很说明问题,"对。"

"对。"莎拉同意,这把他们带回了谈话的起点。

她用浴缸的水龙头把纱布沾湿,用来拭去伤口上的必达净。威尔终于把缩起来的脚尖展开。莎拉往他的腿和脚上舀了一点温水,擦去上面的碘液。每一处都弄得脏兮兮的,连用来给他拍干的毛巾上也留下一条条棕黄的消毒液痕迹。

莎拉对他说:"最难的部分过去了,我现在仍然可以给你麻醉,还有些碎片扎得很深。"

"我不要紧。"

莎拉从抽屉里拿出一个手电筒,又从医药包里取出一只镊子。威尔的皮肤下层有一些很细小的黑色碎片,有三片位置比较深,更像是木屑。他每走一步,这些碎片就刺痛他一下。

莎拉叠起毛巾,跪在地板上,以便近距离观察那些碎片。

她还没有碰到威尔,威尔就缩了一下。

"尽量让肌肉放松。"

"我尽力。"

"我这里有一些利多卡因,只需要微量的一针。"她又一次提出。

"我不要紧。"他死死抓住窗帘杆的手却不是这样说的。

这一次,莎拉的动作尽量轻柔。作为在儿科实习过的人,她曾经每天花几个小时在桃子上缝针,为的是训练柔和的手感。不过,她仍然不可能完全避免他的疼痛。威尔一直像修士一样忍耐着,就连她从绽开的伤口中取出一根牙签大小的木片时,他也忍耐了下来。

"对不起。"她反复念叨着,因为她不喜欢让他痛苦,至少现在不喜欢,"这个实在太深了。"

"没事。"他用微弱的气息说,"快。"

莎拉尽量加快速度,但是无济于事,威尔的小腿紧得像一块水泥。她想起第一次看他穿短裤的样子,那双肌肉发达的腿让她心跳加速。他每天跑五英里,一周跑五天。大多数时候,他会绕路跑到当地的中学,在那里做台阶训练。

"莎拉?"

她抬头看着他。

"我本来可以用更好的门锁,加上旋转保护,再装上报警器,很抱歉我没有这么做,这是对你的不尊重。"

莎拉小心翼翼地把最后一个碎片夹出来。他竟然在这时候说起这个,她不想跟他讨论。她蹲在自己的脚后跟上,放下镊子,把眼镜别在领口。威尔穿着平角短裤站在她面前,双臂仍然举在头上。在体内酒精的作用下,莎拉想到一种更简单的方式度过这个晚上。

威尔说:"每个人都在给我讲他们失去一个人的感受。"

莎拉从洗手盆里拿出绷带和纱布。

"菲斯告诉我她的父亲是怎样去世的。阿曼达说起她的母亲。你知道她母亲是上吊自杀的吗?"

莎拉摇摇头,用绷带给威尔的腿包扎。

"我告诉自己,安吉只是去了她每次离开我都会去的地方,无所谓哪里。"

莎拉站起来,清洗她的双手。

威尔穿上牛仔裤，说："我觉得这样想就好了，只要告诉自己她没有真的死，就算她不回来也没有关系，只不过是像以往每一次那样。"

莎拉关上水龙头。她的手颤抖了一下，更像是出于身体的震动，就好像一把音叉触碰到了她的神经。

她问："你想不想知道我的丈夫是怎么死的？"

正扣着牛仔裤扣子的威尔抬起头来，莎拉告诉过他这件事，但没有讲过细节。

她说："那种感觉就好像有个人钻到我的胸口里，又把我的心掏出来。"

威尔拉上拉链，一脸茫然。他并不知道安吉的死会给他带来什么。

莎拉说："我觉得自己被掏空了，仿佛失去了一切。我想过自杀，我确实尝试过自杀，你知道吗？"

威尔目瞪口呆："你以前说那是一次意外。"她说起过安眠药的事，但是没有说她的目的。

"我是个医生，威尔，我知道该怎么做，安必恩、氢可酮、泰诺。"泪水从她眼中滚落。她提起了这件事，就再也收不住，"我妈妈发现了我，叫来了救护车。他们把我送到我工作的医院，那些相识已久的同事给我做了胃泵，我才没有死掉。"她双拳紧握，想要抓住他，摇晃他，让他知道，死亡不是可以假装不知道的一件事，"我求他们让我死，我想死。我爱他，他是我的生命，是我宇宙的中心。而他死了，就是一切的结束，我一无所有了。"

威尔穿上他的运动鞋，对这些话听而不闻。

"安吉死了，被残忍地杀害了。"威尔听到她这句话，仍然没有反应。四年前，如果有人告诉莎拉杰弗里死了，她会直接倒在地上,"她是占据了你人生三十年的最重要的人,你不能只是告诉自己她去度假了,还会带着沙滩上的晒痕回来。失去一个人不应该是这样的。你会在街角看到他们的身影;你会在其他房间听到他们的声音;你想永远睡着,好梦到他们;你不想洗你的衣服或者床单,这样就可以闻到他们的气味。我这样生活了三年,威尔,三年里的每一天都如此。我没有生活,如同行尸走肉,我想像他一样死掉,直到……"

莎拉在最后一秒止住了。

"直到什么?"

她用手摸着喉咙,感觉自己仿佛被吊在悬崖上。

他又问:"直到什么?"

"直到过去了足够长的时间。"她的手指一跳一跳。她气愤,她害怕,她被自己袒露的话语压得窒息。但是,她很怯懦地没有告诉他,是什么改变了她的生活。

她做不到。

她说:"你需要时间独自悲伤。"她真实的意思是——你需要离开我一段时间,我的心承受不了。

威尔认真把袜子捋直,折叠起来,说:"我知道你永远不会像爱他那样爱我。"

莎拉感到措手不及:"这样说不公平。"

"也许吧。"他把袜子塞进裤兜里,"我想我该走了。"

"我也这么想。"莎拉不假思索地说出这句话。她听到自己的声音,却不知道自己为什么要这么说。

威尔等待她让开,好让自己过去。

莎拉跟着威尔来到客厅,她内心的平衡再次消失了,一切都已经改变,但她不理解这是为什么。

"我不知道工作还能不能保住。"他的口吻好像一切如常,"就算能,阿曼达也不会再让我碰这个案子。菲斯和科利尔在追查黛丽拉。"他一把抱起贝蒂,"我可能会被关在办公室处理文件。"

莎拉竭力保持平静,说:"一周之内我还完不成哈丁的毒性测试。"

"应该没关系。"威尔从挂钩上取下贝蒂的狗带,拴在她的脖子上,"好吧,再见。"

他关上了身后的门。

莎拉靠着墙支撑着自己。她的心敲击着肋骨,头昏脑涨。

刚才发生了什么?

他为什么走了?

她为什么让他走?

莎拉贴着墙壁坐到了地上。她看了看表,给泰莎打电话仍然不是时候,而且莎拉不知道能说些什么。每一件事都来得太快。威尔是不是正陷于精神崩溃的状态?

她自己呢?

莎拉说了太多关于杰弗里的事,她向来在回忆丈夫的时候很有分寸。她不想否定他们在一起的时光,但也不想让威尔难堪。威尔会不会真的认为,莎拉在告诉他,她走不出失去丈夫的阴影。四年前,莎拉会相信那是真的。

直到她遇见了威尔。

这就是她在浴室里没有说完的那句话,是威尔改变了她的一切,是他让她想要重新开始生活。他是莎拉的生命,一想到失去他莎拉就会恐惧万分。除了后悔,她还羞愧于自己的怯懦。她害怕,因为如果他真的想离开,她告诉他自己爱着他也没有用。

莎拉把头靠在墙上,望着窗外漆黑的天空。她见过太多次死亡，已经不再相信世上存在着天使。但是，如果死后有恶魔，安吉·波拉斯基就是那个恶魔，她像巫婆一样咯咯地笑着，等着她。

莎拉突然领悟了一件事情：不是爱情，不是需要，也不是绝望，只是出于一种绝对的信念，她不能让安吉赢。

莎拉站起来，拿起手提包。两只小狗跳来跳去，想要跟她出去，但她把小狗挡在一边，一个人走出了公寓。她懒得锁门，直接按了电梯键，没有反应，于是她又按了一次。她看了看上面的控制板，电梯间还停在一层。她转过身，向楼梯走去。

威尔就站在她的门边。

贝蒂在他身旁。

他问："怎么了？"

她愣头愣脑地说了一句："我以为你走了。"

"我以为你想让我走。"

"因为你说要走，我才说的。"她摇了摇头，"我知道那样说很愚蠢。"她想走过去，抱住他，让彼此忘掉刚才的十分钟，"你为什么还在这里？"

"这是个自由的国家。"

"威尔，拜托。"

他耸耸肩，低头看着狗，说："我很少放弃什么，莎拉，你现在应该知道了。"

"你准备在这儿等整整一晚上？"

"我知道你睡觉之前会出来遛狗。"

"叮"的一声，电梯门开了。

莎拉立在原地，感到神经再一次刺痛起来，仿佛身后就是万丈悬崖，脚已经有一半悬空。她深吸了一口气，说："我爱你并不比爱他少。威尔，我对你的爱不一样。我爱你就像……"她不知道怎样形容，只是说："我爱你。"

威尔点点头，但莎拉不知道他是否明白。

她说："我们需要谈谈。"

"不，我们不需要。"他走过来，捧着她的脸。他的触摸好像香膏，舒展她的眉头，拭去她的泪水，抚摸她的脸颊。他的拇指掠过她的双唇时，她屏住了呼吸。

威尔问："你想让我停下吗？"

"我想让你用嘴唇。"

他温柔地吻上了她的唇，莎拉迎合着他。这里没有激情，只有重建联结的强烈渴求。威尔把她揽得更近，莎拉把脸埋在他的肩上，双手环抱着他的腰。她感觉威尔松弛下来了。两人就这样久久地抱在一起，站在莎拉敞开的房门外，直到她的手机响起。

随后又是一声。

又是一声。

威尔先放开了怀抱。

莎拉很不情愿地从地板上捡起手提包。

他们都知道，阿曼达才会发这样的夺命连环短信。他们也知道，只有一种原因才会让她在晚上八点以后找莎拉。

她拿起手机，用手指扫开屏幕。

  阿曼达：现在就来，安吉的车在萨摩赛特街 1885 号

  阿曼达：寻尸犬在后备箱闻到气味

  阿曼达：不要告诉威尔

莎拉告诉了他。

第八章

　　威尔坐在莎拉宝马车的副驾驶。莎拉为了威尔表现得很坚强。沉默，但是坚强。看到阿曼达的短信之后，他们几乎沉默了一路，除了"你知道这是哪里吗""你想让我开车吗"之类的对话，再无其他。

　　莎拉拐入斯普林街。夜幕降临，仪表盘的白色光芒映在她脸上。威尔在不伤到她的情况下，用尽全力握住她的手。他仍然感到麻木，只有几个地方除外，好像有一头大象站在他的胸口，那种痛苦是实实在在的，令他窒息。他的手臂疼痛，或许是在菲斯问他之后他才感到疼痛。或许他快要散架，因为每个人都这样以为。

　　寻尸犬受训寻找腐烂的气息。它们对安吉车的后备箱发出警报，所有人都理所当然地认为安吉死了。

　　这是真的吗？安吉死了吗？

　　占据了他生命三十年的最重要的人。

　　安吉是他这三十年生命的唯一。

　　这是无可辩驳的事实。

　　威尔试图回想地下室里的那一幕，那么多年以前，安吉是如何抱住他、安慰他。他想不起来。他试图记起有一次他们一起外出度假的情形，他们为方向而争吵，为吃什么而争吵，为谁挑起的争吵而争吵。

"你这头蠢驴。"是那天晚上她对威尔说的最后一句话，第二天早上，她就不见了。

和安吉一起生活是难以忍受的。她不断地弄坏东西，拿走东西，从不把他的东西放回原位。威尔努力在脑海中搜寻一个美好的记忆，可是他所看到的全部都是争吵，除此之外，就是从前电视没有信号时显示出的那种雪花斑点。

莎拉握紧他的手。他低头看着两人紧扣的手指，他注意到的第一件事就是莎拉的手指那么修长而优美。他不知道这和她做手术是否有关，或者仅仅因为她的一切都如此优美。

他端详着她的脸庞，尖尖的下巴，精致的小鼻子，棕红色的长发在脑后挽成一个髻子。

莎拉下班后总是把头发散下来。威尔知道要不是为了他，莎拉不会如此，因为发丝垂到眼睛上会让她抓狂。她不停地往后撩头发，而他从未让她盘起来，因为他自私。

每一段关系，无论是不是恋爱关系，都有一定程度的自私在里面，自私程度的高低取决于谁的心肠更硬和谁更依赖这段关系。阿曼达的自私如同海绵，吸收着别人的付出。菲斯太过无私。安吉则是按住你的脖子，抢走你的东西，然后赏你一脚，认为这是你应得的。

威尔一直认为他和莎拉能达到一种情感的平衡，但是，他是不是自私的那一方呢？关于上周六见安吉的事，他隐瞒下来。关于安吉留在信箱里的信，他隐瞒下来。关于他和安吉的联名账户，他隐瞒下来。关于他要用尽一切可能找到安吉的决心，他仍然隐瞒下来。

安吉，安吉，安吉。

她现在死了。也许，很可能。他的身边清静了。占据了威尔人生的三十年，这位他的知己、折磨他的人、他力量和痛苦的源头，死了。

他浑身颤抖起来。

莎拉关小了空调，问："你还好吗？"

"还好。"他看着窗外，不让莎拉看到他的脸。胸口的大象变换了重心，威尔感到他的肋骨几乎被压弯，眼前一片恍惚。他张开嘴，想要用空气注满肺叶。

他们在市中心，窗外明亮的路灯刺痛他的眼睛，耳畔充斥着空调的嗡嗡声。除此之外还有音乐，轻柔的女声伴着吉他。莎拉从不关掉收音机，只会把音量调低。

她松开威尔的手，打开闪光灯。到了萨摩赛特街1885号，那里不是大楼，而是一栋小房子，城区里半数以上的房子都是这种都铎式建筑。面对街道的草坪修剪整齐，精心养护的花卉装饰着石阶。

安吉的车在一间殡仪馆被发现。

莎拉开进停车场，一辆有黄色车厢的老式皮卡正在开出去。一辆巡逻警车停在草地上，警察坐在驾驶位，正在一台笔记本电脑上打字。威尔认出了阿曼达的雪佛兰和菲斯的红色迷你酷跑。查理·雷德在他那辆白色犯罪现场调查车里，但是不知何故，他坐在驾驶位，没有下去处理安吉的车。那辆黑色道奇是科利尔和老吴的。这里在GBI的控制之下，但是安吉的车是在亚特兰大城区发现的，当地警方的谋杀调查也仍在进行之中。

像早上一样，两个警探坐在车顶。老吴仍然戴着他那副全包式墨镜，看到威尔从车里出来，他又招牌式地抬了抬下巴。科利尔向威尔挥手,但是阿曼达一定有严格的命令,要求他们保持距离,所以谁也没有走过来。

安吉的蒙特卡洛停在楼前的残疾人停车位,这符合她的风格。黄色的隔离带已将这一区域封锁。后备箱和车门都敞开着,即使从二十码之外,威尔也能闻到死亡的气息。也可能像他手臂的疼痛一样,他闻到死亡的气息,是因为别人把这个想法植入了他的意识。

阿曼达从车里走出来,不同以往,她的黑莓没有拿在手里。她此刻有一大堆话可以向威尔咆哮,但是她没有。她说:"一个小时前,巡警发现了安吉的车。殡仪馆六点关门,但是有一个实习生睡在这里,负责晚上接电话。"

"实习生?"威尔努力以警察的身份提问。

"从这里的殡仪学校来的。"阿曼达双手交叉,"巡警发现安吉的车时,他正在从一家养老院接尸体过来。菲斯现在正在殡仪馆里向他问话。"

威尔端详着这栋房子,猜测末端巨大的两层建筑就是殡仪馆。

阿曼达说:"巡警闻到了一股怪味,突然发现是从这辆车的后备箱散出来的,后备箱从车里锁住了。他招来寻尸犬,立刻证实了这个气味。"

威尔又看了看那辆车,歪歪斜斜地停在那里,窗子摇了下来,像是匆忙弃车而去。他的眼前闪现了一幅画面:安吉倒在车轮旁边的血泊里。他眨眨眼,驱逐这个想法。

"威尔?"莎拉说。

他看着她。

"你为什么在揉胸?"

威尔也没有意识到自己在揉胸。他停下来，对阿曼达说："斯普林街和桃树街都有车牌扫描仪。"

她点头。车牌扫描仪遍布这座城市，可以追踪车辆的行驶路线，也可以用来搜寻被盗或者可疑车辆。"数据已经发到信息技术部门分析了。"她说。

威尔望着街道，萨摩赛特和斯普林街的交叉路口车来车往。市中心是监测的重地，每一个路口都有摄像头。

阿曼达说："我们已经向佐治亚交通厅和亚特兰大警察局调取监控录像，一到手我们就从头到尾梳理一遍。搜查队正在赶来的路上。"

威尔说了一句显然易见的话："某个人把车留在这里，需要换一辆车开走，或者……"

"我已经下令在全州范围内搜寻黛丽拉·帕尔默。"

威尔已经忘记戴尔·哈丁的这位妻子或女儿，或妻子兼女儿。黛丽拉是一个有毒瘾的年轻妓女，她成长于领养系统，唯一知道的亲人也是毁掉她的人。如果早生二十年，她会是另一个安吉，不同的是安吉能让自己抽身出来，至少看起来像是抽身出来——威尔不确定她是否真正逃离了这样的生活。

莎拉轻轻拍了拍他的后背，问："你还好吗？"

威尔走向那辆车，感觉气味越来越刺鼻，并不需要什么猎犬，人人都能知道这里发生了什么不好的事。他站在隔离带前，看到安吉的后备箱里铺着一张粗糙的炭色毯子，那是他在一家汽配店抽奖得来的。他当时花了几个小时把它严丝合缝地铺好，用胶水粘牢。

阿曼达用警用镁光灯照到后备箱里。接近毯子中央的地方有一块暗色斑点，后备箱里唯一的东西是一个装着变速箱润滑油的红色塑料瓶。

威尔蹲下来,查看车底,发现变速箱正在漏油。这辆车以后大概是他的了,他得先修好才能卖掉它。

"威尔。"莎拉把手搭在他的肩膀上,蹲在他的身边,"看着我。"

他看着她。

"我想我们该走了,这里什么也没有。"

威尔站起来,但没有走。他来到驾驶位,车门大敞着,脚下的位置放着半瓶龙舌兰。烟灰缸里摆着一支大麻烟卷,还有一些糖果包装纸和口香糖。安吉喜欢吃甜食。

他问阿曼达:"巡警过来的时候就是这个样子吗?"

阿曼达点点头。

敞开的车门像一面旗子,会吸引所有路过的人看过来,也就是说停放这辆车的人希望它被尽快发现。威尔拿过阿曼达手中的镁光灯,向车里照去。车的内部是浅灰色的,手动挡的换挡杆立在座位之间。他看到方向盘上、驾驶座上、换挡杆手柄顶端的白圈上都有血迹。那个白圈的手柄是台球里一只八号球的样子,那还是网络时代之前,安吉从一本杂志上挑中的。威尔跑了三家店找到一个合适的接口,把手柄安装在换挡杆上。

他把镁光灯照向后座,看到更多的血迹,经过一天的日晒,几乎已经变成黑色。门把手上有一块痕迹,很小,不像是手印,可能是挣扎逃生时挥拳留下的。后座上有人流血,后备箱里有人流血,开车的人也在流血或者身上沾满血。

他问阿曼达:"两具尸体和一个司机?"

阿曼达显然也在思考这个问题:"她也许被人从后座移到了后备箱。"

"还在流血吗？"他这样问，是想问人还活着吗。

"凶多吉少。"莎拉说，"如果是胸口受伤，而她又是侧身的话。这取决于她的姿势。这些血也可能是死后渗出来的。"

"她？"威尔说，"有没有可能是黛丽拉·帕尔默？"

"我已经叫格雷迪医院的人查了她的血型，她去年有一次吸毒过量的入院记录。她是O型阳性，安吉是B型阴性。"阿曼达握着威尔的手臂，她原本不想让威尔知道这么多，所以让查理留在车里，叫科利尔和老吴待在远处。可是现在，她准备告诉他事实："威尔，我知道你难以接受，但是所有的线索都指向安吉。"她帮威尔总结，"跟安吉血型相同的血迹遍布犯罪现场。我们找到了她的手提包、她的枪，这是她的车。查理已经把验血结果给了我，后座、后备箱和前座的血迹都是B型阴性。我们正在加急做DNA检测，但是鉴于这种血型的稀有程度，不是安吉的可能性趋近于零。而且她流了这么多血，威尔，她已经不可能活下去了。"

威尔反复思考阿曼达说的话。从后备箱里面血迹的位置可以推测，伤口在胸部。从哈丁死亡的房间的墙上发现的动脉喷溅的血渍，仍然可以推测出伤口在胸部。

威尔试着在头脑中导演了一出剧本。安吉坐在后座，流着血奄奄一息。司机是她叫来救她的人，因为她总能找到这样一个人。他竭尽所能想要救她，但是发现得已经太晚，于是把她放在后备箱，因为他不能在后座上载着一个死人招摇过市。他等到日落，把车开到了这里。

"这里的负责人正在来的路上。"菲斯从一条有灯光的路走来，手里拿着打开的笔记本。她看了一眼威尔，然后又看了他一眼。

阿曼达说："还有呢？"

菲斯看着她的笔记，说："里面有一个叫雷·贝尔卡米诺的人，二十岁，男性，白人，无犯罪记录，古普顿琼斯殡仪学校学生。他今天是下午5∶15打的卡，值5∶30的班。根据他的工作登记表，他从值班到现在一共离开过这栋房子三次。第一次是6∶43，去了皮埃蒙特医院；第二次是7∶02，去了黎明养老院；第三次是8∶22，刚出门就取消了。"她抬起头，"实习生之间常常互相打假的报丧电话彼此捉弄。"

"我知道。"阿曼达说。

"这三次出门，贝尔卡米诺走的都是殡仪馆那边的商用门，在栅栏后面。那里有一个员工电梯可以下到地下室。由于栅栏的遮挡，他看不见停车场的状况。他每次都是从西边回来，不用穿过停车场，所以看不见那辆车。"

阿曼达问："有闭路监控吗？"

"有六个，不过监控的都是门窗，没有停车场。"

威尔问："有没有检查垃圾箱？"

"那是第一件事。什么也没有。"

他又问："有没有哪扇门被动过手脚？"

"没有，而且这里有报警系统，每一扇门窗都联了网。"

"电梯的权限用的是什么？"

"密码板。"

威尔问："从栅栏后面可以看到这个密码板吗？"

"可以，而且警报也可以用它关掉。"阿曼达问，"你想到什么了？"

"为什么要把一辆后备箱里放着尸体的车开到一家殡仪馆？"

他们一齐回头，看着这栋房子。

菲斯说：“我去看看，你们在这儿等着。”

威尔没有等在原地，也没有跑，但是他的步子有菲斯的两倍长，所以先她一步走进了殡仪馆的礼堂。他推开门，走过几排长椅，来到台上，发现了一扇通向殡仪馆后半区的门。菲斯一直跟在他的后面。

殡仪馆的后半区破败不堪，有摇摇欲坠的天花板和残破的油毡。一条长长的走廊贯穿其间，走廊尽头是两扇巨大的电梯门。威尔知道外面应该会有一套一样的电梯门，尸体先运到这里，然后运到地下室。他朝电梯走去，猜测那边会有楼梯。菲斯小跑着才勉强跟上他，于是威尔也开始小跑，让她无法跟上自己。

破旧的金属楼梯走上去叮当作响，连扶手也跟着摇晃。他向下走到过度层，那里有一扇旋转门。威尔从那扇门穿过去，来到一间像前厅一样的小办公室，里面有一张木桌，木桌后面有一个双扇门。木桌前坐着一个年轻人，他只有可能是雷·贝尔卡米诺。

男孩儿吓了一大跳，iPad"啪"的一声掉在地上。

威尔试着推了一下双扇门，发现已经锁住。这里也没有窗户。他问道："你们这里有多少尸体？"

贝尔卡米诺的目光射向穿过转门进来的菲斯。

她气喘吁吁地说："我需要你的登记表。我们必须根据名字核对每具尸体。"

男孩儿露出惊慌的表情："丢了一具尸体吗？"

"我们需要尸体的数目。"威尔想要一把抓起他的领子。

"七具。"他说，"不对，八具，是八具。"他捡起 iPad，点开屏幕，"今晚两具，这周还来了三具，另外有一具正在处理，两具等待火化。"

菲斯把iPad拿过来，扫了一眼名单，对威尔说："这些名字我一个也不认识。"

"什么名字？"贝尔卡米诺开始冒汗，他不是知道些什么，就是在怀疑些什么，"出什么事了？"

威尔把他推到墙边，问道："你给谁工作？"

"没有谁！"他的声音因惊慌而破裂，"这里，我就在这里工作！"

转门"哐当"一声，阿曼达、莎拉和查理相继走进来。

阿曼达问贝尔卡米诺："你们把尸体放在哪里？"

"那儿有一个按钮。"他的眼睛看向桌子的方向，威尔让他过去。他把手伸到桌子下面，找到了按钮。后面的双扇门打开了。

浅绿色的花砖墙、深绿色的油毡地板、化学品的气息、明亮的灯光、低矮的天花板，眼前的这个房间跟学校里的一间教室差不多大，前面有一具尸体，是一位老年男性，皮肤皱巴巴的，满头白发，下体盖了一块布。他的脖子上扎了一根管子，连接着一台带有金属罐的机器。

冷冻间在房间后部，有一扇不锈钢大铁门和强化玻璃窗。阿曼达已经走过去，犹豫着要不要按下那个绿色的开门按钮。

威尔穿过房间，这是他今天第二次走向一个未知的、有可能找到安吉尸体的地方。他的目光锐利起来，耳朵不放过一点细小的声音。

冷冻间的门发出沉重的声响，冰冷的空气从里面渗出，自动臂缓缓地把门打开。威尔曾经在杂货店打工，那里存放冷冻食品的冷冻间和眼前这个并没有什么两样。两边各有一个架子，每个架子有六层，从房顶到地板整整齐齐地排列着。冷冻间大约十五英尺深，十英尺高。架子上放的不是一袋袋豆子，而是黑色的尸体袋。

两边各有四个袋子。

"见鬼了！"贝尔卡米诺摘下墙上的写字板，冲进冷冻间，对照表格检查每一个标签。他核对到最后一具尸体时停住了，"这个没有标签。"

威尔想要进去，莎拉抓住他的手腕，说："这件事不能交给你来做。"

他找到她了。他终于明白了为什么那辆车停在殡仪馆外。他已经把他们带到了地下室，那个袋子就在不到十英尺之外，他不能现在止步。架子里空间狭小，安吉的鼻子和上面一具尸体相隔不到半英尺。她有幽闭恐惧症，害怕狭小的空间。

"威尔。"莎拉摇了摇他的胳膊，"你需要把她交给他们来处理，明白吗？让查理做他的工作，他需要拍照。袋子不能碰，因为要保存指纹。地板上也可能有足迹。我们必须正确处理，不然永远也无法知道她为什么躺在这里。"

他知道这些都是对的，但是控制不了自己。

"过来。"莎拉拉住他的手臂。

他退后一步，又退后一步。

查理打开他的帆布包，取出鞋套和手套，然后给相机插入一张新的储存卡，检查了一下电池，确认日期和时间。

他从冷冻间外开始拍照，慢慢走进去，又从不同角度拍摄尸体袋，时而蹲下，时而靠在其他尸体上。他用尺子测量长度，在可疑物品上贴上标记卡。大概过太了 个小时，他终于对雷·贝尔卡米诺说："推一架轮床过来，这里空间太狭窄，我们得把她挪走才能打开袋子。"

贝尔卡米诺去了另一个房间，推回来一架轮床，轮床中间叠着一张白床单。他把轮子踢正，推上冷冻间的小斜坡。

查理递给他一双手套。

显然，贝尔卡米诺独立搬运过尸体，他像卷地毯一样费力地把黑色袋子搬到轮床上。威尔不得不把头扭过去，因为如果他再多看这个男孩儿一眼，很可能要动手揍他。

威尔听到轮床推出来的声音，冷冻间的门"哐当"一声关上了。

阿曼达说："谢谢你，贝尔卡米诺先生，你可以去楼上等我们。"

贝尔卡米诺听话地离开了房间。

查理拍了更多照片。他搬来一个踏凳靠在墙上，居高临下地给尸体袋拍了几张照片，然后又用尺子记录长度。

威尔凝视着黑色袋子的轮廓，不敢去想下面是什么。接着他发现，这具尸体是侧身的，也就是说，那个把它从后备箱搬过来的人让它维持了死亡时的姿势。

安吉总是侧身睡觉，离他很近，但是不碰到他。在晚上，她的呼吸有时候会弄得他耳朵痒痒的，他不得不翻过身去才能睡着。

"菲斯。"查理又拿出一双手套，在空中悬了一会儿，菲斯才接过去。

她的双手明显在出汗。她很勉强地戴上手套，收紧了下巴。她讨厌尸体，讨厌停尸房，讨厌验尸。

她拉上拉链，开始推尸体。

一阵撕裂般的声音，好像有什么东西破碎了，裂成两半。尸体背了过去。威尔看到了褐色的头发，那是安吉的发色。接着，女人赤裸的肩膀露了出来，然后是脊椎的弧度、臀部的曲线。她的双腿弯曲，手放在双膝之间，脚趾紧锁，脚背弓着。

菲斯一阵干呕，腐烂的气味十分呛人。尸体在烈日下的后备箱里放了几个小时，高温加速了分解，尸体的皮肤已经脱水。人类的身体和其他哺乳动物一样，是由纤维组织构成，对高温有相同的反应，都会流失水分。

查理展开袋子，几滴被胆固醇变成粉红色的血液溅到地板上。

菲斯又是一阵干呕。她用手背挡住鼻子，双眼紧闭，站在轮床的另一侧。她已经看到了尸体的脸孔，摇着头说："我不知道是不是她，她看起来好像……"

"被打了。"查理说。

威尔看着她的后背，上面有一块块煤灰一样的黑斑，双腿和脚底也有。

"漂白剂。"莎拉说。一股怪味从袋子里飘出来。

"不过她没有清洗干净，看起来漂白剂是直接泼在她身上的。"

"她的衣服不见了。"阿曼达说，"有人担心留下追踪线索。"

菲斯说："她不是死在车上的。"

"她的脸看起来遭到了猛击。"查理粗略地检查了一下，"脸上和脖子上都有擦伤和撕裂的痕迹。指甲因摩擦而断裂。"他蹲下来，用相机给头、脖子、胸口和躯干拍了一组特写，"还有多处刺伤。"他问威尔："她有没有什么可以辨识的标记？比如文身？"

威尔摇头。

然后他开始回想。

他的整个人生仿佛点了快进，在他眼前快速播放了一遍。威尔挣脱莎拉的手,走到轮床一边,推开查理。他端详着尸体,深深的黑色淤痕、刀口、斑驳的皮肤,找到了——乳房上的一颗黑痣。是这个位置吗?他为什么想不起来黑痣具体在哪里?

他不自觉地跪在地上,看着她的脸。

她肿胀得难以辨认。

她的头肿成了平常两倍大,红红黑黑的痕迹在脸上纵横交错。她的嘴唇正在流脓,鼻子歪向一边,比起一张脸,这更像一张万圣节面具。

这是安吉吗?

这种感觉像是安吉吗?

威尔内心的麻木感并未真正消失。他看到这个女人,内心毫无波澜。他像对待每一宗案子那样去观察:谋杀、殴打、嘴巴张开、牙齿破碎、嘴唇破裂肿胀,如熟透的果子。她的眼皮厚重,好像两片湿面包。蓝色的静脉和红色的动脉从几乎半透明的皮肤里凸显出来。她的脸颊曾被非常锋利的刀子划伤,皮肤绽开,好像一本翻开的书。他看到肌肉组织和裸露的白骨。

他看着她的双手,它们团在弯曲的双膝之间。高温使她的手指蜷曲起来,手指的皮肤腐烂开裂,透明的体液从指关节渗出来。她手指上的戒指裂成两半。

安吉的结婚戒指。

绿色的塑料戒指,上面镶着一朵浅黄色的向日葵。那是威尔花了四十五分钟从一台泡泡糖机里弄出来的。因为安吉跟他打了一个赌,如果他能在一个小时之内弄出这个戒指,她就嫁给他。安吉打的赌从不反悔,她嫁给了他。新婚生活维持了十天,有一天威尔下班回家,发现她所有的衣服都不见了。

威尔张开嘴,大口呼吸。

阿曼达说："威尔？"

威尔摇摇头，感觉不对劲。戒指是被别人戴在她手上的。他的直觉告诉他，这不是安吉。他站起来说："不是她。"

菲斯问："那戒指又是怎么回事？"

威尔一直摇头。大家面面相觑，都认为他是无法接受眼前的事实。但是，他们错了。也许他在外面看到那辆沾满血迹的车，听到阿曼达讲述证据时，他还觉得这可能是安吉。但是现在，在这个房间，面对这具尸体、这个陌生人，他确信安吉还活着。

对照莎拉所说的那种感觉，他现在并没有感觉到自己被掏空，并没有感到内心空落落的。

查理说："我有一台移动指纹扫描仪。"

"她的指垫已经裂开，很难采集指纹。"

"我们仍然可以试试，不过要到楼上有信号的地方。"

"她已经完全僵硬了。"

威尔又看了一眼这个女人的脸，好像读一本书，他只能看到一些片段，却看不到全书。她的睫毛凝成一团，嘴唇裂开，下颌骨脱落。她全身的肌肉都已经僵硬，完全处于尸僵状态。

菲斯问："这样看来她死了三到四个小时？"

"不止。"莎拉说，但她没有说多久。

阿曼达问："她的手指蜷曲，我们怎样采集她的指纹？"

"必须把手指折断。"

"如果把她翻过来会不会容易些？"

"对，我需要有人帮我一把。"

威尔离开他们，走到房间的另一侧。那个老人仍然躺在轮床上。威尔想要弄明白这台机器是干什么的，黄色液体在金属罐里流动，一根橙色管子从机器底部伸出来，某种水泵式的装置工作着，他听到发动机运转的声音，嗡嗡作响地搅动着空气。一种液体正在流出去，另一种液体正在流进来。他顺着管子找到老人的颈动脉，液体正通过一根计量注射针输入老人体内。另一根管子从桌子一侧垂下来，搭在生锈的排水口边缘。

啪。

好像一根树枝折断了。

啪。

威尔一直背对着他们，不想知道是谁把手指掰折的。

啪。

"好了。"查理说，"可以了。"

"她的指纹一团糟。"莎拉说，"我不认为扫描仪能扫出来。"

"试试看。"阿曼达对他们说。

移动指纹扫描仪发出一阵"沙沙"的声音，随后是"咔哒"一声，接着又是很快的"哔哔哔"三声。扫描仪的一端连接着手机，一个银色指板用来扫描指纹，手机里的应用程序将扫描结果处理为256B、精度508的灰度图片，然后将数据传到GBI的实时扫描客户端，在那里跟系统中储存的无数指纹作对比。

唯一需要的只有一个小小的扫描仪和有信号的手机。

查理拿着扫描仪和手机走向门廊。他告诉威尔："因为有损伤，所以不一定准确，但愿我们能撞上好运。"

威尔不知道他为什么专门对自己说这些。他看了看表，暴力性犯罪通常在晚上十点达到高峰，服务器将会处理几千个请求。即使是没那么繁忙的时候，出结果的时间也说不准，从五分钟到二十四小时都有可能。结果出来之后，GBI还要求做一个同行审查，对该结果能否达到法律层面的真实性达成一致。

菲斯说："莎拉。"

她的语调让威尔转过身来。

菲斯站在轮床尾端,低着头。死去的女人的脚因尸僵而硬邦邦的,他们把那双脚抬起来。她膝间的双手做出推开双腿的动作,让人清晰地看到她双腿间的样子。

强奸,威尔心想。这个不是安吉的女人不仅被绳子勒、被殴打和戳刺,还被强奸。莎拉正准备告诉他这件事。

"威尔。"莎拉等他看着自己,"安吉生过孩子吗?"

他无法理解这个问题。

莎拉说:"她有会阴切开手术留下的疤痕。"

威尔从未听过这个词:"是打斗留下的吗?"

"是生孩子留下的。"

他摇头:"她半年前堕过胎。"安吉怀过孕,但不是威尔的孩子。

菲斯说:"堕胎不会留这种疤痕。"

莎拉说:"这是一种在会阴上的手术,是顺产时做的。"

菲斯翻译了一下:"就是把你下面切开,让孩子出来。"

威尔仍然不理解。那种感觉就好像看着这个死去女人的脸一样,他听到了语言,但是不理解意思。

莎拉问:"你感觉胸闷吗?"

威尔低下头,看到自己又在揉胸口。

菲斯说:"他从刚才就一直不舒服。"

"你们都错了。"威尔说,"我认为不是她。"

莎拉把他推到后面。双扇门打开了,他们嘀嘀咕咕地关上门,站在门廊里。威尔坐在金属桌前,三个人噩梦似的在他身边徘徊。

莎拉说:"听我说,做几组深呼吸。"

阿曼达说:"我有阿普唑仑。"她手里拿着一个搪瓷药盒,盒底是粉色的，盖子上有一朵玫瑰，典型的老女人用来放嗅盐的那种药盒。

莎拉说："把这个含在舌下。"

威尔想都没想就照做了。药丸有点苦，他能感受到它在舌下融化。唾液充满了他的口腔，他不得不咽了一口。

"过几分钟就好了。"莎拉开始帮他揉后背，就像他是医院里的孩子。威尔不喜欢这种感觉，他讨厌别人为他担忧。

他弯下腰，把头放在双膝之间，假装头晕。莎拉又帮他揉后背，他偷偷把药丸吐到手里。

"深呼吸。"莎拉的手指握着他的手腕，摸了一下他的脉搏，"你没问题的。"

威尔站起来。

莎拉看着他走每一步。阿曼达手里仍然拿着打开的药盒。菲斯不见了。

莎拉问："还好吗？"

"我认为不是她。"威尔重复道。可是不知为什么，当他第二次这样说时，他自己也开始思考是否他们才是对的，"她从来没有生过孩子。"

"她有。"阿曼达说。威尔看着她说话的嘴，她的口红已经花了，"二十七年前，安吉从领养家庭消失了。三个月后，她出现在医院里，已经临产。她生下了一个女儿，然后在社工到来之前就跑掉了。"

这个消息对威尔本该像一声惊雷，可是现在，已经没有什么关于安吉的事能让他吃惊了。

莎拉问："那时她多大？"

"十六岁。"

1989 年。

威尔当时还滞留在儿童福利院。没有人愿意让一个青春期的男孩儿在身边，尤其是这样一个比他所有老师个子还高的男孩儿。安吉跟一对领养她的夫妇住在一起。他们那里总是住着八到十五个孩子，睡四人一间的上下铺。

威尔问阿曼达："你是怎么知道这个的？"

"用我知道每件事的方式知道的。"阿曼达的声音变得强硬起来。她从未告诉过威尔，从威尔还是婴儿的时候，她就开始关注他的成长，这种关注贯穿了他的一生。她是一只看不见的手，在威尔每一次即将走入歧途时把他拉回来。她也这样帮助过安吉吗？她一直试图让她远离威尔吗？

威尔问："你做了什么？"

"我什么也没做。"阿曼达把药盒收回口袋，"安吉消失了，她遗弃了自己的孩子，这些在你听来也没什么可吃惊的。"

莎拉问："那个孩子活下来了吗？"

"活下来了。我不知道她后来怎么样了，她在领养系统的茫茫人海里消失了。"

他想起他们的结婚登记表。

两人坐在登记办公室外，安吉正填着表格，手上已经戴上了那枚向日葵戒指。她大声读起表格上的问题："是否超过十六岁？当然。是否结过婚？你猜。父亲的姓名？谁他妈知道。母亲的姓名？无所谓。是否和待登记配偶有亲属关系？呃……"她胡乱地填写着，笔在纸上划来划去，"是否有孩子？孩子，反正我不是。"她发出低沉而沙哑的笑声，"据我所知应该没有……"

阿曼达说："那个女孩儿生在一月，她现在应该二十七岁了，黛丽拉·帕尔默二十二。"

莎拉清了清嗓子："你知道孩子的父亲是谁吗？"

阿曼达说："不是威尔。"

威尔不知道她说的是不是真的。那次在地下室，他没有用避孕套，安吉也没有吃避孕药。不过威尔并不是她带到地下室里的唯一男孩儿。

莎拉又把手指放在他的手腕上，说："你的脉搏仍然很弱。"

威尔推开她的手，站起来，看着关上的双扇门。他不需要再看一眼尸体来确认真相。

向日葵戒指，那辆车，那些血。

她的戒指，她的车，她的血。

她的孩子。

安吉遗弃了她的孩子，威尔莫名地相信这个说法。她没有能力和意愿关爱任何东西。自己生存下去，而不是同情别人，这是她的人生准则。威尔在上周六见到了这样的她，他也能很容易地想象出二十七年前发生的事。安吉去了医院，生下孩子，然后以最快的速度离开了。

而现在，她死了。

威尔问莎拉："我们可以回家吗？"

"好。"她把钥匙塞进他手里，"在车里等我，我马上来。"

阿曼达拿起她的黑莓，说："我让菲斯去车里陪他。"

威尔明白，莎拉和阿曼达要进行一场两人间的谈话，他自己将会是主角。不过他没有心力纠结这些。他的胸口依然绷得紧紧的，胃里好像有一块石头。

他爬上楼梯，把手插进兜里擦干净，药丸已经在他手里融化成粉末，不过仍有一点阿普唑仑进入他的体内。他走到走廊尽头时开始感到头晕目眩，嘴里发麻。他勉力走过三道门，来到殡仪馆的礼堂。礼堂的灯都已熄灭，但是城市的灯光透过大窗户映进来，厅里的一排排长椅清晰可见。

威尔抬头看着拱形的天花板，巨大的枝形吊灯如悬挂的珠宝，灰色地毯铺在长椅间的过道上。大厅正前方的台子不高，一侧有一个读经台。威尔猜测这里是不限教派的。威尔跟莎拉一起去过两次教堂，一次是复活节，一次是圣诞夜。莎拉并不信教，但她喜欢那种庄严的氛围。威尔仍然记得他听到莎拉跟会众一起唱起歌时的惊讶，她记住了所有歌词。

安吉蔑视宗教，她很傲慢地认为所有宗教信众都是精神错乱的人。可是，她被装进自己车的后备箱，带到了这个基督徒的殡仪馆，被搬进冷冻间，结婚戒指仍然戴在手上。戒指是她活着的时候戴上的吗？或者是她请求那个人在她死后帮她把戒指戴上的？

威尔感觉胸口像是烧着了一样，他揉着疼痛的部位。急性焦虑症有什么表现？他不想问莎拉，因为她可能会再往他的嘴里塞一片药。

她为什么给他塞药？她知道威尔讨厌比阿司匹林药性更强的任何药品。他更讨厌让莎拉看到自己难过的样子，他表现得就像一个可怜的小孩子。她也许再也不想跟他做爱了。

威尔坐在礼堂前方的台子上，从后裤兜里摸出手机。他没有搜索"急性焦虑症"，而是躺在地毯上，看着头上闪闪发光的水晶灯。他胸口的沉重感开始削减，肺里充满了空气，整个人仿佛在空中飘浮。这是阿普唑仑的药效，威尔并不喜欢，他觉得失去自我控制永远不会是什么好事。

黛丽拉·帕尔默，哈丁死的时候，她也许也在里皮的夜总会，她也许试图救过安吉。也许是她把安吉的尸体带了过来，也许是她打了那通恶作剧的电话，为了让贝尔卡米诺离开，好借机偷看他输入电梯的密码。她下到地下室，然后上来，把安吉的车留在这里，然后上了她租来的车，绝尘而去。

威尔有些睁不开眼。他突然意识到，此刻他的头所枕的地方就是葬礼上棺材停放的位置。他需要安排安吉的葬礼，在这里会简单很多。她应该想要火化，可以交给贝尔卡米诺来做。

谁会来这场葬礼呢？阿曼达和菲斯，因为她们觉得有义务来。莎拉？他没法请求她，但她大概会主动提出。莎拉的父母呢？他们都是老实的乡下人。凯西也许会做一锅炖肉。她会吗？威尔知道莎拉的母亲不信任自己，她没有错，自己确实向莎拉隐瞒了周六的事，还隐瞒了其他很多事。

警察同事们会来。只要一个警察死了，他们一定会去吊唁，无论这是一个好警察、坏警察还是退休警察。她的情人们会来，应该为数不少。老朋友们？应该没有几个。敌人？有可能。她孩子的父亲？她的孩子？二十七岁，被遗弃的愤怒的女孩儿，来讨要一个威尔给不出的答案。

他感觉眼睑放松下来，脸和肩膀也放松下来。他感到一种诡异的安宁。

午夜，他躺在宁静的殡仪馆里。安吉死了，他应该感到的是如莎拉所描述的那样，是难以忍受的空虚和失落。也许他的内心有什么东西破碎了。也许这是安吉最后的报复，她关闭了威尔内心用于感受的部分。

他手里的手机嗡嗡作响，大概是菲斯在找他。他回答："我在殡仪馆大厅。"

"真的？"不是菲斯，是另一个女人。她的声音低沉而冰冷。

"你是谁？"威尔看了一眼手机屏幕，来电号码被屏蔽。

"是我，宝贝儿。"安吉发出低沉而沙哑的笑声，"想我吗？"

一周以前

| 星期一，晚 7 : 22

安吉·波拉斯基从办公桌前站起来，关上办公室的门。模糊的声音从门外透进来，某个混账经纪人正向另一个混账经纪人吹嘘他挣的钱。她的手握着门把手，紧紧压住门。她讨厌这个地方，讨厌这些愚蠢的有钱孩子，讨厌这些性感女秘书，讨厌墙上挂的照片，讨厌这些建立了这个地方的体育明星。

她可以列出无数她讨厌的东西。

她坐回办公桌前，盯着笔记本电脑的屏幕，感觉眼睛要喷出火来。如果这该死的电脑没有那么贵，她早就把它摔到地上，用鞋跟踩个稀巴烂了。

"她拥有他的过去，我拥有他。"

安吉查看了一下莎拉写给她妹妹的这封邮件的日期，那是八个月前。根据安吉的推算，写这句话的时候，莎拉刚刚把威尔拐走四个月，把威尔说成是她的实在太过嚣张。

安吉把鼠标移上去，重新读这封信。

"我从没想到我还会对另一个男人有这种感觉。"

莎拉的语气不像个医生，更像个蠢蠢的青春期少女。这样说很恰当，莎拉·林顿活脱脱就是青春小说里那种总在傻笑的笨女孩儿——透过一条条雨水滑落的窗户，忧郁地向外凝望，无法决定是否和吸血鬼或者狼人约会。与此同时，那个所谓的坏女孩儿，那个享受着各种派对、能够给你一生中最好的床上体验的人，却被丢在角落。在最后的爱情豪赌之前，她注定要看着这个错误发展下去。

"我拥有他。"

安吉"砰"地把笔记本电脑合上。

她本不该复制莎拉的笔记本电脑，不是因为这样不道德，而是因为看着莎拉慢慢爱上威尔的过程是一种折磨。

从一年半以前开始，一共有几百封邮件。莎拉每周要给她的妹妹写四到五封邮件，泰莎几乎每封都回复。她们谈论的都是些无聊透顶的生活琐事，比如抱怨她们的母亲，开她们健忘父亲的玩笑。泰莎八卦着德特镇，或者其他她做传教士的地方的人们；莎拉谈论着她在医院里的病人，她为威尔买的新衣服，她为威尔尝试的新香水，还有由于威尔的缘故，她不得不找一个医生朋友帮她开一个处方。

安吉看不了多久这些伤感又痴情的恶心玩意儿，她草草地浏览着，想找到他们激情消退的蛛丝马迹。威尔远远称不上完美男人。他有一个习惯，把所有你放下的东西拿起来，在你还没有用完的时候就收走。他要把所有坏掉的东西立刻修好，无论何时何地。他没完没了地用牙线剔牙。厕纸剩下最后一小片他也不舍得换掉。

"昨晚是最完美的一夜。"莎拉上个月写道,"天哪,那个男人!"

安吉从椅子上站起来,走向窗边,看着楼下晚高峰的桃树街,车辆在拥堵的路上缓缓挪动着。她感觉手上一阵疼痛,低头一看,她的指甲嵌入了手掌里。

这就是嫉妒的感觉吗?

安吉没想到莎拉会一直留在威尔身边。她那样的女人不喜欢乱糟糟的生活,而安吉反复让她明白,威尔的生活是一团糟。她没有想到的是,威尔会去着力维持这段关系。安吉曾经以为,其他女人都是威尔生活的小插曲,是他强迫自己尝试但不会享受的经历,就好比安吉曾经让他买一双凉鞋一样。

后来她看到了两人一起出现在"家得宝"家具店。

那是早春,大概五个月前,安吉在店里买灯泡。威尔和莎拉从入口进来,由于两人太过亲热,他们没看到站在五英尺外的安吉。他们拉着手,大幅度地摆来摆去。安吉跟随他们来到园艺区,站在相邻的过道听他们谈起护根,知道了他们的生活有多么乏味。

莎拉说要去推一个购物车过来,可是威尔一把接过她的包,背在了自己肩膀上。

"宝贝儿。"莎拉说,"瞧瞧你有多强壮。"

安吉等着威尔叫莎拉赶紧滚开,但他没有。他笑着搂住她的腰。莎拉像条狗一样依偎在他的胳膊上,两个人慢慢悠悠地去看花。安吉把购物篮里的所有灯泡都打碎了。

"波拉斯基?"戴尔·哈丁站在门口。他的西装皱皱巴巴,肚子上的衬衫扣子几乎要崩开。她习惯性地感到恶心,不是因为他的肥胖或是邋遢,甚至他让自己的女儿出来卖,以满足他的赌博恶习——而是因为,安吉很想讨厌他,却不怎么讨厌得起来。

哈丁说:"派对马上就要开始了。"

"你的眼睛变黄了。"

他耸耸肩,说:"有时候就会这样。"

哈丁已经离死不远了,他们都知道这一点,但是从不说起来。"黛儿怎么样了?"他问道。

"还不错,已经'出柜'了。"

听到这个双关语,两个人一起笑起来。黛丽拉从上一个戒毒所逃了出来,所以哈丁决定用最快的方法给她戒毒——把她锁到了自己的衣帽间。

他说:"我要去给她弄一份合法的纳洛酮处方。"

"好。"安吉说。这种维持性药物是唯一能让黛丽拉远离海洛因的东西。由于政府的管制,这个药很难搞到。安吉一直是从一个她不太信任的药贩子那里购买。她寄希望于哈丁快点死掉,这样她就不用再帮他这个吸毒的废物女儿或者妻子了:"你跟那个律师谈过了吗?"

"嗯,但是我……"

他的回答被一声巨大的欢呼打断,香槟塞子"嘣"的一声喷出来,说唱音乐的节奏让每个人都亢奋起来。派对开始了。

两人都知道,吉普·基尔帕特里克在找他们。哈丁站到一边,让安吉先走。安吉边走边整了整裙子,高跟鞋折磨着她的脚,但她不得不跟办公室里的小贱人们打扮成一个样。她们都是些蠢妞,每当看到安吉在洗手间,要弯着腰凑近镜子才能补妆时,她们没有皱纹的面孔和鼓鼓的嘴唇总是露出不解的样子。安吉懒得告诉她们,她们也有四十三岁的一天,因为等到她们四十三岁的时候,她自己早就已经住进养老院了。

或者死了。

也许哈丁是对的,应该过我行我素的生活。如果不是为了那个废物女儿,他大概早就如此了。这就证明了没有孩子的好处。

"宝贝儿,你来了。"吉普·基尔帕特里克站在水晶浮梯上,一如往常,手里拿着一个篮球。他走到哪里都少不了这个玩意儿。他说:"等这边结束了,到我办公室来。"

"到时候见。"安吉与他擦身而过。她打量了一下整个房间,寻找熟悉的面孔,还没有一个大人物到场。现场大多是些二十多岁的年轻人,穿着紧身西装,像喝水一样喝着水晶香槟。

她看到 LED 屏下有一个大尺寸的建筑模型,这就是这个派对的主题。全明星项目的最后几块拼图终于凑齐,两周之后就要动土开工。安吉看着玻璃罩里的模型,仓库改建、露天购物中心、便利店、电影院、农产品市场、高档餐厅,还有马库斯·里皮那个废弃的夜总会。

它已经不再废弃了,他们的团队会在一周之内把那里收拾得焕然一新,这个夜总会将成为全明星中心的定海神针。这是一个将近三十亿美元的大项目,经纪公司里所有的大牌明星和部分小明星都参与了投资。基尔帕特里克投了一千万,另外两个经纪人一共投了五百万。这个项目还雇佣了一个国际律师团队,在安吉看来,这些寄生虫倒还配得上他们赚的那份臭钱。

一个月前,威尔试图搞定那些律师,把那个浑蛋揪出来。安吉还在背后帮过他一把。当时威尔在那个奇怪的超大会议桌前,面对着他们所有人,竭尽全力想要得到一些答案。那一次,里皮夫妇倒仿佛成了无关紧要的人物。每当威尔抛出一个问题,里皮就看着律师团,那些律师就用各种漂亮的字眼胡说八道一通,只有火星人或者政客才能听得懂。

安吉当时在楼下的办公室里，对这一切了如指掌。威尔不知道会议室里的每句话都被录了音，更不知道她就在附近。在屏幕上，她可以看到随着律师们抛出了一个又一个障碍之后，威尔的表情变得越来越沮丧。安吉能做的只有连连摇头，可怜的家伙，他现在问里皮的问题本该问拉登娜。

"嘿，美女。"拉斯洛斜靠着桌子，手里拿着一杯香槟。他穿着平时那身黑色紧身衣裤，样子还不错。他身体强壮，还有一个时尚的小鼻子。他瞟了一眼安吉的鞋，问："多少钱？"

"五十。"她说，被看出穿的是山寨货让她有点心烦。由于这份工作，她终于有钱买真货了，可是她觉得真货穿起来没有假货舒服，而且她的后背站立不了多久就会开始抽搐。

拉斯洛说："等结束了咱们来一下。"

"吉普叫我去他那里。"

拉斯洛小口喝着香槟，和安吉一起看吉普把篮球在空中抛来抛去。他的眼睛盯着门，像一个失恋的小姑娘，像等待威尔回家的莎拉。

"每当我听到他用钥匙开门的声音时，我的心就怦怦直跳。"

拉斯洛掰了掰手指："哟，你要去他那儿？"

她拿过拉斯洛的酒杯，喝光了他的香槟："吉普要做什么？"

拉斯洛竖起手指"嘘"了一声，然后走开了。

"夫人？"一个英俊的侍者端来一托盘的香槟。

该死，安吉还没有老到被人叫"夫人"。她从托盘上拿过一杯香槟，穿过房间，小心翼翼地避开这里的大腕。

五个月前，她要求哈丁给她介绍一份工作。他还是那副混账样子，可安吉也很清楚怎么用混账的方式对付他。她告诉哈丁，她需要钱来摆平药贩子。哈丁相信了她，因为他这辈子见惯了用拳头说话的药贩子和高利贷债主。其实安吉根本没有这个问题，她要对付的是基尔帕特里克。她需要想办法打进经纪人的内部圈子，而哈丁也非常清楚安吉能为他们提供什么。

吉普的很多客户都是出身于街头的，他们常常想念曾经交欢的那类女孩儿。安吉认识这类女孩儿，她知道她们的生活方式正在把她们摧垮。少来一点管子或针头，把自己收拾得干净一点，让一个有钱的篮球运动员带给她们快乐的一夜，这比她们每晚在二十辆不同汽车的后座上贱卖自己的身体要轻松得多。如果再有一些钱能进到安吉的口袋里，那就再好不过了。

这件事做起来简单，但是吉普的内部圈子却很难打入，他一直跟安吉保持着距离。他有拉斯洛，有哈丁，不需要这样一个刺头在身边。直到有一天，安吉撞上了心情不好的拉登娜·里皮，一切就此改变。

那是一次非常偶然的相遇。安吉当时正坐在里皮那张玻璃办公桌的对面，和他讨论怎样赔偿一个被里皮的客户伤到的女孩儿。这时，拉登娜猛地撞开了门，他们的商谈戛然而止。这位里皮太太非常剽悍，是那种敢在大庭广众之下从手提包里掏枪出来的人。她那次为什么生气安吉也记不清了，因为什么事都能让她生气。安吉给她提了一个建议，拉登娜走的时候心情平复了很多。于是吉普就问安吉想不想成为他的长期员工。

安吉不想要任何长期的东西，但她知道马库斯·里皮的强奸指控，也知道威尔一直在处理这个案子。

说到浪漫，莎拉只会表扬威尔帮她背一个土里土气的烂包，但她绝对没办法给他一份帮助他破案的重要证据。

这就是安吉最初的计划。起码在那时候，她是真心诚意地想要帮助威尔。后来，她发现如果能帮助他们摆平这个案子，将会是一笔多么赚钱的买卖。她不能为了照顾威尔就让自己喝西北风。贿赂几个目击证人这种事安吉以前没少做，就算她不做，哈丁也会去做，就算哈丁不做，拉斯洛也会去做。如果这样来看问题，安吉身为一个女人去做这件事，简直是去完成一项光荣的使命。

房间里开始安静下来。马库斯·里皮到了，拉登娜陪在他身旁，她的金色长发打着小卷，垂在肩膀上。她上午一定去打了肉毒杆菌，用粉底遮掩痘疤的地方泛起红色的小点。她的表情看起来很僵硬，可能是因为最近的一次整形手术，也可能她平时的表情就是这样。她总是为很多事情生气。马库斯·里皮和她是中学时代的情侣，两人十八岁结婚，她十九岁就怀了孕。在那之前，里皮就已经到处拈花惹草，勾搭那些被他的名气吸引的女人了。

当然，拉登娜对其他女人一无所知，至少在那时如此。她在酒店做服务员，而里皮则拿到了杜克大学的全额奖学金。由于NCAA对球员的严格限制，他们的家庭只能仰赖她那点微薄的薪水度日。早先那些年，他们经历了许多起起伏伏，包括受了一次差点终结他职业生涯的伤。他为此花光了所有奖学金，一贫如洗。

拉登娜一直站在她的男人身边。她兼了第二份工作、第三份工作。里皮疯了一样地刻苦训练，却遭遇了他有史以来表现最差劲的一个赛季，险些被球队裁掉。然而就在这之后，他成长了一些，找到了真正的自己。与此同时，他们的第二个孩子出生了，拉登娜也因此患了重病。他想做个好父亲，也想给妻子一些补偿。终于，马库斯·里皮变成了一个超级巨星，拉登娜所有的付出都得到了回报。

单纯的胜利的喜悦持续了一个赛季，随之而来的是铺天盖地的杂志采访、商业合作和其他乱七八糟的事情。从头到尾，拉登娜始终扮演着塔米·怀尼特的角色，站在她的男人身边。当里皮被八卦网站爆出和不同年轻女演员的亲密照时，她站在他身边。当他两次被指控强奸时，她站在他身边。而此刻，金发接待员像太妃糖一样黏在里皮臂弯里时，拉登娜仍然站在他身边。

安吉放下酒杯，快步穿过人群。在拉登娜还没有注意到之前，她用手揽住金发女郎的腰，指甲嵌入她的手臂。

安吉对金发女郎说："你要是再这样看着他，我让你光着屁股躺在大街上，明白了吗？"

那个金发女郎明白了。

"各位来宾。"迪特玛·威蒂克用小指上的戒指敲了敲酒杯，环顾房间，等待人们安静下来。里皮的律师帮他摆脱了一次致命的强奸指控。他的公司拿下了全明星项目，他赚到了有史以来LED屏上显示的最高数目。出于上帝般的仁慈，他准备让在场的来宾分享更多赚钱的机会。

迪特玛说："我提议大家共同举杯。"

每个人都举起了酒杯，安吉交叉着双臂。

"首先，我们非常高兴，马库斯的问题得到了解决。"他向里皮微笑，里皮也回给他一个微笑。拉登娜看着安吉，翻了个白眼，"但是今天我们共聚一堂，是要庆祝110和我们的诸位国际伙伴，以及全世界最杰出的几位体育巨星之间的携手合作。"

迪特玛继续说着，但安吉毫无兴趣。她环顾四周，看到哈丁在喝香槟，好像生怕自己的眼睛还不够黄。拉斯洛溜到了角落里。吉普玩着他的篮球。又来了两位更大牌的明星，他们站在后面，俾睨众生，身边站着他们的娇妻。

安吉看到了费加罗夫妇。

费加罗不是最大牌的明星，但他是安吉唯一感兴趣的人。他有六英尺八英寸高，在人群中分外显眼。他的太太乔·费加罗却很不起眼，主要因为她总是待在暗处。相对其他球员太太，乔的身材很娇小，像一位芭蕾舞演员，不是米斯提·科普兰德，而是老一派的那种。她仿佛一棵纤细的小草，一不小心就飘散在路上。

她此刻站在丈夫身边，二人之间没有接触。她的身体微微侧过去，低头看着地板。

安吉抓住这个难得的机会端详着她，棕色的卷发，完美的面容，脖子修长，双肩优雅。她有一种独特的气质，让人不得不注意到她。乔想要隐身于人群中，但她不知道，她是那种令人无法不注目的女人。

"天哪，波拉斯基。"哈丁用胳膊肘戳了一下安吉，"你怎么不去要她的号码？"

安吉感觉自己双颊发热。

"变态婊子。"他又戳了她一下，"她比你平时玩的要年轻些。"

"滚开。"为了躲开他，安吉走到房间另一边，可即使相隔五十个人，她仍然可以听到哈丁那恶心的笑声。

她靠着墙，看着迪特玛说完祝酒词。他用德国人的方式和每个人对视一遍，和里皮、和拉登娜、和费加罗。他无法和乔对视，因为乔一直低头看着酒杯，但是她没有喝。她的手放在脖子上，手指玩弄着金项链。她的身上有某种悲情的美，让安吉为之心碎。

也许哈丁想要跟他自己的女儿上床。

安吉只想确保自己的女儿平安无事。

| 星期一，晚8：00

安吉独自坐在吉普办公室的大沙发上，没有开灯。楼上的派对渐渐散场，人们移步去吃晚餐。她把鞋脱在地上，手里拿着一杯苏格兰威士忌，耳畔可以听到桃树街车来车往的嗡嗡声。这是周一的晚上，人们仍然有出门的兴致。夜总会、商场、餐厅挤满了人，富商名流出没其间，希望被人注目。

110体育经纪公司坐落在巴克黑德区的中心，从这里向北半英里，是全国最昂贵的地段。绵延的高楼大厦之间，豪华酒店和奥运赛场级别的游泳馆林立，到处是私人保安、大铁门、体坛巨星、说唱歌手和各路音乐人。大毒枭就住在对冲基金经理和心脏病专家的隔壁。

从上世纪七十年代起，亚特兰大就一直是中产阶级黑人的圣地。那些从曾经的黑人大学毕业的医生和律师纷纷扎根于此，大批来自其他城市的职业运动员也都在这里安家落户。他们希望，在他们上私立学校的孩子们眼中，唯一重要的颜色只有大自然的绿色。这就是亚特兰大的伟大之处，只要你有钱，就可以做你想做的任何事情。

安吉现在有了很多钱，至少相较于她曾经的银行存款来说是的。她每两周就会收到吉普的一张支票，此外还有拉皮条赚来的一些小钱。

这些都不能让她快乐。

在安吉的世界中，永远只有向前看。过去已经无法改变，而当下又常常糟糕得不值一提。被母亲逼迫卖淫？很快就过去了。去了另一个领养家庭？只是暂时的。睡在车后座？不会太久。时间令她不断向前，下个星期，下个月，下一年，她要做的只有奔跑，只有向前看，终于，她跑过了那个转角。

她刚刚跑过了那个转角，发现那里什么也没有。

哪一个普通女人拥有的东西安吉没有呢？

一个家，一个丈夫，一个女儿。

她像对待所有事物那样，抛弃了自己的女儿。乔·费加罗二十七岁，和安吉一样，如果她想在登机的时候乔装打扮，完全可以冒充为白人、黑人、拉美人甚至中东人。她很瘦，瘦得过分，但也许理应如此。其他体育明星的妻子常常要做皮肤护理、节食、健身或者做整形手术，为了能够跟蜂拥在丈夫身边的那些女人竞争。其实她们本没必要费这个力气，她们的丈夫被骨肉皮①们吸引，并不是因为那些骨肉皮比他们的太太火辣，而仅仅就因为她们是骨肉皮。

跟一个把你奉若神明的人在一起的快乐，要远远胜过跟一个不捧你臭脚的女人在一起。

安吉不知道乔的生活是怎样的。她只有两次跟女儿共处一室的机会，都是在110的办公室，都是远远地望着，因为这两次鲁本都在乔身边。他比妻子高出一大截，散发着一种安静的自信。乔似乎很喜欢这种感觉，喜欢依偎在他的影子里。她总是低着头，一副不太情愿的样子，对她最合适的形容词就是"顺从"。这一点让安吉很不开心，因为这个女孩儿的身上流着她的血，而

---

① Groupie，指追求和明星发生性关系的女粉丝。

流着这种血液的人从不向任何人低头。

凯特。

这是安吉曾经想给女儿起的名字。这个名字让人想到凯瑟琳·赫本，一个懂得怎样掌控自己人生，总能满足自己需要的人。

乔想要什么呢？从外表上看来，她似乎已经拥有了想要的一切：一个有钱的丈夫、一个孩子，还有轻松舒适的生活。令她痛苦的是，乔太平凡了。她在佐治亚的格里芬上了一所普通的中学，她的聪明才智帮她进入佐治亚大学，但不足以支撑她毕业。安吉更愿意相信乔退学是因为她自由不羁的灵魂，但是她的数学成绩不这样说。她离开学校是为了一个男人。八年前，她嫁给鲁本·费加罗。他比她高两级，当时已经在NBA，是场上万众瞩目的焦点。在篮球场外，他被公认为一个保守而理智的人，不喜欢抛头露面，只关心如何把工作做好，然后回到家庭。显然，这也是乔所想要的。她跟着他去了洛杉矶和芝加哥，现在则跟他回到了她自己的家乡。他们有一个孩子，是个男孩儿，六岁，叫安东尼。

这就是乔·费加罗所有公开的信息。她虽然很年轻，但是不用社交媒体。她不喜欢参与任何活动，不加入任何团体，也不去各种派对，除非是为了丈夫的工作。她不跟其他球员太太交往，不出去吃午饭，不逛商场，也不在健身房出没。安吉能够追踪她的唯一线索就是她的丈夫。

一年前，一则谷歌推送出现在安吉眼前："费哥"鲁本·费加罗加盟亚特兰大队。那篇文章上说，这次转会将进一步提升鲁本的职业生涯。

安吉读到这则新闻作何感受？首先是烦恼。她不想要这样的诱惑。只有最不要脸的女人才会在抛弃了乔二十七年后,重新出现在她的生命中。所以安吉发誓不去找乔,介入女儿平静的生活对她没有任何好处。

可是随后,又有一条谷歌推送:费加罗一家迁居巴克黑德。

然后是第三条:鲁本·费加罗签约110体育经纪公司。

那时安吉刚刚通过哈丁搞到这份工作,并许诺给他一些帮助,因为她知道,帮助是哈丁唯一需要的东西。

为什么要回来?

安吉从不是一个反省自己的人。

她只有满满的好奇心。

她断断续续地追踪了乔将近二十年,背景调查、互联网搜索,甚至请过几个私家侦探。最初,安吉想知道是谁领养了她的女儿。这是很自然的好奇心,谁不想知道呢?可是,对安吉这样的人来说,这还不够。她要确保乔的养父母是好人,接着还要了解乔的丈夫是怎样的人,随后还要知道乔有哪些朋友,她的生活是怎样的,她一天的每个小时都是怎样度过的。

贪心。用这个词形容安吉很准确。她做了全部这些,就是因为她贪心。出于同样的原因,她不能只吃一片药,只喝一瓶酒,只拥有一个男人。

她不想毁了乔的生活,这是她许下的诺言。此时此刻,安吉想要的只是听一听女儿的声音。她想听听她们的高音区是不是一样的,乔有没有安吉式的黑色幽默。她想知道乔是否如她应有的那样幸福,因为她曾在安吉的产房里度过一生最大的劫难。

两次见乔都是在同一个房间,两次她都静静站在丈夫身边。

她并不怎么看着鲁本·费加罗,这一点让安吉很困扰。八年的婚姻,当然不会再有什么含情脉脉的对视,但是这里面有问题。这是安吉内心的直觉。她没有为吉普工作多久，但是想了解运动员的妻子并不需要一个PPT报告。她们的生活通常都跟着丈夫的篮球转。如果里皮在赛场上表现出色，第二天拉登娜就会格外繁忙。同样的道理，如果里皮投丢了一个关键球，她连走路都走不稳。

乔和鲁本却不是这样。她的丈夫得到越多的关注，她越想消失不见。

奇怪的是，鲁本正在得到越来越多的关注。安吉不了解篮球术语，但是显然鲁本打的位置并不那么耀眼，比起那些左冲右突、直捣黄龙的球星，他更像一个兢兢业业的蓝领球员。可是，他愿意去犯规，去撞人，愿意用各种方法保证马库斯·里皮能够得分。通过这种方式，他让自己成为球场上不可或缺的人物，

马库斯·里皮得分，就是每个人的胜利。

鲁本是一个安吉看不透的谜。她对于这个人所知甚少，无法形成完整的认识。和其他人不一样，他不寻求关注，不去为新开的夜总会或者餐厅剪彩。他总是刻意地避开媒体。记者常常把他这种内向的性格归结为童年时代口吃的阴影。他的成长背景和乔一样平淡无奇。他在密苏里的一座小镇上的中学，全奖升入肯塔基大学，末顺位选秀进入NBA。他中规中矩的职业生涯，直到遇到神奇的里皮才焕发新生。这些经历都无法让人深入了解这个人，唯一让鲁本显得有些特殊的是，他是这个由黑人统治的运动中的一名白人球员。

安吉发现乔嫁给了一个长得像她父亲的人，这没什么可高兴的。

安吉把酒杯放在桌上，望着窗外漆黑的天幕。窗台上摆着一列篮球，她猜测那是冠军的纪念篮球。不过她对任何体育项目都

毫无兴趣。一群男人跑前跑后地追逐一只小皮球，想到这个就让她笑出眼泪来。她并不觉得球员有什么特别的迷人之处，她如果想跟一个高大壮实的男人上床，大可以回家找她的丈夫。

起码她认为她可以。她觉得威尔一直在等着她，那是他该做的，而自己却可以走掉。她可以去找一点点乐子，多一点点，再多一点点，然后迫使自己回到威尔身边充电。这就是威尔的使命，做她的避风港。

她从未预料到，会有一只该死的红色小船把锚抛在她平静的港湾里。

安吉能够理解，因为她看到了莎拉的魅力。莎拉是个好女孩儿。她聪明，如果聪明很重要的话。她出身于一个好家庭，一路健康地成长。如果一个这样的女人爱你，那就意味着你也是一个正常人。安吉可以看出来，威尔被莎拉的健全所吸引。他一直是个人格畸形的老好人：主动帮弗兰尼根太太干活，帮邻居修剪草坪，在学校做个好学生，使出吃奶的力气学习。他总是竭尽全力想得到别人的认可。如果不是因为阅读障碍，他可能会成为一个明星学生。

"他为自己的读写障碍而羞愧，这让我也很难受。"莎拉在信里告诉泰莎，"讽刺的是，他是我认识的人里最聪明的一个。"

安吉想知道，威尔是否知道莎拉跟她妹妹讲了他的这个秘密。他一定会不开心，会更加羞愧。

安吉头顶的灯闪动了一下，她抬起头，看着灯泡亮起来。哈丁慢慢走到冰箱跟前，取出一瓶擦板球，然后在沙发另一端"扑通"一声坐下。他的眼睛大半是黄色的,皮肤的颜色和质感都如同砂纸。

"天哪。"安吉说,"你还有多少日子?"

"长得很。"哈丁拿起安吉的威士忌。安吉看着他把酒和泛着气泡的能量饮料兑在一起。

她说:"这玩意儿会杀死你。"

"为这个愿望干杯。"

他们同时听到篮球击打地板砖的声音,都皱了皱眉。

"拉斯洛在哪儿?"吉普问。

"这里。"拉斯洛就站在他的身后,一副愁眉苦脸的样子。安吉托人查过他的前科,拉斯洛·捷夫考维奇虽然块头不算大,但他是个用刀的好手,而且下手从不犹豫。他曾经因为划花一个女孩儿的脸蹲过几天牢房,而更严重的一次是在酒吧持刀斗殴,最后有人进了医院,有人进了棺材。

而现在,拉斯洛身在亚特兰大,带着他的刀子。

"好了,各位。"吉普用胳膊夹着篮球,从办公桌里拿出一个黑色文件夹,"我们有麻烦了。"

哈丁身体前倾,靠近茶几上的花生:"里皮又强奸了哪个小妞?"

吉普露出气愤的表情,但是没有发作:"不知道你们注意到没有,今晚拉登娜比平时还要不爽。"

"嘎吱"一声,拉斯洛坐在安吉对面的椅子上:"这回又是谁惹着她了?"

安吉猜测:"她老公出轨了?"

哈丁说:"拿着他的钱,闭上你的眼。"

除了安吉,每个人都笑起来。这些家伙永远不会懂女人,他们觉得妻子们只想要钱。

安吉问哈丁:"你会为了拉登娜手里的钱出卖里皮吗?"

"那不就是吉普的工作吗?"

"闭嘴,浑蛋。"吉普说,"也不看看这是什么地方。"

哈丁点点头:"好吧,我明白。"

他们都明白。110的体育明星都是千万富翁,但曾经也都是每个礼拜天被妈妈拽到教堂的小镇男孩儿。他们信教,但是不妨碍他们通奸、飞叶子,死于彼此的争斗和算计。

拉斯洛说:"她怎么了?"他指的是拉登娜,试图把话题带回正轨,"她发现那个女孩儿的事了?"

"什么女孩儿?"哈丁的注意力集中起来。

"马库斯在拉斯维加斯搞了点事情,但不是这个。"吉普把黑色文件夹扔到安吉旁边。

安吉没有拿起来。

吉普说:"是乔·费加罗。"

安吉的心脏颤了一下,她从未听过别人把乔的名字说出来。这个名字好像有某种韵律。

吉普说:"波拉斯基?"

她努力让表情正常起来,拿起那个文件夹。第一页上有一张乔的照片,她的头发比现在要短,臂弯里抱着一个小男孩儿,脸上挂着微笑。安吉以前从未见过她的女儿微笑。

哈丁把领带上的花生屑掸掉:"她又嗑药了?"

"她药物成瘾吗?"安吉感到有一把刀刺入她的心脏,"多久了?"

"高中时曾经因为药驾被拘留。他们在车上的储物柜里发现了一沓处方:安定、扑热息痛、可待因。"

安吉翻着乔的背景资料，发现一次未成年被捕记录，里面没有提到非法处方。

哈丁解释道："她爸爸在当地警察局有点门路，花钱把事情摆平了。她后来做了点社区服务。"

"你怎么知道的？"

"跟逮捕她的警察聊过。"

安吉看了一下报告上的地址，逮捕她的警局在托马斯顿。小镇的警察可以帮你隐藏证据，但是要花钱打点的可不止一个人。

"不是嗑药这码事。"吉普放下篮球，拿出一瓶擦板球，把拧下的瓶盖扔到垃圾桶里，"是马库斯。"

"马库斯？"安吉从文件上抬起头，努力保持平静的语气。可是一想到马库斯·里皮有可能染指她的女儿，她就想撕烂他的脸，"他跟她有什么关系？"

"他们从小一起长大，乔就是通过里皮认识了她的丈夫。"吉普的语气好像这是一件众所周知的事情，"老天爷，波拉斯基，你完全没看这份文件吗？"

"跟体育有关系的地方都没看。"

哈丁解释道："里皮在格里芬长大，他和乔在一个初中圣经夏令营上有过短暂的一段。里皮很快升上了高中，被各路球探盯上，有些球队还派了球员过来拉拢他。非正式的球员，不会引起怀疑。就在那时候，乔变了心。"

安吉说："鲁本·费加罗就是被派来拉拢马库斯的球员之一。"她一直纳闷乔是怎样和丈夫认识的，现在她明白了。她同时也明白了，哈丁远比她自己更了解她的女儿。这些都在情理之中。吉普调查乔的资料，就是为了把鲁本·费加罗发展为客户。妻子和女友往往是男人的软肋所在。

安吉问："你有没有问问马库斯，他和乔后来有没有继续什么？"

所有人都大笑起来。没有人能问马库斯·里皮问题。110和旗下运动员的关系就像父母宠孩子，他们明白，这些顽劣的小孩儿随时可能带着他们的玩具一走了之。

安吉说："让我来梳理一下。初中的时候，马库斯和乔谈了一场恋爱。夏天一结束，两个人就分手了。几年以后，拉登娜跟马库斯结婚。她应该知道他有哪些前女友，而且应该早在中学时代就知道得清清楚楚，现在为什么出了问题？"

"因为乔现在来了这儿，就在她鼻子底下。"拉斯洛回答，"拉登娜一开始没有介意，还把乔拉进他们的圈子，给她办了一场派对，请她吃饭。可是，后来乔就成了她的眼中钉。"

安吉知道这对乔很不利，拉登娜遇到和丈夫有关的事就会变得疯狂而且狠辣。有传言说她给了一个啦啦队员一枪，就因为那个女孩儿在一次派对上和马库斯走得太近。"鲁本呢？他怀疑他们吗？"安吉问道。

"鬼知道。那家伙神秘得要命，我们认识那么久，他跟我说的话不超过十句。当然我没算上'很好''谢谢'之类的。"吉普咕嘟咕嘟地喝完剩下的能量饮料，喉咙像是填了肉酱的鹅。看他玩篮球或是听他喝樱桃酸橙味的擦板球，安吉不知道哪个更糟糕。他一天百分之九十的时间都在做这两件事。每天下班前，他的上嘴唇都像沙滩排球上的红条纹。

"嘿。"哈丁拍了拍安吉的肩膀，"没人叫他鲁本，大家都叫他费哥，你没看他的介绍吗？"

"我为什么要看他的介绍？"

吉普打了个嗝，说："因为他是马库斯的智囊，因为他给公司带来了几百万的收入,因为一旦他的膝盖没问题了,还有潜力给我们带来更多钱。"

哈丁问:"他的膝盖怎么了?"安吉合上文件,说:"好吧,我们要解决的是什么问题?"

"问题就是马库斯又开始接近乔,而拉登娜不喜欢这种事。如果拉登娜不高兴了,我们谁也高兴不了。"

安吉无法想象,因为鲁本一直把乔看得很紧,而乔似乎也喜欢这样:"你为什么认为他们又好了?"

"因为我长了两只眼睛。"吉普又打开一瓶擦板球,浅红色的液体溅到地板上,"他们在一起的时候你就能感觉到。你今晚干吗去了?"

"反正没在盯着两个成年人暗送秋波。"

"我也看见了。"拉斯洛开始走来走去,认真地说,"马库斯给她递酒的时候碰了一下她的胳膊,很亲密的那种。"

哈丁问:"他不会是下一个老虎伍兹吧?"

安吉问:"这话是什么意思?"

吉普说:"告诉我,你知道老虎伍兹是一个高尔夫球手。"

"对,我知道他是谁。"安吉说,虽然她并没有多了解。

拉斯洛解释道:"老虎伍兹本来是高尔夫球界的第一号人物,后来家庭破裂,搞得现在一蹶不振,连球杆都挥不了了。"

"他为什么家庭破裂?"

"那不重要。"吉普说,"重要的是马库斯正重蹈他的覆辙。如果家里出了问题,他在球场上也会出问题。他的比赛是跟拉登娜连在一起的。"

安吉仍然不理解,拉登娜像个乒乓球一样东跳西蹿,可是马库斯还是打出了最好的一个赛季。"怎么讲?"她问道。

吉普说:"每次她提离婚,马库斯在比赛里就要少得五分,如果她给律师打了电话,分数就少得更多了。"

安吉想笑,但是他们明显都认真得要死。

"五分。"哈丁一直点着头,大概在盘算着怎么利用这个信息来下注,"没有她,马库斯打不了球。"

安吉问:"拉登娜知道她有这种力量吗?"

"你说呢?"吉普向拉斯洛做了一个不可思议的表情,"拉登娜知道吗?"他抓起篮球,"她想利用这一点要我们的命。"

哈丁放下空花生盘,把手拍干净,说:"你想让我们给费哥的老婆身上放点奥施康定,然后叫警察过来,让她在牢房里睡几晚?"

安吉的心跳到了嗓子眼儿:"听起来太极端了。"

哈丁似乎并不认同安吉:"能用斧头干吗还要用锤子?"

安吉努力想着阻止他们的理由:"因为鲁本……费哥是她的丈夫。因为她有个孩子,费哥的孩子。因为她可能根本没有勾搭马库斯。"

"每个人都在勾搭马库斯。"吉普好像在宣讲一条真理。

"听着。"安吉从沙发上坐直,对着吉普,因为这是他的主意,"你让我负责摆平拉登娜,可是摆平拉登娜意味着摆平所有球员太太。"她打开文件夹,假装在回忆什么,可实际上是在寻找救命稻草,"想让球员太太们满意,最重要的是不要闹出事情来。送那个……"她假装在文件夹里寻找女孩儿的名字,"送那个乔瑟芬去戒毒就是闹事,肯定会惊动媒体,给她带来很多曝光,会有一大群记者和狗仔队举着相机围在她身边。你知道被一堆镜头围着会发生什么,太太们会失去理智。另外,我们还没搞清楚,她究竟有没有在嗑药。"她看了看哈丁,想等他回答。哈丁耸耸肩。安吉继续说道:"要去就去吧,给她身上放药,叫警察来，让她在法官面前辩解。要是他们发现她没有嗑药怎么办？验血报告会显示她的状况。她不会善罢甘休的。如果她说她是被人诬陷的，那该怎么办？"

"这里有没有种族的问题？"拉斯洛问，"我搞不清她究竟是黑人、白人还是拉美人。"

"她很漂亮。"吉普说，"这就够了，没人会理睬一个丑女人的申诉。"

哈丁说："可以利用一下乔的母亲。"

吉普问："她怎么了？"

"乔的父亲死了之后，她母亲就搬来了这里。她心脏有点问题，住在医院附近，费哥供养着她。"

"简单。"拉斯洛说，"我们拿乔的母亲威胁她，告诉她，如果她不跟马库斯一刀两断，她母亲以后就只能吃猫粮。"

安吉嗤之以鼻："要是乔跟马库斯在一起，她母亲只会过得更好。他比鲁本有钱得多，可以让她母亲住在丽思酒店的顶层套房里，可以花钱给她换个心脏，要什么有什么。"

哈丁说："她说的倒没有错。"

安吉瞥了他一眼，哈丁也没说她是对的。

吉普说："好吧，那怎么办呢，废物们？"

安吉抢在其他人之前回答："我去跟踪乔，看看具体情况。"她头脑里想的却是别的问题："如果她没想勾搭马库斯，那么两人之间究竟是什么关系？"

"如果她不是想提升食物链层级，还能为了什么？"吉普拍着球说。

"她可能是在给他提供药品，也可能在拿里皮过去的事情要挟他，总之可能是因为很多事。"安吉停下来，咽了一口唾沫，

"我们不可能在还没搞清事实的情况下去解决问题。"

哈丁说:"我还是回到自己刚才的想法上来。乔是麻烦的源头,把乔弄走,麻烦就解决了。"

安吉说:"如果乔不是麻烦的唯一源头呢?如果她身边还有别人呢?如果她在为什么人工作呢?"

哈丁耸耸肩。安吉能看出,他的想法一直在摇摆。

"别傻了。"安吉站起来,她知道吉普更赞同进攻,"我会查清楚状况,需要的只有时间。"

"我们最缺的就是时间。"吉普反对道,"已经火烧眉毛了,两周以后全明星项目就要动土,我得忙自己手头的事,把马库斯交给迪特玛来看着。这件事必须迅速解决。"

几个人全部陷入沉默。

安吉整理好文件夹。她得在哈丁摇摆回来之前马上离开这里:"让我稍微搞清一点状况再把斧头落下去。"

吉普说:"你只有两天时间。"

"两天还不够我做准备工作。"安吉列出了一些她实际上已经做过的事,"我需要跟踪她到每一个地方,调查她的电子足迹,搞清楚她平时常去的地方。"

"还有复制她的手机,读她的短信,从她的电脑上拷走邮件。"哈丁对安吉眨眨眼,他终于站在了她这一边,"她是对的,吉普。我可以马上找来搞电子设备的朋友,但是提取所有需要的信息至少需要两周的时间。"

"我们没那么多时间。"吉普把球抛向空中,"你有一周时间,波拉斯基。你知道该怎么办,要么解决问题,要么解决她。"

| **星期三，早 7：35**

"请你把车开走。"一个穿着露露柠檬瑜伽服的女人警告安吉。她一手拿着一根荧光棒，另一只手拿着一杯绿色沙冰，"这里是下客道。"

安吉抬头看了一眼小学，她停在了路边，没有指示牌说这里是下客道。

那个女人又说了一遍："请你把车开走。"

安吉后面的一辆车向她鸣笛。她看了一眼后视镜，那是一辆黑色的奔驰六座SUV，开这种车送孩子上学的绝不是省油的灯。

"说英语吗？"

安吉的嘴里差点喷出一把刀子来。她开着一辆漏油的烂车，但这并不意味着她是什么拉美裔女佣。

"滚蛋。"她咒骂了一声，然后猛地把车发动，双腿间的咖啡溅到了牛仔裤上，"见鬼。"安吉又猛地一打方向盘，开出了学校的下客道，随后一个违规并线，更多的车向她按喇叭。作为正在从事秘密侦查的人，她干得很漂亮。

桃树战争人道分为南北两段，中间是一片草地。安吉不知道怎么掉头，于是从草地上开过去，停在了一座大厦前的人行道口。这不是一个最理想的藏身之所，但是比昨天的位置好，昨天距离乔送孩子下车的地方太远了。

吉普不耐烦起来。两天前，他给了安吉一周的时间查清楚乔的状况，但是一整天的监视没有任何发现，他开始想让哈丁接替安吉。

安吉绝不可能让哈丁来接替。

她观察了一下马路对面的车龙，总能见到那样的黑色 SUV，此外还有一些宝马，偶尔有一两辆雷克萨斯。比起安吉上过的公立破烂小学，里弗斯小学简直就是富丽堂皇的宫殿，清一色的白人小孩儿个个光彩夺目。

安吉以前来过这个学校很多次，但从没这么早。她通常把车停在主路对面的商业街，站在人行道，透过栏杆看操场上的孩子。她想找出乔的孩子。她知道那个孩子的样子，因为鲁本·费加罗的 Facebook 主页上有一大堆孩子的照片。每一张照片上都没有乔，但这并不是安吉不喜欢那些照片的原因。无论鲁本怎样尽力地避免出名，他仍然是个公众人物，不该把孩子的样貌公开在网络上。他有很多疯狂的球迷，他们可以轻松搞清楚这个孩子上哪所学校，什么时间会出现在操场上，就像安吉一样。

这是她的外孙，她猜测，但不完全确定。安吉不觉得自己老到做外婆的年龄，尤其是做安东尼·费加罗这种孩子的外婆。

这个名字对于一个六岁的孩子来说有些老气，但对他还算合适。安东尼就像一个小大人，永远皱着眉头，缩着肩膀，头低垂着，好像想把自己折叠起来。课间的时候，他不跟其他小朋友玩，而是靠坐在学校的围墙边，忧郁地注视着操场。他让安吉想起威尔，那种孤独的气质，既渴望，又退缩。

威尔很擅长运动，但是没有家长带他玩或者给他买运动装备。此外，他身上还有那些如公路地图般的伤疤，如果威尔在更衣室换衣服，别人一定会注意到这些明显的虐待痕迹，接着老师、校长和社工都会介入，威尔会突然被置于放大镜之下，而这正是他最讨厌的事。

安东尼·费加罗明显也一样讨厌被人关注，和她的母亲一模一样。安吉看到乔那辆炭灰色路虎在下客道上缓缓挪动着，一如昨日。乔不跟其他母亲打招呼，不跟那个把安吉呵斥走的极右分子说话。安东尼跟她好像一个模子刻出来的。她总是低着头，待在她的车道上，放下孩子，然后把车开走。根据昨天，以及安吉以往对女儿的观察来判断，乔应该会回家，在接安东尼放学之前不会再出门。

周四和周五是例外，她会分别去超市和干洗店。安吉有过许多关于女儿的想象，但是从未想到她会成为一个隐士。

安吉的车停在与乔相反的方向，只好再一次穿过草坪。前面赶上了红灯，于是她停在了那辆路虎后面。乔没有打转向灯，说明她要直行开到桃树战争购物中心去。安吉在头脑中过了一遍那边的店铺。今天不是乔去超市的日子，就算是，她通常也会去桃树街的克罗格。她常去的干洗店在另外一条街上，在桃树战争购物中心。这么早开门的只有星巴克。

绿灯亮起，乔开过路口，驶向星巴克的停车场。

安吉远远地跟在后面，中间一直隔着一辆车。停车位已经满了，安吉以为乔会开到汽车窗口买咖啡，可是她兜了几圈，找到了一个位置。

"快点。"安吉等前面一个打着电话的女人慢吞吞地开出停车场，然后在街对面的银行前面找到了一个位置。

安吉下了车，直奔向星巴克。她想看到乔推开玻璃门，在前台点单，然后对服务员说谢谢。她一定会说些话，这样安吉就能听到乔的声音了。这就是想要接下吉普这个差事最主要的原因——此时此地，她可以听到女儿说话，可以用她废弃已久的母性直觉来判断乔过得怎么样。然后，安吉就能回到自己平时的生活中，再也不去想这个失去的女儿。

安吉推开店门。

她来晚了。

乔已经点完了单，站在顾客之中等待取咖啡。

安吉排队点单的时候喃喃咒骂了一声。她前面那个家伙看起来从没来过星巴克，一直在问杯型大小。安吉从冰箱里拿出一瓶贵得要死的苹果汁，瞟了一眼乔，然后直勾勾地盯着她看。

她并不是唯一一个欣赏她女儿的人，这里的每一个男人都注意到了她。乔很漂亮，有一种独特的魅力吸引你的目光。最重要的是，她注意不到或者不关心自己的美。二十七岁的时候，安吉用自己的美貌攻城略地，没有她攻不破的城门。

"乔瑟芬！"咖啡师叫了她的名字，"大杯豆奶拿铁。"

乔瑟芬，不是乔。

她拿起杯子，没有说话，脸上的微笑很僵硬，明显是挤出来的。她拿着拿铁，坐在长吧台上，对着停车场。跟她相隔一个座位的位置是空的，安吉趁收银员没有注意，溜出了队伍，抢在别人之前坐了过去。

吧台很窄，大概只有一英尺宽。窗外是排队买咖啡的汽车长龙，一个个鱼贯穿过汽车窗口。安吉和女儿之间的那个人在电脑上打着字。她瞥了一眼屏幕，猜测他在写一篇伟大的小说，如海明威一样坐在咖啡馆里。

安吉打开果汁。这些年她断断续续做着私家侦探，后备箱里放着一套配置齐全的工具箱，里面有一卷强力胶带、一块防雨帆布、一个高级相机、一个定向传声器、四个可以藏在盆栽和通风口的微型摄像头。可是,这些没有一个是她此刻能用得上的。她看到隔了几个座位的地方有一份报纸,于是碰了一下身边的女人,冲报纸点点头,那份报纸静静地被递到了她的手里。

"海明威"遇上了"萨姆·斯佩德"①。

安吉草草掠过第一页上的头条新闻,找机会又看了一眼她的女儿。那个纸杯吸引了她的注意,杯子上用黑色记号笔写着"乔瑟芬"。安吉知道名字里可以有很多故事。她妈妈的皮条客以前叫她安琪拉,直到现在,她听到这个名字都会感到一阵反胃。

安吉深吸了一口气,把目光上移。

乔正凝望着窗外。安吉顺着她的目光,看到购物中心的白墙。这个女孩儿在等待着什么?思考着什么?烦恼着什么?她一动不动地坐着,目光没有离开过那堵墙。一口都没有喝的咖啡冒着热气,手机仰面放在她面前的吧台上。她很紧张。隔着"海明威",安吉就感到了她的焦虑。

但是,她来这里并不是做这个的。

安吉打开报纸,先是假装对世界新闻很感兴趣,然后真的有了兴趣,因为咖啡馆里没有任何事情发生。她身旁的女人起身离开。点咖啡的人越来越少,直至无人再点。停车场渐渐空了下来。最后,"海明威"挪到了远处的一张大号的椅子上。

安吉翻了一页报纸,金融版。

她瞟了一眼乔。

她的女儿没有挪地方,仍然一动不动地坐着,仍然盯着白墙,仍然焦虑地近乎颤抖着。

吧台上只剩下两个人。安吉站起来,向远处挪了几个位子,因为一般人都会这样做。她展开报纸。她不是梅丽尔·斯普里

---

① Sam Spade,电影《马耳他之鹰》中的侦探。

特，无法假装对金融感兴趣，于是又翻到生活版。她伸手去拿她的果汁，可是时间已经过了太久，果汁已经放热了。

安吉看了太久小字，开始有些眼花。她看向窗外，眨了眨眼睛，看着一辆车从停车场开出去，听着"海明威"不断敲击键盘的声音。

从眼角的余光中，安吉看到乔突然站起来，动作轻得几乎无法察觉。半秒钟后，她听到乔的手机响了起来，准确地说不是响了起来，更像五十年代科幻电影里的杂音。

视频通话。

乔双手颤抖着接受了视频通话，把手机在面前放低。安吉看不见打电话来的人的样子，也听不见那个人的声音。乔已经不知不觉地插上了耳机，把微型话筒放在嘴边，说："我在这里。"

安吉从手提包里拿出了自己的手机，按了几个键，然后假装把手机扔回了提包。这个动作她是练过的，那个手机以某种角度拍摄着乔。安吉虽然看不到现在发生着什么，但是过一会儿可以看到录下的视频。

"对。"乔说，"看见了吗？"

安吉透过报纸看着乔，感觉耳朵有一点疼。她集中全副精神去听乔的声音，但是她的声音轻得如同耳语。

乔说："好，我明白。"

安吉又翻过一页报纸。乔的声音仍然很低，但是她的语气有些惊慌和害怕。

"我明白。"

谁能让乔这么害怕？她想到马库斯·里皮。他喜欢支配别人，乔是他喜欢的类型。安吉也是，但是她二十七岁的时候就能摆平他那样的男人。她不认为乔瑟芬这个来自托马斯顿的小镇姑娘能摆平任何事。"

"我会的。"乔说,"谢谢。"

气氛突然有所改变,紧张感渐渐退去。通话结束了,乔放下手机,把手臂支在吧台上,捧着头,单薄的身板如释重负。

她的声音,安吉太过全神贯注地去听她说话的内容,忽略了她的声音。

乔突然哭了起来。安吉从来不擅长处理别人的情绪,她向来只有等待和走开两种选项。她绞尽脑汁地思考,在一家星巴克里,一个坐得不远的女人哭了,一般人该如何表现。安吉可以问她出了什么事,这像是一个合情合理的反应。乔的肩膀颤抖着,明显非常难过。所以,安吉也许仅仅应该问一句"你还好吗"。这是一个简单的问题,人们总是用类似的话来应对陌生人,在电梯里、在洗手间里、在买咖啡的队伍里。

"你还好吗?"

安吉刚刚张开嘴,但是已经太迟了。

乔站起来,去拿挂在椅背上的包。包的带子被别住了,她用力一拽,椅子翻倒在地,发出炸裂般的声响。"海明威"跑过来帮助她。

"我来就好。"乔说。

"我可以……"

"我知道怎么扶起来一把该死的椅子!"

她从"海明威"手中夺过椅子,"砰"的一声放回原位,猎枪似的声音在店里回荡。人们纷纷扭过头来,想看看发生了什么。咖啡师已经准备从前台绕过来。

"对不起。""海明威"道歉道,"我只是想帮忙。"

"帮忙?"乔冷哼了一声,"管好你自己的破事,这就是帮忙。"

乔猛地拉开玻璃门,大步流星地穿过停车场,把手提包扔进车里,然后快速开了出去,轮胎在柏油路上发出剧烈摩擦的声响。

"妈呀。""海明威"说,"这是什么情况?"

安吉微笑起来。

这是她的女儿。

| 星期三，上午 10：27

安吉用老太太的车速开在查特胡奇大道上。变速箱正在漏油，但是她没有时间去修，也没有时间去换这条被咖啡弄脏的牛仔裤。她此刻要去见哈丁和他找来的电子设备专家，她已经迟到了。安吉本来从不在意迟到，但是半小时前在星巴克里发生的事让她改变了做法。

"该死的！"安吉挂上四挡，离合器发出"嘎吱嘎吱"的声音。

她也许可以让哈丁的人帮她修好变速箱，或者把车停在莎拉·林顿的公寓前，一把火烧掉。通常，安吉会回到威尔身边生活几个星期，让他把车修好，然后继续上路。但是，自从"小红帽"睡到了她的床上，她就没法这么做了。

"他的名字是我最喜欢的词。"莎拉写给妹妹。

"狗屁。"安吉说出了一个她最喜欢的词。她没时间生莎拉·林顿的气，她太担心乔了。

她不得不再看一遍在星巴克里拍的视频，因为看了太多次，她手机的电量已经快要耗光了。安吉一只手放在方向盘上，一只手点开播放键。"看见了吗？"乔轻声说着，把手机拿起来，证明给对方看她在星巴克里,"我明白……我会的……谢谢……"

安吉做警探以前是一个巡警。她选择晚上出巡,因为挣的钱更多。每一次处理的纠纷基本上都是由于八小时烦心的工作加上十秒钟的肾上腺素飙升。老一辈人把巡警叫"水警",因为你接到报警电话后,总会来到一个破居民楼里,发现两个乡巴佬为了屁大点的事闹得不可开交。但是,这并不意味着这份工作很轻松,因为你永远不知道,为了一个烤肉架争吵的两个邻居什么时候会拿出一把猎枪,借着酒劲顶在你的胸口上。

家庭暴力案件的报警与之相似,也有所不同。每次走进那个家庭时,都要假设最坏的可能。即使是像安吉这样喜欢争斗的人,也很讨厌为斗殴事件而出警。男人们总想欺负她,女人们总是说谎,小孩子总在哭。最后,安吉能做的就是逮捕打人的家伙,写报告,然后等待下一个、再下一个电话从同一座楼里打来。

乔没有明显的淤青或伤疤。她的面孔完美无瑕,走路步伐平稳,不是那种被打的女人弯着腰走路的姿势。

但是,安吉仍然看得出,她的女儿一直受到虐待。

她从不看她的丈夫,却永远紧紧贴在丈夫身边,不跟任何人说话,不敢把眼睛抬起来。除了接送孩子上学、去超市和干洗店,她从不离开家。她对丈夫的那种顺从的感觉,好像她不是一个人,而是一具木偶。

两天前,吉普把他们召集起来,提出乔是一个麻烦。而鲁本·费加罗坐私人飞机去了某个地方,找全世界最出色的外科医生给他的膝盖做了个小手术,这是拉斯洛告诉安吉的全部信息。他不能说得更详细,因为一个球员受伤的消息可能会影响整支球队在这个即将到来的赛季的状态。乔待在家里,因为她要表现得一切如常，她要接送孩子上下学，要让人们相信她的丈夫没有出问题。

安吉对鲁本的手术毫无兴趣，她关心的只有他不在家会对女儿有什么影响。

显而易见，乔很害怕。安吉握有确凿的证据。

乔说"看见了吗"，意思是"看见我在哪儿了吗？就是你让我来的地方。"

她说"我明白"，意思是"我明白我必须听你的，没有别的办法。"

她说"我会的"，意思是"你让我做什么，我就会去做什么。"

最糟糕的是视频的末尾，泪水已经从乔的下巴滑落到脖子上。她攥着微型话筒的手指在颤抖，可是她仍然说了一声"谢谢"。

鲁本·费加罗。在乔把手机拿起来，展示背后空空的咖啡厅时，安吉可以清楚地看到，出现在乔 iPhone 上的人就是他。

吉普说乔和马库斯走得太近，也许那正是她的计划。乔从初中时代就认识了马库斯，显然他们现在仍是朋友。他很有钱，她很绝望。如果马库斯是乔的保护伞，那么这个计划并不算坏。对一个受虐待的女人来说，最危险的时刻就是她准备离开施虐者的时候，这时候最好的办法是得到身边另外一个男人的保护。如果乔接近马库斯，只会是因为她要摆脱鲁本。这就是女儿被安吉抛弃之后的人生——做一个被控制的女人。

安吉把手机扔回手提包，擦了擦眼睛。星巴克买来的果汁一定是坏掉了，不然她的手为什么一直在出汗，她的胃为什么一直在痉挛。

二十出头的时候，安吉也曾被一个男人打。他总是先掌掴，然后用拳头，最后再痛心疾首地道歉，让安吉以为他死心塌地爱着自己。暴力好像一块有正负极的磁铁，看到一个魁梧的大男人哭得像一个孩子，疯狂地忏悔伤害了你，并表示再也不会这样做时，反而拉近了两人的距离。

直到他再一次动手。

"天哪。"安吉低声叹息，远离乔的生活究竟意义何在？先是药物问题，现在又是这个。她继承了安吉所有的坏习惯。"妈的！"她狠狠拍了一下方向盘，不过不是因为乔，而是因为她错过了一个进停车场的转弯。

安吉使劲掰着换杆，想换成倒车挡。离合器踩不动，她听到传动装置"嘎吱嘎吱"地响。她的胃仍然痉挛着。

"妈的！"她又骂起来，"妈的！妈的！妈的！"她用拳头狠狠捶着方向盘，直到她的后背和肩膀也疼痛起来。

她停下来。真是不可思议，她如此愚蠢地错过了一个转弯。

她一根接一根地把手指握在方向盘上，深吸了一口气，尽可能长地屏住呼吸。

安吉小心翼翼地挂到一挡，开到路的尽头，然后掉了个头，开进一个废弃的停车场时已经挂到了三挡。她转到倒车挡，只是为了证明她能挂上，然后倒进一个停车位。

安吉屈伸了一下手掌，捶方向盘不是什么聪明的举动，她的手背已经肿了起来。

现在毫无办法。

安吉看着面前的大水泥块，这是马库斯·里皮的夜总会，整栋建筑好像一颗木乃伊机器人的头。据说清洁人员下周会把这里收拾好，但是安吉很怀疑他们能不能办到。杂草从破裂的柏油路冒出来，到处都是涂鸦。她不知道哈丁为什么总要在这儿见面。他以前一定是个糟糕的警察，因为他只知道按惯例做事。也许人老了都会这样，也可能是因为他什么都无所谓了。他一周之前停止了透析，如果安吉从网上了解的信息没有错的话，他还有一周可活，最多两周。也就是说，在别人发现这里之前他就死掉了。

他没准已经死了。她看着手机上的时间，哈丁已经晚了十五分钟，他搞电子设备的朋友萨姆·维拉也不在这里。为什么只有她按时到了？

她放下车内的遮光板，对着镜子检查了一下妆容。她的眼线脏了，嘴唇需要补一点口红。她从手提包里找到莎拉的口红，拧了一下金色的口红管。口红管侧面有一道划痕。这支口红要六十美元，想必镀的是纯金。

安吉看着平整的口红，她已经把尖端削掉了。她也许是一个危险的潜入者，但并不是不讲卫生的人。

她真的是个危险的人吗？

留在车窗上的几个字不会伤害任何人。翻莎拉的那些垃圾虽然很奇怪，但她并不是故意的，至少不是早有预谋的。安吉进到威尔的房子里是因为想要见他，不用跟他说话，只是看看他。那一次一如往常，他在莎拉那里，这种情况发生过很多次。她用威尔留在后门窗台上的钥匙打开门，第一个见到的就是他那只小蠢狗。贝蒂汪汪叫个没完，安吉把她踢到闲置的卧室里，关上门。她走过浴室的时候，看到莎拉的化妆品摆在洗手盆边。

安吉的第一个想法就是：威尔不会喜欢这样。

第二个想法是：莎拉·林顿把她的垃圾留在这里干什么？

这里。

威尔的浴室,威尔的卧室,威尔的家。

安吉的丈夫。

安吉把遮光板收了上去,因为她涂口红不需要镜子。她十二岁就开始涂口红,整套动作早已烂熟于心。不过她还是探头到后视镜上照了照。她不得不承认,这东西值这个价。它的颜色不会掉落,可以持续一整天。玫瑰软绒色并不是很适合她,但也同样不适合莎拉。

安吉靠在椅背上,抿了一下嘴唇。她想起莎拉放在威尔家的其他东西。一双马诺洛·伯拉尼克的真货,不过对于安吉的脚来说太大了,这个尺寸更适合变装皇后穿。黑色蕾丝内衣,纯属浪费,因为穿纸袋子都能让威尔来电。发卡,这个安吉倒可以用,但是还是被她扔到一边,因为那是莎拉·林顿那个贱女人戴的。香水,仍然是浪费,威尔根本分不清香奈儿五号和香皂有什么区别。

然后就是床头柜里的那些东西。

那是安吉的床头柜。

她把手伸进包里,拿出一包纸巾,擦掉嘴上的口红,然后摇下车窗,把纸巾扔到地上。她现在自己也买得起希思黎,付得起修车钱,还可以买她自己的马诺洛,自己的香水。

为什么她只想要那些她无法拥有的东西?

她的后视镜里闪过一道白光,哈丁的起亚从楼的另一侧绕过来,慢慢停在相隔四个车位的地方。哈丁正在吃一个麦当劳的汉堡包,车门敞开着。他把剩下的汉堡塞进嘴里,然后把包装纸扔到地上。他用肥厚的大手扶着车顶,钻出来的时候车身晃动了一下。

他问安吉:"他在哪里?"

安吉夸张地耸了耸肩,哈丁转身面向街道方向。

萨姆·维拉开着面包车在停车场里"8"字形地绕来绕去。这个白痴以为这样做可以避免被人盯上,可实际上却在给自己吸引更多注意力。他的面包车是暗灰色的,背面贴着"支持伯尼"的贴纸。

安吉下了车。

哈丁问:"你发现了什么没有?"

"费哥打他的老婆。"

"妈的,只有这个吗?"他显然早就知道。

"你为什么不早点告诉我?"

"又不是什么大事,他又没用绳子勒。"

"真是个绅士。"警察都知道,如果施虐者用绳子勒女人,从概率上讲很可能会杀死她。安吉问:"你还有什么没告诉我的吗?"

"也许有吧。你呢?"

安吉在手提包里摸索着,不让他看到自己的表情。很明显,哈丁对乔·费加罗的调查做得很不错,但是她的出生证明是个死角,安吉生她的时候用的是化名。

随着一阵刺耳的刹车声,面包车终于停下。安吉闻到了大麻味。收音机高声放着乔诗·葛洛班。

哈丁用拳头捶着面包车的一侧,喊道:"快打开,笨蛋!"

"砰"的一声巨响,萨姆·维拉打开面包车的门闩,他的大圆镜片上聚着阳光。他二十多岁,留着一撮山羊胡,看起来好像松鼠疥癣。他眯着眼睛说:"快点,我讨厌太阳!"

安吉爬上车厢,空调虽然不间断地工作,但是烈日下的车厢仍然像一个大烤箱。萨姆身上的大麻味和酸臭的汗味混在一起,安吉感觉自己仿佛置身于兄弟会中。

安吉坐在一个翻倒的塑料货箱上,把包放在腿上,因为车厢地板上一片油腻兮兮的样子。哈丁坐在前排座位上,转过身,递给萨姆一个装着钞票的信封。萨姆开始点钱。

安吉环顾了一下这个狭窄的空间。这辆面包车像一个移动的电子产品商店,塞满了一大堆线路和金属盒,还有她不认识的各种乱七八糟的东西。萨姆擅长远程监控,当然是非法的那种。在美国的每一个主要城市都会有一个"萨姆·维拉"。他是一个偏执狂,对违法犯罪毫无不安,一直过着亡命生涯,为了摆脱警察连自己的母亲都可以出卖。安吉曾经也有一个自己的"萨姆·维拉",不过被国家安全局抓住了。

"尊贵的女士。"萨姆递给安吉一个用黑色绝缘胶带包起来的浅绿色手机,"这是乔·费加罗手机的复制品。"

"够快。"

"所以我值这个价。"他对哈丁说,"把东西安装好了吗?"

"趁她送孩子的时候安装好了。"哈丁呼吸沉重,脸色比平时更差,"你给我的那个小玩意儿我也插进她笔记本电脑里了,厨房的那个,我没找到其他电脑,也没有iPad什么的,很奇怪,对不对?"

"确实很奇怪。"萨姆对安吉说,"哈丁装进电脑的程序叫影子追踪器,类似于间谍软件,而且更厉害。我已经把她硬盘里的所有文件都下载到这个平板里了。"他把手伸进一个箱子里,拿出一个满是刮痕的iPad,两根老式天线从背后伸出来,让安吉想到电视上的兔耳天线,"我破解了她车上的GPS追踪器,按这个键就能看到她车的位置了,跟警察那种是一样的原理,你很熟悉吧?"

"对。"

"只要不在地下,她去哪儿你都能追踪到。"他在玻璃屏幕上戳戳点点,"间谍软件在她的电脑上实时运行,从现在开始,她在电脑上输入的任何东西都会显示在这个 iPad 上。不过既然我已经下载了所有数据,你也可以回顾以前的东西,或者搜索她硬盘上的信息。这就相当于她的电脑了,不只是某个日期的数据拷贝。"

哈丁说:"你是说,跟你以前给波拉斯基的那个不一样?"

"我没有……"萨姆的眼睛突然鼓起来。

"我跟他说了。"安吉打断他的话。哈丁给过她萨姆的联系方式,因为她告诉了哈丁原因,她要复制莎拉的电脑。她对萨姆说:"我们没事,继续做你该做的。"

"好吧。"萨姆又在屏幕上点了几下,然后把 iPad 递给安吉,"你知道,不能出卖客户是黑客的准则,我够意思吧。"

"当然了,小弟。"哈丁从兜里掏出一根融化掉的士力架。

安吉把头扭向一边,不想看他咀嚼的样子。她仍然不清楚是什么驱使她复制莎拉的电脑。因为那里面有她患者的资料,所以格雷迪医院在电脑上安装了加密软件,超出了安吉的能力范围。萨姆给了她一个软件狗,用来破解莎拉的密码,以及下载所有的文件。安吉知道,她跨越了一条界线,跟莎拉无关,跟她自己有关。从这时起,她就从一个被害者的角色转变为一个彻底的偷窥狂。

她是一个危险的人吗?

安吉仍然不太清楚。

"下车。"哈丁对萨姆说,"我需要跟波拉斯基单独谈一会儿。"

萨姆不情愿地问:"你让我去太阳底下?"

"你不会被晒化的,艾法芭①。"

---

① Elphaba,《绿野仙踪》中的邪恶女巫。

安吉笑了起来："你怎么会知道那个邪恶女巫的名字？"

"听着。"萨姆想要找个理由，"我这里有非常敏感的东西，是其他客户的，我不能告诉你们是什么，但都是绝密。"

"你以为我们对你那些垃圾感兴趣？"哈丁走过来，推开车门，"出去。"

萨姆跳下车，哈丁"砰"地关上门，安吉感觉双眼有些不适应突然改变的光线。

哈丁从烟灰缸里捡起一根大麻烟卷，用一个塑料打火机点燃，长长地吸了一口，然后屏住呼吸。他开口说话时，烟气从嘴里散出来："我带黛丽拉去看了《绿野仙踪》。"

"年度最佳父亲。"

哈丁把烟卷递给她。

安吉摇头，她正在吃维柯丁。

哈丁又吸了一口，斜眼看着那些电子设备，说："要是我会用这堆破烂中的一半，现在早就成了亿万富翁了。"

安吉知道他永远成不了亿万富翁，不是因为运气不好，而是因为像哈丁这样的人只会与一样东西为伍：绝望。

他说："听着，我需要你帮个忙。"

安吉很熟悉哈丁要她帮的忙，它们全是同一个主题："黛丽拉的瘾又犯了吗？"

"不，不是这件事。她很坚强。"他露出一副严肃的表情，"她会戒掉的，对吗？"

这家伙已经产生错觉了，但她还是说："对。"

"是另外一件事，关于我的赌马。"

安吉早该想到这码事，死亡的威胁也无法阻止这些瘾君子。黛丽拉有海洛因，哈丁有赛马。

他说:"帮我摆平冰山之影。"

"我知道你有钱。"安吉知道哈丁在后备箱的备用轮胎下面藏了一大堆现钞,"从那里拿一点呗。"

他摇摇头,说:"那些都是给黛丽拉的,她的手续还没办好,需要一点钱生活。你答应过我,你会照顾她的。"

安吉把身子向后靠,线路戳着她的后背,但她无力挪开。哈丁的渴求吞噬着周遭的空气。他跟基尔帕特里克达成了某种私下协定,那是他对黛丽拉最后的交待。二十五万美元存在一个第三方账户里,两周之后,也就是全明星中心动土之日,这笔钱会自动打到哈丁为黛丽拉设立的信托基金里。这个信托基金是他最后一次赎罪的机会,就好像这样一大笔钱就能抵消几千次黛丽拉用双腿之间从哈丁那里赚来的赌马钱一样。

安吉对哈丁的赎罪没有兴趣,更不想整天跟一个吸毒的妓女吵架。她答应哈丁的唯一原因就是这份在110的工作的诱惑。她如果想对一个孩子负责,早就抚养乔了。

哈丁把大麻烟卷扔回烟灰缸:"我从律师那拿来了这个。"他从外套的内侧兜里掏出几张折叠的纸,"我需要你签个字。"

安吉摇摇头,说:"我不是合适的人选,戴尔。"

"我给你找到了吉普那边的工作,也没有问你任何问题。你答应为我做这件事,现在你必须做。"

"我需要先读完才能签,也许还要咨询个律师。"她想争取一点时间。

"不,你不用。"他手里拿着一支笔,"快点,一式两份,一份给你,一份给律师存档。"安吉仍然没有接过笔,"你想让我开始问你问题吗?比如关于你的丈夫,还有为什么你要破解医院的加密软件。"

"那个浑蛋！"安吉说，萨姆还是出卖了她。她仍然想拖延时间，"那个信托是怎么运作的？"

"执行人，也就是你，被授权负责基本生活支出，比如住处、家用、医疗健康。我要确保她衣食无忧，永远有个落脚的地方。"他补充道，"我在里面写了，每个月都有一笔酬劳给你。"

不是一笔小钱，但也不足以养老。最大的问题是，安吉认识黛丽拉·帕尔默。且不算吸毒的习惯，她也是一个自私、任性的小孩。她拿到的每一分钱最后都会融化在吸毒的勺子里，或者注射进她身上随便哪条血管里。

为了钱，安吉拿起笔，签了这份协议。

"安吉·特伦特，哦？"哈丁看着她的签名大笑起来。

"你另外一个问题呢？"她把自己那份协议塞进手提包，"你的那个债主，冰山之影，他也是个皮条客吗？"

"他在柴郡桥拉皮条，那是你的老地盘，对吗？"

当警探的时候，安吉在柴郡汽车旅馆做过卧底："那是好多年前了，那些女孩儿都死了。"

"你不需要知道她们的名字，只要把她们全都抓起来就行了。"

"你想让亚特兰大警察在柴郡桥来个全面扫黄吗？"安吉摇着头，这就好像让他们把沙滩上的沙子都收起来一样，"那样的话办案文件都要堆成几座山。"那些女孩儿要几个小时才能数得清，一个个传讯都要一个星期，他们不可能这么做。

"丹尼能把这些都搞定，只要是你的请求。"

安吉非常讨厌哈丁的一点是，他的足迹遍布她的生活。

"好了，波拉斯基，给一个将死之人一点安宁。只要你请求丹尼，别说干活，让他去干一头驴都可以。"

安吉勉强地拿出手机。她只用一次性手机,这样别人就难以联系到她。她从头脑中搜索出丹尼的电话,然后开始编辑短信:"我猜你今天就想要这件事发生?"

"今天很好,冰山手下半数的人都在柴郡,丹尼可以让他忙着保那些女孩儿,这样就可以让我清静至少一个星期。"

她端详着哈丁湿乎乎的眼睛,红血丝像纱线一样遍布在白色的眼珠上:"只要一个星期?你就剩这么多时间了?"

"一星期够用了。如果我的肾不争气,我还能靠这个。"他从外套兜里掏出一小包白色粉末,"百分之百纯。"

"世界上每个毒贩都说他的可卡因百分之百纯。"她编完了短信,"没准是泻药。"

"是真货。"哈丁说,他当然已经亲自试过了,"这么多年来我第一次搞到这么多可卡因,它们能把我的心脏震到天花板上。"

"听着不赖。"安吉把短信发给丹尼,然后把手机塞回包里,"你得保证,别让我成为发现你尸体的那个人。"

"向上帝保证。"他发誓道,"不过,听着,我要你再答应我一遍,波拉斯基。你可以揩点油,但你要保证黛丽拉过得舒服,可以吗?房子不用很大,但是地方要好,还要有好邻居——不能像那个日本臭婆娘那样,要有足够的健康食品,还要有机洗发水那些乱七八糟的。"

"好。"安吉又许下一个承诺,她也不确定自己能否实现,"可你为什么这么着急?你可以撑着多活一个星期,保证事情都顺利进行。"

哈丁摇摇头,说:"我没法再多活几个星期了。我受够了,受够了活着,我想赶紧结束。"

安吉猜他说的是实话。但从另一面来说,哈丁也该明白,一旦黛丽拉知道这一大笔钱不是一次性全交给她的话，一定会大发雷霆，然后哈丁一定会对她表示让步，那就意味着安吉要负责在他死后收拾这个烂摊子。"为什么找我？你跟黛丽拉结婚了，所以你的几个前妻都不能再插手这笔钱，问题已经解决了。你可以雇一个律师拴住她，为什么让我当她的奶妈。"安吉问道。

"因为律师发现她搞鬼之前，她就把一半的钱造光了。你从来不买谁的账，尤其是她。她会哭着乞求多给她一点钱，而你会叫她滚开。"

安吉无法反驳。

"她根本不会为以后做打算，只想马上得到一切。她拿到多少马上就能花掉多少。"

"你想想她是从哪学来的？"

哈丁假装没懂她的意思："她这样的孩子，不理解钱的价值。她一直过得很辛苦，那是我的责任。她努力赚来的钱都用来买海洛因了。"哈丁掏出手帕，擤了擤鼻子，眼泪簌簌地流下来，"天哪，"他说，"果然是这样。"他的意思是他要死了，失去了控制自己的能力。医疗网站上说这是药物的副作用，清晰的梦境、幻觉、失忆、协调能力减退。

哈丁又擤了一下鼻子，擦干脸上的眼泪。

安吉看着他努力控制情绪。她感觉有点冷，虽然车厢快要被烤焦了。痛苦可以传染，她承受不起。

哈丁说："我只想保证这件事可以办好。"

安吉从来不擅长把事情办好："什么能够限制我把所有钱卷走，抛下黛丽拉一个人？"

"除非是律师事务所失职。你只能写支票给房东、电力公司什么的，不能用于梅西百货或者麦当劳这类地方。"

安吉点点头,但她能够想出一千种方法避开限制。第一种方法就是,让她自己做这个房东。

戴尔说:"你答应我了,安吉,我有你的承诺。我不是说承诺就是一切,但是我要告诉你,我很快就要下去了,比你快得多。如果你欺负我的女儿,我在地狱里等着你。"

她不想承认这个警告吓到了她:"你没想过我可能上天堂吗?"

哈丁把用过的手帕扔到车厢地板上,问道:"告诉我,你为什么对费哥的老婆那么感兴趣。"

"因为我收了钱。"

"这兴趣不是你刚刚才有的。"

安吉微笑着说:"你为什么工作的时候从来没有这种头脑?"

"他们付的钱不够。"他用手背擦了一下鼻子,"跟踪罪可以让你坐十年的女子监狱。"

安吉不知道他认为自己在跟踪谁。莎拉,当然,但她也一直在跟踪乔:"你为什么觉得我在跟踪什么人?"

"我没有看上去那么傻,波拉斯基。你来找我讨要工作,你的丈夫又在办一个针对马库斯·里皮的案子,我就挖出了一点东西。"

安吉感觉她脖子后面的头发都要竖起来。因为威尔,她跟踪的时候总是格外注意,可她从来没有看到哈丁的影子:"你觉得你知道我哪些事?"

"我知道你玩弄一个男人的感情,而他是全世界唯一个认为你是个没用又冷血的婊子的人。"

"没用。"安吉嘴里重复着,因为这是一记精准的打击。她为了威尔的案子给里皮做事,可是除了拿钱外一无所得:"能说点有用的东西吗？"

"把费哥的老婆看管好吧，我们需要里皮接下来的两周安安稳稳。我的律师告诉我那个第三方账户完全合法。两周以后，当那个铲子挖进土里的时候，二十五万就会打进黛丽拉的信托基金里，照顾她以后的生活。那个铲子如果挖不进去，甚至晚一天，黛丽拉就什么都没有，而我这辈子就变成了一坨屎。"哈丁推开门，太阳直射进车厢，"我可不想因为那个淫虫里皮管不好自己的老二，连进坟墓的路也走不踏实。"

"我会搞定这件事的。"安吉这样说，但她也不确定。

"那就好。"面包车晃了一下，哈丁费力地下了车，他头晕目眩，安吉不知道是炎热还是什么别的正在要他的命。她不想关心这件事，只知道哈丁越快死掉，她就越早摆脱他的刺探、他的病态还有他身上所有让她讨厌的东西。

"是我。"萨姆走进来，坐在另一个箱子上，"还有别的事吗？"

安吉举起缠着绝缘胶带的绿色手机："这个什么时候可以用？"

"她需要通过WiFi或者网络收到一条短信，一旦她回复，这个手机就激活了。"

"给她发个短信不行吗？"

"她必须得回复，不然程序无法下载。用户界面，你懂的，烦得很。"

"我可以听到她打电话吗？"

"这年头有人打电话吗？"萨姆露出困惑的表情，"我从来没想过破解这个，已经有了短信，这还不够吗？"

"视频通话呢？"安吉很讨厌自己老了的感觉。

"呃,那个要麻烦点,用 VoIP①……"

"你要是再用那些我听不懂的词,我就把这个塞进你的屁眼。"

"好吧。"他撅了撅嘴,"视频通话会有延迟,我在她手机里植入了一个程序,可以录下所有打进来的视频通话,但是必须得等通话结束才能看到。"

"怎么看?"

他轻轻从她手中接过手机,激活屏幕,点开一个显示着老式留声机的应用程序:"点这个,然后它会给你一个列表,再点开你想看的视频通话就能读取,但必须等通话结束。"

"如果我想看一个今天早上的通话,可以吗?"

"不行,那不会存在她的手机里。能看到的只有已经存在手机里的东西,以及接下来发生的事情,跟那个笔记本电脑一样。"萨姆说,"如果你需要,我可以再教教你这个平板怎么用。"

天哪,他对她说话的方式,就好像安吉是他的祖母。"跟普通 iPad 的操作方式一样吗?"安吉说。

"嗯,对。"

"那就不用了。"安吉准备下车。

"我没告诉任何人,"萨姆说,"关于我帮你做的其他事。"

安吉盯着他说:"那么哈丁跟我说,他知道你给我的医疗系统破解软件,他只是瞎猜的吗?"

萨姆的小胡子抽动了一下。

安吉扫视着车厢。乱七八糟的线路,一人堆电子信号箱和电脑显示器,还有各种平板和笔记本电脑。

---

① Voice over Internet Protocol,基于网际协议(IP)的语言传输,是一种语音通话技术,即经由 IP 来达成语音通话与多媒体会议。

萨姆问:"你在找什么?"

"我只是在想,如果我在你脸上来一枪,这个车厢里会是什么样子。"

萨姆非常勉强地笑了起来。

安吉从包里拿出枪,放在iPad上,手握着枪柄,手指放在扳机的护圈外,这是由于警校的训练,也可能不是。她低下头,把手指放在扳机上。

"女士,不要这样。"萨姆止住了笑容,把手举起来,"是我的错,好吗?求你别杀我,求求你。"

"下次你再想把我的事传到大街上,就想想现在的感觉。"

"不会有下次,我保证。"

安吉把枪收回包里,她总归要拿走点补偿:"你这里有什么都交给我。"

他在一个箱子里翻了半天,拿出一包大麻:"我只有这点东西。"

安吉接过大麻,收好那些电子设备,然后下了车。萨姆连门也没顾上关,在她改变主意之前一溜烟开出了停车场。

安吉上了自己的车,小心地把iPad和绿色手机放在旁边的座位上。她用车钥匙点火,发动机轰隆隆地运转起来。

萨姆是哈丁的人。她差点开枪杀了那孩子,这是没准的事,谁知道她当时怎么想?安吉把格洛克手枪从包里拿出来,卸下弹夹,把子弹卸下来。子弹像跳动的豆子,消失在座位底下。她要确认手枪里没有子弹,这样一来,起码下次掏枪的时候可以多给自己留一点余地。

现在,她必须离开这里。

安吉费力地操作着离合器和换挡杆,开出了停车场。她不知道该去哪儿。在乔回复短信之前，绿色手机不会激活。安吉不得不假设鲁本是唯一一个会给她发短信的人。按照拉斯洛说的，他一整天都在做手术，说不准什么时候才能从麻醉中醒来。不过安吉知道，他醒来后第一件事就是跟乔联系，或者是乔跟他联系。

这让安吉只能先从那个伸着触角的iPad入手。安吉猜测，拉斯洛植入乔电脑里的那个什么影子程序应该没有多大用处。连乔出去喝一杯咖啡，鲁本都要求她提供证明，他不可能不监视乔的邮件和搜索记录。

还有一种可能：乔已经计划好，准备做一件与马库斯·里皮有关的事情。安吉对此深信不疑。那个女孩儿在星巴克里让"海明威"滚开时候的样子，就说明了她是个有秘密的人。

乔瑟芬，不是乔。

那是她告诉咖啡师的名字。

安吉发现了一个女人想要改变自己的迹象。很多年前，安吉刚被扔到儿童福利院的时候，打了第一个不叫她安吉而叫她安琪拉的人。

安琪拉是她的皮条客叫她的名字，安吉是她给自己起的名字。

鲁本叫他的妻子乔。可当乔一个人的时候，当她想要从夹缝中求得一点点自由的时候，她叫自己乔瑟芬。

她正打算逃走，也许很快。鲁本周日就会回来，这让安吉只有不到五天时间搞清楚她女儿的计划。她看了看表，中午到了。

还有一条线索她一直没有碰：拉登娜·里皮。

如果你想了解一个女人的事情，最好的办法是问另一个假装是她朋友的女人。

| 星期三，中午 12∶13

安吉不断踩着刹车，在皮埃蒙特路上走走停停。由于过度开发和不当的布局，一天之中，狭窄的街道没有一刻不是拥堵的。她挂上一挡，之前绕路去了一个加油站修理过的换挡杆现在使用顺畅了。

她检查了一下绿色手机，想看看乔有没有回过短信，没有。兔耳朵的iPad一直放在那里，不过安吉猜测鲁本也用同样的方式监视着乔的笔记本电脑，她不会傻到在上面留下什么罪证。

同时，安吉也学会了怎样看其他人的私人文件。莎拉的硬盘里存了几千张照片，按时间和地点整理得井井有条。威尔和莎拉在海边，威尔和莎拉在露营，威尔和莎拉在爬佐治亚石山。莎拉总是那一副幸福的表情，实在令人作呕，不只是和威尔一起的照片，也包括很早以前跟死去的丈夫一起的照片。

安吉不知道威尔是否看过杰弗里·托利弗的照片，他看了之后一定会自惭形秽。托利弗非常有魅力，有一头深色卷发和让人赞不绝口的高大身躯。他在大学的时候是球员，后来当过警察局长。只要看看他，就知道他对女人有怎样的吸引力。

安吉不得不承认，莎拉·林顿对警察的品位很不错。

不过她太贪婪了，找了一个又一个警察。

安吉抢了个红灯，在一片喇叭声中开上图克悉多路。她让车在路上滑行,拉登娜和马库斯·里皮的豪宅就在前面的小山坡上。那里大部分房子和街道之间都隔着树木,拉登娜为了让房子更加显眼,在大铁门上用黄金镶了一个丑陋的"R"。那个标志是拉登娜亲自设计的,被她印在了所有东西上,甚至擦手的毛巾。

安吉停在大门前,按了一下内部对讲机,报上姓名,然后等待那一声长长的蜂鸣。在帮吉普给拉登娜送需要签字的文件之前,她就来过这栋房子几次。里皮把所有事务都交给他太太打理,这究竟是聪明还是愚蠢,取决于你站在谁的立场上看。

安吉在马路上曲折行进,发动机隆隆作响。从某个地方传来了狗叫,可能是某只没人愿意带出去遛的哈士奇在到处拉屎。坡顶的停车区里停满了车,两辆捷豹、一辆宾利,还有一辆霓虹黄的玛莎拉蒂。

"妈的。"安吉咕哝了一声,她想起这个时间拉登娜正在跟球队太太们聚会。

安吉已经在大门口做了通报,没有回头路。她沿着门廊走进去,走过监控室,里面一个当过警察的保安打着盹儿,没有看面前屏幕上整栋大楼的实时监控。她敲了敲厨房门,等在外面。

这栋豪宅呈大大的U型,中间有一个奥运赛场规格的游泳池。里皮一家所需要的一切这里都应有尽有。你可以在这里待整整一个星期都遇不到另外一个人,除了佣人。这里有几十个女佣,全都穿着灰色的女佣制服和白围裙。拉登娜也在酒店当过打扫房间的服务员,她终于可以反过来对穿同样一身衣服的人颐指气使,真是风水轮流转。

像以前每次来找拉登娜时一样,为安吉开门的女佣一句话也没有说,只是歪了一下头,示意安吉跟她走过一条长长的走廊。安吉不知道这些女佣是因为不会英语,还是因为害怕而说不出话。

装饰品透露了拉登娜的希腊情结，雕像、喷泉和墙壁，到处都是希腊元素，走过的地方处处都镀着金。洗手盆里的水龙头是大天鹅的样子，一个翅膀是热水，另一个是冷水。走廊里的吊灯都是纯金打造，R形的水晶反射着阳光，十分晃眼，安吉不得不把眼睛挪开，以免被灼伤。女佣带安吉走进美甲沙龙的时候，她眼前已经出现了斑点。

"是你啊，姐们儿。"拉登娜向安吉招手，她的指甲正被一个身材苗条的亚洲女人涂成浅红色。另外四个球员太太正在用沐浴盐泡脚，四个亚洲女人给她们做着指甲。收音机里放着亚瑟小子的歌，电视静音，调到了ESPN①频道。

拉登娜说："泡个脚吧，我的姑娘足部护理一流。"

"不用了，谢谢。"要是有陌生人摸她的脚，她一定会难受得把指甲都抠出来，她不能理解这些贵妇的生活。拉登娜没读过什么书，但她也知道大家一整个下午不能只是做个指甲。香塔尔·戈登曾是一个职业网球运动员，后来搁下球拍生了孩子。安洁莉可·琼斯以前是个医生。桑迪·查德威克是她丈夫的私人银行经理，富国银行的副总裁。笛莎·杜普利是个蠢主妇。在这群人里，修脚和做指甲是她能跟大家做的最好的事。

拉登娜说："你有什么文件让我签字吗？"

"我需要问你一些问题。"

"关于拉斯维加斯的那个婊子吗？她已经被摆平了。"

安吉等待她们的笑声停下，然后说："不是这个，是其他事情。"

---

① Entertainment and Sports Programming Network，娱乐与体育节目电视网。

"坐下，姐们儿，你看起来很累。"

安吉坐下，把包放在地板上。她确实感觉很累，但自己也不知道为什么。基本上，她一整天所做的就是从一个地方换到另一个地方坐着。她问："费哥的太太为什么不在这里？"

香塔尔轻蔑地说："她身段太高，不屑与我们这些蠢女人为伍。"

笛莎说："她要是不把身段放下来点，早晚会栽跟头。"

一阵尴尬的沉默。

安洁莉可问："乔出什么事了吗？"

"我不知道。"安吉端详着拉登娜，这个女人在等待着什么。如果她是一只猫，她的尾巴一定在抽动着，"乔似乎总是闭门不出，吉普担心有什么不对，他希望她开心起来。"

"我向来只有两个字评价她——傲慢。"桑迪说。

安洁莉可说："很难替她解释为害羞，她似乎只是冷淡。"

"她就是冷淡。"香塔尔说，"我叫她出来喝咖啡，叫她一起去购物，每一次她都是说：'我要问一下费哥然后答复你。'"香塔尔摇摇头，"那是六个月以前的事了，我现在还在等她的答复。"

笛莎说："我可以陪你去购物。"

香塔尔检视着手上做好的指甲。

"她太瘦了。"安洁莉可是个医生，她注意到一些细节，"我猜这次搬家过来让她压力过大，加上安东尼还转到一所新学校。把那么大一个家重新安顿好是很大的责任。"

"尤其是你的男人一根手指都不动。"香塔尔说，"我跟贾米尔搬过来时，那家伙只装了一个箱子，里面都是他自己的东西。我问他我该怎么办，还有孩子的衣服、玩具、厨房和浴室的东西都没有装，他只说了一句：'我准备好了，宝贝儿，其他的交给你了。'"

房间里的人纷纷对她表示同情。安吉知道,香塔尔没有租货车自己搬,为了报复贾米尔,她找了一家最贵的搬家公司。

桑迪说:"乔很年轻的时候就嫁给了费哥。"

"谁不是。"香塔尔反驳道,"我是十九岁,拉登娜十八岁,在我看来她结婚还算晚了。"

安吉看了一眼拉登娜,她仍然在一边看着,不发一语。

桑迪说:"乔该为费哥高兴,马库斯把他训练得越来越好。"

香塔尔说:"乔不太关心篮球。"

房间里充斥着一片不算太假的唏嘘声。

"她关心什么?"安吉问。

笛莎说:"她关心安东尼,她的生活就围绕着他转。"

"还有她母亲。"安洁莉可说,"可惜她母亲现在是早期充血性心力衰竭。"

"说不定这就是她闭门不出的原因。"笛莎说,"我妈妈几年前去世了,这种事人们根本迈不过去,会一直跟着你。"

安洁莉可对安吉说:"乔和费哥周日晚上会来派对,拉登娜和马库斯准备了一场赛季开始前的盛宴,我可以帮你问问她的情况。"

"非常感谢。"安吉又看了一眼拉登娜,她的沉默中没有流露出任何善意。安吉对她说:"我听说你曾经办了一个很棒的派对欢迎乔搬到这里。"

拉登娜吹着刚刚涂好的指甲,眼睛里闪过一道光。

"你以前就认识乔吗?"安吉小心翼翼地试探,"中学的时候?"

拉登娜挥手让美甲师走开:"我们没有上同一所学校。她住在旁边的镇子。"

笛莎说:"我都不知道这些。"

"去同一个教堂吗?"

"对,我记得她也去我的那个教堂。"

笛莎张开嘴,然后又合上。

安吉等她说下去,拉登娜从不轻易透露太多事。而拉登娜不理解的是,安吉竟然不在乎她在110体育经纪公司的饭碗还能不能保住。安吉在乎的只有乔:"我们是不是要说一说马库斯以前跟乔·费加罗谈恋爱的事,还是开诚布公,告诉我现在发生着什么?"

拉登娜仍然撅起嘴唇吹着指甲:"我不能把拉拉手、聊一聊《圣经》称作'谈恋爱'。"

"那你把它称作什么?"

"不关你的事。"

桑迪说:"需要我们回避一下吗?"

"不用,我们两个去泳池那边散散步。"拉登娜站起来,把脚伸进一双紫红色的高跟鞋,"鸵鸟皮,"她对安吉说,"我的居家鞋,米兰订制。"

"涂点防晒霜吧。"笛莎说,"太阳能把你晒化。"

拉登娜向她冷冷地瞥了一眼,然后对安吉说:"跟我来。"

安吉不是那种跟在后面的人,她和拉登娜肩并肩走过走廊。她低头看了一眼这个女人的意大利鞋,金色的"R"绣在鞋尖上。有些地方已经开始脱线,脚趾的位置有 点点褪色。看到这些缺陷是安吉一整天最大的快乐。拉登娜总让她想起跟皮条客合作的大姐头或者老鸨这种角色——一个年长的妓女,威逼或者操控着手下的姑娘,她可以对你好,也可以对你动刀子,取决于你怎样才愿意给她站街。

拉登娜戴上一副墨镜，推开门，此时外面比安吉记忆中的还要炎热和刺眼。安吉深吸了一口湿润的空气，鼻子里还留存着指甲油的气息。

拉登娜说："贱女人，你想干什么？"

安吉微笑，不过只是想让她更气恼："我告诉你了，吉普很担心乔。"

"她不是我男人的菜，如果你的意思是这个的话。"拉登娜摇了摇头，"马库斯喜欢跟他势均力敌的女人，乔连只蚂蚁都捏不死。"

"她在费哥的控制之中。"

"她在他的铁拳之下。"拉登娜对安吉的意外发现不屑一顾，"你以为我不知道他们的情况吗？"她笑起来，"马库斯动都不敢动我一下，可我老爸就总是用皮带把我老妈打得皮开肉绽。乔被打之后的表情跟我老妈一模一样。天哪，连没被打的时候都一样。她老公只要看他一眼，她就……"拉登娜做出一个弯下腰，举起双手的动作，但是表情中没有害怕。

安吉问："你跟乔谈起过这个吗？"

"我能说什么？'我知道你的男人打你，你为什么不离开他，拿走他一半的钱？'妈的，她当然知道，她已经有十年可以这么做了。可是她做了什么？"她走到一个烧烤区，从冰箱里拿出一瓶水，"现在跟以前不一样了。只要一张照片，一个电梯里的录像，她就能让整个世界站在她这一边。"拉登娜笑了起来，"当然了，你也知道这种事会怎么发展。她会出现在所有电视节目里，人们对她充满同情。而一周之后，人们全都反过来指责她，'看看录像这个部分，她根本没有喊叫。'或者'看这里，她给了他胸口一拳。'或者'她为什么会让他这么生气？'还有'她只是想要他的钱。'"

安吉摇摇头，说："我也不知道她究竟是离开好，还是继续这种生活好。"

"我要说的是，女人不能没有一点骨气。"

"骨气是要付出代价的。"安吉说，"如果乔让全世界知道他在做什么，费哥会失去工作，也就失去了赚钱的机会。"

"去他妈的钱。"拉登娜扔给安吉一瓶水，"要是马库斯敢那样对我，什么金屋银屋都困不住我。我现在还知道怎么打扫酒店房间。我和我的孩子不会生活在笼子里，不会像狗一样被打趴下。"

"你为什么不帮助她呢？"安吉怀疑她是不是这种人。

"切，我才不会趟那趟浑水。"拉登娜喝了一口水，"而且，我还有孩子要照顾，有一个家要打理，有一个需要我的丈夫，我才不会花宝贵的时间去帮助一个自己都不想被帮助的人。"

安吉冷哼了一声，拉登娜不是老鸨，但却满脑子老鸨的逻辑。

"看着我，姐们儿。"拉登娜摘下墨镜，"看着我的嘴巴，听我说话，把这句话捎给吉普：乔·费加罗喜欢她现在的生活。"

"她喜欢被打？"

"不然她为什么要跟费哥在一起？"拉登娜补充道，"你没有见过他们两个在一起，费哥按捺自己暴力冲动的时候，乔根本就没想帮他冷静下来，而是继续刺激他。"她向安吉伸出手指，"就在这个游泳池，我亲眼看见的。那是几个月前的一次球队聚会，我们都在放松地喝着鸡尾酒，费哥非常小声地对她说了什么，好像是让她给他弄点喝的来。乔不想去，说了一句：'你自己去拿。'

你知道,费哥不喜欢这样,当着我们的面就发飙了。他把乔推下椅子,乔仍然没有去给他拿喝的。她顶撞他,一拳打在他的胸口,表示并不怕他。我们都知道下面会发生什么,费哥扯着她的头发把她带进房间里。不知道他做了什么,但是从那以后她再也没有顶撞过他。"

显而易见,没有哪个三百磅的篮球运动员不能把一个一百磅重的女人揍得屁滚尿流。"我相信当乔打他的时候,费哥心里很害怕。"安吉说。

"是吗?"拉登娜说,"那就像我说的,想脱离苦海,照一张相就好,拍下那些伤痕,还有肿胀的嘴唇、淤青的眼睛,发给娱乐杂志,给律师打电话。"

"还要打电话找人给自己收尸。"安吉说。

"也许吧。"拉登娜喝完了她的水,把瓶子扔进回收桶,"费哥要是发现乔想离开他,会一枪把她毙了,更别提如果她想把儿子带走会怎样。儿子是那家伙的命根子,乔就算有一点想把儿子带走的念头,他都可以为之毁灭世界。"

"我还以为很容易,只要拍些照片再找个律师就行了。"安吉讥讽道。

拉登娜盯着安吉:"我再问你一次,你为什么这么关心乔。"

"这是我的工作。"

"那你为什么想把这桩破事推到我身上?"拉登娜一直盯着她,"你为什么自己不去帮助她?"

安吉耸耸肩,说:"告诉我怎么做。"

"别告诉吉普,因为如果让他知道你给球队捣乱,他会派拉斯洛做掉你。"

安吉说:"那该怎么办?等待乔的葬礼吗?"

拉登娜想了一会儿，又拿出一瓶水，拧开瓶盖。终于，她摇了摇头："我们做什么都不重要，就算乔离开了费哥，最后也会和另一个浑蛋发生同样的事。我老妈就是这样的。她最终离开了我老爸，遇到一个对她特别好的男人。一开始男人对她关怀体贴、无微不至，可是刚刚度蜜月回来，他就对她举起了拳头。上帝就是这样造人的，有些男人生来就要打人，有些女人生来就要被打。他们身体里的磁铁把他们吸引到一起，这就叫臭味相投。"她转头对着安吉说："有些人生来就在内心有一个深坑，他们花一生的时间想要填满它。有的人用药物，有的人用耶稣，有的人用拳头。"她把瓶盖扔进垃圾桶，"我们到此为止吧？"

安吉知道该说的已经说完了，但她不想让另一个女人来结束对话："那个拉斯维加斯的女人，要不要我让拉斯洛去摆平？"

"已经摆平了。"

她的语气好像黑手党的教父。

"你给她开了一个无法拒绝的价码？"

"我把她该死的牙齿打出了她的脸。"

安吉和拉登娜对视着，她不想做第一个转移目光的人："那我就不再打扰了。"

拉登娜转头看着泳池："你也没法再打扰我了。"

安吉知道自己要被解雇了。她打开一瓶冰水，从走廊回去。球员太太们都在沙龙里玩Twitter，安吉拿起包就走。她不需要有人带路就回到车里，刚一开动汽车，马上又倒了回来，她想起那部绿色手机。

"妈的。"安吉咒骂着，果然发生了这种事。

她跟拉登娜在那里浪费时间的时候，乔已经收到了一条短信。更重要的是，她回复了，同时也就把复制程序下载到了手机里。

MR①：一小时后，一城公寓。

乔瑟芬：好。

短信是十分钟前发出去的。

安吉拿起 iPad，点开 GPS 追踪软件，一个蓝点在地图上"哔哔"地闪烁，在切诺基大道上缓缓移动着。

乔开始行动了。

---

①马库斯·里皮（Marcus Rippy）的首字母缩写。

| 星期三，下午 1：08

安吉站在一城公寓的物管处，管理员面前摆着一台监控显示器，屏幕上显示了公寓的四个不同视点：大厅、电梯、一条长过道、停车场。

纯粹是运气，这家公寓式酒店距离里皮的豪宅仅有不到十五分钟的路程。不过这也可能是出于有意的安排。安吉毫不怀疑里皮用过这里。这里的房间是按周出租的，也可以多付一点钱租几个小时，没有人会问你任何问题。这个地方处处透着精打细算的气息，陈设和物品的档次不高，但都保养得当，收拾得干净整洁。这种地方，有钱人可能会带附近脱衣舞俱乐部里刚认识的女孩儿来。沿着街道向上，那里的瑞吉酒店和丽思酒店则是用于更长久的关系。

安吉看着屏幕上显示停车场的一角。乔仍然坐在那辆路虎里，已经二十分钟，她一动不动地坐着，眼睛凝视着前方，就像在星巴克里一样。安吉看了一眼时间，收到里皮的短信是五十分钟前，安东尼放学在一小时后。如果里皮想要安排一次幽会，他们必须快点结束。

管理员敲着键盘，变换出更多停车场和公寓的视角："还要多久？"

"她在多久就看多久。"

"你给的钱足够了。"管理员说。安吉塞给了他五千美元,其实只要一千他大概就可以同意,但是安吉很匆忙,没有时间跟他讨价还价。

公寓后部有两个相邻的房间,中间用一扇锁住的门隔开。安吉需要的东西都在她的工具箱里。定向麦克风很小,足以塞进门底。无线电收发器和耳机插到墙上的插座。安吉很快就赶到了这里,她有足够的时间安装摄像头。不过她已经有几个月没干过这工作了,电池里已经没有电。

桌上的座机响了,管理员接起来,安吉听到一个客人的电视出了问题。

她开始走来走去,不愿去想自己会出什么差错。在酒店见面不代表在酒店房间见面,里皮开的是一辆凯迪拉克凯雷德,后座的空间足够容纳两个人。

管理员挂掉电话之后,问安吉:"这个就是你等的人?"

安吉看着监控,里皮的黑色凯迪拉克停在了乔的车位旁边。她屏住呼吸,等待着乔实行计划。乔待在车上,里皮下了他的车。安吉用监控跟随里皮穿过停车场。他的脚步缓慢从容,但是左顾右盼,似乎想确认没有人在看着他。他最后环顾了一下周围,打开进入酒店大厅的门。

开门铃响起。

"好戏开场了。"管理员站起来,走出房间。

安吉切换监控摄像的视角,找到前台的位置。管理员已经到了那里,正把Polo衫塞进短裤里。里皮戴着棒球帽,帽檐压得很低,还戴了一副墨镜。衣服毫无特点,手腕上没有戴那只价值三十万美元的大手表。他没有抬头,直接递给管理员一大沓现钞,因为拉登娜严密监管着他账户每一分钱的收入和支出。

安吉能听到管理员说话，但是听不到里皮的声音。管理员把一把钥匙放在了前台上，此外还有城市地图和 WiFi 密码。里皮摇摇头，表示不需要后两样，然后又回过头向大门走去，消失在摄像头里。

开门铃再次响起。

安吉把视角切换回停车场。里皮站在大门外，向乔挥手，示意她进来。

一开始，乔没有动，似乎在下着什么决心。她真的要这样做吗？她应该和里皮走进那个房间吗？还是应该开车离去？

最终，乔做出了决定。她打开车门，走下车，把手插进牛仔裤兜里，小跑着穿过停车场。

管理员敲门，安吉把门打开。

他说："这就是那个人吗？"

"这就是值五千美元的那个人。"安吉开始把监控器后面的插线一根根拔掉，摄像机里的光盘早已经取出来。

"嘿。"管理员举起双手，"我知道这行的规矩，我以前在洲际公路的汽车旅馆工作过。"

安吉想到包里的那把枪，她卸掉了子弹，这也许是件好事。她打开办公室门，乔和里皮正走进电梯。她在前台后面弯下身子，等待电梯门关闭。

安吉一直等到听见电梯上行的声音，才缓慢地沿楼梯向上走，因为她不想在二楼跟他们撞个正着。她走到二层的时候，听到他们在谈话，然后听到钥匙插进锁孔的声音，门开了，又关上了。

安吉走进楼道，又轻又快地向他们隔壁的房间走去。她提前给门的几个部位上了她工具箱里的 WD-40 消声润滑油，钥匙悄无声息地滑入锁孔,然后轻轻推开门,上了油的门铰链静静转动着。最后她握住门把手,慢慢把门关上,以免门上的自动臂发出声音。

两个房间中间的门很薄,她已经听到里皮和乔说话的声音。里皮深沉浑厚的声音震动着空气,乔的声音比较轻柔,有点像蜂鸣。

安吉坐在无线电收发器旁边的地板上,把一只耳机塞进耳朵里。

"……再也不要……"乔说,"我是认真的。"

里皮没有说话,但是安吉可以听到他沉重的呼吸声。安吉调整着声音,心里咒骂自己没有给摄像头充电。

里皮说:"你想让我做什么,乔?"

"我想让你看看这个。"

先是一阵"沙沙"的声音,然后是一声细小的呻吟,安吉以为是反馈噪音。她调试了一下无线电收发器,发现那不是反馈噪音,而是一个女人的声音,反复地喊着同一个字。

"不……不……不……"

安吉把音量调大,喊叫声仍然微弱、模糊,似乎是被一个廉价的扬声器过滤过。乔打开了电视吗?

里皮说:"天哪,乔,你从哪里搞来的这个?"

"看着就好。"

看着。

不是电视,也许是视频。安吉闭上眼睛,把注意力集中在声音上。一阵风声,那是一个人的喘息,还有一阵有节奏的拍打。

又是那个女人的声音。

"不……不……不……"

"干你妈的。"一个男人气喘吁吁的声音。

"不……不……"

"妈的!"同一个男人,他有些激动。

第二个男人,他的声音更低沉:"让她闭上嘴。"

第一个男人说:"我知道。"

安吉蹲在脚后跟上,耳畔的声音渐渐清晰起来。

乔有一个视频,里面的两个男人正在强奸一个女人,女人一直在说"不"。

里皮说:"关上它。"

第一个男人,里皮就是里面的第一个男人。

"快点。"里皮说,"关上它。"

安吉听到隔壁一片静寂,她的胃像拳头一样收缩起来。乔究竟在干什么?她独自一人,没人知道她在这里,和她共处一室的是一个二百磅的肌肉块,而她刚刚给肌肉块看了一个他本人强奸一个一直说"不"的女人的视频。

里皮问:"拉登娜看过这个吗?"乔想必摇了摇头,因为他接着说:"那你真该庆幸。"

乔说:"我没有想要伤害你。"

安吉听到房间里的脚步声,然后传来窗帘在窗帘杆上滑动的声音。一阵静寂,又是一阵静寂。安吉悄无声息地把包倒扣在地板上,她必须给枪上子弹,必须做好准备。

里皮说:"你想拿这个做什么?"

安吉停住了动作,等待着。

"我只想离开。"乔的声音很虚弱,"我只想要这个。我不想伤害你,我不想伤害任何人。"

"乔乔。"里皮叹息着,没有说话,他在想该如何解决。

安吉试着从里皮的角度思考。他是一个聪明人，也许曾经被勒索，而且以前也用过这个酒店。他知道要找监控摄像头的位置，知道录像会显示乔来过这里，也知道管理员已经看到了他的脸。

安吉松开手中的枪，继续等待。

里皮说："费哥不会让你带走他的儿子。"

"他会的，只要他知道我有他强奸一个女孩儿的视频。"

不！安吉对着关闭的门做出这个口型。里皮也在那个视频里。乔不该这么傻，你不能给一个男人看他自己和你的丈夫一起强奸女人的视频，还期望两个人都能让你全身而退。

"要是费哥看到了这个……"里皮发出一声沉重的叹息，"乔，他会杀了你的。"

乔没有回答，她不需要任何人告诉她，也知道她的丈夫会杀了她。

"你想要钱吗？"里皮的声音有些气恼，"就是这回事吗，你想要勒索我？"

"不。"

"你给我看这么个视频，我和费哥就是在那里找点乐子……"

"那个女孩儿被强奸了，还被打了个半死，GBI正在调查她……"

"你知道那不是我的问题。"他显然在竭力控制情绪，"行了，我们只是在找点乐子，仅此而已。"

"她看起来被下了药。"

"她是个吸毒鬼，知道自己在做什么。"

乔又沉默了。安吉的耳朵由于过度紧张而疼痛起来。她现在唯一能听到的声音只有自己怦怦的心跳，那是恐惧的心跳。太危险了。视频里的女孩儿一定是凯莎·密斯卡维吉。这是威尔调查的案子,也是被安吉摆平的案子。她花了里皮无数的钱用于贿赂。如果有这么一个视频,那么乔此刻正坐在一座金矿里。

如果她能活着了结这件事。

里皮说:"我可以给你钱。"

"我不想要钱。"

"那你究竟想要什么?"

"我的儿子。"乔的声音起伏着,"我想要我妈妈安全,我想在某个地方有份工作,过有尊严的生活。"

"没有钱你怎么做到那些?"

乔哭了起来,安吉不知道那抽泣声是不是真的。

"好了,好了。"里皮说。

"你可以去跟鲁本谈谈,告诉他如果不放我走,就叫他离开球队。"说到最后一个字,乔的声音嘶哑起来,"求求你,马库斯,我们有过一段感情,我们爱过彼此,我一直放在心里。我没有想要敲诈你或者利用你,只是作为一个朋友请求你,我需要你这个朋友。"

一阵沉默。

"马库斯……"

"你知道我不会这样的。"

安吉等待着那个星巴克里的女孩儿重新出现,告诉他他就是一坨大便,他就是"马库斯·泼皮",他爱怎样就怎样。

乔什么也没有说。

"好了。"里皮说,"坐下来,咱们谈一谈。"

安吉听到床下的弹簧咯吱作响。

该死的,他可以强奸她。监控录像显示乔是自愿走进酒店的，里皮可以把这件事说成是敲诈，可以威胁她要把这件事告诉鲁本·费加罗，这样一来乔只会更加被动。

里皮说："整个视频显示的只是我在找点乐子。"

"我看到最后了，她在哭着讨饶。"

里皮没有说话。

乔说："我听见她讨饶了，马库斯。"

"不是你想的那样。"他的声音里好像有一把利刃，安吉祈祷她的女儿注意到了。

"马库斯……"

"我做都没做完，好吗？那天晚上我有太多的应酬，我离开了，不管后面发生了什么，都不是我的事。"

乔没有说话。

里皮问："这是唯一一份视频吗？"

安吉紧张起来，她默默地想要把几句话送到乔的口中："我有副本，发到一个朋友那里了，如果我出了什么事，警方就会得到它。"

乔说："唯一一份副本在家里的笔记本电脑上。"

该死！

乔说："鲁本的笔记本电脑，他放在了厨房里，想要我找到它。"

里皮喃喃地说了些什么，安吉没有听清楚，也可能是她走神了。她车上就放着那个有兔耳朵的iPad，里面有厨房里那笔记本电脑上的所有文件。她先前为什么不看看？

乔说："鲁本根本不在乎我看到了什么，因为他知道我什么也不敢做。"她发出一声悲伤的叹息，"我太胆小了，来这里都让我心惊胆战。那两次我们在一起，我满脑子都是他冲进房间，用枪把我们射死的画面。"

里皮仍然保持沉默。

"我连喝杯咖啡都要用手机给他看我在哪里。我夜里出去喝杯水都不行,他甚至不允许我下床去上卫生间。没有他的批准我不能离开房子。他不同意我就不能吃东西。他每天都要检查跑步机,确认我跑了三英里①。他在房子里装了摄像头,连卧室和浴室里都有。有一次我刮腿的时候割伤了自己,我甚至还没走出淋浴间他就已经知道了。"她的声音痛苦而绝望,"我就像一只关在笼子里的动物,马库斯。"

"别这样,没有那么糟糕,乔乔,他爱你。"

"他要用爱把我逼死。"

"别这样说。"

"我已经半死不活了。"乔的语气证明着她的话,"这个视频是我带着安东尼离开的唯一一次机会。如果我不快点逃出去,那么最后我不是被鲁本杀死,就是死于自己手中。"

"唉,傻女孩儿,别这样说了,自杀是一宗罪。"

安吉咬住舌头,以免自己吼出声来。

里皮问:"我猜你把这些都跟你妈妈说起过?"

乔没有回答。她在摇头吗?

"你一个人承受着这么多事情有多久了?"

"很久了。"

"乔……"

乔发自内心地哭了出来。安吉把手放在门上,她可以感受到乔的悲伤从那边传来。

乔说:"大学的时候就开始了,因为他把我打成重伤,我不得

---

① 1英里等于1.60934千米。

不退学。你知道吗?"

里皮没有说话。

"我宿舍的室友报告给学校,警察也过来了。唯一可以让鲁本免于坐牢的方法就是嫁给他,当戒指戴在我手上的那一刻,这件事就了结了。"她苦笑起来,"八年来,我一直在向坟墓走去,我能自己掌控的唯一一件事就是要多快跳下去。"

里皮说:"乔乔,我们谈一谈,我们可以把这件事解决。"

"我需要去学校接安东尼了,鲁本让我一接到孩子就打电话给他。"

"别走,先等一下。"

"要是我晚了……"

"你会按时到的。"里皮对她说,"我们商量一下你接下来该怎么做。"

"我不知道。"乔的声音很痛苦,"我只要把视频给别人看,就没办法把你排除在外,而且我也不会那样做的,无论你有多坏。"

"我对天发誓,乔,我以全家性命担保,不是你想的那样。"

乔没有马上回答,她的内心显然在纠结。她和里皮的关系比拉登娜所察觉到的又深了一层。

乔说:"我想为那个女孩儿着想,我想替她讨回公道,但我能看到的只有自己怎样脱身。"她发出一阵尖利的笑声。"这说明了什么?我是个什么样的人啊?我想拿另外一个女人的命交换自己的。"

里皮说:"你了解我,乔瑟芬,你比任何人都了解我。我们有过一段感情,那时候我还是个小男孩儿,你还是个小女孩儿。我从来不会那样粗暴,不会那样对你,也不会那样对任何人。你知道我的为人。"

"我看到视频的时候不那样想。"

"我跟你一起的时候永远不会那样。"他接着说,"以前不会,上个月不会,现在也不会,如果你现在想要我。"

"马库斯。"

他们在接吻,安吉听出了那声音。她连连摇头,她的女儿玩的是哪门子俄罗斯轮盘?

"不。"乔应该是推开了他,"我不能这样。"

"再放一次那个视频。"他质问道,"让我看看我在哪里伤害了那个女孩儿。"

安吉等待着她的女儿向里皮指出,视频里的女孩儿虽然昏昏沉沉,但是她一直在说"不"。

相反,乔对他说:"拿走我的手机吧,销毁它。我不能伤害你,不能用这种方式。"

安吉尝到了血味,她咬破了自己的舌头。

里皮说:"要是你没接到费哥打来的电话,会发生什么?"

乔没有回答。安吉祈祷她的女儿可以看穿这一切。里皮知道费哥用电话掌握她的行踪,也知道费哥的笔记本电脑里有视频的副本。他让乔继续拿着她的手机是为了取得她的信任,而里皮需要乔信任他的原因只有一个:他准备解决她。

里皮问:"你打算怎么做,乔?我想帮助你。"

"没人能帮助我,我只是发泄一下。"安吉听到乔正走过地毯,她说:"我得去接安东尼了。"

"把这个问题交给我吧。"里皮说,"我以前就是这样保护你的。那个老师想占你便宜,我为你挺身而出。在你出了问题的时候,我让你妈妈知道你是个好女孩儿。"他顿了一下,安吉对天祈祷,乔没有再点头。

里皮说:"让我来想出一个方法搞定费哥,让你得到你想要的。"

"不可能的,马库斯,除非伤害到你,但我不会那样做的。"

"我很感激你,但是你配得上更好的生活。"他又顿了一下,"拉登娜周日办了一个派对,费哥说你们都会到场。"

"天哪,我受不了派对。"

"你必须出来露个脸,让他觉得一切正常。"

"然后呢?"

"给我点时间制定一个计划,我会把这件事解决的。而且我会亲自照顾你,有可能把你和安东尼接到我的一栋房子里,在门外安排守卫保护你,给你一些时间和空间去考虑下一步。"

"啊,马库斯。"乔充满希望的声音听得令人心碎,"你真的会那样做吗?你可以吗?"

"只要给我一点时间。"他说,"我需要做个祷告,想出正确的解决方法。"

"谢谢你!"乔的声音充满喜悦,"马库斯,谢谢你。"

他们又一次接吻。

乔又一次推开里皮,说:"我得去接安东尼了,谢谢你,马库斯,谢谢你。"

门"吱吱呀呀"地打开,然后又关上,乔离开了房间。

安吉听到她轻柔的脚步声回荡在走廊里。

"妈的!"里皮低声的咒骂从隔壁传来,床垫"咯吱咯吱"地响。他用手机拨了一个号码,一共发出了十个"哔"的声音。

马库斯·里皮也许真的要好好为这个情况做祷告,但安吉清楚地知道他在找谁解决这个问题。

"吉普。"马库斯说,"我们有大麻烦了。"

| 星期三，下午 3 : 18

安吉坐电梯来到塔楼大厦写字楼的二十七层，不是110公司所在的二十八或二十九层。这一层她从来没有来过，哈丁发短信约她在这里见面，让她以最快的速度赶过来。

每看到电梯指示灯显示新的一层，她就焦躁地撩一下脖子后面的头发。哈丁发现安吉站在乔那边了吗？他有一种诡异的第六感，尤其是在跟安吉有关的事情上。她不喜欢意料之外的事情。她紧紧抓着手提包，想到自己本该给手枪上子弹。这个感觉不对劲，哈丁没有理由约她在另一个楼层见面。

起码没有好的理由。

电梯门打开，安吉犹豫了一下才迈了出来。这一层正在装修，灯悬吊在电线上，地上的一摞摞建筑材料和一桶桶油漆造出了一座迷宫。窗外是蓝天白云，室内却笼罩着阴影，有一种不祥的预兆。

如果安吉打算杀死某个人，这里是最佳地点。

她在楼层里左绕右绕，选择有油漆桶和脚手架掩护的道路。她想到那个有兔耳朵的iPad，那里下载了鲁本·费加罗厨房里那个笔记本电脑里的所有文件。安吉没有时间去找乔给里皮看的那个视频。她猜测里皮已经告诉吉普视频副本的事情，吉普一定会想办法清空那台电脑，她不知道这是否意味着iPad也会随之被清空。安吉没法找萨姆·维拉帮忙,因为他是哈丁的人,就像她认识的每个人一样。最后,她唯一能想到的只有扯掉天线,关机,然后把它存在一城公寓的保险箱里。

五千美元,她希望那个管理员真的懂这行的规矩。

"还在装修。"哈丁说。

"你差点儿把我吓出屎来。"安吉吓得差点魂飞魄散。

哈丁似乎对她的反应很得意:"吉普和里皮在楼上。"

"那我们为什么就要在这里?"

"因为这里没有监控摄像头。"

安吉咽了一下口水,向他走过去,摊开双手,表示没有隐藏什么东西:"干吗这么鬼鬼祟祟的?"

"里皮出了点事,我只知道这么多。"

安吉放下了一点紧张,他们当然是因为这个才在这里。她听到里皮在电话里把那个麻烦告诉了吉普,她本该预料到吉普会找哈丁,哈丁会再来找安吉。

她环视整个楼层,假装还没有思考过出口位置和藏身之处:"这一层是干什么的?"

"还在装修。"哈丁重复道,"110正在扩张,由于全明星项目的推进,他们需要一整个团队来做品牌推广,确保体育明星们处于万众瞩目的位置,而且没有负面新闻,拉斯洛会负责这个。"

安吉点头,这很说得通。体育经纪公司并不只是商谈合约,他们负责运动员生活的方方面面。

"丹尼给你回话了吗?"

安吉已经忘了哈丁赌债的事情。她看了看手机,丹尼三小时前就回复了她的短信。他发来一条长长的信息,向她解释了拘捕柴郡桥所有的妓女会有多大的麻烦,但最后说到唯一重要的一点:"他说今晚他们就行动"。

"太好了。"哈丁说,"我把信托的文件交给律师了,现在什么都敲定了。"

"你告诉黛丽拉了吗?"

他摇摇头,说:"我想让你告诉她。"

安吉最不想做的事情就是告诉一个瘾君子她有了一笔飞来横财。不过,哈丁也有可能只是为了说谎而在说谎,他喜欢骗别人。她问:"我怎么找到她?她还住在你那里吗?"

"她搬到她妈妈的老房子里了。我猜只要我一死,吉普第一时间就会把我在梅萨的窝给清空。"他捂着嘴咳嗽着,"如果这差使落在你头上,记得不用上阁楼,那里只有一些旧箱子和废纸。"

安吉只想远远躲开哈丁的住处:"没问题。"

"你也不会喜欢我的浴室的,不过原因不同。"

电梯"叮"的一声,吉普和里皮小声嘀咕着走出来。看到安吉和哈丁,他们停止了交谈。安吉努力不去回想,当里皮提起把乔和安东尼接到他的一处房子,安排门卫保护他们不受鲁本侵扰时,乔声音里透出的希望。

马库斯·里皮想要保护的唯一一个人只有他自己。

哈丁问:"拉斯洛在哪儿?"

"不在这儿。"吉普对里皮说,"老兄,你回楼上就好,我来摆平这件事。"

里皮摇摇头,说:"这次的情况跟以往不一样,兄弟,我不会让你们伤害她的。"

安吉观察着马库斯·里皮的脸,他看起来很纠结。这很正常,因为他也不知道该怎样解决这件事。职业生涯的大部分时间,安吉都在劝说人们做他们认为不对的事,不管是让嫌犯供出他的同伙，还是贿赂别人在审讯之前改证词。没有例外，每个人的弱点都是钱和自我保护两者的结合。

哈丁问："我们不该伤害谁？"

吉普又一次等着里皮离开，但他没有。吉普回答："乔·费加罗有一个视频。"

"什么视频？"哈丁问。

里皮说："关你屁事。"

哈丁瞟了一眼安吉，她尽力让自己的表情保持平静。

"视频里有什么不重要。"吉普交叉着手臂，安吉发现他非常罕见地没有拿着一瓶擦板球或者一个篮球，"乔的手机里有一个视频，你只需要知道这个。"

安吉问："视频有副本吗？"

"我们正在解决这件事。"

这就解释了为什么拉斯洛不在。吉普应该已经派他赶在乔接安东尼回家之前，去拿那个笔记本电脑了。

哈丁说："会不会有台电脑……"

"副本不在什么电脑上。"吉普打断他，"拉斯洛已经摆平了，这个话题到此为止。"

安吉琢磨着这个谎言。里皮应该已经告诉吉普，那个犯罪视频在鲁本的笔记本电脑上，因为作为经纪人，吉普要问的第一个问题一定是有关副本的事。吉普尽可能地不向哈丁和安吉透露信息，这实际上对安吉非常有利。哈丁知道那个笔记本电脑被复制到了一个iPad上，而吉普看起来并不知情。

安吉说："我可以雇个小流氓把手机从乔手里抢过来，问题就解决了。"

"你不能拿走手机。"里皮说，他的声音尖锐起来。他考虑到了乔,也考虑到了鲁本会跟她这部手机联系。表面上看来他心肠还不错,但如果他是真正关心乔,他们几个人就不会站在这里了。

"不只是视频的问题。"吉普说,"乔看过了,我们没办法信任她不去乱说,需要有人给她上一课,教她学会保密。"

哈丁问:"到动斧头的时候了吗?"

安吉感觉她的胃拧成一团。

"不。"里皮用警告的语气说,"你们不能伤害她,不能伤害她的身体。"

"话是要这样说的,我们不会伤害她。"吉普说,"我们有另一个计划。"

"另一个计划?"里皮说,"怎么这么快就想好了?你把我的事跟谁说过了?"

"我们是你的团队,马库斯。"吉普解释道,"我们早就知道乔可能是个麻烦了。"

安吉想等待某个人指出,鲁本·费加罗才是那个麻烦,可是没有人说。她只好自己问:"她的丈夫是什么情况?"

"费哥应该不知道这件事。"里皮问吉普,"他什么时候回家?"

"他的飞机明晚才允许起飞。"吉普举起双手,学着交警拦车的样子,"而且我很清楚,费哥不会知道视频的事,也不知道乔单独见过你。相信我,马库斯,我知道费哥的脾气,距离我们这辈子干的最大的一票只有不到两个星期了,我们不能让他这时候陷入谋杀指控中。"

马库斯缓缓地点了点头,似乎对这个由钱左右一切的现实有一点点伤感。安吉是在场唯一一个不接受这笔交易的人。乔的生命比一场篮球赛或者一座高档购物中心贵重得多。

里皮问:"另一个计划是什么?"

哈丁回答:"很久以前,乔曾经因为车里的处方被拘捕过。"

"中学的时候?"里皮摇摇头,他又回想起自己做乔的护花使者的岁月,"不,兄弟,那是为了我。我的后背受伤了,但是得继续比赛。乔就帮了我的忙,她知道自己开药比较容易。"

安吉想到乔竟然为了里皮牺牲自己,她的女儿是这样的人吗?总是匍匐在男人脚下?

吉普说:"她的拘捕记录还在那里,我们可以利用这一点。"

"怎么利用?"

哈丁说:"我会在她的车里放一些奥施康定,然后叫一个我的警察兄弟过来,让她在牢里蹲几天,给她点时间好好反思反思自己的问题。"

"不行。"里皮又摇头,"你们不能把乔送进监狱,我不允许。你是为我做事的,兄弟,你们所有人,你们都是为我工作的,我说不行。"

如果换成其他情况,安吉可能已经当着里皮的面笑了出来。他拼命想让自己相信,他是个被逼到死角的好人。安吉想看着表,看他能坚持多久之后让步。她估计最多也就是三分钟。

"马库斯。"吉普发出一声沉重的叹息,装出面对这个两难的困境很沮丧的样子,"我也不想把她送进监狱,但这件事事关重大,我们必须想个办法让乔待在她该待的地方,又不要惊动费哥。她需要的是斧头,不是锤子。"

"这他妈的是什么意思?"

哈丁说:"意思是她需要理解,这是一笔大生意。"

吉普接过话:"接下来的十天对我们来说有很多变数。你也看到了凯莎·密斯卡维吉那摊子事让投资商有什么反应。假如你和费哥都卷入一场新的丑闻，你想想看会发生什么。我们谈论的不仅仅是乔会毁了你的职业生涯和家庭幸福，而是这件事会毁掉整个投资项目。"他耸耸肩，一副无助的样子，"她就是有这样的能量，所以如果你不能让她闭嘴，那就把她关起来。"

里皮仍在摇头，但是安吉看得出他已经准备妥协："这样做是不对的，兄弟，她来找我是寻求帮助的。"

吉普递给哈丁一个绝望的表情，安吉把头扭开，不想也被他递来同样的表情。乔入狱几天不一定是坏事，这至少可以帮她安全地避开费哥。两天足够安吉想出一个计划。如果能在航空公司那里做点手脚，星期天早上，乔也许已经坐上飞往巴哈马的飞机，而不是被关在戒毒所里挠墙。

吉普说："马库斯，告诉我咱们还有什么选择。这里不是芝加哥，我们不能来硬的然后花点钱摆平。乔勒索你一次，你放过了她，她还会试第二次，那时候人们就会听她的了。兄弟，你想因为这件事上《滚石杂志》的封面吗？或者更惨，让她去找拉登娜，胡扯些什么这个视频那个视频的事吗？"

提起他的太太，里皮本能地抖了一下："她不会把拉登娜牵扯进来的。"

"你就这么有把握？"

里皮看起来对什么都没有把握。

吉普看到了转机："说不准乔还有什么其他计划，我们必须确保她没有那么大的杀伤力。我也不想让她不好过。"他无奈地耸耸肩，"但如果我们吓吓她，让她在一间小牢房里蹲几天，吃点猪食，看着表'滴答滴答'地走，不知道什么时候是个头。"吉普又耸了耸肩，"你知道，这是最好的处理方式，马库斯。"

里皮问:"如果费哥明天晚上回家,发现他老婆已经关进拘留所了,他会做出什么?"

"我来搞定费哥。"

"胡扯!"马库斯吐出两个字,"没有人能搞定他,那家伙生气的时候就是个疯子。乔蹲监狱?他会杀了她。"

吉普说:"他会戴着护膝,医生说他有一周时间不能弯腿。"

安吉看着里皮极力捏造出一个乔身处安全之中的童话故事。里皮问:"医生还说了什么有关费哥的事?"

吉普说:"戴一个月的护膝,再接受一个月的理疗,这样他至少还能再打五年球。不过关键是,这个周末什么也不用担心,费哥从得克萨斯回来之后,如果乔想躲开他,她只需要步子迈得快一点就可以了。"

安吉不知道乔是否愿意逃走,除非安东尼跟她在一起。她抓住最后的希望,说:"把她送进戒毒所吧,这在法官看来是件好事,还能给她三十天的时间远离费哥。这样我们就可以安心等到动土的那一天,而且还能帮到乔。"

里皮问:"那样怎么帮到乔?"

"在戒毒所里没人会把她打个半死,她出来之后才会。"安吉不想让他心里太轻松。

哈丁说:"戒毒所都有心理治疗,万一哪个治疗师把她说通了,让她转过头对付费哥怎么办?"

"我们不能总搞那么多'万一'。"吉普说,虽然他们此刻在做的就是应对"万一"。他对里皮说:"听着,我也喜欢乔,但让她被捕可以极大地降低她的信用度,不是吗?没人会听一个瘾君子的话,凯莎·密斯卡维吉就是先例。另外,你也知道乔是不会离开费哥的,她尝试过至少五次,这还只是我们知道的。"

"我不知道。"里皮显然被说服了,但他必须表现出自己是被逼无奈。

哈丁说:"我不知道能不能安排她在牢里待过周日,按理说周六就要出来了。"

"拉登娜周日晚上办了一个球队聚会。"里皮说,"就算费哥能活动,也不会在聚会前把乔怎么样,不然人们会问太多问题。"

哈丁说:"那么,我们让她在牢里待两天,然后让她来参加周日的聚会,第二天早上再把她送到戒毒所去。"

里皮挠着下巴,仍然不想表现得太轻松。

吉普说:"那些八卦小报都会关注这件事的。你知道费哥讨厌媒体,他会表现出最好的状态。他是个倔脾气,但是并不傻。这不是五年前,你不可能打了一个女人,被录了下来,还期望能装得若无其事。"

里皮不置可否:"我不知道该不该把她送进监狱,兄弟。乔很敏感,她不适合那种地方。"

"没什么大不了的,就像去疗养中心一样。"吉普的眼睛一亮,有了一个主意,"其实,我们可以让这件事对乔有利。我们可以引起公众的关注,把它变成一个有关乔为了孩子改过自新之类的故事。她会打扮得漂漂亮亮的,成为镜头前的焦点,她会喜欢上这种感觉。"

"不,她不会的。"里皮说,"乔讨厌照相,她从来不想成为焦点。"

"那更好。"吉普说,"她会别无选择地成为焦点,这对鲁本、对球队都是很好的宣传。"

里皮看起来真的有些担忧:"我可以相信费哥会因为膝盖隐忍一段日子。可是,接下来呢?他手里有真家伙,门边就放着一把

AK。"

"他的枪放在家里很多年了,还从来没有用过。"吉普觉得他的逻辑很安全,"乔不会有事的。"

哈丁说:"我会确保他们在监狱里好好照顾乔,她会有一间私人牢房,其他犯人不会跟她说话。我有一个老朋友,在那里工作了很多年,她知道怎么保护女犯人。"

里皮盯着他:"你他妈是什么人?"

"他是帮我干活的,能摆平很多事。"吉普说。

"他看着像一具死尸。"里皮露出鄙夷的样子,"妈的,老鬼,你该洗洗裤子,你闻着就像一泡尿。"

安吉说:"他当过二十五年警察,知道这个系统怎么运作。要是他说可以保证乔在里面的安全,那她就一定会安全。"

里皮看着安吉,就像刚注意到她在这里。他的目光从她的腿开始,沿着她腰部的曲线向上,一直到她的胸部。她知道她是对方的菜,虽然她已经上了点年纪。

安吉试图乘胜追击,她感觉至少这个计划的一部分已经被接受,虽然这只是帮乔争取一些时间:"乔每周四会去超市,也就是明天,我们可以趁那时把药藏进她的车里。这样她就可以在监狱里安全地度过两天。马库斯,你确保乔在派对上不出问题。然后在周一早上,她就会被送去戒毒所。这样一来我们就有了三十天的时间。这期间,全明星中心动土,媒体安安分分,每个人都是赢家。"

里皮咬着半边嘴唇,终于接受了:"她的孩子怎么办?"

安吉说:"他们会让乔打个电话,她可以让她母亲去学校接安东尼,然后在费哥回家之前负责照料他。"她嘴巴发干,说话费力起来。这个计划在纸面上看来很不错,但实际上却有巨大的风险,因为它主要取决于一个要一直掌控老婆又无法克制情绪的男人。安吉对吉普和马库斯说:"你们必须跟费哥讲清楚,乔需要在镜头前看起来状态良好,只要出现一处伤痕或者走路有点蹒跚,某些好事之徒就可以在博客上大炒特炒。如果费哥真的像你们说的那样讨厌媒体,那么你们要让他明白,那些人会像鹰一样盯着乔仔细看,尤其是她出狱之后。"

"这样行得通。"吉普说,"两天在监狱,三十天在戒毒所。乔会明白我们可以多么轻松地左右她的生活。等她出来的时候费哥会没事的,你们知道,只要给他一些时间,他的脾气就会消下去。"

里皮已经开始点头:"也许能让那家伙醒悟,让他知道她嗑药是因为不能承受他对待她的方式。"

安吉咬住嘴唇,让自己不要对他骂出声。

"好,好。"吉普对哈丁说,"乔在监狱里的时候,我们就可以把她手机里的视频删掉,只要推说是警察局的差错就好了。"

哈丁说:"我的人可以远程做这件事。"

"好。"吉普说,"那么,哈丁去放奥施康定,我去找一个迪特玛的人安排乔的审讯,交代他们一直到周六都好好照看她。"

"不,不,让她去放奥施康定。"里皮冲安吉点点头,"看这个家伙的样子,可能我还没离开这里他就要挂掉了。"

哈丁的嘴唇紧紧地抿成一条白线。他快要死了,但仍然有自尊。

"好了,那就这样吧。我们该走了。"吉普对里皮说,"咱们先回楼上,我有一点动土仪式的细节要最后跟你敲定。"

里皮又看了安吉一眼,然后跟着吉普走向电梯。

哈丁等他们离开后说:"狗娘养的混账东西!"他踢翻了一架

梯子,"他以为是谁摆平了他那些强奸指控,还有两个案子都没有成功立案!"他又踢了一脚梯子,"要不是我搞得自己满手是血,他怎么在球场上拍他那个狗屁篮球?"

安吉觉得她明白了哈丁是如何搞来那么多钱放进那个信托基金。

哈丁问:"我真的看着像一具该死的尸体吗?"

"你看着好像得了流感。"她撒谎道,"你随时可以回去做透析。"

哈丁靠在墙上,踢梯子累得他气喘吁吁:"每周三天,每天坐在那个该死的医院四个小时,听每个人谈论着他们很快就能得到一颗新的肾吗?"

安吉不想听他的悲惨故事,她必须想出一个帮助乔的方法:"我得走了。"

"等等,那个 iPad 呢?就是复制的那个,我不信这个浑蛋说的电脑里没有副本。"

"我没看见任何视频,只有一堆照片,还有跟她母亲通的邮件。"

哈丁看着她,想摸清楚真实情况。

安吉翻了个白眼,说:"我会用锤子把它砸碎,问题就解决了。"

"好,不过得把碎片拿给我。"

妈的,现在她得花钱另买一个 iPad 然后砸成碎片:"还有什么吩咐,陛下?"

"你知道,监狱和戒毒所都只是权宜之计。"哈丁抬起眉毛,"吉普是偏执狂,马库斯害怕拉登娜。你以为过了三十天,乔从吸毒鬼俱乐部里出来之后,他们就都相安无事了吗?"

"你想说什么?"

"你的工作是我帮你找的,如果你想继续做下去,就得接替我。"

"你是说,我的双手也会沾满血?"

"别跟我演戏,麦克白夫人。"哈丁的黄牙闪了闪,"记住我的话,就算乔能一直闭嘴,这些人也会开始胡思乱想,开始睡不着觉,担心乔会说什么。最后,他们会来找你,用更永久的方式解决问题。"

"这是什么意思?"

"你知道这是什么意思。"

安吉的确知道。哈丁认为吉普会雇她杀掉乔。这印证了她的一个想法,吉普也雇哈丁杀过人。她真心希望他留给黛丽拉的不止这区区二十五万,他理应得到更多。

"听听你哈丁舅舅的建议。"他说,"把她搞得像是自杀。她有药物方面的前科,监狱和戒毒所的经历会让所有人都相信。制造嗑药酗酒的现场,让浴缸的水一直流,她滑倒之后溺了水,安安静静地长眠过去。"

安吉开始摇头,但随后想到,哈丁已经没有机会知道后面的事:"谢谢建议,哈丁舅舅。"

"等等。"哈丁叫住了正在离去的安吉,"很奇怪,你怎么会知道乔每周四去超市?特别是你这周才刚刚开始跟踪她。"

"我打听到的。你不是唯一一个会做侦探的人。"

"好吧。"

"就这些吗?"安吉准备离开,但哈丁抓住了她的手臂。

"你明天需要这些东西。"哈丁把手伸进口袋,掏出一个密封塑胶袋,里面装着一打绿色药片。奥施康定,八十毫克,足以让乔进监狱，但不足以让她待太久。

"我知道你更喜欢维柯丁。"哈丁的黄牙从湿乎乎的嘴唇下露出来，"这个可能有点猛。"

"你的肾是被什么毁掉的？彩虹还是阳光①？"安吉不想被他的嗑药习惯左右。哈丁吸了很多年的可卡因，摧毁了体内的碱性磷酸酶，"起码我知道回头。"

"医生能把你胃里那个大洞合上吗？"哈丁露出得意的表情，"它现在就是个药罐子吧？你的胃黏膜还在吗？"

安吉一把夺过那包奥施康定，说："洗个澡吧，戴尔。马库斯说的对，你闻着像一泡尿。"

"你为什么不给我舔干净？"

安吉转身离开，听到哈丁在背后狂笑。

---

①奥施康定通常为彩色药片，维柯丁通常为白色。

| **星期四，上午 10∶22**

克罗格超市里，安吉推着一辆空购物车，寻找着乔。这家超市太过干净，她的眼睛被日光灯晃得生疼。所有东西都整齐得让人难受。安吉上一次逛超市还是跟威尔在一起。威尔唯一迷恋的就是食品区，他总是成箱成箱地买东西，每次都是一样的牌子、一样的商标，因为他没有能力辨别哪个更新或更好。安吉讨厌食品区，每次都是百无聊赖地逛着，偷偷把几样东西塞进购物车里：先是根汁汽水，接着是桃味冰糕，然后是一种与上次不同的黄油。五分钟后，威尔发现这些东西时总会大惊小怪一下。

现在威尔的东西大概都是莎拉买的。她还给他熨衣服、做晚饭，晚上把他拉到床上睡觉，给他换尿布……

安吉很快穿过熟食区，在农产品区发现了她的女儿。乔手里拿着一个桃子，正在试它的软度。她的眼神有些迷离，也许是在思考逃离丈夫的计划。乔给里皮看那个视频就是为了这个，她以为里皮会帮助自己，会把所有坏事都赶走。她不明白的是，马库斯·里皮不会为了帮助乔做出任何有损自己利益的事。

就算他想，古曾也不会让他做。

她们唯一的优势就是这个视频。安吉必须赶在警察把她逮捕之前，抢先把视频从乔的手机上拷下来。她不相信那个 iPad，虽然她已经把它关机并锁在了一家酒店的保险柜里。萨姆·维拉的技术太好了,安吉不能拿乔的性命跟他赌。

哈丁不是算命的,但他明白这些事会怎样发展。乔是一个变数,而人们讨厌变数,尤其是跟钱相关时。里皮终究会变得疑神疑鬼,吉普终究会越来越迫切,这只是时间问题。拉斯洛在波士顿刺死过一个人,她知道他在亚特兰大也做过脏活。他的工作就是保证列车准点到站。安吉知道,他对做掉乔这件事不会有任何不安。这意味着她女儿想要逃离,所剩的时间已经不多了。

"让我给我妈打个电话。"

安吉感到胃里一阵绞痛,乔在对她说话。乔站在十英尺之外,手里拿着一个桃子,音量提高到刚好能被安吉听到。

乔说:"我儿子在学校,让我给我妈打个电话你再把我带走。"

安吉环顾四周,确认没人能听到她们说话:"什么?"

"我知道鲁本让你跟踪我。"乔放下桃子,"我在星巴克看到过你,上个月你还出现在我儿子的学校。"

"不是你想的那样。"

乔竭力让自己的声音听起来并不害怕,但是她脖子上的肌肉紧绷着:"我不会乖乖跟你走的,除非你让我安顿好我儿子。"她的沉着开始瓦解,明显陷入了恐惧之中,"拜托了,他也是鲁本的儿子。"

安吉的胸口感到一阵尖锐的疼痛,看到女儿无助的样子,这是她的生理反应:"我不是你丈夫派来的,我来这里是要帮你逃走。"

乔笑起来。

"我是认真的。"

"滚开,别浪费我的时间。"乔把购物车推到另一条过道,撕下一个塑料袋,开始装橘子。

安吉说:"你很危险。"

"别废话。"

"马库斯找吉普说了视频的事。"

乔又笑起来:"你以为我不知道会发生这种事吗?今天早上那个笔记本电脑就崩溃了,连启动都启动不了。我手机里的所有东西都被删掉了。"她打开手提包,拿出手机,递给安吉,"你想要这个吗?拿去。我连我儿子的照片都没有了。"

安吉拍开她的手:"听我说,我想帮助你。"

"你帮不了我。"乔转过身,把购物车推到果汁区。

"你就要被逮捕了。"安吉跟在她后面继续说。

乔先是露出困惑的表情,然后转为气愤,问道:"为什么?"

"他们放了奥施康定在你车上。"她省略掉自己的那部分,"警察很快就会到外面等着你,他们会把你关到监狱里两天。"

"可是……"乔的这种表情安吉见过,那是有钱又有身份的人发现他们要向法律低头时的表情,"我什么也没有做。"

"这不重要。"安吉对她说,"他们全都计划好了,想给你点儿教训。"安吉给了她几秒钟,让她认清现实,"你会在周六晚上出狱,周日晚上跟费哥一起参加拉登娜的派对,然后周一早上,你会去戒毒所。"

"到了周一早上,我会走不了路的。"

"鲁本的膝盖上会戴着护膝。"安吉感觉这些话流水一样从嘴里涌出,她必须让乔相信,她会保障她的安全,"他会像个瘸子一样。"

"你以为那有关系吗?"乔又摇摇头,"你又躲不开从背后射来的子弹。"

"那时候到处都是媒体,要是他伤害你,他们都能看到。"

"说得好像他打我能让人看出来似的。"

安吉费尽力气想要说服她:"你告诉他,要是他敢碰你,你就跑到院子里,脱掉你的衣服,让摄影记者拍下他做的事。"

"什么摄影记者?"她的表情更加恐慌了,"鲁本不喜欢媒体。"

"从你出狱那一刻起,他们就会一直跟着你。"

"哦,天哪!"乔把手放在脖子上,呼吸变得很弱,"马库斯告诉鲁本我私下见过他了?"

"不,鲁本不知道酒店里的事,也不知道那个视频。"安吉看到乔好像打了肌肉松弛剂,整个身体都放松了下来,"马库斯把这件事交给了吉普。这是吉普的计划。"

乔的眼中充盈着泪水,脸上带着明显的恐惧:"要是我给我的丈夫带来了媒体的关注,你知道他会对我怎么样吗?"

"我是来帮你逃走的。"安吉再也忍受不了她的畏首畏尾。

"什么?"乔的声音透出不屑,"你疯了吗?"

"我会帮助你。"安吉又说了一遍,她发现自己一生中从未如此真诚地说话。她曾经抛弃了乔,但是今天,此刻,她准备尽一切可能,带给女儿安全。

她说:"让我来帮助你。"

"滚开,老女人。"乔愤怒起来,像所有被困住的动物一样,"你在超市里跟踪我,然后告诉我你是我的救星,我应该相信你,把我的性命交给你,把我儿子的性命交给你。你凭什么?你以为自己是哪根葱?"

安吉没办法告诉她,我是你妈妈,我是那个不想抚养你的年轻人,我是那个抛弃你的女人。

"我是你的朋友。"安吉说。

"你知道上一个想要帮助我的朋友怎么样了吗?他最后躺进了医院里,可能再也走不了路了。"

"你知道上一个威胁过马库斯·里皮的女人怎么样了吗?"

乔把头转开。如果她不知道,那么安吉就有办法了。绝望和无助重新回到乔的身上:"你为什么要舍命帮一个陌生人?"

"我曾经有一个女儿,跟你的处境一模一样。"

"曾经。"乔重复着,"她被杀了?"

"对。"安吉说,因为她知道这类故事大多是这种结局,"她被杀了,因为我没有帮助她,我不想这种事再次发生。"

"天哪。"乔看穿了她的谎言,"你以为你能让我相信你,站在你这边吗?我在110见过你,如果你不是为鲁本工作,那就是为吉普·基尔帕特里克工作。"

"没错,我为吉普工作。"安吉承认,"而且我为他做了很多坏事,但是这一次不是。"

"良心发现了?"乔冷笑一声,她知道那些鹰犬都做些什么事,因为她成年后的全部生活都围绕着职业体育,"鲁本睡觉时要在床边放一把刀子,洗澡的时候都要带一把枪。他打我……"她发现自己的声音太大了,已经有人开始看她,"他打我。"她重复道,声音放轻,"他强奸我,让我乞求他继续。事后我必须向他道歉,因为我让他没控制住。每当他允许我喝一杯该死的咖啡或者带儿子出去玩时,他都要我感谢他。"

"那就离开他。"

"你以为我没有试过吗?"她看向一边,摇着头,"第一次,我待在我妈妈那里,远离他三天,三天的自由。你知道他做了什么?"她瞪着安吉,"他抓着我的头发把我拽出了我妈的房子,差点把我打死。他把我锁在一个箱子里,放在车库。我妈妈报了警，说她的女儿被一个疯子劫持走了。你知道警察跟她说什么吗？'家庭内部问题。'我的命就值这几个字——家庭内部问题。"

安吉并不惊讶，因为逮捕乔的那几个小镇的警察，跟无视她被劫持的，很可能是同样的几个人。如果你愿意收一次钱，那么收第二次只是时间问题。

"这些人是被一堵用钱砌成的墙挡住的。他们不会失去什么，不会失去妻子，不会失去孩子。"她对安吉说，"我在加州试过，在芝加哥试过。每一次，鲁本都会过来，把我拽回去。他利用我妈妈对付我，还利用安东尼。"说到儿子的名字时，乔的语气转变了，"我的生母遗弃了我，我知道那种感受。我不会那样对我的孩子。"

安吉感觉胃在绞痛："你了解你的生母吗？"

"那重要吗？"乔问，"我又不能找她寻求帮助，如果你是这个意思的话。她可能现在已经死了。就算在以前，她也是个妓女，是个吸毒鬼，就是你能想象到的那种会抛弃一个婴儿的垃圾。"

安吉深吸一口气。

"我不会离开我儿子的。就算鲁本是个好爸爸，我还是不会离开安东尼。失去孩子的痛苦会吞噬我的灵魂。"

安吉必须转移这个话题："你给马库斯看视频的时候有什么计划？你认为能从他那里得到什么？"

"钱、保护。"她慢慢呼出一口气，"没有视频，我就什么也没有。"

"没关系，你已经看过了，你可以把它讲出来。"

"没人在意我说什么。"

"你知道的太多了。"安吉对她说，"只要提到吉普和马库斯，你的嘴巴就会装满枪子儿。"

乔也如安吉那样深吸一口气:"所以我又成了这样,回到了起点。"

安吉无法忍受乔妥协的口吻:"我有一个计划能帮你争取一些时间,让你逃离你的丈夫。"

"你要怎么做?"乔皱着眉头,"你觉得你能对付鲁本·费加罗?他会冲着你脸上来一枪。那家伙从不退缩,也从不放弃对我的控制。"她用手指历数着,"我不在他的银行账户上,不在他的投资署名里,不在他的保险受益人里,房产没有登记我的名字,汽车也不是我的。我们签了一份婚前协议。"她笑起来,这次是笑自己,"我那时候有爱情,有孩子,我不想要钱。我自愿签了一份奴隶合同。"

"我可以帮你逃出来。"安吉说,"我可以保证你的安全。"她已经盘算过这件事,哈丁给黛丽拉的信托基金,安吉被授权拿里面的钱支付住房和生活费用,她可以用这些钱帮助乔,"我可以给你搞个化名,帮你躲起来。一旦你安全了,我就找个律师跟鲁本谈判。"

"你要怎么帮我逃掉?"乔问,"这是最难的一步。就算你说你能把我藏到火星上去,那也是接下来的事了。"

乔说的对,鲁本会在监狱外面等着她,在她去戒毒所之前,他不会让她离开自己的视线——如果他会同意让乔去戒毒所的话。

"你不明白吗?"乔看起来非常混乱,"鲁本不在乎篮球,不在乎安东尼,也不真的在乎我。他只想要控制。"她放弃了希望,"我会做那个男人让我做的任何事。任何事,你听见了吗?他还会说那些话,还会把他的手指掰得咯咯响,还会拿刀子对着我的脸，还会用手掐住我的脖子，不把我吓倒他就不会停手。"

安吉无法想象她女儿都经受过哪些羞辱："告诉我，如果安东尼再长大些会怎么样？你打算怎么保护他？"

"鲁本不会伤害他自己的儿子。"

"他会看着他爸爸怎么对待你，等他长大了，也会成为同样的人。"安吉几乎听不见自己的这句话。

"不。"乔语气坚决，"他是个好孩子，一点都没有遗传他爸爸。"

"你刚遇到鲁本时，他不也是个好男人吗？"

乔紧闭双唇，看着自己的手。安吉以为她正准备想另外一个借口，她却说："你的计划是什么？"

"你会在周六被保释出去。我知道鲁本会在监狱外面等你，记者也会在，我会确保这一点。你可以那时候跟我跑掉。"

"这就是你的计划？"乔看起来更加抵触了，"刚走出两步鲁本就会拔出枪，射向我的脑袋。要不就是他的律师打电话给我，说我是个有案底的吸毒鬼，再也别想见儿子了。"她笑道，"然后他还是要一枪射向我的脑袋。"

乔说的没错，她已经花了很多年思考逃走的办法，而安吉只花了两天。"你周日去派对的路上怎么样？"安吉提议。

乔摇摇头，说："安东尼那时候会跟我妈妈在一起，鲁本只允许她一个人照顾他。"

安吉问："你可以在派对上离开鲁本身边吗？上洗手间什么的？"

"他会跟男人们在一起，跟马库斯一起。"乔说，"视频就是他们那时候录的，我指的是那个女孩儿的视频，指控马库斯强奸的那个。"

"凯莎·密斯卡维吉?"

"对。"乔擦了一下眼睛,但是没有擦掉她的恐惧,"你要知道你会面临什么,想想他们是怎么对待一个毫无瓜葛的女人的。那个女孩儿被下了药,我知道他们放在了她的饮料里。一小时之后,她就到了那间卧室,双臂乱挥,头脑空白,一直对他们说'不',而他们只是大笑着轮流上她。"

安吉知道轮奸是怎样的,对这些细节并不震惊:"周日晚上,你只要有了独处的机会,就跑出那栋房子,沿着马路向下走,然后左转,那里有一个园丁用的岔道通向一条小巷子,我会把车停在那里等你。"

乔没有回答,因为这件事来得太突然了:"为什么?"。

"我告诉了你我女儿的事。"

乔摇着头,但她仍然绝望得足以去听一个陌生人的话:"我到那个岔道和你见面,然后呢?"

安吉说:"我会去你妈妈那里接安东尼。"乔已经开始反对,安吉加大音量盖过她:"那是他们寻找你的第一个地方,我比你更会对付他们。"

"为什么不先接安东尼,再来派对跟我碰面。"

安吉看得出,她需要被人推一把才能下定最后的决心,迈出那一步:"要是你没有走掉,而我已经把你的孩子带来了怎么办?我该怎么解释?你该怎么解释?"

乔低头看着地板,咬着嘴唇,眼珠来回转动。安吉看得出她是在斟酌。乔一旦从派对逃出来,这个计划就启动了,从那叶起就不再有回头路。如果她没能逃掉,或者在最后关头改变了想法,那么安东尼会待在她母亲那里,而乔会回家挨一顿打,之后一切如常。

乔问:"你去劫走我儿子的时候我该做什么?"

"我会用化名租一辆车。"安吉必须拿到黛丽拉的驾照,但那不过是一小包海洛因就能解决的事,"周日晚上,我会把那辆车停到里皮家附近的街道尽头。你一离开派对,我就开车带你去找那辆车,然后你去一城公寓酒店等我,我去你妈妈那里接安东尼。等我把他带到酒店之后,你马上开上洲际公路,一路向西。我会留在这里,确保没人能追踪到你。"

"接下来呢?"

"我们找一个律师去跟吉普谈判,让你跟他们一刀两断。"她在乔抛出下一个障碍前赶紧说,"别忘了,你看见过马库斯在那个视频里,你是可以出庭作证的。"

"作证?"她又开始担惊受怕起来,"我不想……"

"不会到那一步,只是拿这些做威胁。"

乔又抿了一下嘴,说:"我为什么要信任你?"

"你还有谁可以信任?"安吉知道她给不出答案,"我骗你又能得到什么呢?"

"我正在想这个问题。"乔扯着脖子上的金项链,"我以为是鲁本派你来抓我。他经常这么做,但他从不让来抓我的人修理我,他都是亲自动手。"

"他通常派什么人来抓你?"

"一个男人。"她说,"每次都是男人。"

安吉给她时间考虑。

"你想要钱吗?"乔问,"从这件事中你能得到的就是这个吧,我从鲁本那里分来的那一份?"

"如果我要什么东西,会让你感觉好些吗?"

"我不知道。"她还在思考,试图找到什么漏洞,"我妈妈不能走,她有心脏病,不能远离医院。"

"看着我。"安吉等待着,直到和女儿四目相投。相同的棕色瞳孔、相同的杏核眼、相同的肤色、相同的头发,甚至相同的声音。

她对这个女孩儿说:"如果我是你的母亲,我会告诉你,带着安东尼离开,永远不要回头。"

乔咽了一下口水。安吉看着她光洁的脖子、漂亮的肩膀,她的愤怒、她的恐惧。"好。"她同意了,"我就这样做。"

| 星期六，凌晨 4 : 39

安吉在庞塞德莱昂路上边开车边打着哈欠。渐渐消逝的月光把万物都染得粉白。她已经筋疲力尽，但是不能睡觉。乔两天前的被捕仍然是焦点新闻，各路媒体已经纷纷守在监狱外，等待着乔今天出狱。吉普已经警告过鲁本不要造次。下周一去戒毒所他已经安排好了。里皮昨晚开了一场记者招待会，告诉人们乔和鲁本的婚姻非常坚固，一定能共同渡过这个难关，希望大家相信他们，祝福他们。他们唯一能找到的乔的图片，是一张她低着头坐在球场第一排的模糊的照片。

乔现在是安全的，安吉不断这样告诉自己，她只需要再撑过一天半的时间。

大体看来，乔这次逃跑的机会很不错。计划并不复杂，只是有很多步骤。安吉已经花了两天做她的那部分工作。她偷了黛丽拉的驾照，租了一辆车，来来回回地试验逃跑路线。她还买了一个二手 iPad，用锤子砸个粉碎，然后把碎片寄给哈丁，表现得一切如常，让他不要起疑心。

钱总是最棘手的部分。安吉的账户里有三千美元，但是不能用来帮助乔。至少哈丁还活着时不能，因为他会查她的账户，不能出现一笔近期的异常大额支出。安吉唯一的选择是从哈丁的后备箱拿一些出来，盼望他不要发现。他总是把酬金放在备用轮胎下面，尤其是他的债主们找他追债的时候。安吉准备明天派对之前去拿钱。她不会很贪心，乔在逃亡中不需要住五星级酒店，只要一两千块，就可以一路向西，找一个破烂汽车旅馆住下。那里只需要有个电视能让孩子有点事做。

偷取黛丽拉的驾照相对容易。安吉锁定了一个黛丽拉住处附近的便利店，她知道这个女孩儿终究会出现。戒掉海洛因很艰难，即使有纳洛酮也不容易。它让人坐立不安，让人饥饿。安吉雇了一个小孩子在便利店附近转悠，一旦黛丽拉出现，他就去把她的钱包偷过来。他拿走了黛丽拉的驾照，复制了她的一张信用卡，在她去柜台结账之前就脱身了。

安吉当时也在店里，躲在一个可乐架后面。这是一步险棋，但她克制不住自己。安吉一直对黛丽拉很好奇，虽然她很鄙视哈丁的这个女儿。是什么让她如此特别？一定不是血缘。哈丁还有其他家人，但他对他们毫不理睬。那么，是什么让他保护了黛丽拉这么多年，连死前的遗愿也是找人照顾她？一定不只是双腿之间的事，哈丁从别人那里都可以买到。

安吉不得不承认，这个女孩儿长得不难看——如果你喜欢这种廉价的类型。她长了点肉，不再像个骷髅。她也不再染头发，不过看起来仍然不洗头，即便站在十五英尺之外，安吉也可以看到她的棕色头发有多么油腻。她带着买的东西走到前台，分叉的发梢拍打着她的肩膀。她买了一大瓶麦芽酒、两袋奇多、一筒薯片、士力架、彩虹糖，还在柜台要了两包骆驼烟。看着父亲死于二型糖尿病和肾衰竭，并没有像别人想象的那样给她敲响警钟。

黛丽拉从不看结果，甚至不在乎下星期会怎样。唯一重要的就是今天，就是此时此刻，她手上有什么、可以利用谁、怎样借此赚到钱。

黛丽拉知道哈丁的信托基金吗？安吉也不清楚，但她知道哈丁一定还留了一手。另外的某个人也许知道这个信托，另外的某个人会确保黛丽拉知道安吉掌握着它。

在其他人中，哈丁只信任一个人，安吉盼望她永远永远不要再面对那个恶鬼。

安吉停在红灯前，又打了个哈欠。她搓了搓脸，感觉没有吃够维柯丁。她准备一直到明晚逐渐减少用量，后面几个小时会非常痛苦，但她的头脑必须保持敏锐。她又在心中过了一遍这个计划，试图找出漏洞，提前清除那些可能出现的障碍。

那个iPad是关键所在。它现在就在安吉的小包里，锁在了后备箱，悬而未决。乔说鲁本的笔记本电脑被清空了，乔的手机也被远程清空了。那是否意味着只要安吉打开电源，iPad也会被清空，这个技术问题让她困惑。

安吉没有告诉乔这个iPad的事，因为她不信任乔，她在超市里发现了乔的摇摆不定。乔同意了安吉的计划，是因为她看到最后时刻还有退路：不在派对上离开鲁本。

乔会怎样决定呢？

这就是另一个悬而未决的问题，安吉不清楚她的女儿会不会离开。就算离开了，她又能否保持坚定？乔曾经尝试逃离鲁本，据吉普所知，一共有五次。安吉感觉她的五脏六腑都被撕咬着。就算乔离开了，她最终也会回到鲁本身边，这就像安吉此刻坐在车里一样确凿无疑。唯一阻止这件事发生的方法就是，确保没有鲁本这个人，让她无处可回。

威尔在GBI工作，他们有技术人员。如果iPad里还有那个视频，他会想办法弄出来。他可以把里皮和鲁本投入监狱，而乔就可以在律师的帮助下推翻婚前协议。就算推翻不了，鲁本的职业生涯也会终结，他的好日子也就到头了。乔可以消失，她可以每个月从黛丽拉的账户里拿钱，然后回到大学里，遇到一个好男人，有另一个孩子。

安吉大笑起来，笑声在车里回荡。她在骗谁呢？乔和安吉一样，根本就不喜欢好男人。这就是为什么安吉无法和丈夫一起生活。

她现在都不清楚自己能否活过明天。

戴尔·哈丁的双手沾满血，拉斯洛杀过人，吉普从不害怕在他的大玻璃桌后扣动扳机。如果他们之中有人发现安吉帮助了乔，她就算跑到天涯海角也逃不掉。

也许这就是为什么安吉想最后见一见威尔，或者就算见不到他的人，也可以看看他的东西。她想摸一摸他挂在衣柜里的上过浆的干净衬衫，把他抽屉里一双双整理好的袜子打乱，把他的牙膏摆错位置，在他的香皂上刻一个"A"，这样一来，他下次洗澡时就会用它触摸自己的身体，就会想起她。

安吉急忙挂回一挡，她差点开过了威尔的房子。她开上马路牙子，把车横着停在街边的一个消防栓前。

威尔住在一栋单层的房子里。这里曾经是一个毒品窝点，而现在，仅仅这块地就价值大约五十万美元。房子内部经过了非常细致的修缮，装修成素色风格。他的写字台摆在客厅墙边，饭厅里有一台弹球机格外夺目。空余的房间里放满了他吃力地慢慢读完的书。他下定决心读完所有经典作品，因为他认为那是所有正常人都会做的事。

到了夏天，他每两周就会修剪一次草坪。他每年还要清理两次排水沟，每五年给窗框上一次漆。他还会压力清洗屋侧的木平台和门廊，给前门外的小花园里种点花。他是一个典型的城郊老爸,虽然他不住在城郊,也没有孩子。

至少目前他还不知道。

如往常一样,路上空荡荡的。威尔大部分的空余时间都在莎拉那里,而安吉如果不花一笔钱,就无法通过莎拉住处的安保系统。不过,她从一个房产网站上找到了一些那间公寓的老照片:主厨级厨房、两间卧室、一间书房,主浴室配有水疗浴缸和十个按摩小喷头。

她很想把那些按摩喷头据为己有。

莎拉三周前写道:我学着妈妈那样,在我们都上班时让油漆匠来粉刷客用浴室。我还换了一套新毛巾来配浴室的颜色。威尔很高兴能在我的公寓里有他自己的浴室。不过说实话,是我受不了一直跟他共用一间。

安吉不知道威尔有没有傻到上了她的当,估计他有。他总是被莎拉摆布得团团转。他大概有一件印着"美好妻子,美好生活"的 T 恤衫。

安吉微笑起来,因为莎拉能否嫁给威尔,取决于她能否把他从死去的安吉冰冷的手中夺走。

就为了这个,安吉明天也不能死。

她好奇地看了一下邻居的情况,然后从房子一侧绕过去。换成其他房主,打开后门时一定会吱吱响,但是威尔给家里的门窗都上了油。她从门框上找到备用钥匙,插进锁孔,打开屋门,两只格雷伊猎犬转过头看着她。

它们蜷成睡姿,在昏暗的灯光下眨着眼睛。它们看起来更多的是惊讶而非害怕。安吉没什么可怕的,两只狗都认识她。

"过来。"安吉低声说,弹着她的舌头,"好孩子。"她一边哄着一边拍它们。它们站起来,伸了个懒腰。她打开门,它们跑到了外面。

贝蒂叫起来。

威尔的狗正站在厨房门口,守护着自己的领地。

安吉一手把这只蠢狗抓起来,一手捂住她的嘴,把她扔到外面,在贝蒂反应过来之前就把门关上。蠢狗想要从狗门里钻回来,但安吉一脚把狗门堵住,然后搬来一把椅子挡在那里。

贝蒂又叫起来,叫了一会儿就安静下来。

安吉环顾着厨房。

有狗就说明有人。

威尔和莎拉在这里,他们一定是从莎拉的公寓走过来的。他们总是喜欢步行,就算在炎热的夏季也一样,就好像汽车从未发明出来一样。

安吉花了一点时间思考她都做了些什么,她正在做着什么。这是一次有一点疯狂的潜入,比往常还要危险一些。

她是个危险的人吗?

她把手提包锁在了车里,包里的枪仍然没有上子弹。有一个声音告诉她,把弹夹卸下来。这样一来,她想要做某些无法挽回的事情之前,就需要让自己经过更多的步骤——推入弹夹,把套筒向后拉,把一颗子弹放入枪膛,然后把手指扣在扳机上。

安吉低头看着自己的脚,脚趾抬起,脚跟着地,正要迈出一步。她摇摆着。离开?继续?还是待在这里等某人醒来?

莎拉给泰莎的信里写道:他早上总要喝一杯热巧克力,我每天醒来都好像在亲吻一个好时巧克力棒。

那个 iPad 也放在安吉的后备箱里。她在开车过来的时候就盘算好，要把那个视频交给威尔。这将是他处理里皮强奸案的一张王牌，他一定会欣喜若狂。那么，既然她计划给威尔，为什么还是把 iPad 锁在了后备箱里呢？

她低头看着自己的脚，脚趾仍然抬起，不知如何抉择。

老实说，安吉从来都不清楚自己想给威尔什么，想让他过得好，还是要为难他。当莎拉起床来到厨房，她本想舔掉威尔唇上的巧克力，看到的却是安吉，想必威尔就该难堪了吧。

想到这里，安吉露出微笑。

火炉上的时钟报出了早上五点。威尔半小时后就要起来晨跑了，他体内有一个别人关不掉的闹钟，无论你用什么招数都无法把他留在床上。

安吉的脚趾落在地板上，脚后跟抬起，然后脚趾又落下，她开始行走。她走过饭厅，走过客厅，走过浴室，来到过道，此刻就站到威尔的卧室外。

门打开了一条缝。

威尔正仰卧在床上，合着眼睛，银色的月光照在他的脸上。他脱掉了衬衫。他睡觉从不脱衬衫，因为他对那些刀疤和灼伤感到羞耻，对他曾经受到的伤害感到羞耻。显然，他变了，变的原因就在他的双腿之间。红褐色的长发、奶白色的肌肤，莎拉一只手臂撑在床上，手嘴并用。安吉无法忽略的是她的另一只手，威尔和莎拉十指紧扣，没有扶着她的后脑勺，没有强迫她再深一步。

他握着她该死的手。

安吉把拳头压在嘴上。她想尖叫，眼看就要尖叫出来。她转过身，强迫自己进入不自然的安静状态。她穿过客厅，穿过厨房,穿过后院,穿过马路,回到她的车上。她关上车门之后,才尖叫出来。她张开嘴,用她能发出的最大音量尖叫。由于叫了太久,她在嘴里尝到了血腥味。她用拳头捶在方向盘上,哭泣起来,痛苦让她体内的每一根骨头都仿佛被怒火灼烧。

安吉走下车,打开后备箱,拿出手提包,找到她的枪,把取出的弹夹重新装上。她开始向后拉套筒,想在枪膛里放入一颗子弹,可是她的双手因沾满汗水而太过湿滑。

安吉看着枪。这把格洛克是她在吉普那里找到工作后,给自己的一份礼物。她应该把它清理得更干净些。现在的金属枪身看起来很干燥,从前都是威尔给她的枪上油。从前他还会确保她的车总是加满了油,确保她的变速箱不会像个筛子一样漏着油,确保她的银行账户里有足够的钱,确保她不会孤零零一个人。

现在,他在为莎拉做着这些。

安吉回到车里,把枪扔到仪表盘上。这样不公平!她一直在做好事,帮助乔,帮助威尔办里皮的案子。她冒着生命危险解救自己的女儿,这就是她的回报吗?她已经成为被怀疑的目标,哈丁显然对她起了疑心,他并不像装得那样无知无觉。安吉以为自己在耍他们,可没准她才是被耍的那一个。或者乔是那个薄弱环节,她如果明晚没有出现在里皮家的外面,那就完蛋了。乔也许已经把发生的事情告诉了鲁本,连锁反应,鲁本会告诉吉普,吉普会派出拉斯洛,而在乔出狱时,一把刀子会从背后捅穿她的胸口。

让威尔来辨认她的尸体吧,让他看看她心脏里的刀子,让他体验一下一个负心汉失去往日挚爱的痛苦,让他握住她没有生命的、沾满血的手哭泣吧。

再让莎拉·林顿那个婊子看看这一切。

安吉从包里找出一个笔记本，敲了一会儿笔，然后用大写字母写道：

"你这个杀千刀的……"

安吉盯着这几个字，笔尖划破了纸。她的心怦怦直跳，感觉就要蹿到喉咙里。她把这一页撕掉，努力调整呼吸，让手停止颤抖，让自己平静下来。这件事必须做得漂漂亮亮的，如果她不把舌头磨得像剃刀一样锋利，是无法伤到威尔的。

安吉在新的一页纸上落笔，开始用潦草的花体字书写，而且每一行都歪歪斜斜。这不是给威尔看的，而是给莎拉。

"嘿，宝贝儿，如果有人在为你读这封信，那么我已经死了。"

她写满了正反两面，感觉内心的堤坝决堤了。三十年来，她支持他，照顾他，取悦他，干他，给他干。威尔也许不会很快发现这封信，但他终究会找到。那时候要么安吉已死，要么莎拉会逼迫威尔做个最后的了断。威尔会去银行，会找到安吉的邮政信箱，那时他找到的不会是追踪安吉的线索，而是这封信。

"去你妈的。"安吉咕哝着，"你去死，你女朋友也去死，她妹妹也去死，她全家都去死……"

她听到一声关门声。

威尔站在前门的门廊里，穿着跑步装，伸展着手臂，向一侧屈身，然后换另一侧。这是他雷打不动的五点半晨跑。安吉等待他看到自己的车，可他没往街上看，而是蹲在花圃里摘了一朵花，然后回到房子里。几乎整整一分钟过去，他才回到门廊，空着手，脸上带着微笑。

安吉想让他收起这个愚蠢的笑容。她走下车，远远地盯着他，等待他看到自己。

起初他没有看到,继续伸展着双腿,然后检查了一下背后的水壶,重新系紧鞋带。终于,他抬起头。

他的嘴惊愕地张开。

安吉怒视着他,恨不得一脚踢在他脸上,用指甲把他的眼睛挖出来。

他说:"安吉?"

她回到车里,"砰"地关上门,发动汽车,从马路牙子上开下来。

"等等!"威尔喊道。他追在她的车后面,用力挥动双臂,"安吉!"

安吉可以从后视镜里看到他越跑越近,仍然喊着她的名字。她猛地踩了一脚刹车,从仪表盘上拿起枪,走下车,用枪口对着他的脑袋。

威尔一下子举起双手。他在十五英尺外,离她足够近,足够她一发子弹击中心脏。

他说:"我只想跟你谈谈。"

安吉的手指原本放在扳机上,这时候拿了下来。接着,她又摸到保险杆,摸到扳机,然后用力一扣。

咔嚓。

威尔瑟缩了一下。

没有子弹射出来。

空枪。枪膛是空的。安吉的手太过湿滑,没能拉回套筒。

威尔说,"我们找个地方谈一谈。"

安吉盯着她的丈夫,一切都如此熟悉,却又有所不同。还是那强壮的小腿,T恤下紧实的小腹,长袖盖住了手臂上的伤疤。那张嘴亲吻过她,那双手触摸过她。而现在,它触摸的是莎拉,和她该死的手握在一起。

安吉说:"你变了。"

"我需要跟你谈谈。"威尔没有否认。

"没什么好说的。"安吉对他说,"我已经快认不出你了。"

他伸开双臂,说:"我恋爱的时候就是这个样子。"

安吉感觉到腿边的手枪冰冷的金属感。她来时的感觉全都消失了,酸楚撕裂着她的胃。

拉开套筒,把子弹放进枪膛,扣动扳机,让烦恼烟消云散,让莎拉再次成为寡妇。擦除过去的三十年,因为那些日子无足轻重,从来都无足轻重,至少对威尔如此。

安吉回到车里,把枪放回仪表盘上,把油门踩到最大。她的身体疼痛,她的灵魂疼痛,她感觉威尔击垮了她。她宁愿威尔真的打了她,打得她满嘴是血,眼睛肿得睁不开,把她的骨头踢成碎片,责骂她,怒吼她,把一腔怒火都向她发泄……

怎样都可以,只要能证明他仍然爱着她。

| 星期日，晚 11：49

安吉点燃一支大麻烟，此时月亮正高悬在头顶，好像一台探照灯。她看了一眼后视镜，空空如也，现在还不到乔离开派对的时间。她们商定的是午夜，因为这是个做什么都方便的时间。拉登娜的派对九点开始，重要人物不到十点不会出现，两个小时的社交，两个小时时间让乔从鲁本身边逃脱，或者选择怯懦的方式，留在丈夫身边。

午夜就要到了。

乔是选择回家洗洗睡觉，还是选择成为安吉的女儿？

安吉吸了一口烟卷，她真的不知道乔会怎么做。一个苍凉的现实是，她根本不了解乔·费加罗。安吉来这里，是因为她对自己许下承诺，要做她该做的。至于后面会发生什么则完全取决于乔。唯一确定的是，不管结果如何，安吉都会离开这座城市。

她低下头，看着手指上的黄色塑料戒指。向日葵的叶子已经在手提包里磨碎——在她的每一个手提包里。安吉每两天就换一个包背，但是永远把戒指放进去，因为……为什么？

因为它代表了什么吗？

一个小孩儿的玩具，从泡泡糖机里买的，用来象征一段三十年前就开始的感情。安吉总是假装不记得她和威尔的第一次，在弗兰尼根太太闷热的地下室里，地上到处是老鼠屎，那个日式床垫脏兮兮的，散发出一股精液味儿，而他那时如此柔弱。

太过柔弱。

就好像恐惧和柔弱都是可以传染的。那一天，威尔一直心烦意乱，而安吉却是感到极度痛苦的那个人。她向他展现了从未向别人展现过的一面。她给他讲了母亲的皮条客，也讲了接下来在她身上发生的事。她记得那一次威尔看她的眼神，他日后也再没有那样看过她。他肩负起了拯救她的使命，做她的救世主，做她的超级英雄。他冒着生命危险保护她，不断帮她摆脱麻烦。他给她钱，给她安全。

他想要什么回报呢？

安吉不得而知。这并不是她熟悉的那种交易。他可以用很多方式要求回报，如果是身体上的最好。可是，威尔唯一的回报就是他自己的怜悯之心。他从不要求她做其他男人付钱要求的服务。他当然也很想要，他并不是圣徒。但是，太多的秘密，太多对痛苦的深刻体会，将两个人紧紧捆绑在了那个黑暗而孤寂的地下室里。

狄德丽·波拉斯基在手臂上打了一针，然后睡了三十多年。她打那一针的时候安吉只有十岁。有几周的时间，安吉就坐在她昏昏沉沉的身体旁边，看肥皂剧，睡觉，给狄德丽洗澡、梳头。暖气片后面的一个咖啡罐里放着一卷钱，安吉用那些钱买比萨和零食。钱还没有花完，狄德丽的皮条客就来敲门，要拿他的份钱。安吉告诉他什么也没有，于是他用安吉来代替。

她的嘴，她的手。

不是她的身体。

戴尔·哈丁比熟悉吃饭和拉屎还熟悉哪个地方值多少钱。

每个人都说哈丁是个坏警察，但没有人说得清他坏在哪里。

他们以为是因为酗酒和赌博,却不知道他控制着一批未成年少女,用她们来赚钱。他为她们拍照片,然后把照片卖给其他男人。他贩卖女孩儿的身体,自己也享用这些女孩儿。

他卖了黛丽拉,他自己的女儿。他卖了狄德丽,他自己的妹妹。他卖了安吉,他自己的外甥女。

三十四年前,哈丁就是来敲门的人。安吉的舅舅,她的救星,她的皮条客。

安吉就是那时了解到,哈丁把钱藏在后备箱的备用轮胎底下。逃命钱,他总是这样称呼这笔钱,时刻防备着一起工作的警探向他反戈一击。他们从未发现他的秘密。这段时间里,哈丁赚了大笔钱,也赌掉了大笔钱。总有更多被遗弃的女孩儿可以利用,总有更多钱可以赚,而安吉则一直处于边缘地带,随时可能被他注意到。

哈丁是安吉有过的最接近父亲角色的人。

无论政府把她安置到哪个领养家庭,无论多么好或坏,安吉总会想办法回到哈丁身边。她为了他成为了一个警察,为他摆平麻烦,帮他照顾黛丽拉,虽然大部分时间她想做的都只有在她头上罩一个袋子,看着她窒息而死。

威尔不知道曾有一个警察为安吉拉皮条。他的好正如哈丁的坏一样。他总是遵守规则,做正确的事,但他的身上也有如安吉般野蛮未驯的一面。他可以西装革履,发型整齐,但是安吉能够看穿他的伪装。她知道如何按下按钮,释放那头野兽。多年以来,她动过几次念头,想把哈丁的事告诉他。曾经的威尔,听后一定会去追查,如果他发现了哈丁对安吉做的事,一定会一枪射进他的心脏。

安吉想知道,如果威尔现在知道了这些事会怎么做。也许他会告诉莎拉,和她一起唏嘘安吉的人生有多么悲惨,然后两人出去吃晚餐,吃完之后回家,做爱。

最让安吉受不了的就是这个,不是口交,甚至不是十指相扣,而是两人之间的轻松自在。刚才,这种感觉弥漫在整个房间里。

快乐,满足,爱。

安吉不记得是否跟威尔有过这样的感觉。

她应该放手让他走,允许他过他一生都在渴求的正常生活。不幸的是,每当她感到受伤,就永远无法做出正确的事情。出于天性,她要发泄,她要一直伤害威尔,直到他反过来伤害她。

安吉把大麻烟卷捻灭在烟灰缸里。她讨厌乔的每一个地方,她自己身上都有。

她看了一眼手表,11:52,她感觉时间好像在倒流。

安吉走下车,酷热差点把她推回车里。气温没有随着太阳落山而降低。她的纯棉连衣裙薄得如同手帕,不过她仍然在出汗。她靠在后备箱上,但是金属皮热得发烫。她沿着路边散步,留意不要走得太远。她的神经紧绷着,因为维柯丁的用量减得太快,因为她担心乔,害怕拉斯洛,恐惧哈丁。她担心对付吉普·基尔帕特里克的计划可能反过来引火烧身。

哈丁常常说,你要用斧头,而不是锤子。安吉觉得她也可以用这个理念斩断蛇头。

一个女人尖叫起来。

安吉的头猛地转向街道,那是里皮家的方向,女人求救的声音从那边传来。

"求求你!"乔大喊,"不要!"

安吉掀开后备箱,没有拿枪,而是拿出了卸胎棒。她踢掉高跟鞋,挥舞手臂,脖子紧绷,像昨天早上威尔追赶她的车那样,朝那边跑去。

"救命!"乔大喊,"救救我!"

安吉转过拐角,来到马路上。里皮家的大门敞开着,整栋房子灯火通明,音乐轰鸣。门口没有保安,没有人看监控。

"放手!"乔乞求道,"救救我!"

鲁本·费加罗正揪着妻子的头发,乔光着脚在草地上挣扎。他正把乔从房子带去树林,他想要一些私密空间。

"救命!"

安吉没有给他警告,没有喝止他,只是把卸胎棒举到头顶,向他跑去。鲁本发现安吉的时候,她正挥舞着沉重的铁棒向他头上砸去。她感到手里的铁棒一颤,手臂随之抖动,一直震动到肩膀。

鲁本放开了乔。他嘴巴张开了,眼珠翻上去,倒在地上,不省人事。安吉又举起铁棒,这一次瞄准他戴着护膝的膝盖,刚刚做完手术的那里。她知道,全世界最好的外科医生为他的膝盖做了手术,为了让他能够多打五年篮球。随着这一挥,安吉即将夺走那五年。

"不要!"乔拉住安吉的手,"别打他的膝盖!别打他的膝盖!"

安吉挣扎着,想挣脱她的手,完成最后一击。

"不要!"乔乞求道,"求求你,不要!"

安吉看着卸胎棒,看到女儿握住了她的手。这是乔第一次碰触她。

"我们走吧。"乔说,"我们走就好了。"她恳求着,眼神有些狂乱,血从鼻子和嘴里倾泻出来。她似乎不知道自己更害怕谁,

345

是安吉还是她的丈夫。

安吉强迫手臂的肌肉放松下来。她小跑到马路上，然后沿着大街奔跑。她的鞋还在路上，安吉路过时一把捡了起来。乔追上她的时候，她正把卸胎棒扔到后备箱里。

"我需要他打比赛。"乔说，"他的下一份合同……"

"上车。"安吉把鞋扔到后座，不想听她找理由。她知道，就算乔离开了，也会想办法回去。

发动机开始运转，安吉扣上安全带。乔坐进车里，还没来得及关车门，安吉就开动了汽车。

"他看见我了。"乔说，"我正准备……"

"没关系。"鲁本也认出了安吉，她从他的眼神里能看出来。他知道安吉为吉普工作，知道她为他做脏活，而现在他知道安吉带走了他的妻子。

"咔嚓"一声，乔扣上安全带。她盯着前面的路问安吉："你觉得他死了吗？"

"他昏过去了。"安吉看了一眼手表，鲁本再过多久会醒来？再过多久会给吉普、拉斯洛和哈丁打电话？

"我都做了些什么？"乔喃喃自语。事情正在变得不可收拾，反抗的代价、重新拥有生活的代价已经太高，"我们必须停下来，我们不能这么做。"

安吉对她说："我有那个视频。"

"什么？"

"我有马库斯和鲁本强奸那个女孩儿的视频。"

"怎么会？"乔没有等待她解释，"你不能用它。他们会进监狱的。拉登娜……"

"我不怕拉登娜。"

"你会知道害怕她的。"

安吉一个急转弯开进一个停车场,停在一辆黑色福特旁边:"这是钥匙。"安吉拉下遮光板,让钥匙掉落在乔腿上,"去那个酒店,等着我。"

"我们不能这样。"乔说,"那个视频,他们会杀了我,他们会杀了你。"

"你以为我不知道?"安吉攥着拳头,她有强烈的冲动把自己的孩子打醒,"都结束了,亲爱的,一切到此为止。没有回到鲁本身边的可能了。没有回头路了。"

"我不能……"

"下去。"安吉弯过身子推开车门,解开乔的安全带,"从我的车里下去。"

"不!"乔抓着安吉的手,"他们会找到我的,你不明白!"她看着安吉的脸,想从中看到一点同情,然而她没有看到。乔的脸因痛苦而扭曲,她用双手捂住眼睛,抽抽噎噎地说:"求你不要逼我。"

安吉看着女儿哭泣,她瘦弱的肩膀颤抖着,手不住地哆嗦。这一幕,大概任何人看到都会心痛,只要这人有一颗心。

安吉说:"别跟我哭哭啼啼,我不吃这套。"

"你不能逼我做任何事。"乔抬起头,看着她,眼中没有泪水,只有愤恨。

"他对你好吗?"安吉问,因为这是唯一能讲的道理,"你从监狱里出来,他没有打你?他告诉你一切都会好的,告诉你他对待你会跟以往不同?"

乔的鼻孔翕动着,安吉戳中了要害。

"他把你绑回家的时候是这么对你说的吗?'哦,宝贝儿,我爱你,我会好好照顾你,再也不会让你离开我,我永远不会像你妈妈那样抛弃你。'"

"别拿我妈妈要挟我。"

安吉抓着乔的下巴,把她的头扭过来:"给我听好,你这个蠢货。鲁本看见我了,他知道我在帮助你。你以为你妈妈真的一点都不在乎你吗?可她的在乎还没有我现在的一半多。"

乔的眼泪现在变成真的了。

安吉紧紧捧住女孩儿的脸,说:"你现在上那辆车,开到那个酒店,我去接你的儿子,我们都会没事的。听明白了吗?"

乔点点头。

安吉推开她的脸,说:"把手机给我。"

"我扔掉了。"

安吉从她身上向下一拍,发现手机塞在乔的胸罩里:"你告诉你妈妈我要去接安东尼了?"

乔又点点头。

"你要是骗我……"安吉停住了,因为如果乔骗了她,她也毫无办法,"下车。"

"他会找到我的,他会找到我的。"乔吓得动弹不得。

安吉抓起她的裙摆,向上一提:"现在按我说的做,不然我会把你儿子剁成肉馅寄给你。"

"你想要什么鲁本都可以给你。"乔尖叫起来,"他会付钱的,不管……"

"我只要安东尼。"

眼泪从乔的脸上滚落,她发现自己已经别无选择。她慢慢地点了点头。如安吉所料,对乔这样的女人,只有威胁才奏效。

安吉说:"不要停下来找付费电话,不要回到里皮那里。上车，开到酒店，等着我。"

乔下了车，上了租来的车。安吉等着她开走，确认她走的是皮埃蒙特路，而不是来时的图克悉多路。

安吉摇下车窗，把乔的手机扔到人行道上。她克制住走下车把它跺烂的冲动。

"我就知道。"她喃喃自语。

她早就知道她的女儿很软弱，早就知道乔会试图回头。

安吉开着车三次轧过那个手机，然后开出了停车场，向桃树街开去。乔的母亲住在耶稣路口附近的一栋豪华公寓里，钱是鲁本·费加罗付的。那个老女人开门的时候，安吉必须保持镇定。而且必须加快速度，因为她不知道鲁本是否已经恢复了意识。

鲁本寻找乔的第一个地方，一定是她母亲那里。

安吉照了照镜子，她的头发一团糟，眼线已经花了。她用手指把眼线抚平。乔的母亲开门时，她不能看起来很危险。

她是个危险的人吗？

当然，她是个危险的人。

安吉的手机响了，铃声在车里回荡。她把手伸到后座，在手提包里乱摸。太晚了，铃声停下了，她看了一眼屏幕。

未接来电：戴尔·哈丁

"妈的。"她在车上跟乔浪费了太多时间。十分钟？十五分钟？鲁本醒过来了，吉普得到了消息，拉斯洛已经开始行动。哈丁大概是想让她也加入，就好像她还是那个用一点糖果就可以骗炮的十岁小女孩儿。

安吉的手机发出一声蜂鸣，哈丁发来一条短信。

她用拇指点开，一张照片显示出来。

安东尼。

他睁大眼睛，背靠着一堵空墙壁，一把猎刀的利刃抵在他的脖子上。

下面的文字是：外孙

安吉倒抽了一口气，靠边停下车。她的心脏跳个不停，她感到毛骨悚然。乔的孩子，她的外孙。她做了什么？怎么会发生这种事？

另一声蜂鸣，另一条短信，另一张照片。

安吉的手抖得很厉害，差点拿不住手机。

乔。

一只手扼住她的脖子，她靠在车门内侧的车窗上，嘴巴张开，在喊叫。

哈丁的短信写着：女儿

安吉喉头一阵发酸，直冲到鼻子里。她推开车门，张开嘴，把胆汁都吐到了人行道上。她的胃翻搅着，嘴里有血和呕吐物的味道。

她做了什么？她该怎么阻止这一切？

安吉坐回车里，用手背擦了擦嘴。

"好好想一想。"她对自己说，"好好想一想。"

哈丁带走了乔，带走了安东尼，或者有其他人为他做了这件事。他发给安吉两张照片，让她知道他们还活着。两张照片背景不同，乔在车里，安东尼靠在墙上。这是有协作、有计划的，因为哈丁总是比安吉快两步。他能看穿乔，也能看穿安吉。他显然花了很多时间编织出这张罗网，等着她掉进来。

安吉在手机上打了几个字。

她已经能够猜到答案,但还是发出了这个问题:
"你想要什么?"

哈丁立刻回复:"iPad。"

哈丁从来没有信任过安吉,即使是在小事上面。他一定是把 iPad 的碎片交给萨姆·维拉做了检查,发现这不是那个电脑的复制品。哈丁纳闷,安吉为什么要冒这么大风险掉包,随后他明白过来,这个马库斯·里皮极力想要销毁的视频,价值远远超过第三方账户里那二十五万美元。

什么都没有变,从安吉还是个孩子时起,她就以为自己可以操控一切,可是自始至终她都在哈丁的掌握之中。

安吉的手机又一次蜂鸣。

哈丁写道:"夜总会,现在。"

| 星期一，凌晨 1∶08

哈丁的起亚已经停在了夜总会门前。黛丽拉靠着车篷，抽着烟。

安吉还没停稳就下了车，光脚踩在滚烫的柏油路上。她抬起手臂，手里拿着枪，对着黛丽拉扣动了扳机。

这一次，枪膛里有子弹。

"妈的！"黛丽拉弯下身子，抓住一条腿，血从她的指间流出来，"臭婊子！"

安吉忍着再一次扣动扳机的冲动，问："乔在哪儿？"

"去死！"黛丽拉喊道，"你要是不听话，她就死定了！"

"她在哪儿？"安吉又问了一遍。

"你是说你的女儿？"哈丁费力地从车里出来。月光下，他的脸一片惨白，嘴巴周围全是死皮，眼睛成了金黄色。他重重地靠在车上，隔着车顶，用一把左轮手枪指着安吉。

"杀了她！"黛丽拉喊道，"把她的脑浆打出来。"

"你只是皮外伤。"哈丁说，下车已经让他气喘吁吁。他的皮肤泛着油光，但没有汗水，"把她的枪拿过来。"

"试试看。"安吉的格洛克对着黛丽拉的脑袋。

哈丁对安吉说："你开枪杀她，我就开枪杀你。我仍然可以得到我想要的，因为我手里有你的女儿，而且你知道我能对你的外孙做什么。"

安吉的决心动摇了。乔,她必须考虑到乔。如果她想一想哈丁可能对安东尼做的事,恐怕无法度过今晚。

哈丁说:"黛儿,把枪从她手里拿过来。"

黛丽拉一瘸一拐地走过来,伸出手,但安吉把格洛克扔到了停车场另一边。

"妈的。"哈丁说,"去拿那把枪。"

"我不需要枪。"黛丽拉打开一把弹簧刀,指着安吉的脸,"你知道这个有多锋利吧,臭婊子?我可以像切西瓜一样把你的脸切开。"

"那就动手。"安吉看着她表妹的眼睛,相同的瞳孔颜色,相同的杏仁形状,相同的气焰。不同的是,安吉有支撑这种气焰的胆量,"你要是现在不动手,那么下一次你见到这把刀,就是我把你的眼睛挖出来的时候。"

"谁也别乱来,把那把该死的刀子拿开。"哈丁本该警告安吉,但是黛丽拉知道,他永远不会伤害她。哈丁说:"搜她的车。"黛丽拉没有动。他又说:"黛儿,快点,搜她的车。"

黛丽拉用手背拍了一下刀柄,把弹簧刀合上了。

"嘿。"哈丁敲了一下车顶,让安吉看过来。

她看着他,心跳几乎停止。有那么一刻,她几乎忘了他们为什么在这里。哈丁就要死了,不早不晚,就在此刻。她可以看到他身体器官停止工作的结果。他的嘴唇发蓝,不再眨眼,不再出汗。他皮肤的颜色让她想起了蜡烛烧了太久,留在茶几上的那一层厚厚的黄色蜡油。他的眼里没有一点儿神采,只有空洞和疲倦。死亡的阴影笼罩在他脸上的每一道深深的沟壑里。

安吉扭过头,不想让他看到自己眼中的泪水。

"狄德丽·威尔？"

这是安吉在乔的出生证明上母亲一栏写下的化名。

哈丁说："你想在110工作的时候我就开始留意你了，这都想不到吗？"

安吉用手背擦了擦眼睛。威尔的戒指仍然戴在她的手指上。她把戒指转过来，不让哈丁看到："乔在哪儿？"

"离死不远了。"黛丽拉翻着安吉的手提包，"我要把刀子捅进那个贱人的胸口。"

安吉把包夺过来，问哈丁："乔在哪儿？你对她做了什么？"

"她现在很安全。"哈丁眼皮沉重，嘴里积着口水，手里的枪斜斜地拿着，"接下来她能不能安全，取决于你怎么做。"

安吉又问了一遍："她在哪儿？"

哈丁朝夜总会的方向点点头，门上的铁链断开了。唯一阻止安吉跑过去的就是哈丁的左轮手枪。他会开枪的，不会杀死她，但可以阻止她。

"该死的！"黛丽拉叫道。她翻遍了后备箱，只发现那个工具箱和一瓶变速箱润滑油，"不在这里，爸爸。"

安吉说："你就是这么称呼你丈夫的吗？"

"闭嘴，臭婊子。"

"你们两个都闭嘴。"哈丁问安吉，"那个iPad在哪儿？"

"在你找不到的地方。"安吉用哈丁后备箱里的钱再次贿赂了那个酒店管理员。如果事情没有按预想中的轨道发展，她要确保哈丁永远找不到那个视频。

哈丁说："你忘了你女儿在我手上绑得像一捆柴火吗？"

"你不会伤害她的，她太值钱了。"安吉没有被他吓住。

"费哥不要她了。她已经是被丢弃的废品。这是她自找的。"

安吉知道这不是真的。乔自己说过，鲁本·费加罗从不放弃。

哈丁问："视频里有什么？"

"比你想象中更多的钱。"安吉回答，"我们可以一起干，戴尔，没必要互相伤害。"

他笑道："你想拉我入伙？"

"去死。"黛丽拉说，"臭婊子别想动我的钱。"

"宝贝儿，闭上你的嘴。"哈丁不需要提高声调，黛丽拉知道现在没她说话的份。

他对安吉说："去把iPad拿来给我，然后我们可以商量。"

安吉试图跟他讨价还价："你快要不行了，戴尔，我能看出来，你需要我的帮助。"

哈丁耸耸肩，他知道自己必须多活几个小时，也许只需要几分钟，然后才能去死。

安吉说："黛丽拉没法跟吉普谈交易，你自己也说过，她磕了太多药。"

黛丽拉正要反驳，却被哈丁的一个眼神止住了。

"她对付不了吉普·基尔帕特里克，她会被他当下酒菜吃掉。"

"你觉得我会让她一个人干吗？"

"安东尼在谁那儿？"安吉的嘴里泛起苦味。

"你的外孙？"黛丽拉大笑起来，"你这个年纪一大把的老婊子，都有一个十二岁的外孙了。"

"他才六岁，你这个白痴。"安吉说完转问哈丁，"他在哪儿？"

"别担心那个孩子。"哈丁说，"担心你自己吧。"

"你不会……"安吉全身的脉搏都狂跳起来，只有那么一个人,比哈丁还让她害怕,"你把他交给谁了?"

"你觉得是谁?"黛丽拉又大笑起来。安吉对着她的膝盖踢了一脚,她大叫着倒在地上。

哈丁说:"安琪拉……"但是太晚了。

安吉不在乎他用枪指着自己的头,跑向那栋建筑。她跑不了太快,每走远一步似乎都在考验着哈丁。她猛地推开门,楼里的黑暗瞬间将她吞没。她失去了方向感,只能感到遍地的阴影。

"乔?"她喊道,"乔,你在哪儿?"

没有回应。

安吉转过头,看到黛丽拉已经追了上来。她一瘸一拐地跑过来,腿上的伤延缓了她的速度。

安吉走进这栋楼的深处,遍地都是垃圾,碎玻璃割伤了她光着的脚。她的手提包挂到了什么,皮革被撕开。她的眼睛开始适应这里的光线:这里是舞池,后面是吧台,上面是天井。从两扇涂黑的窗户透进来一点月光。楼上还有更多房间。

前门"砰"地打开了,黛丽拉的轮廓在黑暗中若隐若现,她的手里拿着弹簧刀。

"黛儿!"哈丁微弱的声音从她背后传来,"我们需要她活着。"

"不可能。"黛丽拉低声说,不是说给哈丁,而是说给安吉听。

安吉蹲下来,想找些能用来对付黛丽拉的东西,但是一无所获。她的手被割破,却麻木不觉。地上到处是吸毒管、药片、避孕套,还有各种垃圾。

黛丽拉的鞋"咯吱咯吱"地踩过地板。

安吉抬起头,上面有天井和房间。所有房间都的门都敞着,只有一扇是关着的。

安吉朝楼梯跑去,脚下绊了一跤,膝盖撞到了水泥台阶的边缘,但她没有停下脚步。她必须找到乔,必须救出她的女儿,必须告诉她,自己永远不会用安东尼威胁她。她要告诉乔,安东尼是她的心头肉,她会竭尽所能保护他,绝不会像抛弃乔那样抛弃她的外孙。

她就快到楼梯顶时,双脚突然失去控制,重重摔在水泥台阶上。黛丽拉的手抓着她的脚踝,正把她拽下来。安吉翻过身,用脚猛踢,怒吼,努力摆脱她。

"臭婊子!"黛丽拉猛扑过来,弹簧刀在一束月光下闪烁。安吉抓住黛丽拉的手腕,刀刃离她的心脏只有几英寸,又细又长,像手术刀一样锋利。黛丽拉用全身的重量向下压刀柄,安吉感觉刀尖触到了她的皮肤,她的手臂开始颤抖,两人都汗如雨下。

"住手!"哈丁喊道,他的声音仍然微弱。

她们无法停手。两人积怨已经太久,今天一定会有一个人死掉,安吉不相信那个人是自己。黛丽拉更年轻、更快,但是安吉的内心积蓄着二十多年的怒火。她推开黛丽拉的手,把刀刃从心脏旁边移开。

并没有结束。

黛丽拉鼓起最后一点力气,把刀子狠狠刺向安吉的腹部。

安吉痛呼一声,在最后关头奋力扭动了一下,让刀刃戳到她的肋侧。她感觉到了冰冷的刀柄。这时黛丽拉又拿起刀了,举到头顶,瞄准安吉的心脏。

"住手!"哈丁命令道,"我们需要她活着。"

黛丽拉停住了手中的刀子,但没有善罢甘休,她用力把安吉的头撞向水泥台阶，然后跑到了楼梯顶。

安吉无法去追黛丽拉。她看到了星星，真正的星星，在她的眼皮后面爆炸。她感觉呕吐物涌到嘴里，又沿着喉咙流回去。她就要昏过去了，但是无能为力。她的生命就要这样终结。黛丽拉杀掉乔，安东尼被怪兽抓走，安吉则被自己的呕吐物噎死。

威尔，她想让威尔找到她。她的脸上露出了痛苦，她就要孤零零地死去，身边没有他。

突然，一声无比凄厉的呼喊让安吉清醒过来。

"不要！"乔尖叫着，"住手！"

那是从五脏六腑发出来的声音，不是鲁本打她时的那种叫喊。只有知道自己快要死掉的人才会有这种叫声。

安吉翻过身，撑着从台阶上站起来。侧腹的剧痛不能阻止她，哈丁在楼梯下蹒跚的脚步不能阻止她。她冲上最后几级台阶，跑过天井。

随着一声枪响，安吉感觉到一颗子弹飕地从头顶飞过，然后听到一块水泥掉落在地的声音。她转过身。

哈丁坐在下面的楼梯台阶，枪放在大腿上，虽然相隔二十码，安吉也能听到他喘气的声音。"停下。"他说，但是安吉已经不再怕他。在一个人还有东西可以失去时，这个人才会害怕。

黛丽拉从房间出来，浑身是血，大笑着。

"你做了什么？"安吉问，但她知道答案。

黛丽拉拍着手，就好像能把血拍干净一样："她死了，贱女人，你现在能怎样？"

安吉看着黛丽拉空着的手，知道她把刀子留在了乔的体内。

那是黛丽拉唯一的武器，唯一的防卫。"你这个臭婊子。"安吉冲过去，一把抓住黛丽拉的手臂，把她甩向天井。

没有声音。

黛丽拉恐惧得叫不出来。她挣扎着,差一点就能把自己拽回去。这时她失去了平衡,双手松开,在空中一阵乱抓,最后尖叫着垂直跌落下去。

她的身体撞到一层的地上,伴随着一阵"嘎吱嘎吱"的声音。

安吉看着哈丁,他仍然坐着,双手握住左轮手枪,开始瞄准。这一次,他不准备警告她,他要杀了她。

安吉冲进房间,关上门,手里握住的门把手脱落下来。她用力顶住门,锁上门闩。

"安吉。"哈丁说,他终于站了起来。安吉可以听到他拖着脚步走上楼梯的声音,"别磨磨蹭蹭的。"

安吉闭上眼睛,听着声音。哈丁气喘吁吁,但没有移动。安吉把自己锁在这个房间。哈丁的左轮手枪里还有四发子弹,四次近距离射杀目标的机会,就连一个睡着的瞎子都能把握住。

只有一件事可以做。

安吉在房间里瞎摸,血沾满了她的脚。她在角落里找到了乔,乔的身体撑在墙上。安吉轻轻地寻找着刀子,在乔的胸口,她摸到了刀柄。

"安吉。"哈丁说,他走近了一些,知道自己不需要太着急。

安吉坐在女儿身边,水泥的冰冷感沿着淌着血的地面直蹿上来。从安吉十岁开始,哈丁就一直在试图杀她,她不会让他完成这最后一击。这把杀死她女儿的刀子本该是用来杀安吉的。她本可以不躲开朝胸口来的那一刀,她本应是在这个黑暗的空房间里流血的人,哈丁打开门发现的那个已死的人本该是她。

慢慢地,安吉把手伸到弹簧刀上,用手指握住刀柄,开始向外拔。

乔呻吟了一声。

"乔?"安吉跪在地上,抚摸着乔的脸,拨开她的头发,"跟我说话。"

"安东尼。"乔说。

"他很安全,在我车里。"

乔的呼吸很微弱,衣服上沾满了血。黛丽拉刺了她一刀又一刀,但不知为什么,乔仍在呼吸,仍可以说话,仍在奋力求生。

"我的女儿。"安吉在心里说,"我的孩子。"

"我能站起来。"乔说,"我只需要缓一缓。"

"没事的。"安吉伸手去扶乔的手。

她的手不在了。

她感觉到一块光滑的骨头,一个断开的关节。"哦,天哪!"安吉吸了一口气。

乔的手几乎被黛丽拉从手腕切断,只剩一点儿筋肉与身体相连。安吉感觉到从她动脉里不断涌出的血液。

"我还能感觉到它。"乔说,"我的手指,它们还能动。"

"我知道你能。"安吉撒谎道。止血带,她需要止血带。她的手提包已经掉在外面,房间里什么也没有。如果什么都不做,乔就会流血至死。

乔说:"别离开我。"

"我不会。"安吉脱下内衣,裹住乔的手腕,用力绷紧。

乔呻吟着,血渐渐从涌出变成滴落。

安吉在乔的伤口上打了个结。她留心听着哈丁的声音,想要听到他的脚步。一声低低的哀泣,安吉不知道那是乔发出的,还是从自己口中发出的。

"求求你。"乔倚在她身上,"让我缓一下就好,我很坚强。"

"我知道。"安吉把她抱紧了一些,"我知道你很坚强。"

安吉人生中第一次把女儿搂在了怀里。

很多很多年以前,那个护士问她想不想抱抱自己的孩子,但是她拒绝了。她拒绝给这个女孩儿起名,拒绝在出生证明上签字。她小心翼翼地逃避所有风险,因为她一向如此。安吉还记得自己是怎样提着牛仔裤跑出医院的。她曾经紧绷的裤腰那时变得松松垮垮,上面还留有羊水破裂后的湿渍。她用手攥着宽出的裤边,从后门的楼梯下来,冲出了医院。一个男孩儿正在一辆停在街角的车里等她。

丹尼,不过是不是丹尼无关紧要,因为可以是任何人。

在安吉的记忆里,似乎永远有一个男人在某处等待着她,索取着她,渴望着她,憎恶着她。十岁那年,这个男人是她妈妈的皮条客,她用嘴,只为了换一顿饱饭;十五岁,是她的养父,他喜欢动刀子;二十三岁,是一个士兵,把她的身体当成了战场;三十四岁,一个警察让她相信这不是强奸;三十七岁,另一个警察让她相信他会永远爱她。

威尔。

在弗兰尼根太太的地下室里,他说了"永远"。他把向日葵戒指戴在她手上时,他说了"永远"。

然而,所谓的"永远"总是没有想象中那么长。

安吉用手指触碰了一下乔的嘴唇,已经十分冰冷——她流了太多的血。刀子插在她的胸口,刀柄随着心跳的节律,时而像节拍器一样上下摆动,时而又像被卡住的秒针微微颤抖。

时光无法倒流。

在医院的时候,安吉就该抱抱她的女儿,哪怕就那一次也好。她该用她的触摸在女儿的记忆中留下些印痕，那么她的女儿现在就不会像对待一个陌生人那样，从母亲的手中警惕地把手抽出来。

她们的确是陌生人。

安吉摇了摇头。她不该陷入回忆的深渊，纠结那些已经失去的东西。她该想想自己多么坚强才活了下来。她的一生都行走在刀锋上，竭力地逃离那些普通人追求的东西：孩子、丈夫、家庭，乃至一段正常的人生。

逃离快乐，逃离幸福，逃离爱。

这是威尔想要的所有东西，也是安吉认为她永远不需要的东西。

现在她才发觉，正是这一路的逃离带她来到了这间阴森的小屋，困在这片黑暗之中，让她人生中第一次，也是最后一次抱住了自己的女儿——女孩儿失血过多，就要死在她的怀里。

这时候，门外传来了窸窸窣窣的脚步声。从门下方的缝隙透进来的光影可以看出，门外的地板上有两只脚。

安吉再次闭上眼睛。在她十岁那年，哈丁做过同样的事情。他站在狄德丽的公寓门外，等待安吉开门。狄德丽从不在乎门外的人是谁，只要他能给她的手臂送来满满一针海洛因。

害死她女儿的凶手？

来杀她的人？

"开门让他进来。"安吉耳边传来妈妈的声音。

"安琪拉。"哈丁说，和那时一样。

门"嘎吱嘎吱"地晃动起来，同时传来一阵金属摩擦声。从门把手的孔洞透进来的光黯淡下来，随后完全消失了。这时，一把螺丝刀从外面伸了进来。

"咔嗒，咔嗒"，好像空膛的枪扳机被扣动的声音。

安吉护着乔的头，轻轻放在地板上。乔痛苦地呻吟了一声。她还活着，还在坚持着。

安吉在黑暗的房间里爬行着，顾不上满地的锯末和金属碎屑扎进她的膝盖，甚至忘记了肋骨间的剧痛，任由止不住的鲜血在她爬过的地方留下一道血迹。她摸到了散落一地的钉子，然后她的手碰到了一块冰冷的圆形金属。她把它捡起来，在一片漆黑中，她靠手指的触觉判断，这就是门上掉落的那个把手。坚硬、沉重，四英寸长的钢轴尖利得像一个冰锥。

伴随着门闩最后的"咔嗒"一声，那把螺丝刀掉在了地上，门被撬开了。

安吉站起来，把后背贴在门边的墙上。她回想起一生中那些与人搏斗的经历。一次用枪，一次用针，其他数不清的次数中，她用拳头，用嘴，用牙，或者用心。

门又打开了一点儿，一个枪口缓缓地伸了进来。

她攥紧了手里的门把手，让尖利的铁轴朝向外面，等待着哈丁进来。

"安琪拉。"他说，"我不会伤害你的。"

这是他最后一次说出这句谎言。

她抓住哈丁的手腕，把他拽进房间。哈丁一个踉跄，东倒西歪。月光照在他的脸上，他看起来很惊愕，他的确应该惊愕。四十多年来，他玩弄了无数小女孩儿，没有一个人袭击过他。

直到此刻。

安吉把门把手插进他的颈侧，她感觉到生锈的铁轴刺穿软骨和肌肉的阻力。

哈丁发出"嘶嘶"的气声，她闻到他身体腐烂的气息。

他仰面倒在地上。

血溅到她的腿前。

哈丁的双臂垂落在地，闭上了眼睛，嘴巴张开，吐出了最后一口气。不像蛇的嘶嘶声，而是轮胎慢慢泄气的声音。窗外的月亮变换了位置，长长的阴影投在房间里，在黑暗中轻抚着哈丁的尸体，仿佛地狱派来的使者，来接收他悲惨的灵魂。

"安琪拉。"

她叫出的这个名字让安吉打了个激灵。她从未告诉过乔她的名字，乔听到了哈丁这样叫她。

"安琪拉。"乔又说，她坐起来，用手扶着那把刀，"我想看看我的儿子。"

安东尼。天哪，安东尼怎么办？

"扶我起来。"乔努力想要站起来。

安吉冲过去帮忙，她无法相信这个女孩儿还留存着这样的力量。

乔说："我需要见我的儿子，我必须告诉他……"

"你会见到他的。"安吉忽略了自身的疼痛，帮助乔站起来。两人蹒跚地走了几步，然后乔开始一个人向前走。安吉现在可以看到，整把刀全部刺了进去，只剩下刀柄在外面。乔的手从手臂上悬垂下来，止血带已经滑落，血喷薄而出，溅得哈丁满身都是。地上有更多的血。乔突然靠着墙，向下滑落。

乔说："只要给我点时间，我能行的。"她不行了。她滑落到地上，安吉跑过去扶她，但是为时已晚。乔跌倒在地，闭上了眼睛，面容渐渐松弛下来，嘴唇仍在动着："我能行的。"

安吉做回了一个训练有素的警察。治疗类选法。没有时间叫救护车，她必须想出一个办法延缓流血，不然乔不可能下得了楼梯。她想起车里有防水帆布，还有胶带。她刚刚踏出一步就停住了。这是一个犯罪现场,两组脚印,意味着有两个嫌疑人。安吉的车里放着她的汉克斯警靴。鲁本·费加罗一定在找他的妻子和儿子,安吉需要隐藏乔的踪迹。她接连想到哈丁的车、他后备箱里的钱、黛丽拉的信用卡、亚特兰大警察局、佐治亚调查局。

威尔。

里皮是他调查的案子。他会被叫到这里,会发现哈丁,会发现这个血泊。安吉了解他,知道他会怎么做。在把他们所有人都埋进坟墓之前,威尔是不会停止追查的。

"安琪拉。"乔轻声说,"那是安东尼吗?"

吱吱吱,吱吱吱。

哈丁的手机在他的口袋里震动着。

乔说:"是我儿子吗?是他打来的吗?"

乔的儿子落在某个人手里,被按在墙上,一把猎刀架在他的脖子上。

安吉划开哈丁的手机,贴在耳边。那边传来一个孩子的哭声,一部卡通片大声播放着。

一个女人说:"嘿,浑球,我快要失去耐心了。你还要这个小男孩儿吗?不要我就剁掉他,把器官卖了。"

安吉胃里的深坑燃起了大火。她又回到了十岁,孤单、害怕,想做点什么驱走疼痛。

"戴尔?"那个女人等待着,"你在吗?"

"妈妈?"安吉十岁时的声音又回到口中,"是你吗?"

对方发出低沉而沙哑的笑声,说:"对,是我,宝贝儿。想我吗?"

回到今天

第九章

威尔把手机紧紧贴在耳朵上,安吉的声音在脑海中回荡。

"是我,宝贝儿。想我吗?"

这是阿普唑仑的副作用?威尔看了一眼手机,显示"来电号码被屏蔽"。他坐起来,环顾着殡仪馆,就好像安吉就在附近,看着他,嘲笑着他。他感觉自己的嘴动了动,但是没有听到任何话说出口。

"威尔。"她戏弄的语气不见了,"你还好吗,宝贝儿?深呼吸。"

深呼吸。

莎拉在楼下也对他说了同样的话。不过这一次他并不是急性焦虑症发作。他浑身充满了没来由的、不可遏止的怒火:"你这个贱女人!"

她笑了,说:"这就对了。"

里皮的夜总会里,安吉的手提包,她的枪,她的车,她的血。而现在,一具尸体躺在停尸房,手上戴着她的结婚戒指。

她在给他设套。她自己遇到了麻烦,用某种办法脱身出来,然后借这个机会戏弄他。

他又说了一遍:"你这个贱女人。"

安吉又对威尔笑起来。

如果她此刻站在威尔面前,威尔早就一拳打在她的喉咙上。他一定要找到她,不管用什么方法,都要追踪到她的下落,然后亲手把她勒死。

殡仪馆的门打开了,菲斯走了进来。

威尔猛地吸了几口气,想要吞下他的怒火和愤恨。

菲斯张开嘴,刚要问他怎么了。

威尔做了个手势,让她安静,继续对着手机说:"安吉,你为什么对我做这些?"

菲斯惊讶得下巴都要掉下来,僵立在原地。

"为什么?"威尔质问,"你在里皮的夜总会伪造现场,让我以为你已经死了,还让我以为停尸房里的那具尸体是你。为什么?"

安吉没有说话,虽然她有一整天时间考虑怎样回答。

"安吉……"威尔的声音嘶哑了,他迫不及待地想听到一个解释,"告诉我,该死的,为什么让我经受这些?为什么?"

安吉发出一声长长的叹息,里面夹杂着恼怒:"我为什么做这个?我为什么做那个?"她背诵出那串熟悉的答案,"我是个贱女人,我想毁了你的生活,是我让你的生活变得悲惨。我想知道你爱一个人的时候是什么样子,因为你从来没有爱过我。"

威尔转过身,背向菲斯,害怕让她看到他的憎恨:"这个答案不够好。"

"不够好也没办法。"

他已经受不了了。他如果让自己感受到内心沸腾着的所有东西,他整个人就会炸裂开,倒在地上死去。他试图像个探员,而非刚刚被一个心理变态伤害过的普通人那样思考:"地下室里的尸体是谁？"

"还没到说这件事的时候。"安吉说，"首先，告诉我，当你以为我死了的时候，是什么感受。"

"你认为是什么感受？"威尔控制着手指不把手机捏碎。

"我想让你告诉我。"安吉等待他的回答，"告诉我你的感受，我就告诉你地下室里是谁。"

"我自己能查出来。"威尔说，"我们正在检查她的指纹。"

"太糟糕了，她的指垫都裂开了。"

"我们可以查DNA。"

"她不会在系统里。"安吉说，"你一直在查这个案子，还有另一个案子。如果我说，我现在就可以把所有秘密都揭开，而你要做的只是告诉我你的感受，你觉得怎么样？"

"我不想要你的帮助。"

"你当然想，还记得上次我是怎么帮你的吗？我知道你当时很感激。"

"是你杀了戴尔·哈丁吗？"威尔不能在菲斯面前谈这个问题。

"我为什么要在这时候承认自己杀了人？"

"这时候？和其他时候有什么不一样吗？"威尔感到筋疲力尽。

"小心点，宝贝儿。"

威尔用一只手捂着脸。安吉为什么要这样做？她曾经用这种方式伤害别人，但从没有这样对他。他忍不住又问："为什么？你为什么要这样做？"

"我想让你知道，如果你真的失去了我会是什么感受。"她顿了一下，"我今天看见你了，别问我在哪儿看见的。你以为我真的死了之后,我看到了你脸上的表情。我打赌你不会这样对莎拉。"

"不许提她的名字。"

"莎拉。"安吉又说了一遍,因为她从不听别人的命令,"我看见你了,威尔。我认识那个表情,你还是个孩子的时候我就见过。去年我也见过。我知道你是什么人,我比世界上任何人都了解你。"

那封信,她在引用自己信里的话。"地下室里的人是谁?"威尔追问。

"那重要吗?"

威尔不知道什么才重要,没什么是重要的。她为什么对他做这些事?他一直爱着她,照顾她,保护她。而她从来没有为他做过这些,现在没有,以前也没有。

安吉问:"菲斯追踪到我的位置了吗?"

威尔转过身,看到菲斯正在打电话,大概是在请求信号追踪。

"乔瑟芬·费加罗。"安吉说。

"什么?"

"地下室里的女孩儿,她叫乔瑟芬·费加罗,我的女儿,你的女儿,我们两个人的孩子。"她顿了一下,"死了。"

威尔张大了嘴巴,心脏狂跳不止,让他不得不坐到地上。一个孩子,他们的孩子,他们的宝宝。"安吉。"他说,"安吉。"

没有回应,她已经挂断了电话。

他用手捂住嘴,手掌感到自己冰凉的呼吸。安吉从他的内心深处杀死了他,如外科医生般精准无误地刺入他的心脏。一个孩子,一个女儿,身上有他一团糟的烂基因。

而现在，她死了。

菲斯蹲在他身旁，说："威尔？"

威尔说不出话。他只能想象出一个画面：一个小女孩儿坐在教室后面，费力地听着老师讲课，因为她的蠢爸爸没法教她怎么阅读。

她最后想必也被困在了领养系统里，像威尔一样。她被抛弃了，像威尔一样。

安吉怎么能如此残忍？

"威尔。"菲斯又叫了他一声，"她说了什么？"

"乔瑟芬·费加罗。"他费力地把这个名字说出来，"在地下室里，安吉的女儿，乔瑟芬·费加罗，这是她的名字。"

"那个篮球运动员的太太？"菲斯帮他揉着后背，"我们马上处理。你需要我叫莎拉过来吗？"

"不。"他说，但莎拉已经跟着大家从门外走了进来。阿曼达跟她在一起，两人的表情都很担忧。

接着，菲斯告诉了她们安吉打来电话的事，她们的表情变成了愤怒。

"什么？"莎拉问，"什么？"她忍不住一直说这个词。

莎拉的手握住讲经台一侧，咬着牙说："你追踪到她的位置了吗？"

菲斯说："我们来不及锁定，她肯定计算好了时间。"

"该死的。"阿曼达低头看着地面，吸了一口气。当她抬起头时，脸上又变回了那副漠然的表情，"有她的电话号码吗？"

"屏蔽了，但我们可以把……"

"交给我。"阿曼达开始操作起她的黑莓，"查理能验得出指纹吗？"

"不行。"菲斯说,"她的指垫……"

"裂开了。"威尔说,"安吉知道这个,她还说DNA不在系统里。"

"现场的血迹是安吉的血型。"莎拉一直摇着头,彻底困惑了,"还有她的手提包和她的枪。我不明白,她为什么要这样做。"

菲斯问:"安吉的女儿会不会跟她血型相同?"

莎拉没有回答,她一下子惊呆了,跟今天早上一样。

"女儿?"阿曼达问。

威尔无法回答。

阿曼达问:"她这样做图什么?安吉有没有提到她为什么这样做?"

"她是个怪物。"威尔说。三十多年来,她身边的人一直用这个词来形容她。在儿童福利院、在领养家庭、在警察局,威尔从未争论赢他们,但也从没有相信他们的话。他们不了解安吉,不知道她都经受过什么。他们不知道,有时痛苦太过沉重,唯一的舒缓方式,就是把它分给其他人。

安吉以前从没有分给过威尔,和这次不一样。

"如果那具尸体真的是乔瑟芬·费加罗,我们在系统里会有她的最新指纹。"菲斯说,"她上周四被捕了,因为车里藏了奥施康定,我从新闻里看到的。"

阿曼达问:"安吉说这个女人是她女儿?"

"对。"威尔不能告诉他们,乔瑟芬也是他的女儿。他必须得到一些佐证,需要时间思考。安吉太喜欢说谎,为什么这次要相信她?

"费加罗。"阿曼达说,"这个姓怎么那么耳熟?"

"她丈夫是鲁本·费加罗,是个篮球运动员。"

"马库斯·里皮。"阿曼达像吐出脏东西一样吐出这个名字,"这一整天都在兜了一个大圈子,最后绕回到他。"

威尔站起来,说:"巡逻车里可以看到街上的监控录像。"

他没有等待回应,小跑着穿过过道。他们都走出门的时候,他已经到了停车场。他拉开巡逻车的副驾驶门,坐进车里,巡警惊讶地叫了一声。

威尔指着固定在仪表盘上的笔记本电脑,说:"我需要这个区域的所有监控录像。"

"我正在给你的上司调录像。"那个巡警敲了几个键,"这些就是你要的,有两个不同视角,一个是殡仪馆前面的街道,另一个是殡仪馆背面的。"

菲斯打开后门,坐进车里。

阿曼达从威尔旁边探身进来,对巡警说:"邓洛普,告诉我你发现了什么。"

"是,长官。"邓洛普指着屏幕,"这是八点二十二分,殡仪馆的车刚刚离开时。"

那通要求上门服务的报丧电话是假的,并不是另一个实习生的玩笑,而是把贝尔卡米诺骗出这里的诡计。

"这就是那辆车刚开进来的时候。"邓洛普把电脑转过来,威尔看到了街角,那里有一条通往殡仪馆后门的巷子。夜晚的视线模糊,路灯起不了多少作用。晚上 8:24:32,安吉的黑色蒙特卡洛转进了巷子,司机的脸一团模糊,连帽衫下的金发一闪而过。车开进巷子之后就在监控摄像的视野中消失了。

威尔点了一下快进箭头。六分钟后,那辆蒙特卡洛开了出来,回到大街上。

菲斯说:"她去了后门,电梯就在那里。六分钟足够让她把尸体放进冷冻间。"

邓洛普把手伸过来，敲了几个键，说："她又在前街这里被拍到了。"

那辆蒙特卡洛拐进停车场，通过他们此刻所在位置十五尺之外的入口。安吉的车开进一个残疾人停车位。司机下了车，车顶大约有四尺半高，那个女人的身高在五尺八左右，接近安吉的身高。身材很胖，不像安吉，不过也可能是因为穿了好几层衣服。她穿着长袖连帽衫，一定非常热，但她一直戴着帽子。她低着头，双手深深插进兜里，走上了大街。

菲斯问："是安吉吗？"

威尔摇摇头，他实在没法再做辨认安吉的工作了。

"有可能是黛丽拉·帕尔默。"菲斯猜测，"她是金发，不过黛丽拉经常换发色。"

阿曼达说："邓洛普，后面哪里还拍到她了吗？"

"没有了。她如果不是很幸运，就是知道监控摄像头的位置。"他又敲了几个键，变换了几个不同视角快进播放，然后放弃了，"她可能是从桥下走的，在公路上跳上一辆车，去了市中心方向。那里有很多监控盲点，她可能在那儿停了另一辆车，或者有人在那儿等着她。呃……"他耸耸肩，"她也可能上了一辆公交车。"

"查一下公交车。"威尔说，因为那听起来像是安吉的做法。也可能不是。威尔是最猜不透安吉行为的人。

阿曼达的膝盖发出"咔嚓"一声，站了起来："给我讲讲这个乔瑟芬·费加罗。"

"篮球太太。"菲斯下了车，"奥施康定。我就只知道这么多。"

威尔说:"她的丈夫是'费哥'鲁本·费加罗,里皮强奸案那晚的目击证人之一。他打大前锋,力量很强,防守篮板出色,是吉普·基尔帕特里克的客户。"

"这个大坑越挖越深了。"阿曼达说。

"这是她的驾照。"菲斯把手机给他们看,她调出了乔瑟芬·费加罗的驾照。

威尔端详着照片。深色头发,瘦高,杏核眼,橄榄色皮肤,她长得就像是二十年前的安吉。

她长得像威尔吗?她有他的身高吗?她有他的毛病吗?

阿曼达说:"要我说,这张照片跟地下室里的女人很像。"

菲斯说:"她跟安吉像是一个模子刻出来的。"

威尔沉默不语。

"你们两个。"阿曼达挥手叫科利尔和他的搭档过来。他们一直很安静,威尔已经忘记这两个人也在这里,"老吴,把那个蠢墨镜摘下来,你查一下失踪人口报告,乔瑟芬·费加罗,有没有这个人?"

"费哥的老婆?"老吴不戴墨镜显得脸很小,"没有,我这儿没有她的失踪报告,我能认出这个名字。"

阿曼达对菲斯说:"你跟我一起去找她丈夫,看看能不能找到什么线索,至少先搞清楚她太太究竟有没有失踪。我不信任安吉。"

科利尔说:"他太太是个瘾君子,在富尔顿监狱里蹲了两天。周六保释出来,计划今天早上送到戒毒所去。"

"而现在,她躺在停尸房里,胸口受了刀伤。"阿曼达倒叉着腰,"我不相信这些,安吉出于某种原因在误导我们,她在为这场游戏争取时间。"

"这叫什么游戏？"科利尔问，"能玩出这么多尸体来。"

阿曼达说："对这个女人来说，这只是场游戏。"

"乔瑟芬有个孩子。"菲斯又一次举起手机，"我找到了她丈夫的 Facebook 主页。安东尼，六岁。"

安东尼，乔·费加罗的儿子，安吉的外孙。威尔的外孙？

照片上是一个小男孩儿，脸上带着怯生生的微笑。

"看看他眼睛的形状。"菲斯说，"基因很强大。"

那也是威尔的基因吗？

1989年，安吉和十几个孩子一起被关在一个领养家庭里。

他们只有那一次。

菲斯说："还没有六岁白人男孩儿失踪的报案，只要一有，我们马上就能知道。"

老吴说："那是百分之百的。"

"科利尔。"阿曼达说，"你追踪黛丽拉·帕尔默进展如何？"

"我刚才就想告诉你来着，我们找到了她租的车，被遗弃在了翠湖区，擦得很干净。"

"该死的，科利尔！"菲斯拍了一下警车的后备箱，"你找到了她的车？你能给我鬼扯什么加油站的热狗，却不能发个短信告诉我你找到了她的车？"

威尔发现莎拉不见了。

他扫视了一下楼前、草地、停车场，然后向街上走去。莎拉在她的宝马后面，靠在保险杠上，凝视着远处，头顶的路灯给她罩上了一层光晕。她的表情难以读懂，威尔不知道她是烦乱、焦虑、害怕，还是愤怒。

这一天的结尾和开头一模一样。

威尔想躲开那些喧嚣、喊叫甚至他的工作，因为他已经什么都不在乎了。

他对莎拉说:"咱们回家吧。"

莎拉把钥匙给了威尔,威尔为她打开副驾驶的门,然后从车前绕过去,坐在方向盘后。他把车倒出停车位的时候,莎拉一直握着他的手。威尔感到内心振作了一点,这不是阿普唑仑的药效,是莎拉的陪伴抚慰了他。刚才有一段时间,莎拉有意从威尔身边走开,不是为了伤害他,而是因为她知道这样对他有好处。

威尔说:"我觉得我现在没法谈论任何事。"

"那我们就不要谈。"莎拉握紧了他的手。

星期二

第十章

阿曼达开车去鲁本·费加罗家的路上，菲斯一页页翻着笔记本。她画的那个关系图已经没有再看的价值。威尔说的对，从那张图里建立不起一个案子。菲斯看到威尔先前看到的东西：一大堆箭头，一大堆未解答的问题，就算把乔瑟芬·费加罗的名字也放进来，也仍然没有什么头绪。那个死去的女人只是另一个间接指向马库斯·里皮的箭头而已。

也许她应该尽量把他们和安吉联系在一起。

菲斯眼前开始模糊。她抬起头，眨了眨眼，巴克黑德的街道空荡荡的。现在已经将近凌晨一点。阿曼达打电话叫她去殡仪馆的时候，菲斯本来已经在电视前沉沉睡去。

菲斯并不是百分百确定停尸房里的女人是乔·费加罗。她当然有可能是驾照上的那个女人，但是由于牵涉到安吉，她就没那么有把握。菲斯对待骗子的方式就是永远把他们说的每句话的可信度打个折扣，无论他们的故事听起来多么合情合理。这样并不轻松。人类的大脑有一个令人烦恼的本能，就是当你的怀疑缺乏证据时，便倾向于选择相信，尤其是对于你忌惮的人。

比如，当威尔说安吉没有告诉他其他重要信息时，菲斯相信了他，虽然他花了很长时间跟安吉通话，却只得到了一个受害者的名字。

阿曼达说："你妈妈以前总是把她的笔记钉在墙上，这样我们就可以看到所有最新进展了。"

菲斯微笑了一下，那个小小的疑点仍然挥之不去："你认为乔·费加罗是安吉的女儿吗？"

"是。"

"她父亲是谁？"她没有等来阿曼达的回答，所以提出了一个显而易见的可能，"威尔？"

"我不清楚。"阿曼达减慢车速，停到了路边，挂了停车挡。她转头问菲斯："告诉我，你对丹尼了解多少。"

"丹尼？"菲斯摇摇头，"丹尼是谁？"

"就是霍尔顿的小名。"阿曼达解释道，"我猜他起这个小名是不想显得那么自命不凡。"

"我们还是叫他科利尔吧。"菲斯没有力气跟她探讨名字的含义。

"从你一开始见到他，他都做了什么？他是怎样表现自己的？"

菲斯沉思了一会儿，想要把这一天连缀起来。从她今天早上从动物诊所接到威尔到现在，仿佛已经过去了一个世纪。确切地说是昨天早上，因为现在已经过了午夜。

她给阿曼达讲了起来，从她跟科利尔和老吴在里皮的夜总会外第一次见面时的情形，到科利尔在哈丁家没完没了地找事，再到那些废话连篇的短信，念叨他那些无聊透顶的私人生活，还有连续不断的性暗示，以及多么不情愿像成年人那样讨论这个案子。

"我不相信他。"菲斯说，"他总是推销他那套墨西哥大毒枭的理论,而且他没有告诉我他找到了黛丽拉的车,却给我细数了他在翠湖区见到的每一个与案情毫无关系的妓女。"

阿曼达向她确认:"老吴说,他们被派到夜总会之前,正在处理一宗家庭暴力案的报警。"

菲斯极力回想他的确切说法:"他说'真的很暴力',说明他们当时很可能在医院。格雷迪医院离里皮的夜总会不远,早上那个时间,大概只需要十分钟车程。所以他们接受了这个调派赶过来,这也很正常。"

"报警电话是凌晨五点打进来的。"阿曼达提醒她,"你会在执勤快结束的时候自愿去调查一具废弃仓库里的尸体吗?"

菲斯耸耸肩,说:"死的是警察。巡警认出了哈丁,他们可能会为了警察同事把别的事先搁下。"

"好吧。"阿曼达赞同,"他还有什么地方让你觉得奇怪?"

菲斯努力表达她的感觉:"哪里都有他的影子。威尔在写字楼里发现'简·多伊'的时候他也在场。他开车把威尔送回了家。他今晚也在那家殡仪馆。他在那儿做什么?"

"科利尔和老吴是我们在亚特兰大警察局的联络人,他们也参与我们的调查,接到那辆车的消息赶过来很正常。"

"我猜的话。"菲斯试图抛出那个最明显的答案,"也许科利尔只是个成事不足、败事有余的饭桶。他爸爸是个警察。他显然是走后门进来的。"

阿曼达说:"米尔顿·科利尔刚工作两年的时候,他就挨了个24的51,63到来之前就丢了两根手指。"

菲斯调动起那套晦涩的电码知识。阿曼达说的是,科利尔的爸爸被一个歹徒用刀刺伤,在救援赶来之前就失去了两根手指。菲斯问道:"然后呢?"

"米尔顿因工伤离职。他老婆是一所学校的老师。两个人靠收养孩子领补贴生活,一次收养十几个,科利尔就是其中之一。他们把他抚养长大。"

"嚯!"菲斯惊叹一声。科利尔跟她分享所有鸡毛蒜皮的事情,一直说到中学时候的睾丸扭转,却没有提起自己也是个孤儿,跟黛丽拉一样。

跟安吉也一样。

菲斯问:"安吉十六岁怀孕的时候,科利尔和她在同一个领养家庭吗?"

"这是个有趣的问题,对不对?"阿曼达没有给出答案,但菲斯知道她早晚会搞清楚。阿曼达问:"安吉在电话里还跟威尔说了什么?"

"很简短。"她说了谎,那通电话打了快三分钟,"我确信她花了很多时间嘲笑威尔。"

"你觉得她为什么那样?"

"因为她是个可怕的人。"

阿曼达向她投来一道锐利的目光:"她是个狡诈的人。看看我们这一天,安吉把我们耍得团团转。东亚特兰大、翠湖区、北亚特兰大,威尔在市中心,你耗在了哈丁那里,我去找了基尔帕特里克。更有甚者,安吉把威尔搞得心态失衡,这是非常聪明的策略。威尔是她最亲近的人,本可以成为我们调查安吉最好的帮手,可是安吉把他搞得彻底用不上了。你也看见了他在地下室里的样子。"

在地下室里,菲斯看到了威尔有多么失魂落魄。更糟糕的是,她对此无能为力。威尔的喉头一直发出奇怪的嘶嘶声,好像喘不过气来。菲斯从房间跑了出去,不想让他看到自己在哭。

菲斯问阿曼达："你认为安吉在耍他，好让威尔无法弄清楚她真正的意图？"

"要是我开一门课教人心理博弈，这一招一定会在我的授课内容里。"

天知道阿曼达会玩哪些心理博弈。"好吧，安吉在戏弄他，她想要的结果是什么？"菲斯问道。

"她在争取时间？"

"为了什么？"

"这就是那个最棘手的问题，不是吗？安吉·波拉斯基究竟想做什么？"

菲斯不认为她能找到答案。她已经太疲惫、太紧张，甚至怀疑现在还能不能系上自己的鞋带，更不用说搞清楚安吉·波拉斯基的阴谋。

阿曼达说："帮我从头到尾过一遍。"

菲斯很不情愿地再次低下头看她的笔记："哈丁周日晚上被杀。安吉把现场布置得好像她本人也被杀死，可死的人实际上是乔·费加罗。乔很可能和她母亲安吉是同一种稀有血型，B型阴性。"

"嗯。"只有这一次，阿曼达的思路没有走在她前面，"你觉得乔有可能是安吉杀的吗？"

菲斯不确定："她是个怪物，但我想不至于杀死她自己的孩子。"

"我想也是。可能是哈丁杀死了乔，然后安吉杀死了哈丁，或者试图用那个门把手杀死哈丁。"阿曼达问，"接下来呢？"

"安吉把尸体带出夜总会，然后放火烧了哈丁的车。这听起来像是安吉生气时会做的事，她气愤哈丁杀了她的孩子。"菲斯无法想象这样一幕场景发生在自己的孩子身上,"报警电话是星期一早上五点打进来的。到了晚上,安吉把乔的尸体放到了殡仪馆,然后打电话给威尔折磨他。"

"莎拉估计乔瑟芬的死亡时间在中午十二点到一点。"

"这不像莎拉的专业度。"菲斯把时间草草记在笔记本上,"如果乔瑟芬死在中午十二点到一点,那就意味着安吉一直把她放在后备箱,直到晚上八点半才把尸体放到殡仪馆。"

"汽车后座上有很多血,全是B型阴性的,而后备箱里只有一点血,莎拉说可能是死后从胸口渗出来的。"

多么冷酷的人,才能把自己快要流血而死的孩子放到车后座,开车载着她到处跑。菲斯想到这里就不寒而栗。

"这是时机问题。"阿曼达说,"安吉在拖时间,所以等了那么久才把尸体送走。"

"或者她计划有变。"菲斯猜测,但她实在没有什么头绪。她理解阿曼达先前的逻辑,威尔是最有可能看穿安吉心思的人。他知道她的动机,知道她能做到什么,但是她要的不只是威尔一个人,"安吉以前处理过谋杀案,知道它的厉害。不管见过多少次,你都会被案子里的血腥和暴力所震慑。你会惊慌失措,害怕错过什么蛛丝马迹。你无法不去想它,无法睡觉,即便你有时间睡。她把我们所有人都关进了情绪的牢笼里。"

阿曼达说:"我还是早上那句话,我们忽略了什么重要的东西。"

"也许鲁本·费加罗可以给我们一个解答。"菲斯合上笔记本,所有感官都失灵了。她的笔记本现在看起来好像爱玛的绘画本,"这件事之后我肯定再也睡不着觉了,我也可以吃你的阿普唑仑了。"她抬头看着阿曼达,"你为什么走到哪儿都带着阿普唑仑？"

"过去用的一点小把戏。"阿曼达转过头对着方向盘,"你要是碰上一个紧张得说不出话的嫌疑犯,就碾碎半片撒到他的咖啡里,他就会变得非常放松,把该说的都说了,然后你就可以让他在虚线上签字了。"

"我可以想出十六种不同的审讯方法,都是违法的。"

"才十六种?"阿曼达咯咯一笑,把车开回到路上,"跟你妈聊聊,这种方法就是她想出来的。"

菲斯七十年代见过她妈妈用这招,可是现在没有见到阿曼达用过,说明这个药别有用途。不过菲斯不准备刨根究底:"我们以什么形式去见鲁本·费加罗呢?死亡通知还是询问?他太太起码从周日晚就失踪了,但他没有报案。"

"我们应该像处理所有配偶可疑死亡案件时那样。"阿曼达提醒她,"丈夫是第一嫌疑人,非常多的女人都是被她们的亲密伴侣所杀。"

"不然我为什么不谈恋爱了呢。"

这本来是个玩笑,但阿曼达侧目看了她一眼:"别因为这份工作让你跟男人绝缘,菲斯。"

菲斯端详着阿曼达:"怎么说到这儿来的?"这几天里,这已经是她第二次给自己恋爱的建议。

"经验之谈。"阿曼达说,"听我一句劝吧,我干这份工作很久很久了。这是一个简单的统计学问题。男人犯下了最多的暴力犯罪,这是众所周知的,但是别人并没有像你和我这样,每天都能在现实世界里见到。想想看,威尔就是个好男人,只要他别犯牛脾气。查理·雷德非常优秀——别告诉他我这么说。你跟爱玛的爸爸没能走下去,但是他依然是个好男人。你爸爸是个圣徒。

你哥哥可能是个浑蛋,但他可以为你做任何事。杰里米各方面都很完美。你的叔叔肯尼……"

"是个玩弄女人的骗子?"

"不要见木不见林,菲斯。肯尼很喜欢你。他仍然算是个好人,只是我们两个没法走下去。但是某个地方一定会有某个人适合你,别让工作影响了你。"她踩了一脚刹车,"门牌号是多少?"

菲斯没有发觉她们已经来到切诺基大道。她指着跟乡村俱乐部相隔几座房子的一个石制信箱说:"那里。"

阿曼达转到那条路上,一堵巨大的黑色铁门挡在了她们面前。她按了一下安全键盘上的门铃,向安保摄像头挥了挥手。那个摄像头固定在将房子和道路分隔开的大树上。

费加罗一家显然很注重隐私。菲斯猜他们家应该有一个足够大的前院,可以当橄榄球场。不过,她还是看到房子的底层闪着隐约的灯光:"他们已经醒了。你觉得媒体听到风声了吗?"

"如果他们听到了,我只能想到有限几个有可能泄露消息的人。"

又是科利尔。他出了名的不靠谱。如果他认识安吉,是否意味着他也认识哈丁?如果哈丁和安吉是霍尔顿·科利尔交往的那类人,那么科利尔又能好到哪里去?

菲斯非常相信物以类聚,人以群分。

她问阿曼达:"你听过一个叫弗吉尼亚·苏扎的女人吗?"

阿曼达摇头。

"科利尔提过她。"菲斯从兜里拿出手机,往前翻着短信,寻找这个女人的名字,"弗吉尼亚·苏扎,科利尔追查到她,是因为她给黛丽拉站街,所以她们可能有同一个皮条客。据她家人说,她六个月前吸毒过量死了,但那是科利尔说的,我不相信那个骗子。"

"你有时候说话真像你妈妈。"

"我希望这是一句赞美。"菲斯在数据库里搜到了苏扎的犯罪登记表,"这里,五十七岁,对一个妓女来说年纪有点大。几千次卖淫被捕,从七十年代末就开始了。一次危害儿童,一次忽视儿童,一次组织儿童卖淫从犯。这些科利尔都没有提到。"菲斯翻这个女人肮脏的犯罪历史翻得拇指抽筋,"还有几次酒后妨碍治安、在商店扒窃。没有吸毒记录,这个蛮奇怪的,因为她家人说她六个月前死于吸毒过量。或者说,是科利尔说她家人告诉我们她六个月前死于吸毒过量。还有两次殴打未成年人——这是科利尔告诉我的。此外还有一次涉嫌绑架未成年人,一次涉嫌组织未成年人卖淫。她真是对小孩子情有独钟。她的别名有:苏兹、苏吉、吉妮、金、妈妈。"

"管手下妓女们的妈妈。"阿曼达说,"这是老鸨的别称。她是妓女的上线。"

"考虑到她的年龄和犯罪记录,很有可能。这些犯罪都是针对孩子的。她可能是在做拉皮条工作,管理被她圈起来的孩子。"

"怎么这么半天还没人来?"阿曼达又按了一次门铃,手指在按钮上压了很长时间,表示她不会离开,"你有这里的电话吗?"

菲斯正要去找,门就开了。

"终于来了。"阿曼达说。

车道弯向左边,通向房子背面转角处的车库。阿曼达把车停在一辆特斯拉 SUV 旁边。她看到车库里有一片用油漆条纹划出的微型篮球场,篮筐非常矮,显然是鲁本·费加罗为他六岁的儿子修建的。

"吉普·基尔帕特里克。"阿曼达说。

菲斯看到那个经纪人站在一扇打开的门口。他的西装闪闪发亮,简直可以当作安全服。他手里拿着一瓶浅红色的运动饮料,一边看着她们停车,一边把瓶子在手里抛上抛下。威尔没有完全描述出他的那股讨厌劲儿。菲斯可以闻到从他那边飘来一阵地下室里的潮味。

阿曼达说:"又是他。"

她们下了车。阿曼达走向基尔帕特里克,菲斯则环视着车库里的车。两辆法拉利,一辆保时捷,在最后一个车位里还有一辆炭灰色路虎,跟乔·费加罗登记的车型相同。

阿曼达说:"基尔帕特里克先生,真高兴一天之内两次见到你。"

他看了看手表,说:"确切地说是两天内,你们这么晚来拜访我的另一位客户,有什么特别的理由吗?"

"我们为什么不进去跟费加罗先生谈呢?"

"你们为什么不在外面跟我谈呢?"

"在这里都能碰到你真的好奇怪,基尔帕特里克先生。你这是夜间上门服务吗?"

"你们有五秒钟时间解释清楚你们为什么来这里,不然就离开费加罗先生的住宅。"

阿曼达停顿了一下,调整情绪,说:"实际上,我是来找乔瑟芬·费加罗的。她似乎失踪了。"

"她在戒毒所里。"基尔帕特里克说,"今天早上走的,我亲自帮她把行李搬到了车上。"

"能否告诉我戒毒所的名字。"

"不能。"

"能否告诉我她什么时候回来。"

"不能。"

阿曼达很少碰壁,但菲斯可以看出她的心态很平静。她终于抛出了真相:"两小时前,一具尸体被鉴定为乔瑟芬·费加罗。"

"砰"的一声,基尔帕特里克手里的瓶子掉到地上,红色液体溅得地上、他的脚上和裤子上到处都是。他一动不动,对这一切浑然不觉。他彻底惊呆了。

阿曼达说:"我们需要费加罗先生确认尸体的身份。"

"什么?"基尔帕特里克开始摇头,"怎么会……什么?"

"你需要一点时间冷静一下吗?"

他看着地面,发觉了洒出来的饮料:"你确定吗?"他一直摇头,但菲斯可以看得出,他在努力让自己回到经纪人的状态中来,"我可以做这个鉴定。我去哪儿找你们?"

"我们有一张照片,但是……"

"给我看看。"

阿曼达已经拿出了她的黑莓手机,把她拍下的女人的脸给他看。

"我的天哪,她出了什么事?"基尔帕特里克瑟缩了一下。

"这正是我们来这里要搞明白的。"

"老天爷。"他用袖子擦着嘴,"老天爷。"

一道影子从门口投出来,带来一种不祥的预兆,好像故事书里的怪兽出场。

鲁本·费加罗走出来,留意着不把鞋弄湿。他穿了一件皱巴巴的灰色西装,配着蓝衬衫和黑领带。光头,黑色的山羊胡,个子高得吓人,他的头几乎擦着门框顶。他的黑色皮腰带上别着一个手枪皮套,里面装着一把西格绍尔 P320 紧凑型手枪。他带着枪出现在她们面前,而且看起来很像是能开枪的人。

阿曼达说:"费加罗先生,我们可以跟你谈一谈吗?"

"让我看看照片。"鲁本伸出他的手,大概有阿曼达的三倍大。

"不,兄弟。"基尔帕特里克警告道,"你不会想看到的,相信我。"

阿曼达把她的黑莓递给鲁本。这个手机在他的巨手里小得好像一包口香糖。他把屏幕凑近他的脸,歪着头仔细端详照片。菲斯已经习惯了威尔的身高,但是相比之下,鲁本简直是个巨人。他身上的每一处都更大、更强壮、更有威胁性。他虽然只对她们说了六个字,但是菲斯打心眼儿里觉得这个男人不能信任。他直勾勾地盯着死去的妻子的照片,然而脸上没有一丝表情。

阿曼达问:"这是你的太太乔瑟芬·费加罗吗?"

"乔。对,是她。"他把手机递回给阿曼达。他确认了尸体的身份,但是他的情绪反应跟他的语调一样平静,"请进。"

面对这个邀请,阿曼达无法掩饰她的惊讶。她回头瞥了一眼菲斯,然后走进这栋房子。吉普·基尔帕特里克走在后面。这并不代表他有什么绅士风度,他是要在后面盯着她们。菲斯无所谓。她知道,基尔帕特里克看到了她记下搭在门上的那把鲁格AR-556的位置。这把来复枪配件齐全:弹仓握把、消焰器、后折式瞄准镜、激光器、大容量弹仓。

鲁本带他们走过一条铺着瓷砖的长走廊。他一瘸一拐,腿上戴着金属护膝。菲斯心里感谢他缓慢的步速,因为这给了她观察周围的机会。不过这里并没有多少可看的。整栋房子干干净净——真的是干干净净,光秃秃的白墙上没有一幅照片,没有鞋子摆在门边,没有衣服堆在洗衣间里,没有玩具散落在各个角落。

菲斯知道，不管一个人住在巨厦中还是小房间里，只要你跟一个六岁的孩子一起生活，就如同生活在垃圾场里。她没有看到油乎乎的手指印、磨坏的踢脚板，或者每个孩子所过之处都会留下的一地零食屑。

客厅几乎空无一物。这不是开放式客厅，没有连着厨房，只有一扇扇不知通向哪里的紧闭的门。没有窗帘让落地窗显得柔和了一些，没有艺术品或盆栽给房间增色。所有家具都是生铁和白色皮革，按篮球运动员的身材设计。长毛绒地毯洁白无瑕。地板洁白无瑕。如果有一个孩子生活在这里，他一定被幽闭起来了。

"请坐。"鲁本指着沙发，没有等女士坐下，自己就先坐在了一把靠墙的椅子上。他坐下时大概和菲斯身高相当。他的眼睛是一种奇怪的灰色，光头上贴着一条长长的绷带，下面鼓起了一个高尔夫球大小的肿块。

菲斯问："你的头怎么了？"

他没有回答，只是盯着对方，脸上带着淡淡的冷漠，就像一头狮子看一只蚂蚁。

阿曼达说："谢谢你跟我们谈话，费加罗先生。对你太太的事我也很痛心。"她坐在鲁本旁边的沙发上，不得不坐在边缘，好让脚能接触到地面。基尔帕特里克歪坐在另一把椅子上，两只脚荡来荡去。

鲁本仍然看着菲斯，等她坐下。

"我不坐了，谢谢。"如果事态不对，她不想那时再挣扎着站起来。

很多事都有可能不对。

菲斯发现前门边放着另一把步枪。这把AK-47似乎经过改装，成了一把合法武器。茶几的玻璃盒子里放着第二把手枪，也是西格绍尔,不过是 Mosquito[①]等比缩小版。

阿曼达的手提包里放着一把五发式左轮手枪,菲斯的腿上别着一把格洛克,她们肯定不是鲁本·费加罗的对手。他把椅子拉近了她们,把手搭在桌角,离那把手枪只有不到三英寸的距离。

鲁本说:"乔出了什么事?"

"我们也不清楚。"阿曼达说,"现在还没有验完尸。"

"什么时候完成?"

"今天早上。"

"在哪里?"

"格雷迪医院的停尸房。"

他等待着详情。

"由亚特兰大警察局的验尸官来验,但还会有一个 GBI 的人从旁协助。"

"我也要过去。"

基尔帕特里克站起来,对阿曼达说:"费哥受了惊吓。他当然不想去看他太太尸检。"他递给鲁本一个警告的眼色,"她是什么时候死的?"

"也许费加罗先生可以先告诉我们,他昨天是怎么度过的。我指的是星期一。"

"你无权……"基尔帕特里克还没有说完,鲁本就抬起一只手止住了他。

"我周一一早就去了我的医生那里,你可以看到,我最近刚做了膝盖手术,必须复查。这之后,我跟吉普见面谈了些公事,然后一起去见我的律师迪特玛·威蒂克。昨天剩下的时间,我跟我在几家不同银行的理财顾问在一起,城市信托、美国银行、富

[①] 西格绍尔 P226 手枪的一种衍生型。

国银行,吉普可以给你他们的电话。"

基尔帕特里克说:"显然,费哥见的每一个人都不能告诉你他们的谈话内容,但是我可以去核实时间。银行会有监控录像,不过你们大概得先得到授权。"

"还有周一晚上和今天凌晨。"阿曼达对鲁本说,"对不起,但是很奇怪,现在是凌晨两点三十,而你仍然穿着西装。"

"这就是为什么我让你们在门口等了一会儿。"他说,"我觉得穿着睡衣见你们很不得体。"

阿曼达点点头,但她没有指出来,他的西装看起来好像已经穿了一整天。

鲁本问:"她是在哪里被发现的?"

阿曼达没有回答这个问题。"我希望你可以帮助我们把时间线梳理出来。"她转向基尔帕特里克说,"你说你周一早上帮乔把行李搬到车上?"

"我说得不够严谨。"基尔帕特里克发现他把自己逼到了死角里,"我是周日晚上帮她装的车,我也不知道她周一早上几点走的。"他的眼睛一直紧张地看着鲁本,"所以,我最后一次见她是在周日晚上,我们在一个派对上。"

菲斯问:"她开着自己的车去了戒毒所?"

基尔帕特里克知道,菲斯看到了车库里乔的那辆路虎:"我不记得。"

"你记得吗?"阿曼达问鲁本。

"周日晚上。"基尔帕特里克趁他的客户还没张口,抢先回答,"鲁本也在派对上,乔也在。她提前走了,因为头疼,想回去收拾东西,我也不知道。鲁本回来的时候吃了一点止疼片,我说的是周日晚上,派对之后。他周一早上醒来,以为乔已经去了戒毒所，坐出租车去的，因为她的路虎还在这里。"他一边说一边编造着，"你知道戒毒所的情况，他们前两周不让病人给家里打电话，所以我们也没办法知道她到没到那里。"

阿曼达可以在这个故事里挑出各种各样的漏洞，但她只是点点头。

鲁本问："谁杀了她？"

"我们还不确定她是不是被杀。"

"那张照片。"鲁本说，"有人打了她的脸。"他转过头，攥起的拳头有橄榄球那么大，这是他第一次表露出关心妻子的情绪，"谁杀了她？"

"瓦格纳女士。"基尔帕特里克插话道，"我想你应该知道，乔有服用奥施康定的习惯，而且依赖很严重。她被捕之前费哥都不了解。所以她去了戒毒所，或者说要去戒毒所。"他停下来咽了一下口水，明显有些慌乱，"你们应该去找卖药给她的药贩子，黑道上的那些人。"

菲斯记得威尔说过，安吉就供应药品给年轻女孩儿，这是她帮助这些女孩儿的一种方式。她也把药供给乔·费加罗吗？

"你收藏了不少好枪啊。"阿曼达环顾着房间，假装刚刚注意到这些武器，"这是一种爱好吗？还是为了保护你的家人？"

鲁本用钢铁一样的灰眼睛死死盯着阿曼达，说："我把我的家人保护得非常好。"

基尔帕特里克说："瓦格纳女士，我相信你很熟悉佐治亚的法律，执法人员不允许私下询问守法公民关于枪支或者其他武器的问题，不管这些武器可见还是不可见，特别是在一栋私人住宅里。"

菲斯问："乔有没有向安东尼道别？"

鲁本眯起眼睛，说："有。"

菲斯等他说下去，但他明显不想说更多。"安东尼在这里吗？"她问

"在。"

"我们可以跟他说话吗？或许她妈妈……"

一声电话铃响，菲斯的手本能地摸向她的枪。鲁本的手也动了一下，然后慢慢伸进兜里，掏出一个 iPhone。菲斯看向基尔帕特里克，他已经坐到了椅子边缘，精神紧绷，装备伺机而动。鲁本的目光不再强硬，石头一样的态度松弛了一点点。

他们一起看着他把手机拿到耳边。

"不。"鲁本低声说，过了一会儿又说了一遍，然后挂掉了电话。他向基尔帕特里克摇了一下头，一直把手机握在手里。菲斯感到很安心，因为他的惯用手被占用了。"抱歉，"他说，"私事。"

"鲁本。"一个老妇人推开门。她是非裔美国人，穿着得体，戴着一串珍珠项链，"要不要我给你的客人们倒点茶或者咖啡？"

"不用。"鲁本捋了捋领带，"谢谢，我们很好。"

她犹豫了一下，随后退出房间。

这番对话只有几秒钟，但是菲斯瞥见了那个女人的脸，她的下嘴唇在颤抖。

基尔帕特里克解释道："那是乔的母亲，她有心脏病，我们要等她能够接受的时候再告诉他这个消息。"

"不好意思。"阿曼达说，"乔是被领养的吗？"

鲁本恢复了镇定，回到冷漠的状态，说："对，那时候她还是个婴儿。她从来都不知道自己的亲生母亲是谁。"

"真不幸。"阿曼达捂着嘴咳嗽着，拍了拍胸口，接着又咳嗽起来，"不好意思，麻烦你给我点儿水喝。"

"我去接。"菲斯向厨房走去。

鲁本正要站起来,基尔帕特里克却说:"好极了。"

菲斯走进厨房的一刻就知道为什么"好极了"。子弹头,黑色紧身衣,拉斯洛·捷夫考维奇坐在厨房中央的餐台上面,吃着盒装的冰激凌。那位女士应该是林赛夫人,她就坐在拉斯洛对面,手里扭着一条白色毛巾,明显由于隔壁房间里发生的事而坐立难安。菲斯认出了她,不仅是因为那串珍珠项链,还因为她嘴唇的颤抖跟威尔描述的一模一样。

菲斯说:"多漂亮的厨房啊。"虽然这间厨房更像是一个囤积着食物的避难所。橱柜全部是白色的,里面存放着各种餐具。大理石台面设计成瀑布的造型,跟大理石地板相连,就连房间后面的楼梯都是刺眼的亮白色。

"谢谢。"林赛夫人把毛巾叠起来,"我女婿设计的。"

这很能反映鲁本的性格,他自己可能也是其中的一块大理石砖。"要保持整洁一定很费事吧,尤其是家里还有个小男孩儿。你的女儿肯定有很多帮手。"菲斯试探道。

"不,她都是自己做的,清理整栋房子、做饭,还有洗衣服。"

"那可真是不容易。"菲斯又重复了一遍这句话,"尤其是家里还有个小男孩儿。"

拉斯洛用勺子敲着桌子,问菲斯:"你来这里找什么?"他的波士顿口音好像嘴里塞着一团棉花。

倒一杯水的时间不够长,所以她说:"我来帮忙泡茶。"

"我去拿烧水壶。"林赛夫人在几个橱柜门间开开关关。这让菲斯看出,她并不常来。

"喂。"拉斯洛在桌上敲着勺子吸引注意,然后指向一个热水机，这表明拉斯洛常来这里。

"又是这种华而不实的时髦货。"林赛夫人开始准备杯子，依然是白色，而且很大，是为鲁本专门设计的，像房子里其他所有东西一样。

菲斯开始往杯子里倒热水。厨房台面太高，她不得不踮起脚尖。她问林赛夫人："你是来这里看你外孙的吗？"

她点点头，但是没有说话。

"六岁，那他应该在读一年级吧？"菲斯开始往下一个杯子里倒水，"真是个好年纪，对什么都兴味盎然，永远都开开心心的。而且他那么可爱，让你想一直搂着不放手。"

林赛夫人一个失手，杯子像冰块一样摔碎在大理石地板上，白色碎片四处飞溅。

最开始，几个人都一动不动。他们盯着彼此，像一个墨西哥僵局，直到拉斯洛对老妇人说："上楼去，亲爱的，我来收拾这里。"

林赛夫人看着菲斯，嘴唇又开始颤抖。

菲斯说："我想你昨天见到了我的搭档威尔·特伦特。"

拉斯洛站起来，用靴子碾着地上的碎瓷片："上楼去照顾安东尼。下面这么吵，你也不想让他醒过来被吓到吧。"

"当然。"林赛夫人咬住嘴唇，让它停止颤抖，然后对菲斯说："晚安。"

她向楼梯走去，手杖敲在地上，发出沉闷的金属声。她转过头看了一眼菲斯，然后艰难地爬上楼梯。她的脚步声消失在楼梯上时，感觉好像过了一万年。

拉斯洛用靴子把杯子碎渣碾成粉末，然后回到他的座位上。他拿起勺子，往嘴里送了一勺冰激凌，吧唧着嘴，眼睛盯着菲斯的胸部，说："好奶子。"

菲斯说:"你的也是。"

菲斯用鞋踢开门,知道这样会留下个记号。阿曼达已经从沙发上站起来,把包提在手上:"谢谢你,费加罗先生,我们保持联络,再次对你失去太太表示哀悼。"

基尔帕特里克带她们出去,还是让她们走在前面,好像生怕她们杀个回马枪,发现什么他无法解释的东西。

到了后门,他对阿曼达说:"如果你还有什么问题要问费哥,给我打电话,号码在我名片上。"

"我们需要他确认尸体,如果能提供一份DNA样本也会对我们有帮助。"

基尔帕特里克冷笑了一声,没有一个经纪人会出卖客户的DNA信息:"等你们把她清理好再拍一张照片,我们那时候赶过去。"

"太好了。"阿曼达说,"期待几个小时后再次见面。"

基尔帕特里克止不住地冷笑,说:"对了,你昨天向迪特玛要求的跟马库斯的录音谈话没戏了。你要是不相信我,就给迪特玛打电话。"

他没有使劲关门,因为没有必要。

阿曼达走向她的车,恨不得把手里的包撕碎。

菲斯后退了几步,抬头望着二层的窗户。没有灯开着,没有林赛夫人站在窗帘后向外凝望。菲斯和先前的威尔有一样的感受:有些事不对劲。

她们上了车,谁也没有说话,车子开上了切诺基大道。

阿曼达问:"她母亲那里什么线索也没找到?"

"拉斯洛在那儿。"菲斯问,"那通电话是怎么回事?基尔帕特里克吓得心脏都快跳出来了。"

"越来越让人好奇了。"阿曼达说,"鲁本·费加罗是个脾气很大的人。"

如果是对别人，菲斯恐怕早就说了一声"切"。房子里到处都是枪，房间的布置富于审美趣味，清洁、一丝不苟——鲁本·费加罗简直是一个教科书式的控制狂。至于控制是否会导向暴力，则不得而知。不过最起码，他的妻子在去超市的路上嗑药就变得合情合理了。

不合情理的是，她为什么被人杀害。

阿曼达说："他的不在场证明暂且有效，你懂的。而且我发现对他很方便的一点是，他一整天都跟那些被行业准则约束着不能开口的人在一起。"

"是安吉让她被害的。"菲斯猜测，"就是这样一个故事。不是马库斯·里皮，不是基尔帕特里克，不是鲁本或者其他任何人。安吉来了一个杰瑞斯宾格秀[①]的那种'吓了一跳吧，我是你妈妈'，然后迫使乔做了什么，最后导致她被杀。"

"不要削足适履。"阿曼达提醒她，"我很担心她的儿子安东尼，连我都知道他们家里总该有一些玩具，或者至少那个玻璃茶几上该有一些污迹。"

"书包、鞋子、绘本、彩色蜡笔、汽车模型、脏东西……"菲斯已经不记得男孩子能把家里弄得多脏了，他们就像棉花球，能把周围所有的灰尘都吸过来，"如果一个六岁男孩儿住在那栋房子里，那么他妈妈一整天都会追在后面给他清理。而且她什么活儿都是自己干，林赛夫人确认了，乔没有帮手。除此之外，她还要像一个真正的家庭主妇那样，做饭、打扫房间、洗衣服。"

"乔是周日晚上失踪的。不管怎么说，现在已经是周二早上。我们假设她的丈夫自己不会打扫卫生，那么清洁工作都是林赛夫

[①] 一档美国脱口秀节目。

人接手做的?"

"我看不出她能干活。她拄着拐杖,腰都弯不下来。不过你说的对,安东尼一定出了什么问题。我不断拿孩子来试探她,如果拉斯洛不在那里,她可能已经崩溃了。"菲斯说,"我们可以给学校打电话,他们可以给出旷课信息。我记得他上的是里弗斯小学,那是一所受公共基金资助的私立小学,收的都是有钱的白人小孩儿。"

"现在还太早,不到六点不会有人上班。"

菲斯听她提到时间,条件反射似的打了个哈欠。

阿曼达说:"我想找威尔在写字楼里发现的那个'简·多伊'谈谈,她一定看到了什么。她从哪里搞来那么多可卡因?"

菲斯仍在打哈欠。她一下子接收到太多信息,大脑有些转不过来:"费加罗似乎对照片里的人是乔深信不疑。他怎么会那么确定?她被打得面目全非,头已经肿成了西瓜。"

"还有一个问题。"阿曼达指着收音机上的时钟,"我们是将近凌晨两点半到的那里,而他们全都醒着,穿戴整齐。基尔帕特里克穿着西装出现在那里,鲁本穿着西装,拉斯洛也在。鲁本的岳母还戴着珍珠项链。那栋房子里的所有灯都开着。他们熬夜不睡一定有原因。"

菲斯说:"基尔帕特里克不知道乔死了。"

"对。"阿曼达说,"我告诉他的时候,他很震惊,这是装不出来的。"

"费加罗戴着护膝,但是头上有一个鼓包,应该是被某人用重物砸伤的。"

"乔?"

菲斯笑起来,不过是因为毫无头绪:"安吉?黛丽拉?弗吉尼亚·苏扎？"

"前门的那把 AK 好像改装成了单发。"

"后门的那把 AR 有一个撞火枪托，七秒之内能打出一百发子弹。"菲斯摇着头，努力想要搞清状况，"那栋房子里究竟闹了什么鬼？"

"注意，基尔帕特里克和拉斯洛都是帮他们摆平问题的人，他们有什么问题需要摆平？"

"如果我们相信基尔帕特里克不知道乔死了，那么他们来摆平的就不是这个问题。"菲斯提醒她，"林赛夫人周一下午在基尔帕特里克那里，威尔就在那时候见到了她，她当时正为什么事而难过。"

"她女儿因为非法持有药品被捕。"

"嗯，那是上周四，但乔周六就出狱了。她妈妈在基尔帕特里克那里有别的事——周一出的事，哈丁被杀之后出的事，跟她女儿失踪有关的事。"菲斯想到另外一个危险信号，"她去找的是基尔帕特里克，而不是鲁本。"

"几分钟前，鲁本接到的那个电话有些奇怪。"

"他们似乎都在等那个电话，包括林赛夫人。电话铃响的那一刻，她把头探出了厨房，想要了解情况。"菲斯把头转向阿曼达，"如果那个电话不是跟乔有关的，那么我唯一能想到会让林赛夫人那么担忧的，只有安东尼。"

"把这些串在一起，菲斯。鲁本·费加罗周一早上去了基尔帕特里克的办公室，然后两人一起见了他的律师。剩下的时间，鲁本去了三家不同的银行。而现在，凌晨两点半，他们全都在家里，穿戴整齐，等待一个电话。这告诉了我们什么？"

"勒索。"菲斯说，"安吉绑架了她自己的外孙。"

第十一章

医生早上巡房的时候，威尔手插着兜，在"简·多伊"的病房外走来走去。他感到一种奇怪的兴奋，甚至有些飘飘然，虽然他昨晚一夜没睡觉，但是比过去的三十六小时头脑更清醒。很明显，安吉以为可以用那些心理游戏把他压垮，但实际上却更加激发了他击败安吉的斗志。

而且他要让她败得体无完肤，因为他很清楚她在做什么。

"威尔？"菲斯说，"你在这里做什么？"

他没有解释，过去七个小时里不断敲击大脑的那些东西，从他口中喷涌而出："我重新看了一下里皮强奸案的笔记。鲁本·费加罗是里皮在派对上的主要证人，而乔是她丈夫的主要证人。安吉知道这一点。她还查出乔是个瘾君子，而瘾君子都很容易控制。她操纵乔来敲诈她的丈夫。如果乔破坏了鲁本的不在场证明，也就破坏了里皮的不在场证明，一切就要分崩离析。但是，他们没有付钱投降，鲁本去找了基尔帕特里克，基尔帕特里克派了哈丁来解决这个问题，哈丁则叫来警察拘捕了乔。乔并没有就此闭嘴，所以哈丁用杀掉她的方式解决问题。"威尔的脸上露出微笑，因为他的逻辑从头到尾都很通顺，"安吉给我打电话，就是为了扰乱我，让我发现不了她做的事情。"

菲斯沉默了一会儿，然后问："安吉怎么知道证人的证词？"

"我的文件夹放在家里，她一定看过。我知道她看过。"威尔发现自己说得太快，声音太大，于是放缓了语速，"她弄乱了那些证词。她知道我的彩色编码，所以她把文件混在一起，让我知道她看过。"

"莎拉在哪里？"

"在楼下协助验尸。"威尔抓住菲斯的手臂，"听我说，乔一死，安吉就失去了筹码。她想让我们……"

"我和阿曼达觉得安吉绑架了她的外孙。"

威尔松开了她的手臂。

"他昨天没有上学，今天早上也没有出现。"

威尔看着她的眼睛，想知道她们为什么会这样猜测："他可能感冒了，或者……"

"过来。"菲斯把他带到护士站对面的椅子边，让他坐下，而自己却站在他面前，高出他一截，然后给他讲述了她和阿曼达的所见所闻。

当菲斯提到电话铃响时林赛夫人探头出来的那一刻，威尔先前自以为破解了案件的欢欣鼓舞瞬间消散无踪。等到菲斯简要地讲完了刚才几个小时里发生的事情，威尔已经瘫坐在椅子里，双手扣在膝盖内侧，彻底泄了气。

菲斯说的每件事都合情合理，关于律师和理财顾问的事合情合理，关于所有人等待电话的事合情合理，关于安吉害她的女儿被杀，并且仍然想要从中渔利的事也合情合理。

他出了什么问题？怎么会爱过一个如此卑鄙的人？

菲斯说："你说她的勒索计划没有成功，应该是对的，哈丁带走了乔……"

"安吉把安东尼看作完美的替代品。"威尔用手摩挲着脸。适者生存。安吉总是不断前进,从不担心会产生什么后果,因为她根本不会停留多长时间去处理它们。

他说:"我打了科利尔。"

"我知道,我希望你下手更狠一点。"菲斯打了个哈欠,"我们现在要重新完成科利尔那边的工作。他撒了谎,说弗吉尼亚·苏扎死于吸毒过量,可她上周还活蹦乱跳的。我们找到了一份监狱的监控录像,她上周去保释了一个上街拉客的十八岁孩子。黛丽拉·帕尔默仍然是我们唯一可靠的线索。她可能是受害者,也可能是行凶者。不管哪种,她要寻求帮助,找的第一个人一定是她的皮条客。我们需要找到苏扎,如果她确实是个老鸨,那么她一定知道黛丽拉的皮条客是谁。我们找到了皮条客,也就找到了黛丽拉。"

"特伦特探员。"医生说,"你现在可以跟病人说话了,但是要简短。另外,她现在太兴奋了,不要让她更激动。"

菲斯问:"她有什么好兴奋的?"

医生耸耸肩,说:"免费的食物,干净的床单,有护士照顾,有电视看,我们还给她做了个大换血。这可能是几十年来她第一次这么干净。她已经在街头生活了二十年,我们这里对她就像丽思酒店一样。"

"谢谢。"菲斯问威尔,"进去吧?"

威尔想要站起来,但他感觉自己身上仿佛被灌了铅,昨天的那种麻木感又回来了。他所缺失的每一分钟睡眠,都像打桩机一样把他按在原地:"我们什么也做不了,不是吗?关于安东尼,他爸爸没有报他失踪,我们无法要求见他,因为我们没有任何真正的证据表明他出了问题。鲁本有一窝律师告诉他他有什么个人权利。如果他真是你说的那种控制狂,他就会坚持亲自掌控这个局面。"

菲斯说:"阿曼达正在申请调查他通话的许可。她已经派了四辆车候在他房子外面。一旦有人离开,我们就会派人跟踪。不过,你说的对,你和我现在别无他法,只能把我们手头的事做好。"

威尔感到昨晚的那头大象又一脚踩到他胸口。他想摆脱这种感觉,不能像在殡仪馆里那样让自己受辱:"安吉说乔是我的女儿,莎拉说我的血型不能排除这种可能。"

"你相信安吉吗?"

他把心里仅有的想法告诉菲斯:"现在我唯一想做的,就是扼住她的脖子,把她的气管掐爆,这样我就能看到她眼睛里带着恐慌,窒息而死。"

"这想法真可怕。"菲斯露出母亲似的表情,"为什么不回家休息一下?这几天你太辛苦了。我可以跟'简·多伊'谈话,阿曼达也马上就会过来。你也许不该跟一个潜在目击者对话。"

"规矩早就打破了,我是发现她的人。"威尔站起来,整了整领带。他必须按照安吉给出的线索不断前进。如果他被压力压垮,如果他又得了什么愚蠢的急性焦虑症,他就再也抬不起头来,"开始干活吧。"

他让菲斯走在前面。"简·多伊2号"是医院病房里三个"简·多伊"中的一个。"简·多伊1号"在楼道尽头的一间安静的房间。"简·多伊3号"门外站着一个警察。格雷迪医院是亚特兰大唯一的公立医院,这里有很多"简·多伊"。

他们的那位"简·多伊"在一间用玻璃窗和木门隔开的小病房里,里面的各种医疗器械嗡嗡作响。一台心脏监护器实时监测着她的心跳，上面的指示灯一直亮着。"简·多伊"的两只眼睛成了两个黑洞，因为她的鼻子已经塌陷下去。她头上三分之二的部位都缠着厚重的绷带，只有嘴和下巴露着，油腻的褐色头发从纱布里翘起来。两个手术引流管从脸的两侧垂下，将多余的液体和血液从伤口排出来。她让威尔想起了《星球大战》里的科洛爪鱼。

菲斯和威尔走进来，"简"放下吃了一半的果冻，说："别关门，我不想成为另一个被警察拘留之后离奇死亡的黑人妇女。"

菲斯说："第一，你没有被警察拘留；第二，你不是黑人。"

"妈的。""简"搓着她的白色手臂说，"那我怎么把自己的人生搞得这么惨？"

"我想这跟个人选择有关系。"

"简"放下果冻杯，靠坐在床上。她的声音有些沙哑，年龄比威尔最初想象的要大，看起来已经将近五十岁。他不知道自己当时怎么会把她当成了安吉。

"简"说："你们想干吗？我几分钟后要去洗个澡，然后《马西斯法官》①就开始了。"

"我们想跟你谈谈星期日晚上的事。"

"今天是星期几？"

"星期二。"

"妈的，是那些可卡因。"她笑起来，引流袋在她脸颊两侧摇晃着，"该死的，贱人。星期日我在月球上。"

菲斯用眼神告诉威尔，她对这个人没有耐心。

威尔对"简"说："我们还没有自我介绍。我是GBI的高级探员特伦特。这位是我的同事，菲斯·米歇尔。"

---

①一档美国法制节目。

"叫我多伊医生,因为我在医院里。"

威尔怀疑这个女人有没有身份证件,如果不逮捕她,就没法得到她的指纹,也就无法确认她的身份。他说:"好吧,多伊医生。周日晚上,在我们周一找到你的那栋楼对面的夜总会里,有个人被杀了。"

她问:"被枪打死的吗?"

"我们也不清楚,你听见枪声了?"

"简"直勾勾地盯着他:"你知不知道,一条狗每年都会咬死一个人。"她似乎认为这是非常有用的信息,"要我说,家里养狗的人真该小心点。哈……"她从威尔身边看过去,阿曼达正站在门口。"简"说:"船长总是站在船尾发号施令。"

阿曼达点点头,接受了这句恭维:"米歇尔探员,为什么这个嫌犯还没转移到楼下的犯人病房?"

菲斯说:"你是说那个没有电视也没法洗澡的房间?"

"该死,贱人,这么快就进入战备状态了吗?""简"努力坐起来,"好吧,我有料,说了对我有什么好处?"

阿曼达说:"你还能在重症监护室里多待一天,然后你会被转到楼下的普通病房。我可以让你在病房里多待一段日子,然后把你注册到一个治疗计划里。"

"不,我不需要什么治疗计划。我要离开这里,回去接着吸可卡因。不过,我要在这儿多待两天,你们会同意的,因为那件事发生的时候我在楼里。"

"那栋写字楼?"威尔问。

"不是,那个不知道是什么的地方,里面有个天井。"她微笑起来,绷带下露出棕黄色的牙齿,"现在你们把注意力都放在我身上了。"

菲斯交叉着双臂，问："你什么时间到那里的？"

"该死的家伙，他们偷走了我的劳力士。""简"拍了拍手腕，"什么时间？贱人，我怎么知道什么时间？那是周日，外面一团黑，有一轮满月。我就知道这么多。"

菲斯退后一步，让阿曼达接手。当目击证人对她产生敌意的时候，菲斯总能感觉到。

阿曼达说："从枪声开始说。"

"我当时在对面的写字楼里，正铺床准备睡觉。然后我就听见了那声枪响，吓了我一大跳。我当时想，会不会是汽车回火的声音？会不会是帮派火拼？妈的，这种事我最讨厌了。""简"咳嗽了一声，清了清嗓子里的痰，"不管是什么，反正我就躺在那儿，想着我该怎么办。过了一会儿，我决定过去搞清状况，万一有什么帮派来了，我得赶紧拍屁股走人，你说对不对？"

阿曼达点点头。

"我在三层，还要把铺盖收起来，所以过了一会儿才下去。那是个该死的危楼。我走出楼门的时候，听见一辆车'刺啦刺啦'地开出去，轮胎都要烧着了。"

威尔咬住嘴唇，不让自己骂出声。"简·多伊"到得太晚了。

"你听见一辆车离开了现场？"阿曼达向她确认。

"没错。"

"你看见那辆车了吗？"

"看见一点，黑色的，底下有一圈红色。"

安吉的车就是黑色配红条纹。

"简"说："可是停车场里还有一辆车，白色的，有点像外国车。"

戴尔·哈丁的起亚。

"嗯,然后我就回到我的小窝了。不用管那些急急忙忙开走的车,我在街头混了很久了,生意谈崩的情况早就见惯了。"

威尔感到一阵失落,但"简·多伊"继续说了下去。

"然后我就回到我的小窝,躺在那里,开始想,妈的,你知道我在想什么。也许我之前想错了。这是一个交易型社区,我兜里也有几个钱。那栋楼外面停着一辆车,另一辆车刚走,给人的感觉是里面应该有个药贩子,只是单纯在卖药,对不对?"她又在床上坐起来,"所以我又溜达回去,穿过停车场,进到那栋楼里。里面黑咕隆咚的,窗户都涂黑了还是怎样。我摸着黑瞎走,眼睛慢慢适应了,然后我就看见那个女孩儿躺在地上。最开始,我还以为她死了,就开始翻她的兜,但是她突然动了一下,吓了我一大跳。"

阿曼达问:"这是底层,不是楼上吧?"

"一点儿没错。"

"她具体躺在地上哪个位置?"

"妈的,我不知道,我需要一张地图,对不对?我又没多在意她,只不过是走进楼里,冷不丁撞见了她。"

"她长什么样子?"

"深色头发,白人女孩儿。她侧身躺着,胳膊和腿都动不了,头也不太能动,但是她一直在那儿哼唧。然后我就想,好吧,原来如此,我得赶紧离开这个鬼地方。不过我没走掉,因为另一辆车又回到停车场来了。"

"原来开走的那辆?"

"对,不过这次我看得更清楚了,像老车那种方形的鼻子。但是,我不太懂车,对不对?"

安吉的黑色蒙特卡洛就是方鼻子。她为什么回来了?她最开始又为什么要走?

阿曼达问:"距离那辆车离开过了多久?"

"约莫着三十分钟吧。我不知道。干我们这行的不用那么准时。"她接着说,"那辆车停在了前门,所以我就准备从后门开溜。我躲在那个吧台后面,偷偷往外看,像这样——"她伸长了脖子,"然后我就看见第二个贱人进来了,高个子,白人,跟第一个一样是长发,不过更瘦。别问我她的脸长什么样,因为在那种地方谁他妈能看得见,黑得像座坟墓似的。"她指着床头桌上的大水罐说,"给我喝点儿水好吗,亲爱的?"

威尔离得最近,他往纸杯里倒了些水。

"简"喝了一口,响亮地"咕嘟"了一声:"好了,说到第二个贱人进来了。她愤怒得不行,对不对?她到处踢东西,骂人,这个去死那个去死的。"

肯定是安吉。可是,她为什么生气?她搞砸了什么?

"她走上楼,好像反对希特勒的示威游行那样,你明白我的意思吗?两只脚'砰砰砰'地跺地。"她放下水杯,"我听见她上楼,干什么我不知道。她在房间里进进出出,把东西挪来挪去。"

布置犯罪现场。

"她有一个手电筒,我跟你讲过这个吗?"

阿曼达说:"没有。"

"不是那种小号的,她那个特别亮。所以我一直没动地方,对不对?我不想让那道光照到我。谁知道那个贱人会把我怎么样。"

她突然不说话了。

阿曼达又问:"然后呢?"

"啊,最后,那个贱人回到楼下。她又骂了几句,然后开始踹那个地上的妞儿,踹得真狠。那个妞就'嗷嗷'地呻吟起来,接下来就有意思了。"

"简"又不说话了。

阿曼达警告道:"别拖拖拉拉的。"

"好吧,我只是想增加点乐趣,我很少跟人说话。"她又喝了一口水,"然后,那个贱人就站在那里,听地上的人呻吟了几分钟,低头看着她,感觉好像在说'你这坨大便'。接着,贱人突然一下抓起地上小姐的腿,开始把她往楼外面拖。我的妈呀……"她摇摇头,"那个小妞先前只是呻吟,可是当那个贱人拉她的腿时,她开始尖叫起来。"

威尔感到下巴一阵疼痛。安吉把她受了致命伤、瘫在地上的亲生女儿拖出了楼?

"然后,贱人又进来了,开始到处踢东西。"

隐藏她把一个人拖过地板的痕迹。

"她这一次真的走了。之后我听见'砰砰'的声音,好像是在关车门,而且有好几个车门。"

菲斯问:"有没有可能是关后备箱?"

"妈的,我又没有雷达一样的耳朵。反正就是车上很多东西'砰'地关上了。"她看起来有些恼怒,似乎不喜欢菲斯问的问题。"然后就是'轰隆'一声!我不知道是什么东西,反正是很大的一声。我抬头看窗户——呃,窗户外面涂成了黑色,对,但我还是看见那些火焰蹿上去,好像维京人的葬礼。这样……"她挥动手臂画着圈,"满天都是。"她放下了手,"就是这样。然后车开走了。"

阿曼达问:"你看见别的什么人了吗?"

"没有,真的,只有贱人和小妞还有火焰。"

"没有孩子吗?"

"一个孩子在那里做什么?深更半夜的,早就上床睡觉了。"

阿曼达问:"你没有去楼上看看,第一个女人在上面做了什么?"

"简"舔了一下嘴唇,说:"嗯,我确实很好奇。"

阿曼达摆了摆手,示意她继续说下去。

"上面有个男的,没死,不过跟死了也差不多。那里的光线好一些,因为窗户就正对着天井。"

"还有呢?"

"那个浑蛋像一头该死的鲸鱼似的,睡得真香。不过像我说的,他没有死,只是快死了,人人都看得出来,或者起码我看得出来,因为我这辈子看过很多人死。他就跟电视里那个家伙一样,尿了自己一裤子,脖子上插着门把手。你还记得那个电影吗?"她打了两个响指,就像《亚当斯一家》里那样。

威尔补充道:"勒奇[①],但我觉得你想说的是弗兰肯斯坦[②]。"

"没错。"她朝威尔眨了眨眼,"早知道你最聪明,亲爱的。"

阿曼达说:"我在等你说,那些可卡因是哪里来的。"

"死人外套口袋里的。""简"拍了拍胸脯,"如果蹲下来,把手伸得远一点,就可以拿到它,而且不会让血沾我一身。两盎司,我从小到大都没见过那么多可卡因。"

"然后你又回到街对面……"

"我不能跟那个快死的人待在一起,那样太奇怪了。而且谁知道那个贱人会不会再回来。妈的,她已经离开又回来一次了。"她开始把纸杯子撕成一片一片的,"所以我又溜达回街对面,拿

[①] 美国电影《亚当斯一家》的主人公。
[②] 英国作家玛丽·雪莱的科幻小说《弗兰肯斯坦》中的疯狂科学家。

那包东西过瘾,一直玩到太阳出来。然后警察就都拥过来了。妈的,我就只好爬到楼上去爽。我这一爬楼梯就没停住,一直爬到了顶层。那可卡因可真纯,百分之百的纯。"

威尔看到菲斯翻着白眼。每个毒贩子都说他的可卡因最纯。

阿曼达问:"就这些吗?没落下什么吧?"

"呃,这事儿听着不像真的,不过什么事都有可能发生,对不对?"

阿曼达一边在黑莓上打字一边说:"我会让另一个探员录下你的证词。他还会带一个画肖像的人过来,能陪你聊一晚上,尽量把记得的东西慢慢说。"

"看来我还有很多麻烦事儿。"

"就把这个当作你免罪卡①的一部分吧。"阿曼达向威尔和菲斯做了个手势,示意他们随她走出房间。她走到离"简"的房间几尺远的地方,站在了护士站前面。

菲斯问:"我们能相信她吗?"

阿曼达说:"查理在一层发现一个血点,他认为是从鼻子里流出来的。"

威尔说:"安吉知道怎么布置犯罪现场。"

"我正在琢磨这个。"菲斯试着把她想的讲出来,"大概就是,乔从楼上的房间里开始不断流血,一路下到底层,然后支撑不住倒在地上。安吉出于某种原因离开,又出于某种原因回来。接着,她把乔拖到她的蒙特卡洛上,然后放火烧了哈丁的起亚,最后再次开车离开。"

威尔想说,安吉不会做这样的事,但他遏制住了说话的冲动。

---

①桌面游戏《大富翁》里的卡牌。

阿曼达说："调查鲁本通话的申请一直被延迟，征调街道监控录像刚刚才获准。没有人离开费加罗家，除了拉斯洛。他被派去麦当劳买早餐，一共买了三杯咖啡和三份早餐拼盘。"

"三份，而不是四份，也就是说没有安东尼的。"菲斯说，"让我看看笔记，我需要重新讲一遍。"

威尔不想听她复述一遍案情。

他从菲斯的肩膀上方看过去，假装在听。他看到一个护士正往一个平板电脑里输入着什么。格雷迪医院的所有病人信息都电子化了，而护士站背面的那块白板仍然没有换成高科技的东西。护士们通过手写病人的姓名和状态来掌握病房的情况。威尔正看着，一个护士就走到白板前，擦掉了"简·多伊1号"，用红色记号笔写上了一个新名字，全部是大写字母，而且他见过这个名字好几次，所以这个名字对他来说好认了许多。

威尔说："黛丽拉·帕尔默。"

阿曼达问："她怎么了？"

威尔指着那块白板。

护士听到了他说的话，解释道："家庭暴力，男朋友已经找不到了。她自己走进急诊室，胸口当时插着一把刀子。"

"什么时候的事？"菲斯问。

"周一早上，我换班之前。"

威尔说："我还以为我们查了所有医院里被刺伤的病人。"

"'我们'没有。"菲斯的声音非常愤怒。她对护士说："奥利维亚，昨晚我过来的时候，这个病人还是'简·多伊1号'，现在怎么变了？"

"我们把她的衣服送到下面的焚化炉之前先检查了一下，在里面发现了她的驾照。"奥维利亚给记号笔盖上笔帽，"她仍然处于诱导性昏迷中,你们还不能探视。另外,我记得她是由亚特兰大警察局的人负责的。"

阿曼达问:"谁是负责人?"

"我可以在这儿查一下。"奥维利亚查了一下平板电脑,脸上突然绽开微笑,"啊,是丹尼,丹尼·科利尔。"

第十二章

"蛛网膜下出血。"加雷·昆塔纳说,"听着像蜘蛛似的。"

"这是一个蛛网状区域,在人的大脑里。她的那部分一直在流血。"莎拉向他解释。

"哇哦,闻所未闻!"加雷继续阅读乔瑟芬·费加罗的初步验尸报告。阿曼达昨天对他说的话成效立竿见影,他放下了卷起的衬衫袖子,原来的大金链子换成了一条针织领带,连马尾辫也剪掉了。他的头发没有潇洒地披散在脑后,而是整齐地盘了起来。

莎拉看到他的马尾辫没有了,有点替他难过。

加雷读着验尸报告:"'死因是硬膜外出血',这是什么?"

"那是颅内出血的另一种类型。"莎拉能感觉到他还想再多了解一些,"她的头经受了外部创伤,头骨碎裂,伤到了脑膜中动脉。而脑膜中动脉是颈外动脉的分支,帮助大脑供血。血液注入了她的硬脑膜和头骨之间,而头骨有固定的容量,不能扩展,这些多余的血液给她的大脑带来了太大的压迫。"

"然后会怎么样?"

"一般来说,病人会短暂失去知觉。刚受伤的那一刻,他们通常会昏迷几分钟,而醒来之后他们又会恢复正常的意识。这种出血方式危险就危险在这里。病人会有严重的头疼,但是神志清醒,直到流血量多到把大脑搞垮,那时候就没救了。他们会陷入昏迷,然后死亡。"

"哇哦。"加雷看着乔的轮床感叹。格雷迪医院地下二层的楼道里有一间亚特兰大警察局所属的停尸房,他们此刻就站在停尸房外。轮床已经收起来靠在了墙上,等待别人拿去用。因为一批劣质冰毒作祟,验尸官有一整栋楼的尸体要验。

加雷说:"她肯定吃了不少苦头。"

"没错。"

他的注意力回到验尸报告上:"颈椎骨折?听起来也很要命。"

"是的,她当时很可能已经瘫痪了。"

"她的心脏也受了伤。"他皱着眉头,"她一定是受到了狠狠的一击。"

"不一定。"莎拉解释道,"她的头骨碎裂是均匀分布的,肋骨和颈椎也骨折了,但是胸椎和长骨没有,所以受到重击的并不是某个部位,而是身体的一整面。你注意到这点没有?"

"嗯,那代表什么呢?"

"所以她很可能是从高处失足跌落或者被人推了下来,颈椎骨折就是证据,被打很难造成这种损伤。她是从二十尺以上的高度摔了下来,身体的一侧撞到地面,头骨碎裂,动脉撕裂。几个小时之后,她死于脑出血。"

"夜总会里的那个天井大概有三十尺高。"加雷用敬畏的眼神看着莎拉,"哇,林顿博士,你用科学把这个推断出来,真的好酷。"他把验尸报告递给她,"谢谢你给我讲了这么多,我真的很想学一学。"

"很高兴阿曼达派你来协助我。"

"哈，她还让我打扮得利索点。"加雷拍了拍领带，"我得有点职业精神，你说呢？焦点应该是受害者，不是我。"

莎拉觉得阿曼达的理由很恰当："我得去找到他们，让他们知道最新的发现。你还有其他问题吗？"

"嗯，她现在就这样被放在走廊里，你觉得我是不是应该把她放回冷冻间？"

"那样最好。"莎拉拍了拍他的肩膀，走向楼梯。重症监护室在六层以上，但是格雷迪医院的电梯非常慢，她需要尽快找到阿曼达。

当然，找到阿曼达意味着同时找到威尔。莎拉有些动摇，她仍然不清楚自己昨晚的感受。威尔在车里不想说话，到家之后又闭不上嘴。他整晚没有睡觉，几乎陷入躁狂，提出了很多想法，却无异于衔尾蛇一样原地打转。他对安吉非常愤怒，不管他自己是否承认，他被深深地伤害了。他嘴里说出的每句话都离不开安吉。莎拉像一个医生那样看着他，想要将他治愈，而且这次她会确保他不能偷偷地把药片吐到手掌里。她也像个女朋友那样看着他，想要抱住他，让他好过一点。最后，她用结过婚的女人的心态看着他。她知道健康的关系是怎样的，不知道自己为什么陷入了这种境地。

莎拉拉开重症监护室的门，正好听到一个男人在喊叫："那他妈又怎么样？"

霍尔顿·科利尔挥舞着双手，那种孩子气的和蔼可亲一扫而空，因为阿曼达、菲斯和威尔正把他围在中间，两个格雷迪医院的保安站在旁边，手按在枪上。

科利尔质问道："我们找的是原因不明的刺伤，我为什么要报告一个家庭暴力案子？"他又挥起手，"这个原因很明确，是她男朋友干的,她不想说他的名字,我能怎么办?"

"再给我讲一遍。"阿曼达的语气如钢铁般强硬,"从头开始。"

"真是莫名其妙!"科利尔第三次挥起双手。

莎拉不知道他为什么被指责,不过他那种无辜的表现当真是教科书式的反应过度。

科利尔说:"我接到家庭暴力的报案,赶到急诊室。她当时在流血,不过我还是问出了她的情况,她男朋友拿刀追着她砍。她不想说他的名字,也不想说她的住址之类的信息,跟平时那些烂事儿一模一样。她开始做手术。我写了报告,告诉他们等她情况好转就给我打电话。那是我的工作。你们是铁了心地要跟我过不去,根本就不知道这个案子是怎么回事。"

"告诉我,这个案子是怎么回事。"

"里皮的夜总会是个毒品窝点,里面到处都是帮派的标志。哈丁的衣帽间里有一个水桶,他用骡子从墨西哥贩毒,然后因为黑吃黑被杀,就是这样。"

阿曼达问:"你跟安吉·波拉斯基是什么关系?"

莎拉咬住嘴唇,她愿意花掉一辈子的存款,只要能永远永远不要再听到那个女人的名字。

阿曼达说:"周日晚上到周一早晨,你来来回回跟一个一次性手机通过三次电话,其中一次持续了十二分钟。"

"我在跟一个线人通话,他用一次性手机,那些人都用一次性手机。"

"那个线人是谁?我要知道他的名字。"

"我不会在这里说出来的。"科利尔终于意识到他没法糊弄过去,"如果你要盘问我,我有权要求我的工会代表在场。"

"给他打个电话,丹尼,现在就安排。"

"我可以走了吗?"

"我们会保持联系的。"

科利尔跺着脚离开,勉强跟莎拉打了个招呼,重重地撞开楼梯间的门。

菲斯倒叉着腰,非常气愤。阿曼达也非常气愤。威尔看起来跟过去二十四小时一样,呆若木鸡。

阿曼达说:"林顿博士,你有什么进展?"

"你们不想听到的东西。"莎拉感觉很抱歉,她又要带来不好的消息,"根据初步验尸报告,乔瑟芬·费加罗死于脑出血。她胸口的刺伤很浅,而且是死后刺进去的,所以没有流血。她脸上的刀伤也是死后划上的,所以也没有流血。她的指尖并不是由于炎热而裂开,而是被人用刀削去的,大概是想掩藏她的身份。这样做没什么道理,不过那是你们的事了。从我的工作来说,我能告诉你们的是,手指的伤口也是死后所为,因为也没有流血。"

阿曼达向她确认:"你是说,犯罪现场里的血不是楼下那个被验的尸体的?"

"没错。她出的血全是体内的。我的猜测是,她是摔死的,很可能是从天井掉下来。查理说一层也有血,我想应该是从她鼻子流出来的。她存活了几个小时,大概在瘫痪状态,然后死于脑出血。"

一如既往,阿曼达看起来并不惊讶,因为她有一张训练有素的扑克脸。奇怪的是,菲斯和威尔看起来也并不惊讶。

阿曼达问:"有没有这种可能,犯罪现场里还有第二位受害者?"

"极有可能。过去几个月,这个夜总会里有大量的非法交易。

只要有一点粗浅的犯罪现场调查知识的人,都有可能蒙蔽我们的眼睛,至少可以在化验和指纹分析出来之前骗过我们,而那些步骤可能要几个星期,甚至几个月。"

"你有没有看到什么孩子的痕迹?"

"孩子?"莎拉一脸茫然,"你是说幼儿?婴儿?"

"六岁的孩子。"菲斯说,"他失踪了,我们认为是被安吉带走了。"

莎拉把手放在胸口上,看着威尔。她以为他会低下头,没想到他也看着自己。他的表情中透着莎拉从未见过的冷酷,不像先前那样躁狂。怒火封住了他的身体和灵魂。

威尔说:"我们认为安吉有一个利用乔来勒索的计划。乔最后死了,所以安吉觉得可以用自己的外孙来代替。"

"但是,乔死了是她告诉你的,你先前甚至不知道乔的存在,更不知道她是安吉的女儿。她为什么要告诉你这些?"

"她的计划出了某些问题。"威尔不得不猜测,但是他很笃定,安吉又一次拿别人的生命来为自己谋取利益。

阿曼达说:"跟我来。"她把莎拉带进一个有警察在外站岗的房间。灯光很暗,莎拉扫视了一眼床边的仪器:心电图仪、中央静脉导管、导尿管、鼻胃管、试管。病人的右臂被抬起来,垫在枕头上。因为手的位置不能太低,以免血流向手指,也不能太高,那样就没有足够的血液循环。手术纱布和管子厚厚地缠在她的手上,血氧仪连在她的手指尖。

莎拉说:"她的手重新接上了。"

"对。"

莎拉端详着这个女人的面孔,褐色的头发,橄榄色的皮肤,双眼肿胀,但是仍然显出与众不同的形状。

阿曼达说:"她被医院接收的时候登记为'简·多伊',但是他们今天早上发现了她的驾照,上面写着'黛丽拉·帕尔默'。"

这个名字听起来很耳熟。莎拉没有问阿曼达更多问题,而是回到护士站,向她们借了一个平板电脑。她在格雷迪医院仍然有些特权,护士长奥维利亚是她的老朋友。

奥维利亚说:"候诊室现在应该没有人。"

莎拉知道她是在提示他们,四个人堵在重症监护室外的过道可不太好。

他们一起走向候诊室。威尔走在莎拉身旁,肩膀挨着她的肩膀。他想要确认两人的关系稳固如初,而莎拉却没有心情给他这个回应。

莎拉坐在一把椅子上,登入系统,浏览那个女人的CT、X光、磁共振成像和手术记录。

终于,莎拉搞清楚了她的状况。

菲斯问:"怎么样?"

莎拉转述着记录里的信息:"她被捅了十六刀,大部分在躯干,两刀在头上。刀尖折断在了锁骨上,阻碍了刀刃的深入,也许这就是它没有刺中心脏和肝的原因。她的肠道被刺穿,左肺衰竭,刀子剩下的部分嵌在了她的胸骨上。第一刀应该是砍中了手臂。"莎拉举起自己的手臂,和昨天早上的动作一样,"袭击者从正面走过来,她作出防御姿势,刀子砍在手腕上,差点把关节割断。她应该是挥动着手臂,想要阻挡进攻,导致血喷得到处都是,像从一条橡胶软管里出来一样。对受害者来说,很幸运的是,刀子砍断了桡动脉和尺动脉。我说幸运是因为,动脉被切成两段后会自行收缩。这就是为什么割腕自杀总会失败。一旦你切开动脉,它就会收缩回手臂,停止供血,就好比捏住浇水的橡皮软管末端,水就不会往外流了。"

威尔问:"那些血就是这么来的,对吗?"

"那种血量肯定是从这种类型的伤口流出来的。"莎拉又在研究着 X 光,"这不是她第一次被打,她的脸和头上有几处已经愈合的更早的骨折痕迹。手臂上也有两处,大概相隔几年。这些都是典型的受虐待迹象。"

阿曼达问:"那个记录有没有给出帕尔默的血型?"

"她刚进入急诊室就已经测过血型了,B 型阴性,这种血型是遗传的,父母双方至少要有一个人有才行。"

"安吉就是。"菲斯说。

阿曼达问:"你能不能调出黛丽拉·帕尔默以往的住院记录?"

莎拉回到主界面,找到黛丽拉·帕尔默的医疗记录,这些还没有输到重症监护记录里:"帕尔默二十二年前出生在这里,监护权归国家所有。吸毒过量、盆腔炎、支气管炎、皮肤感染、针眼脓肿、海洛因依赖。她两年前生了一个孩子。等一下。"她重新看了一下前天晚上的腹部扫描,"根据最新的记录,躺在走廊尽头病床上的这位帕尔默有一处剖腹产疤痕。"莎拉点了几下屏幕,"但是,两年前的记录里说,帕尔默是自然分娩,留下的应该是会阴侧切疤痕,就像楼下那一具安吉留在殡仪馆里的尸体那样。"她抬起头,"楼下的尸体表现出长期使用四级管制药品的迹象,但是走廊尽头那个被认为是黛丽拉·帕尔默的女人并没有使用管制药物的表现。"莎拉感觉他们还没有反应过来,又解释说:"楼下的尸体是黛丽拉·帕尔默,重症监护室里的是乔·费加罗。安吉交换了两人的身份。"

"我们就是这样想的。"菲斯给她看了手机上的两张照片,"右边的是乔·费加罗，左边的是黛丽拉·帕尔默。"

莎拉仔细观察这两个女人，感到一种诡异的相似："她们是亲戚吗？"

"谁知道。"菲斯说，"她们俩都被打得面目全非，连乔的丈夫都分不清她们。"

莎拉没有指出，威尔也没能分辨。

菲斯说："我们有一个目击者，听到了安吉把帕尔默塞进后备箱里。我猜测安吉毁坏了尸体，好让我们无法通过指纹辨别死者身份。"

莎拉问："安吉为什么想让我们以为乔·费加罗死了？"

威尔说："她在耍什么阴谋诡计，这是唯一的解释。'简·多伊'给我们回忆了那晚的情形，她看到哈丁的死亡过程，还有乔瑟芬怎样流血过多，奄奄一息。安吉一定是把乔瑟芬送到了医院，然后没有离开城市或者躲起来，而是开车回到夜总会，挪走了黛丽拉，并且布置了现场。对于一个不爱费很多力气的人来说，真是难为她了。我敢保证，她一定有某种算计在这里面。"

莎拉感到一阵难以抑制的恶心，把平板电脑扔到了旁边的椅子上。她受够了安吉的游戏，而她是团队里唯一一个有幸能够躲到一边的人。

"对不起。"威尔似乎感觉到她的心力交瘁。

莎拉不想责备他，因为如果说安吉的阴谋诡计有一个受害者，那个人就是威尔："关于她现在在哪儿，你有什么想法吗？她可能在什么地方藏一个孩子？"

威尔摇了摇头，莎拉感觉到这是个愚蠢的问题。如果他们知道安吉在哪儿，现在早就破门而入了。

菲斯说："我们只能寄希望于那是她自己的外孙，她不会……

我的老天爷……"菲斯的声音减弱下去,"她来了。"

他们一起转过身。

安吉刚刚踏出电梯。她抬起头,嘴巴做出一个"O"形,跟他们一样震惊。她试图回到电梯里,但是电梯门已经关闭。她急忙向楼梯跑去。

她不够快。

看见她的第一刻,威尔就像箭一样地冲了过去。

几秒钟,他就跑到安吉身后,猛地伸出手臂,用手指勾住她的后衣领。安吉被他拽了回来,脚下一个不稳,摔在了地上。威尔把她提起来,扔进候诊室,"哗啦"一声,几把椅子撞到一起,翻倒在地。他又一次把她抓起来,拳头蓄足了力气。威尔正要一拳把她打散架,两个保安冲上来,从后面抱住他,好像在制服一头发疯的公牛。

"威尔!"菲斯大喊,冲到他们中间,把他推到了墙上,"住手!"她已经气喘吁吁,"住手!"这一次声音小了许多,不过仍然在清楚地告诉威尔,她不会让他胡来,"冷静下来,好吗?她不值得。"

威尔使劲摇着头。莎拉知道他在想什么——打伤她值得,杀了她也值得。

莎拉说:"威尔。"

威尔看着她,双眼喷着火焰。

"不要。"她说,虽然她的内心希望他动手。

火焰消退了一些,莎拉的声音似乎可以稍稍抚平他紧绷的神经。他举起双手表示妥协,对菲斯说:"我没事了。"

菲斯退后一步,但她仍然要确保站在威尔和安吉中间,以防他改变主意。

"乖乖。"安吉摔到地上,咯咯笑起来,好像刚才的一切都很有趣。她擦了一下嘴上和鼻子里的血。她的衬衫上有更多血,不过并不是从脸上流下来的,"上一次你对我这么疯狂的时候,我们都光着身子。"

阿曼达说:"逮捕她。"

"凭什么?"安吉问,"因为在众目睽睽之下被一个警察打了?"安吉撩开衬衫,检查自己的伤口。她的肋侧有一个缝过针的伤口,缝合得很粗糙。威尔把缝合处打得裂开了,"谁去叫个医生来?"

莎拉说:"我不会碰她的。"

安吉又笑起来,摇着头说:"天哪。"

威尔说:"安东尼在哪儿?在什么人手里?"

安吉用双手撑住地板,站起身来:"安东尼是谁?"她的手提包从肩膀滑落,又是一个山寨货。

威尔把安吉的手提包从她手臂上扯了下来。

"喂……"

他用一只手按住安吉的后背,把手提包抛给菲斯。

安吉向他的手抓去,但是威尔一下子闪开了,就好像她要向他泼硫酸。他明显在竭力控制自己的情绪,而莎拉内心深处最诚实的想法,仍然是不希望他控制。

"iPhone、iPad。"菲斯把安吉手提包里的东西摆在两把椅子上,"翻盖手机、开过一次枪的五发式左轮手枪、一瓶处方药。"她把药瓶抛给莎拉,"纸巾、唇膏、零钱、名片、皮包废屑。"

莎拉看着药瓶,它来自卡斯凯德路上的一家兽医诊所,是开给一只名叫穆奇·麦基的宠物的。先锋4号,如果用于一只狗,可以预防MRSA[①]感染,这样用药倒是没有问题。莎拉把药瓶放回椅子上,这是安吉自己的事。

"打开它。"菲斯把iPhone递给安吉,"快。"

"滚蛋。"

威尔接过手机,试了两次密码就打开了,随后把手机交还给菲斯。菲斯立刻点开通话记录。

她说:"科利尔的号码在上面,上周通话两次,周一凌晨三次,时间跟科利尔手机上的记录吻合。"

这就是科利尔,另一个被安吉毁掉人生的男人。

菲斯说:"她反反复复跟一个佐治亚本地号码通话。"菲斯按了一下回拨键,让接通提示音响了整整一分钟才挂断,"没人接电话,没有语音邮件。"她又看了一眼通话记录,"全都是那个本地号码:周一凌晨1:40呼入。32秒后呼出。半小时后再次呼出。凌晨4:00呼入。然后昨天中午1:15再次呼入。从1:15到今天,又有17次呼出记录。"

威尔问安吉:"你在跟什么人联系?"

"我妈妈。"

"我要做一个反向追踪。"阿曼达拿出自己的手机。

菲斯开始看短信:"这几条是那个翻盖手机和安吉的手机之间的对话,时间是周日晚上12:20。她写道:'你想要什么?'翻盖手机回她:'iPad。'然后过了几分钟又回:'夜总会,现在。'"她翻到上面,有照片下载下来。

菲斯张大了嘴,把手机给他们看。她彻底惊呆了。

周日晚12:16,安吉收到一张照片,上面是乔瑟芬·费加罗背靠着一扇车窗,一个男人的手扼住她的脖子,她看样子是在尖

[①] 耐甲氧西林金黄色葡萄球菌。

叫。照片下有两个字：女儿。

菲斯继续向上翻，发现另一张照片，是周日晚12：15收到的。照片上是一个小男孩儿，一把大猎刀架在他的脖子上，下面的字是：外孙。

莎拉把手放在心口，一种恐怖感袭来，就好像那个男孩儿此刻就抱在她的怀里："他在哪儿？"

安吉扬起眉毛，似乎这是另一个他们解不开的谜。

"他在……"莎拉停下了，她知道安吉不吃这一套。

菲斯开始检查翻盖手机，翻看着发出的短信："我给你们看的第一张乔·费加罗的照片，是用这个翻盖手机拍的。第二张安东尼的照片，是由一直跟安吉通话的那个本地号码发到这个手机上的。"

"那个本地号码来自一部一次性手机。"看来阿曼达收到了反向追踪的结果，"我们正在跟通讯公司合作找出附近无线发射塔的位置。"

威尔问："安东尼的照片是谁发来的？黛丽拉·帕尔默，还是哈丁？"

安吉没有理他。

菲斯拿起iPad，把手指放在了开机键。

"不要！"安吉说，第一次表现出担心，"不能打开。"

"为什么不能？你的外孙不就是因为它被抓走的吗？因为这个iPad里的东西。"

安吉闭上嘴，看着菲斯放在开机键上的手指。

威尔说："打开它。"

"不行。"安吉伸手过去阻止菲斯，却被威尔推到一边，"如果你打开电源，文件就会被删掉。"

"什么文件?"

安吉没有说话。

威尔说:"她在撒谎,打开它。"

"随你便。"安吉激他,"文件没有了,我们就再也看不到安东尼了。"

菲斯问:"我们该不该冒这个险?"

阿曼达叹了口气,说:"把它送到信息技术部门需要一个小时的车程。我们不知道男孩儿在哪里,也不知道她说的是不是真话。文件可能已经被删除了,也可能我们打开时被我们删除。"

威尔说:"薛定谔的猫。"

安吉明显不知道这句话的出处,让莎拉有一种胜利的感觉,因为她知道。

"这只需要一个法拉第笼。"莎拉说,"就是一个能阻挡电场的接地金属屏障,手机不能在电梯里用就是这个原因。去地下二层,待在电梯里,就能不受任何信号干涉打开iPad。"

安吉轻蔑地哼了一声,问威尔:"你就是因为这个跟她在一起吗?"

"对。"他抱住莎拉,"没错。"

安吉翻了个白眼,手仍然扶在腹部,血从指间渗了出来:"你在看什么?"

莎拉无法回答。自从查理告诉她,那把格洛克登记在安吉名下,她就一直被低级的愤怒所裹挟。莎拉跟威尔在一起的每一个美好时刻,总会潜伏着安吉的阴影。

"哎哟。"安吉撅起嘴,"小莎拉不高兴了,我们又要上演一出小鹿斑比失去亲人的故事了吗?"

莎拉狠狠扇了她一个耳光。

安吉举起手反击,但菲斯抓住了她的手腕,把她的手臂摁在身后,推到墙边:"别忘了有多少人听到你死会感到高兴。"

"别忘了有多少人会难过。"安吉扭开手臂,揉了揉手腕,"把我的东西还给我,我要走了。"

威尔说:"你哪儿也去不了。安东尼在谁那儿?我知道不在你手里。"

安吉摇着头,笑起来,好像在笑他太愚蠢,不会明白。

"你这辈子从来没跟谁打过十七次电话。你把事情搞砸了,对不对?你弄丢了安东尼,现在努力想把他找回来,所以你告诉我殡仪馆里的人是乔而不是黛丽拉。你想让我去找鲁本·费加罗,逼迫他发出安珀警报[①]。"威尔站得离安吉很近,像对每一个嫌疑犯一样对她施与压迫,"你的计划走偏了,所以你需要让我知道他的儿子不见了。"他又走近一步,"现在我们都在这里,我们知道安东尼不见了,知道鲁本被勒索。告诉我你知道什么,让我帮你把这件事解决。"

"你他妈的有什么可在乎的,威尔?"安吉按住他的胸口,狠狠把他推开,"我能自己解决,明白吗?我可以照顾好自己和我的家人,就像一直以来那样,不用你穷操心。"

她的话让威尔惊掉了下巴:"你的外孙命在旦夕。"

"是你拦住了我做我该做的事。"

"安吉,拜托你,让我帮助你,我想要帮助你。"他的声音很急切,"如果那个也是我的外孙,我理应得到一个机会认识他。"

"想得美。"她走到一边,"乔不是你的女儿,除非你能让我

[①] 由执法机构和广播业人士自愿合作实施的计划,在发生儿童绑架事件后,启动一个紧急通报系统,以动员案发地所在社区协助找寻失踪儿童。

的手怀孕。"她的目光突然射向莎拉,"如果那样可能的话,你的女朋友会有一大堆胎儿从嘴里涌出来。"

莎拉感到全身的每一块肌肉都紧绷着,没办法再给她一巴掌。

安吉问她:"你看到我写给威尔的信了吗?"

"看到了。"

安吉只是抛出这个问题,没有说更多。

"拜托。"威尔说,"安吉,一个小男孩儿被抓走了。他是你的家人,也许是你唯一的家人,告诉我们怎样救他。"

"你什么时候关心起家人来了?"她嗤之以鼻,"我就是你的家人,我流血流得快死了你都不在乎。"

威尔取出手帕,裹在安吉的肋侧。

看到他如此温柔的动作,莎拉感到内心在枯萎。

"对不起。"他对安吉说,"我不是有意这样对你的。你是对的,是我的错。"

安吉看着莎拉,不知道是不是想要确认,威尔此时的低眉顺眼她都看在眼里。

威尔说:"我知道我伤害了你,对不起,安吉,我很抱歉。"

安吉把眼光从莎拉那边移开,只是为了领受威尔可怜巴巴的道歉。

"拜托。"威尔重复着。莎拉想从他嘴里把这个词抢走,她讨厌威尔乞求的样子。

安吉轻轻叹了口气,说:"你知道我都经历了些什么吗?"安她用双手握住威尔的手。莎拉不知道她是被打动了,还是像往常一样在玩弄威尔,"你知道我都不得不做些什么事吗?不只是这一周,还有以前。"

"对不起,我不在你身边。"

"哈丁就是那个人,威尔。狄德丽完蛋之后,哈丁就是站在门外的那个人。"

听到这些话,威尔好像挨了重重的一拳:"你告诉过我,那个人已经死了。"

"他现在死了。"

出于震惊,威尔几乎说不出话来:"安吉……"

"他对我做的事……"安吉的声音很低、很痛苦。她可以看出她的话打动了威尔,"他对黛丽拉这样,对好多女孩儿都这样。很多很多年,我没办法阻止他。"

"你为什么不告诉我?"威尔伸出手,把她的头发拨到后面,"我可以做些事情,可以保护你。"

"我都搞砸了,宝贝儿。"安吉的呼吸急促起来,她在哭,"我知道我耍了你,但那只是为了保护乔。我必须为她在医院里争取一些时间,一些康复的时间,同时想办法把安东尼找回来。"

"我现在明白了。"他说,"我理解。"

"我不知道怎么会都搞砸了……"她剧烈地抽噎着,"哈丁总是比我聪明,总是比我强大。他又把我看透了。他和妈妈,他们总是这样,我永远斗不过他们。"

"我们仍然可以把安东尼找回来。"威尔说,"让我帮助你。"

"只需要再给我六天,我就可以找到安东尼,让乔康复,确保她从此以后能过得幸福。"安吉吸了一口气,"那是她应得的,不是吗?"她的声音破裂开,"我不能失去安东尼,宝贝儿。我已经抛弃了乔一次,不能再失去她的孩子。"

"我们不会失去他的。"威尔手扶着安吉的双肩,看着她的眼睛,"你说安东尼的照片是你妈妈发来的,你指的是弗吉尼亚·苏扎，对不对？"

安吉突然僵住了。

"对不对？"威尔又问了一遍。

安吉猛然把他的手推开，说："你这个该死的浑蛋。"

威尔的脸上露出了深深的满足。第一次，他得以成为掌控的那个人。

他对阿曼达说："戴尔·哈丁是安吉的皮条客，弗吉尼亚·苏扎是哈丁的老鸨。"他在衬衫上抹了抹手，似乎觉得手很脏，"安东尼在弗吉尼亚手里，她就是那个拍照片的人，也是挟持安东尼的人。"

"我恨透你了。"安吉怒视着威尔。

威尔用一种不屑一顾的表情看着她，说："很好。"

阿曼达问安吉："弗吉尼亚·苏扎在哪里？"

"滚你妈的，老不死的臭婊子。"

"好吧，你已经透支了我们的善意。"阿曼达对菲斯说，"把她带到下面的囚犯病房里，给她点药物治疗。"

"不！"安吉惊慌起来，"如果把我留在这里，如果一定要关押我的话，把我拷在乔的病床边。"

阿曼达又尝试着问了一遍："弗吉尼亚·苏扎在哪里？"

"她不会伤害安东尼的，安东尼的爸爸是她最大的金主。"她双臂环抱在腹部，按压着伤口，想让自己流更多血。她又一次尝试劝说威尔，"那个iPad里有一个视频，值一大笔钱。弗吉尼亚知道它在我手里，说要用安东尼来交换。我本来约定昨天早上跟她见面，但是她出卖了我。"

威尔仍然不为所动："弗吉尼亚直接给鲁本·费加罗打了电话，所以你才想让我介入。我把安东尼给你找回来，然后呢？你再去卖掉iPad里的东西？"

"我根本就不在乎钱,你知道的,宝贝儿。"

阿曼达问了第三遍:"弗吉尼亚·苏扎在哪里?"

"你不觉得我也一直在找她吗?"安吉反问,"她现在藏起来了,不在平时待的地方。没人告诉我她在哪儿。他们都怕她,那是理所当然的。"安吉又擦了一下眼睛,她总是为自己存下泪水,"你们不能相信她,她是一个冷血的贱人,她根本不在乎伤害别人,尤其是孩子。"

莎拉咀嚼着这句话里的讽刺意味。

"还有一个问题。"菲斯问安吉,"你为什么要来这里?"

"向乔道别,万一……"安吉望着外面的走廊,"我一直在等待安珀警报,但是没有等来。"

菲斯说:"鲁本不会报失踪的,他想靠自己解决。"

"我知道。"安吉从包里取出一包纸巾,"我正准备去他的住处,一枪打爆他的头。"

她如此轻描淡写地说出自己的杀人计划,让莎拉不寒而栗。

安吉擤了擤鼻子,肋侧的疼痛让她皱起眉头:"没有鲁本,iPad就再次变得重要了。我可以做我一开始就准备做的事,拿iPad交换安东尼。"

"跟吉普·基尔帕特里克交换?"菲斯猜测。

安吉仍然在努力博取威尔的注意。威尔故意把头扭开,看向别处。她说:"我知道我把事情搞砸了,宝贝儿,我只是想要帮助我的女儿,而她甚至不知道我是谁。"

威尔的脸像一块石头,安吉不知道自己对他做了什么。莎拉只希望他刚刚清醒的神志可以比眼前的危机持续得更久一点。

阿曼达的手机响了,她只接听了一下,就对他们说:"鲁本·费加罗离开了他的房子,拉斯洛·捷夫考维奇跟他在一辆车里。他们在桃树街向西行驶,刚刚过了皮埃蒙特。我们有三辆车在追,还有一辆留在他的住处待命。"

菲斯说:"他正在开向购物中心,公共场所,人来人往,如果我做交易也会选那样的地方。"

阿曼达看着表说:"商场刚刚开门,现在还不会有多少人。"

安吉说:"他是去踩点,所以要带着拉斯洛。鲁本是个控制狂,他认为有人杀害了他的妻子,同时偷走了他的儿子,向他索要赎金。这就是为什么我希望通过吉普解决问题。我告诉过弗吉尼亚,鲁本只要有机会,一定会一枪打爆她的头。"

阿曼达说:"我不知道我可以多快把特警派过去。巴克黑德警区可以提供支援。我们有三个探员开着三辆车跟了过去。现在早高峰快要结束了,我们赶到巴克黑德需要一个小时。我们可以开警灯鸣笛,但是……"

莎拉说:"楼顶有一架直升机。"她曾经坐救护飞机参与急救,"夏普德脊髓中心有一座直升机场,这样你们赶过去只需要十五分钟。"

"太棒了。"阿曼达说。"菲斯,把安吉拷在床边,找个亚特兰大警察局的人看着她,确保他们跟科利尔没有关系。威尔跟我上直升机,他枪法好,而且鲁本没见过他。"她把车钥匙抛给威尔,"我的来复枪在车后座,弹仓在后备箱里,拿上我的快速装弹器和一包弹药。"

出于本能,莎拉抓住威尔的手臂。这一切来得太突然了,阿曼达竟然已经说起了向人射击,别人开枪还击的事。莎拉不想让他走,不想失去他。

威尔用手捧着莎拉的脸,说:"等这件事结束了,咱们家里见。"

第十三章

威尔站在菲普斯购物中心的安保办公室里,研究着墙上的地图。鲁本·费加罗和弗吉尼亚·苏扎之间的交易有一千种失控的可能。这里的安保负责人德肖恩·沃金斯为阿曼达设想了几种。

"有四个地点可以直接进入三层。"德肖恩指出了三座位置不同的扶梯和天井的一部服务三层楼的升降电梯,"此外还有一座从贝尔克百货通过来的扶梯,上下两个方向都有。然后就是贝尔克百货里的这部升降电梯,以及面向街道的入口附近这一部。其他升降电梯都到不了地下车库,只有这两部可以。"

阿曼达说:"这么说,我们简直是在一个四处漏风的筛子里。"她看了看表,他们猜测会面的时间应该约在整点或半点。她对威尔说:"现在是十一点十六分,如果过了正午仍然没有动静,我们就要重新考虑一下了,很难估计会有多少人来这里吃午饭。"

德肖恩说:"在这里吃午饭的大部分都是店里的员工,还有很多孩子。这地方到处都是十二岁到三十岁之间的人。"

威尔一边揉着下巴,一边研究着墙上的地图。菲普斯购物中心的布局他很熟悉,他不情愿地跟莎拉来过很多次。这座商场共有三层,像一个婚礼蛋糕一样叠起来,一层比一层小。中央有一片圆形的天井贯穿所有楼层。天井四周是玻璃围栏,配着镶金抛光木扶手。升降电梯的背面也是透明玻璃。威尔不由自主地想起马库斯·里皮的夜总会，虽然两处的环境截然相反。干净的地板闪闪发光，一扇扇天窗带进来充足的阳光。

鲁本·费加罗坐在三层的餐饮区，这是他每次都坐的位置。他选了一个好地点交换他的儿子，不过也可能是弗吉尼亚·苏扎选的。即便在星期三，这个楼层也是学龄前儿童云集的地方。乐高探索中心每周三上午都会举办亲子时间，电影院则会放映卡通长片。孩子并非这一层唯一的主题，这里还有一片大型开放式餐饮区，里面有几家快餐店。闲逛的老人和购物者散布在商场的其他楼层，在一百多家商铺间往来穿梭。

假如威尔要交易一个孩子，这里也会是他的选择。

不过，他们不知道鲁本·费加罗是否准备做这个交易。

在一个公共场所，一个拥有很多枪械的控制狂，一个被吓坏了的孩子，一个一辈子都在伤害孩子的女人。

这件事可以有条不紊，也可以天崩地裂。

威尔在头脑中闪过一部最佳剧本：苏扎带着安东尼走进商场，他们的人直接把孩子抢走，交还给孩子的父亲。次佳剧本：苏扎神不知鬼不觉地来到餐饮区，用安东尼换来了钱，然后被他们的人在二楼截住，将她逮捕。

威尔不愿意去想最差的情况，也就是鲁本这样一个伤害女人的惯犯想要报复，或者弗吉尼亚·苏扎有一把枪或者一把刀，还有一个孩子在她手中，这时可能发生的情况，再或者他们去了另外一个地点，让他们束手无策。

再加上拉斯洛。

再加上苏扎有共犯的可能。

作为一个老鸨，她完全可以在手下挑选一个，或者两到三个听命于她的女孩儿，伪装成年轻母亲潜伏在餐饮区。

苏扎手下的女孩儿都见多识广，知道警察看起来是什么样子。她们可以向苏扎发出警报，可以在交易失败时为她提供支援。她们每一个都像安吉一样野蛮，为了保护她们的家人，她们可以强硬、残忍、铤而走险地做任何事情。

阿曼达说："她不会坐升降电梯的，那不是快速脱身的方式。"

"也不太可能下到地下车库。"德肖恩又指向地图上天井旁边的玻璃升降电梯，"她一定会向下走两层，那里是最近的出口。不过如果你们需要的话，我们也可以让升降电梯无法下到地下车库。"

"我们需要这样。"威尔对阿曼达说，"鲁本戴着护膝，走不快。"

"希望我们事后追捕的不是鲁本。"阿曼达问德肖恩，"如果是你会怎么离开这里？坐扶梯下到二层，然后呢？"

"一层才有出口。"德肖恩仍旧指着地图，"如果我们排除掉地下车库，那么还剩下十二个出口其中三个分别在贝尔克、塞克斯和诺德斯特龙，还有两个面向君主广场，一个面向南部大道。这六个出口中的任何一个都可以通向桃树街或者洲际公路。我会走离我停车位置近的那个出口。"

"很合理。"阿曼达说，"鲁本的车停在塞克斯前面。他会出门右转，回到车上，然后开上洲际公路。"

"或者回家。"威尔说，但是阿曼达的表情告诉他，她认为那样不太可能。

阿曼达的对讲机响了一下。她走到房间的另一侧，确认团队成员。十二个来自亚特兰大警察局巴克黑德警区的便衣警察散布在商场里。特警已经到了楼顶，将大楼的每个角落置于监视之下。商场保安仍然保持常规巡逻，以免引起怀疑。三个从鲁本家一路跟过来 GBI 探员分散在扶梯附近。第四个探员尾随已经在商场里踩点一个半小时的拉斯洛。

安吉对于鲁本·费加罗的判断是正确的，他提前到这里是为了确立战略优势。这是一件好事，因为同时也给了阿曼达时间部署她的人马。

威尔最担心的是，弗吉尼亚·苏扎是否也做了同样的准备。

他们唯一用于辨认这个女人的东西，就是她四年前的一张入狱照。她稀疏而干枯的褐色长发和脏兮兮的妆容，简直是公式化的老妓女形象。如果苏扎真的如安吉所说的那样聪明，她应该会知道，凭这副样子是无法走进菲普斯购物中心的。这座商场对她而言太过高端，她很难让自己不被注意。

德肖恩说："我们可以叫个维修工来，在扶梯上放一个障碍，让它看起来好像坏掉了。"

威尔说："我担心那可能会让他警惕起来。"

"他不像是个疑神疑鬼的人。"

"确实不是。"威尔说，但那并非一件好事。一个沉着冷静的人，必然是一个下定了某种决心的人。

他们可以拘留鲁本，并不需要什么理由。但是那样的话，也许苏扎的眼线就会给她发警报，下次再看到安东尼也许要在排水沟里或者网上的新闻里。

威尔看着墙上的高清晰监控系统，成像是全彩的，不需要切换摄像头，因为一共有十六个屏幕。墙壁中央最大的那个显示器上，显示着鲁本·费加罗。

他正坐在餐饮区的后面，就在威尔的头顶。他背靠着天井的围栏，从那一端不可能逃脱，就算是篮球明星也不可能跳下三层楼而安然无恙。幸运的是,他周围的桌子都是空的,顾客间都坐得比较远。母亲们尤其会对一个孤身坐在这里的男人存有戒心,因为来这里的人都带着孩子。

鲁本经过了乔装改扮,他的光头上戴了一顶亚特兰大猎鹰队的帽子,面前的桌上摆着一台笔记本电脑。他缩在椅子里,以掩饰他的身高。原来的山羊胡长成了大胡子,因为他是那种每过四个小时就需要剃须的人。他穿着黑色T恤和黑色牛仔裤,并不是典型的格斗装,但也很接近了。一个很大的旅行包放在他的脚下。他只穿着T恤,因此可以看出他没有随身携带枪支,但是那个旅行包大到足以容纳一支来复枪、一杆自动机关枪、一把手枪,或者三者都有。

阿曼达关掉对讲机,对威尔说:"拉斯洛即将离开商场,把车开到丽思卡尔顿酒店,停在代客停车道。他马上就要行动。"

德肖恩说:"去丽思的话,他会从诺德斯通龙那边出去。"

"我会告诉特警。"阿曼达把对讲机交给威尔,然后向门口走去,"菲斯正往这边赶来。我要就位了。威尔,随时准备好,哪里有需要你就去增援,确保万无一失。"

德肖恩拿起座机,对威尔说:"我要通知诺德斯特龙的保安,那边会有状况发生。"

威尔看着监控显示器。安保办公室外有一架直通顶层的单向扶梯,阿曼达扶着扶手向上走。和鲁本一样,她也经过了乔装改扮,穿着刚刚在店里买的淡蓝色运动服和白色T恤。她的大手提包里没有装别的东西,只有她的左轮手枪和三个快速装弹器。她戴着一副眼镜,头上是一顶老妇人戴的白色软帽。如团队中的每个人一样,她的耳朵里也塞着有对讲功能的耳机,能通过颌骨震动来识别语言。

阿曼达没有走向鲁本，而是坐在一张靠近贝尔克百货一侧的桌旁，距离鲁本大约六十尺，背对着他。尾随鲁本而来的一位探员费尔·布劳尔已经坐在桌前，点好了两杯咖啡。两人和谐地融入了背景中，假扮一对有大把闲暇的老年退休夫妇。

阿曼达说："我们就位了。"

德肖恩问威尔："你确定我们不需要清场吗？"

"那会让她起疑心。"

"这可是冒着很大的风险。"

"我们已经派了人到乐高乐园里，还有一个在电影院。一旦有什么危险的征兆，我们会马上将这两处关闭。"

"外面的路人怎么办？"德肖恩指着显示着餐饮区的屏幕，"那里至少有十二个人。"

威尔数的是九个人，包括一桌带着宝宝的四个年轻妈妈。阿曼达坐在了她们和鲁本之间。"如果我们今天救不回这个孩子，那个女人就会把他随便卖给身边一个恋童癖。"他说。

"天哪。"德肖恩定了定神，"如果她试图带着孩子跑掉，你们有什么计划？把孩子看做人质还是怎样？"

威尔拍了拍肩上的来复枪。

"天哪。"

菲斯走进房间。她没有穿平时的GBI蓝色衬衫和卡其色裤子，而是穿了一身存在后备箱里的黑色套装，把枪别在腰后。她向德肖恩点点头，问威尔："现在情况如何？"

"阿曼达跟布劳尔在上面，坐在鲁本和这桌之间。"她指着有四个年轻母亲的那一桌。她们正在欢笑，其中一个喂着宝宝，还有一个在打电话。

菲斯说："如果有需要，她们可以躲到贝尔克百货里去。"

威尔说："我们派了一个人在乐高乐园里，一旦有危险，保安就会将大门关闭。他们会把孩子留在那里举办生日派对。礼品店在楼层前端，所以没有太多潜在危险。电影院也一样，虽然卡通片十二点就会散场，但是我们派了两个警察进去，一个在食品摊后，一个在出口端，随时准备把他们锁在里面。"威尔为菲斯指了指墙上的地图，"这里、这里、这里和这里的扶梯都在我们的控制中，"然后又指着周边地带，"拉斯洛的车停在了街对面，特警在楼外。"

"他们很厉害，我都没有看到他们。"

"我们把苏扎的入狱照给了所有店铺的负责人，让他们不要靠近她。我们不想把照片发给店员，以免他们叽叽喳喳地议论起来。"

"她看起来不会像入狱照里那个样子。"

"我们只有那个。"

菲斯盯着鲁本·费加罗说："我不喜欢那个旅行包，就算要装一百万美元现钞，也不需要那么大的包。"

威尔随着她的目光望向屏幕，看到鲁本仍然坐在那张桌子前，盯着笔记本电脑："我们本来派了一个人坐在他附近，但是惊到了鲁本，所以又把他撤回来了。"

"看不出他包里装的是什么吗？"

"看不出来。但是，我们知道了鲁本在电脑上看的是妻子和儿子的照片，翻来覆去地看。"

"那是谁？"

威尔看着大屏幕，一个年轻女人正往鲁本的方向走去，坐在了相隔三张桌子的地方。她低着头看手机，白色的耳机隐没在头发里。她穿得跟大多数母亲一样，也是一身运动装。

鲁本盯着那个女人看了很久，然后转过头继续看他的电脑。

菲斯说："她的鞋有问题。"

威尔看到了那双红鞋，那是一双懒人鞋："你是说她没有穿运动鞋吗？"

"一个能在周三上午穿着运动装逛商场的女人，不可能买一双沃尔玛的鞋。"她补充道，"还有，她没有带孩子，来这里做什么？"

威尔端详着餐饮区外面的其他女人，无一例外，每个人都带了孩子，或者抱在怀里，或者牵着孩子的手走出乐高乐园。

德肖恩说："现在是十一点二十八分。"

"绿夹克。"菲斯走近屏幕，"那是个女人，对吧？"

一个中性打扮的女人站在一层的升降电梯外等候。她戴着一副墨镜和一顶亚特兰大勇士队的棒球帽，帽檐压得很低。她的牛仔裤是深蓝色的，深绿夹克的拉链几乎拉到脖子上。她的双手插在裤兜里。

德肖恩说："她不在这里工作，起码我没见过。"

"那是苏扎吗？"菲斯问，"她可能把孩子藏在了别处，也许在楼下的车里。"

另一个地点——最最糟糕的剧本。

威尔打开对讲机，说："我们需要在车库里进行一次无声搜索，在车里寻找安东尼。"

那个女人又按了一次电梯键，然后把手插回裤兜。她的动作鬼鬼祟祟，明显有些紧张。

威尔再次打开对讲机，对阿曼达说："有人要上升降电梯，绿色外套，正站在外面等。"

"10号、4号准备。"阿曼达说。

"她看起来不年轻,对不对?"菲斯的鼻子都贴在了显示屏上,"她没有玩手机或者听音乐,而且对于年轻人来说,那件外套太热了。"

德肖恩说:"等她进了电梯我们就能看到她的脸了。"

电梯门打开,绿夹克头也不抬地走进去。她一直低着头,手仍旧插在兜里。门开始关闭,她突然伸出手臂,拦住了门。

"该死的。"菲斯骂了一声。另外一个女人走进电梯,高个子,金色马尾辫,穿着一件V领T恤和跑步短裤。她正费力地把一架双座的儿童车推上电梯,一个婴儿坐在前座,一个穿得像乐高人物的小女孩儿睡在后座。

"我讨厌这种事。"菲斯说,"两个孩子,两个人质。"

他们看到,绿夹克弯下腰,抓住儿童车前端,把它拉上了电梯。两人客套了一下,然后门关上了。她们静静地坐到了三层。

"她还是不看摄像头。"菲斯说,"没人会一直那样埋着头。"

威尔把对讲机拿到嘴边,说:"绿夹克下了电梯。"

费尔·布劳尔从桌前站起来,把咖啡杯扔进垃圾桶。绿夹克帮助金发女人把儿童车挪出电梯,然后向电影院走去。布劳尔坐在另一张桌旁,把手机放在耳边。威尔听到他的声音从对讲机里传来:"戴着帽子看不太清脸,深色头发,年龄差不多。"

他们一起凑近屏幕。绿夹克站在影院的售票处,抬头望着显示电影场次的电子屏。

"是她吗?"菲斯问,"简直……"

"目标出现。"阿曼达说。

鲁本·费加罗慢慢站起来。

推着双座儿童车的金发女人站在他的桌子对面。

弗吉尼亚·苏扎。

这位老鸨打扮得焕然一新。她没有去漂白头发,而是染成了蜜金色。她脸上化了一个得体的淡妆,衣着凸显了身材,却又不会太露骨,梳着马尾辫让她看起来年轻了许多。她来过这里,花时间观察过其他女人,以确保自己能够与环境协调。

"那是安东尼。"菲斯说。

她没有认错。安东尼坐在儿童车的后座,穿着粉裙子,腿在下面盘了起来,他的个子对于这个座位而言太大了。他闭上了双眼,眼睛的形状跟安吉一样。他的肤色也跟安吉一样,处境也跟安吉一样。

威尔按住对讲机,说:"是她。儿童车里是安东尼和一个婴儿。还有一个女人,可能是后援,隔了三张桌子,穿着红鞋。"

阿曼达说:"阿尔法小队、德尔塔小队,关门。"

她指挥他们关闭了乐高乐园和电影院的门。

菲斯问:"他们说了什么吗?只是站在那里?"

很明显,鲁本和苏扎之间正在进行简短的对话。威尔看到鲁本紧紧攥起的拳头。他一直看着他的儿子,然后再看着苏扎,好像无法抉择,是要安东尼,还是要杀死她的快感。

"她告诉了鲁本她有后援。"菲斯猜测,"这是鲁本没有凌驾于她之上的唯一原因。红鞋子一定有枪。"

"那个iPad。"威尔说,因为他知道这类女人的做事风格,"苏扎给鲁本下套,想要更多的钱。她认为可以从安吉那里得到那个iPad。"

阿曼达的声音切进来:"布劳尔发短信过来,说他听不到他们说话,也看不到红鞋子在做什么。有人能看见她的手吗?"

威尔对阿曼达说:"她把手机放在了大腿上。"

"手提包。"菲斯说,因为红鞋子也和这里其他女人一样带着手提包,包里可以轻松藏进一把手枪。

费尔·布劳尔移动了一下椅子,侧坐着,像老花眼一样远远拿着手机,用眼角的余光看着绿夹克。

她还在望着售票处的放映时间表,手仍然插在兜里。

菲斯说:"他们坐下了。"

鲁本坐在椅子上,不再像先前一样缩进去。他的肩膀平直,腿很长,膝盖一直伸到小桌的另一端,苏扎不得不把椅子向后拉才能坐在他对面。她的嘴一直在动,似乎对她的话造成的效果浑然不觉。

菲斯说:"她说得太久了。她大半辈子都在跟男人打交道,为什么看不出他就要爆炸了?"

"冲上去啊。"德肖恩的声音很急切,"你们为什么不行动?没人带武器。"

"根本不需要武器,她完全可以把孩子从天井扔下去。"

"天哪。"

威尔看了一眼儿童车前座的婴儿:"你们看得到那个婴儿动吗?"

菲斯摇摇头,说:"尿布袋、奶瓶、备用毛毯、毛巾,这些东西都在哪里?"

"你们觉得那个婴儿是假的?"

"她为什么要带一个婴儿来?那会带来太多麻烦。"菲斯又一次指出,"她说得太久了。"

鲁本·费加罗似乎也有同样的感觉。他的双手在大腿间紧紧扣住,没有去拿他的旅行包,也没有说话,只是怒视着在他面前滔滔不绝的苏扎。他的熊熊怒火燃烧着,威尔可以看到,他背后的肌肉绷得越来越紧。苏扎如果不是对她所做的浑然不觉,就是认为自己有掌控一切的力量。

鲁本·费加罗不喜欢有掌控力量的女人。

"红鞋子站起来了。"

那个年轻女人站起来，向扶梯走去，手机贴在耳边。

威尔的双眼一直盯着弗吉尼亚·苏扎。她警告着鲁本什么，向他发出了最后通牒。她的手指在空中指指点点，似乎没有注意到她椅子在挪动，她正离桌子越来越近。

威尔说："他把双脚勾在了椅子腿上。"

"他在桌子下面做什么呢？"

鲁本的双手摆弄着什么，做着剥开的动作。

威尔把对讲机放在嘴边。

事情发生得太快，他还没来得及按下对讲键。

苏扎的椅子被猛地拽过来，她被卡在了桌子和椅背中间。鲁本用一把很大的刀子狠狠刺向她的咽喉。苏扎举起双手抵挡，鲁本用一只手抓住她的两只手腕，然后把持刀的手放在桌下，一刀又一刀地刺进她的肚子。

"我的天！"菲斯惊呼一声。

血从苏扎的椅子下汹涌地流出来，她倒在了地上。

鲁本提着旅行包站起来，走向安东尼。

"当心！"德肖恩大叫。

绿夹克正在拿枪对着鲁本，双筒式不锈钢"蛇杀手"。从这把迷你手枪里，即将同时射出两发点38特殊尺寸子弹。

费尔·布劳尔冲向那个女人，但是她不为所动。

鲁本迅速从他的旅行包里掏出一把西格绍尔，猛地朝那个女人的头开了一枪。

"封锁目标！"阿曼达下令，"出动！"

威尔从房间里冲出来,来复枪撞击着他的后背。菲斯紧随其后。他们距离天井五十码,到餐饮区还需要上一层楼。他绕过巨大的天井时,感觉自己就像跑在跑步机上,每向前一步就退后两步。菲斯一个箭步冲上通往三层的扶梯,威尔则绕到了另一端。他把枪甩到身前,双膝跪地,在地板上滑进,同时看准了鲁本·费加罗所站的位置。

威尔把枪管架在围栏扶手上,眼睛看着瞄准镜,关上了保险栓。他的手指沿着扳机护圈向前伸展。

他吸了一口气。

四十码。

他睡着觉都能射中,但是鲁本把安东尼抱在胸前,巨大的手臂勒着他儿子的肋骨,西格绍尔的枪口抵在安东尼的太阳穴上。

阿曼达说:"把枪放下!"

她双腿分开,拿出左轮手枪,对着十五尺外的目标。菲斯已经停止了扶梯的运行,平躺在台阶上。费尔·布劳尔跪在一张桌子后面。三个人形成了一个三角形,把鲁本困在中央。和威尔一样,他们都在寻找开枪的机会。和威尔一样,他们都一筹莫展。安东尼遮住了他父亲的心脏、肺部、腹部,遮住了所有要害。

鲁本大吼一声:"都他妈给我退后!"

威尔从瞄准镜望过去,鲁本的手指正扣在扳机上,只要轻轻一个抽搐,安东尼就没命了。威尔知道阿曼达跟他一样,也在评估着射击点。如果射中鲁本的腿,他可以拉动扳机。如果瞄准他的头,却没有击中,他还是可以拉动扳机。如果射中了他的头,他依然可以拉动扳机。只要她有一丁点儿判断失误,可能就会害死一个六岁的男孩儿。

阿曼达说:"你被包围了,无路可逃。"

"都他妈给我闪开。"

威尔的神经紧绷着。鲁本有运动员的反应速度,一瞬间就可能翻转手腕,射中阿曼达,那样威尔将束手无策。

鲁本向阿曼达走去,戴着护膝的腿一瘸一拐:"退后,臭婊子。"

"这样做不会有好结果的。"阿曼达向后退。她从升降电梯前倒退过去时,威尔的视线被遮挡了一下,"把枪放下,我们可以商量。"

鲁本继续向前走,把安东尼紧紧贴在胸前。威尔迎着他向前移动,举起枪,祈祷可以一击毙命。

"我要离开这里。"鲁本使劲戳着电梯按钮。

"把孩子放下。"阿曼达说,"把他放下,我们谈谈。"

"给我闭嘴!"

父亲的咆哮声足以把安东尼从昏迷中唤醒。他睁开双眼,发现了正在发生的事情。他开始尖叫,声嘶力竭,好像一只困在陷阱中的动物。

电梯门打开了,鲁本走了进去。威尔正对着电梯的玻璃墙,但他仍然不能开枪。即便在这个距离,他还是不确定子弹会不会从鲁本身旁掠过,导致他杀死安东尼。

电梯门关上了。

威尔跑着绕回天井另一端,电梯间已经过了二层。他跑向最近的扶梯。扶梯是向上走的,威尔却向下跑去,脚尖轻快地踩在金属台阶上。下到一半时,他用手撑住扶手,抬起双腿,纵身一跃,跳到了扶梯下面。

他双脚着地的一刹那,电梯门开了。

安东尼正在哭,他扭动着身体,想要挣脱父亲的手臂。鲁本用力抱紧孩子，拿稳了枪，吼叫着让孩子安静。威尔半蹲着跑到扶梯背面，用那里作为掩体。他把来复枪的枪托抵在肩膀，一只眼睛盯着瞄准镜。

安东尼挥舞着手臂，双脚乱踢，突然踢中了他父亲受伤的那只膝盖。鲁本一下子把他扔到了地上。

威尔转身出来，扣动了扳机。

那一刻，世界停止了旋转。

来复枪的枪托反冲威尔的肩膀，一道火光从枪口闪出，子弹外壳从枪侧落下来，弹头划过稠密的空气，仿佛一把刀划开一袋面粉。

鲁本·费加罗的肩膀猛然向后一震。他用力推了一下电梯门，让自己倒在地板上。

威尔单膝跪地，跟随着鲁本放低枪口。他的手指正要再次扣动扳机，但是安东尼迫使他停下了。

鲁本的西格绍尔指着他儿子的后背，瞄得很准。

威尔射错了肩膀。

鲁本说："过来，儿子。"

威尔距离安东尼十五尺，鲁本只有不到两尺。

"安东尼。"威尔说，"快跑。"

安东尼没有动。

威尔的膝盖悄悄在地板上挪动，试图寻找一个更好的角度。鲁本的侧面被电梯壁保护着，想干掉他，唯一的射击角度只有正面。

"把枪放下。"鲁本的眼睛前前后后地紧盯着安东尼和威尔，以及这时赶来的菲斯。

菲斯在扶梯的另一侧，他们又构成了一个三角，居于中间的仍然是鲁本。威尔听到一阵脚步声,知道有更多警察赶过来了,但他不敢把目光从鲁本·费加罗身上移开。

"安东尼。"鲁本命令道,"来我这里,儿子。"

菲斯说:"安东尼,好孩子,来我这里,没事的。"

威尔又悄悄挪动了一点点,手指紧张地放在扳机上。

鲁本大吼:"快,该死的!"

安东尼向他那边退了一步。

威尔的手指松开了扳机。

鲁本用受伤的手臂把儿子抱过来,安东尼倒在他身上,他的头挡住了父亲的头。那把西格绍尔又抵住了男孩儿的太阳穴。安东尼没有挣扎,没有说话,他早就学会了在父亲生气的时候保持安静。他所有的恐惧都转化为嘴唇的颤抖,就像他的养外婆一样,而他顺从的眼神则是从安吉那里继承来的。

每当威尔跟她谈起那些虐待,安吉从不多说什么,只会给出一个建议:你要做的就是等待它结束。

安东尼一直等待着那些无法避免的事情结束:吼叫、暴打、淤青的眼睛、裂开的嘴唇,还有那些等待房门打开的无眠夜晚。

"退出去。"鲁本不得不把手搭在儿子的肩膀上。他喘着粗气,血从锁骨下方的子弹孔喷涌而出。眼前的僵局跟在楼上时一样,唯一不同的是,此刻的鲁本更加绝望。

威尔说:"把枪放下,不要做傻事。"

"妈的。"鲁本的手开始颤抖,血从他另一侧的手臂流下来,他的肌肉痉挛起来,他绷紧了胸部和肩膀,"你用的是什么子弹?"

"霍纳迪 60 格令 TAPURBAN。"

"警用战术子弹。"鲁本的眼睑沉重起来,脸上覆盖着一层汗水，"减少城市环境穿透力。"

威尔用后脚推着膝盖前进。他不能从侧面过去，必须正面靠近："看来你很了解军火。"

"你看见那个臭女人拿的蛇杀手了吗？"

"枪膛里可能是410复合型。"

"幸好我没让她开枪。"鲁本用力挤出眼睛里的汗水。威尔想知道他的视线是否已经模糊。锁骨附近有很多重要部位：锁骨下动脉、锁骨下静脉。莎拉懂这些，她会在给鲁本·费加罗验尸的时候把伤处记录下来——因为如果他伤害了安吉的外孙，就不可能活着走出这里。

"我们好好谈一谈。"威尔说，"你现在需要手术，我可以帮助你。"

"我不会再做手术了。"他摇了摇头，眨眼的速度变得缓慢，抱着安东尼的手臂也没有那么紧了。西格绍尔的枪口歪向上面，但是鲁本仍然可以把一颗子弹射进他儿子的大脑。

威尔又走近了一些。

菲斯拍了一下手，安东尼看着她，威尔没有，他知道菲斯在试图招呼孩子过去。

"别动。"鲁本把枪口重新放平。

威尔问："那把西格绍尔的扳机拉力是多少？五点五磅？六磅？"

鲁本点头。

"为什么不把手指挪开？你也不想犯错误。"

"我从不犯错误。"

威尔又悄悄接近了一点儿。十尺。如果鲁本稍微向旁边移动一点儿，威尔就有把握射中他的头。一枪换一枪。威尔不能低估鲁本手里的那把枪。楼上的那一幕有可能重演，鲁本可以突然调转枪口杀死威尔，然后回转枪口杀死安东尼。

威尔说："你的状况不太妙，老兄。"

"我知道。"鲁本同意，他抱着安东尼的手臂又开始松了下来。安东尼可以挣脱开，但是鲁本依然可以开枪，向安东尼，向威尔。

"我们好好谈一谈。"威尔又说了一遍，然后悄悄向前挪动了一点儿，地来复枪举在身前。这把武器有三十九寸长，他一手握住握把，一手持着枪托，握把上的手沿着枪筒向前端滑去。如果在这种姿势下开枪，他肩膀将会脱臼。他躬着后背，制造并没有走近的假象。

鲁本说："我不能留下我儿子一个人。"

威尔无法直视那个孩子，不敢看到安吉的眼睛回望着他："你没有必要把安东尼带走。"

"他什么都没有了。"鲁本说，"乔死了，我的职业生涯毁了，那个视频流了出去，我也要失去自由了。"

威尔说："你看到我离你有多近了吗？"

鲁本的眼皮颤动了一下，拿稳了那把西格绍尔。

威尔说："我现在就可以扣下扳机。"

"我也可以。"鲁本呼吸急促，面色惨白。威尔可以看到他脸上的每一个毛孔、每一个根汗毛，"我绝不会离开我儿子。"他吞一口唾沫，"乔不会希望那样的。她的生母离开了她，她不会再离开她的儿子。"

威尔又靠近了一点儿。他在想鲁本为什么要这样做，这种失控的局面还要折磨他多久："我该怎么做才能阻止你，鲁本？告诉我，怎样才能解救你的儿子？"

"是谁杀了她？"

威尔试图想出一个最佳的谎言，可以阻止他杀死自己的儿子。告诉鲁本乔还活着，他还有活下去的寄托；还是告诉他乔已经死了，但是害死她的女人在警方手中，那个女人是乔的母亲，她努力想要赎回自己的外孙。

鲁本失去了耐心："到底是谁？谁杀死了乔？"

"楼上的那个女人。"威尔不知道这个选择是否正确，但他必须说下去，"她叫弗吉尼亚·苏扎，是个妓女。她在狱中遇到了乔，她们起了争执，苏扎报复了她。"

令威尔欣慰的是，鲁本开始点头，似乎觉得有道理："跟药品有关吗？她们争执的东西。"

"对。"威尔一寸一寸地向前挪动，手继续向枪筒前端滑动。他已经不可能安然无恙地开枪了，"苏扎知道乔是有钱人，所以跟着她来到派对，绑架了她，带走了安东尼。"

鲁本再次点头，认为这是一个合理的解释："那个臭婊子已经死了。"他的妻子隐瞒了她的药瘾，也可能隐瞒其他事。

"没错。"威尔说。

"乔也死了。"他咽了一下口水，"她背叛了我，背叛了整个家庭。她不听我的话。"

"女人就是这样。"

"她们只知道索取、索取再索取，然后像吐痰一样把你吐掉。"

西格绍尔的枪口又竖了起来，但是仍然不足以排除安东尼的危险。鲁本正在摇晃，肌肉抽搐着，神经高度紧张，手指随时可能有意或无意地扣动扳机。不管枪指着威尔还是安东尼，想化解这个局面，都需要最敏捷的身手。

"别过来。"鲁本说。

"我没有过来。"威尔又移过去一点。

鲁本吞咽了一下,喉头的肌肉收缩着:"她瞒着我吃那些药片,还偷走了那个视频。我知道是她偷的。她毁了我的人生,毁了我儿子的人生。"他又吞咽了一下,"毁了我的儿子。"

威尔现在已经离他足够近,但是只能选择抢走一样东西:他的枪,或者安东尼。

安东尼死,或者威尔死。

他的选择决定了那把枪会指向谁。

"无所谓。"鲁本这时望向了威尔,眼神空洞。他张着嘴,因为呼吸困难,他的嘴唇变成了蓝色。他缓慢地眨了一下眼,然后更慢地眨了一下,等到他第三次眨眼时,威尔猛扑过去,手臂一挥,反手把安东尼推到一边。

突然,鲁本的头爆炸了。

热腾腾的血洒在威尔的脸和脖子上,碎骨溅到他的口鼻里。他的眼睛烧着了,身体向后跌倒在地上。他扔掉了手里的来复枪,挠着自己的脸,抓到一条条迸溅出来的皮肉。他打了个喷嚏,血喷了一地,他却看不见。他站起来,向后退,似乎想要逃离这场屠杀,但是这场屠杀紧紧地环绕着他。

"威尔!"阿曼达抓住他的手臂,把他拉过来。威尔一个趔趄,绊在了自己的脚上。阿曼达继续拉着他,带他穿过天井,走过一条走廊。他一路上左碰右撞,他已经彻底失明了。他感觉脚踩到了地毯上,努力想要睁开眼睛,却做不到。碎片切割着他的眼球——那些碎片是鲁本·费加罗的骨头、牙齿和软骨。

"弯下腰。"阿曼达推着他的后背。

冷水冲在他的脸上,冲进他的嘴巴。大块大块的脑灰质从他的皮肤上滑落。他看到了光,眨了眨眼睛,又看到了白色的瓷砖和头上的水龙头。他们在洗手间里,他此刻正在洗手盆前弯着腰。威尔伸手去接洗手液,却把瓶子打翻在地,碎裂开来。他从地上捧起一把洗手液,在脸上和脖子上揉搓,又脱掉衬衫,用力涂在胸口上,一直把皮肤搓得红肿。

"停下。"阿曼达说,"你会弄伤自己的。"她抓住威尔的手,让他停下来,不然他会剥掉自己的一层皮,"你没事了。"阿曼达对他说,"深呼吸。"

威尔不想深呼吸,他已经受够了别人让他深呼吸。他把头伸进另一个干净的洗手盆里,冲洗自己的嘴。他吐出来的水是粉红色的。威尔揉搓着脸,挠着皮肤,确认他的眼睛和头发里不再有鲁本·费加罗的碎片。

"再喝点儿水。"

他从耳朵里摘出了什么东西,红色的硬物,那是臼齿的碎片。

威尔把牙齿扔到墙上,又把手伸进水盆里。他的呼吸灼热,好像肺里燃烧着一团火。他的皮肤也烧坏了,让他产生了幻觉,好像血正从他的脸和脖子上滴下来。

"没事了。"阿曼达说。

"我知道没事了。"他闭上双眼,心里却不这样觉得。血从洗手盆里溢出来,流得满地都是。洗手间如同一座冰窖,这里的寒冷令他瑟瑟发抖。

"安东尼?"他咬紧牙关,让牙齿停止打战。

"他安全了,在菲斯那里。"

"天哪。"威尔轻声说。他努力调整呼吸,想要重新控制自己的身体,然后紧紧闭着眼睛,"没想到菲斯有这样的枪法。"

"她有，我有，我们都有，但是被他抢先了一步。"阿曼达把卷纸从卷筒里取出来，"鲁本·费加罗是自杀。"

威尔一下子呆住了。

"安东尼闪开的那一刻，鲁本把枪口抵在下巴下面，扣动了扳机。"

威尔难以置信地望着她。

"他自杀了。"阿曼达点点头。

威尔试图在头脑中回放那一幕，但是他能记住的只有他把安东尼推开时，害怕这个孩子摔倒受伤的片刻担忧。

阿曼达说："你做的每件事都是对的，威尔。鲁本·费加罗做出了自己的选择。"

"我本来可以救他的。"威尔用卷纸擦了擦脸，粗糙的纸面好像猫的舌头。他低下头，以为能看到满地的血泊，没想到只看到了水渍。

菲斯也在另一个洗手间给安东尼擦脸吗？

那把枪开火的时候，那个小男孩儿到鲁本的距离和威尔一样近。此后会有多少年的时间，鲁本的儿子总能感觉到父亲光滑的脑浆从他的侧脸滴落；会有多少个夜晚，他将半夜惊醒，害怕自己的鼻子吸入那些脑灰质和碎骨头，窒息而死。

"威尔。"阿曼达说，"你本来可以怎样救他？"

威尔摇着头，他做了错误的选择。在他把那个谎言说出口的一刹那，他就从内心深处知道自己错了："鲁本本可以放下枪的，只要我告诉他乔的真实情况，告诉他乔还活着，他还有活下去的寄托。"他把手里的厕纸揉成一团，"你听到他说，他不会留下安东尼一个人，乔不希望那样。如果他知道他的家庭还有机会团聚，就绝不会扣动扳机。"

"或许他会改为对你开枪,或者被我们之中的随便一个人射死。因为他在两层楼之上刺死了一个女人,用枪打爆了另一个女人的头。因为他殴打了他的妻子将近十年,还威胁杀死他自己的儿子。你哪里来的这种想法,觉得你可以奇迹般地唤醒鲁本·费加罗和他妻子之间爱的牵绊,让一切变得更美好。"

威尔把手里那团厕纸扔进垃圾桶里。

"如果你爱一个人,你不会千方百计地伤害他们,不会折磨他们,恐吓他们,让他们活在无休无止的恐惧之中。爱不是这样的,起码在正常人身上不是。"

威尔不需要阿曼达指出来,安吉和鲁本并没有太多不同:"谢谢教诲,但我想我会忘掉今天的事。"

阿曼达没有回应,她看着威尔裸露的胸膛,上面有一个个烟头烫在血肉上的正圆形疤痕,一片片电灼伤留下的黑色疤痕,还有一块严重开裂的伤口上弗兰肯斯坦式的移植皮肤缝合痕迹。

如果当着莎拉,他会飞快地把自己遮起来。而现在,他只是感到强烈的不适。

阿曼达拉下她的外套拉链,说:"我以前常在探视日去看你。"

探视日,她指的是威尔在儿童福利院的时候。威尔一开始总是盼望着那一天的到来,但后来渐渐开始害怕它。所有孩子都梳洗干净,把最好的一面展现给未来的父母,而像威尔这样的孩子总是垂头丧气,无功而返。

"我不能收养你。我是个单身女人、事业型女人。显然,我这样的人只适合养一块宠物石。"她把自己的外套披在威尔肩上,没有移开双手,看着镜子里的他,"我停止了探视,因为我忍受不了那种渴望——不是我的渴望,虽然它很强烈,而是你的渴望,这让我心碎。你太想要别人选择你。"

威尔低头看着自己的双手，表皮里渗入了一层洗不掉的血迹。

"我选择了你，菲斯选择了你，莎拉选择了你，满足于此吧，你要知道你配得上我们的选择。"

他用拇指指甲去刮手上的血迹，那里的皮肤仍然是一片粉红。他再次打了个寒战，说："她会很孤独的。"

阿曼达帮他穿好外套，说："威尔，像安吉这样的女人注定永远孤独。不管多少人围绕在她们身边，她们都会孤独的。"

威尔知道，他的一生中不断在印证这一点。安吉就连跟他在一起的时候，也依然会把自己疏离："她让黛丽拉死在了她的车的后备箱里，你觉得我们会去查办这个案子吗？"

"只有'简·多伊'这个证人，没有监控录像，没有DNA，没有犯罪指纹，没有确切证物，没有有效证词，没有她的认罪供词？"阿曼达无可奈何地笑了笑，"要倒霉的是丹尼。我可以不让他坐牢，但是他会失去工作，失去养老金和福利。"

威尔不想为科利尔惋惜，但还是不由自主。他太了解安吉为了自己把别人送入虎口的感受。

"让我来。"阿曼达想要帮他拉上外套拉链，但是到了胸口就拉上不去了。这件外套太小，他已经露出了肚脐，"你回家之前我得去给你买一件新衬衫。你看起来就像一个菲律宾男妓。"

她把这句话当作暂时道别，但是威尔还不能让她走。

"她永远不会尝到苦头，是吗？"他说，"她伤害了那么多人，做了那么多错事。"

"相信我，威尔，生活总会让你为自己的个性付出代价。"阿曼达对威尔露出一个苦涩的微笑，"她每一天每一秒都在自食苦果。"

十天后：星期六

第十四章

莎拉站在厨房里,一边吃冰激凌,一边看着午间新闻。经过了十天的考虑,迪特玛·威蒂克终于同意接受采访。他坐在全明星中心这个被否决项目的巨大模型前大发议论,仍然认为这个项目大有可为。他东拉西扯了一大通,而记者们显然只关心那些包含"里皮"或者"费加罗"的句子。

威蒂克说:"这个项目会给这座城市带来几千个就业机会。"

莎拉把电视调成静音。除了德国口音,她不知道威尔是怎样把这个人跟金手指联系起来的。威蒂克更像是斯特龙贝格①。

她把剩下的冰激凌倒在盥洗池里。这也许不是最好的午餐选择,但是比一天只喝水强。她又看了一眼电视,屏幕已经分成了两半,一半是威蒂克,另一半是被称作"暴走的里皮"的那个视频。莎拉想把头扭开,却办不到,世界上任何人都很难办到。GBI 的技术人员把视频从安吉的 iPad 里提取出来,阿曼达立刻向里皮步步逼进,这让莎拉觉得也许不太妥当。

安吉说的没错,那个视频很有杀伤力,不过并不是她想象的那样。

鲁本·费加罗录下的他和马库斯·里皮一起强奸被下药的凯

---

① 德国同名喜剧片主人公。

莎·密斯卡维吉的视频,打破了互联网浏览纪录。不幸的是,所有人谈论的都是最后镜头没有捕捉清楚的三秒钟:门"砰"地打开,一只手伸向鲁本的手机,把它打落在地,然后开头的那个女人大喊了一声"混账东西"。

视频变黑之前有一道模糊的粉色闪过,用肉眼难以辨识,但是只要用慢镜头回放,就可以看到一只意大利订制高跟皮鞋踢在凯莎·密斯卡维吉的头上。这只鸵鸟皮的高跟鞋染成了亮紫色,在脚趾的部位用金线绣了一个字母"R"。

威尔立刻认出了那只鞋,因为他对鞋非常敏感。他记得拉登娜·里皮穿着那双高跟鞋参加了她丈夫唯一一次同意出席的强奸案调查询问。

现在,马库斯·里皮已经频繁地接受采访了。他把矛头指向他的太太,坚称他和鲁本只是在跟凯莎找点乐子。视频支撑了他的说法。凯莎被下了药,但是在拉登娜进屋之前没有显露出任何外在的伤口。里皮宣称,真正做出伤害行为的是拉登娜。

于是,威尔有了一宗新案子:拉登娜伤害凯莎案。拉登娜勒凯莎的脖子,殴打了她五个小时,在她的后背和腿上留下了伤口,最后使她陷入休克,在医院里治疗了一个星期。

法医鉴定的结果也支撑了这个结论。拉登娜的DNA跟受害者身上提取的汗水和唾液相吻合。同时,在拉登娜的粉色高跟鞋上也发现了凯莎的DNA。起诉结果并非一目了然——在里皮的钱的作用下,没有什么是一目了然的。不过,拉登娜的行为模式记录对她非常不利。

拉登娜·里皮是个嫉妒心很强的女人。威尔找到了曾经的三个收钱之后同意庭外和解的受害人。另外,拉斯维加斯的那个女人被拉登娜打断了颌骨,拔掉了所有牙齿,但仍然能够讲述她的故事。南加州的一个女人已经把十五年前的事写成了一本爆料的书。除此之外，还会有更多人和事待挖掘。看起来，马库斯·里皮的太太要面临牢狱之灾。

马库斯·里皮本人是否也要坐牢，这要交给陪审团来决定。这个世界会帮一个强奸和殴打女性的男人想出各种各样的借口，但是对于伤害别人的女人却很少如此。

莎拉不想让自己的思绪再陷入这潭令人沮丧的泥沼。她关掉电视，听起了多莉·帕顿的歌。她把吸尘器踢到厨房，熟练地卷起袖子，开始把橱柜里的东西都搬出来，准备打扫橱柜。

这是莎拉最常用的压力管理法，虽然她已经看了很长时间《吸血鬼猎人巴菲》，也喝了很多酒。威尔一直忙于了结鲁本·费加罗的案子，同时又开启了拉登娜和马库斯·里皮的新案子。因为要早出晚归，他住在了自己家，以免打扰莎拉睡觉。可是，其实她缺少的并不只是睡眠。莎拉从第一段婚姻里明白一个道理，停止做爱的最有效方法，就是停止做爱。

性爱只是解决问题的权宜之计。更大的问题始终横亘在安吉、威尔和莎拉三人之间，而莎拉无法自己一个人将它解决。

电话铃响起，莎拉的头撞到了抽屉。她蹦出几句粗话，伸手去拿橱柜上的手机。

"是我。"泰莎说，"我在一个电话亭里，话费还有四分钟就用光了。"

"你为什么从电话亭里打来？"莎拉关掉音乐。

"因为你的宝贝外甥女把我的手机扔到茅坑了。"

莎拉捂着嘴笑起来。

"嘿，真够搞笑的，我的手机陷进了大便里，我现在得用手把那个恶心玩意儿捞出来。"泰莎的传教工作主要是帮助他人，却忘了给自己的嘴把门,"我这里前不着村后不着店,根本找不到商店买个新的。"

"外甥女在哪儿?"

"可能正在我的书上乱画或者剪我的衣服。"泰莎叹了口气,"她跟她老爸在一起,为了确保我不会杀了她。不要告诉我我像她这么大的时候也一样调皮,我早听够妈妈这样说了。"

泰莎小时候确实也一样调皮,但是一提到她们的母亲,就打消了莎拉取笑她的兴致:"我也听够了。"

"她很担心你。"

莎拉靠在柜台上,说:"担心和自以为是之间是有区别的。"

"水壶,你说什么?茶壶听不见。"泰莎在莎拉大举反攻之前改变了话题,"你有没有跟威尔谈一谈?"

谈一谈。莎拉像威尔一样烦透了这个词。

她对妹妹说:"我一直在给他一些空间。他心里已经很乱了,鲁本·费加罗、安东尼,还有……"她无需向泰莎复述细节,商场里那场对峙的故事早已经一路传到南非了,"我不想在这种时候还要对他说:'很不幸,你目睹了一场恐怖的自杀,不过还是让我们来谈谈我们之间的关系吧。'"

"你们终究要谈谈这件事的。"

"有什么意义?"莎拉问,"那时候无非是我说我该说的话,他一直点头,眼睛看着地板或者别处,揉他的下巴或者扯他的眉毛。最后,他不会告诉我他的任何感受,因为他觉得只需要装一装我们就没事了。"

"哇哦。"泰莎假装很吃惊,"你没有告诉我威尔是个男人,这样的话就合情合理了。"

"哈哈。"

"亲爱的姐姐,你总是告诉我,他什么也不会对你说,但是你对他说了什么吗?"

"我跟你说了,我正在给他一些空间。"

"你知道我的意思。"泰莎说,"我看得出你一直在隐忍,在讲道理,让他觉得这只是一道简单的选择题。可是你的内心都快要死掉了,你却不告诉他,唯一的原因就是你不想看起来像个怨妇。"她停下来喘了口气,"听着,当个怨妇没有任何错。这不是男人或女人才有的问题,这是全人类的问题。你喜欢体贴他,你喜欢付出,可是威尔也可以喜欢这样。"

莎拉知道泰莎接下来会说什么。

"你需要让他知道你的感受。"

"泰莎,我只是……"她不得不向妹妹说出心里话,"我知道这样说有点小家子气,但是我不想感觉像是他的第二选择。"

泰莎想了一会儿,说:"威尔是你的第二选择。"她指的是杰弗里。

"这不一样。"莎拉说。

"从各方面来讲,威尔都是处于劣势的。假如杰弗里还活着,那么毫无疑问你现在仍然跟他在一起。可是就威尔而言,安吉仍然活着,但是他选择跟你在一起,所以他们的情况和离婚无异。你需要的就是忍受一下他那个贱人前妻,这个问题全世界半数的女性都有。"

莎拉把头靠在橱柜上,凝望着客厅窗外,天空蓝得令人心烦。她想知道威尔怎样度过他的周六。他们昨晚打了一个敷衍的电话,有一搭没一搭地聊了些未来计划,但是两个人都兴味索然。

泰莎说:"每个人都有自己的包袱,你有跟杰弗里的那一段,我也有我的,每个人都有。如果你换一个人,他也会有。教皇也有包袱,杰弗里也有。所以不要拿这个否定威尔。"

"他是属于我的。"莎拉说。她明白,这才是关键所在。她嫉妒,她不想跟任何人分享威尔的任何一部分,他的头脑、他的内心、他的身体,莎拉希望他的全部都是她的。

"亲爱的,不要哭。"

"我没有哭。"莎拉在说谎,豆大的泪珠从她脸上滚落。从理性层面,她可以想出所有威尔不适合她的理由,但只要一想到失去他,她就会连下床的力量都没有了。

电话里开始蜂鸣,提醒她们通话还剩最后三十秒。

泰莎说:"听着,你知道你有哪些选择。你可以去找威尔,告诉他你爱他,你的生命里需要有他,没有他你会痛不欲生。"

"或者?"

"继续去听你的多莉·帕顿,清扫完你的橱柜。"

莎拉环顾着厨房,她确实不该总是这样患得患失:"有没有第三个选项?"

"一脚踹飞他的老二。"

莎拉笑起来。

两人一起等待断线前的最后三声蜂鸣。

莎拉挂掉电话,再次望向窗外。一只鸟从天上飞过,在微风中鼓动着翅膀。她想起在后院喂鸟的日子。她想起跟威尔一起去看那些待售房屋,就好像是一个世纪以前的事。她曾经设想在那样的房子里跟威尔共度周末的画面:她给蜂鸟喂食器加满鸟食,洗衣服,在屋后的游廊上看书,威尔则在一旁摆弄着他的车。

他们所有人站在格雷迪医院候诊室里的时候,安吉曾经对威尔说,她从此以后想要给她女儿幸福的生活。

莎拉也可以给威尔。她可以给他一切，只要他愿意。

两只小狗从沙发上醒来，向房门的方向走去。它们摇着尾巴，因为认识外面的这个人。

莎拉的第一反应纯粹出于本能。此时她的头发盘成了老奶奶的样子，脸上因为哭过而红红的。她清洁橱柜搞得满身是汗，身上穿着一件破破烂烂的T恤和一条牛仔短裤，连内衣都是宽松下垂的。他们在一起还没有久到可以让威尔看到她这个样子。

她从厨房柜台上跳下来，盼望着能在他开门之前赶到浴室。

她刚刚跑到客厅。

"嘿。"

莎拉转过身。

他手里拿着一沓外卖单，说："这些放在了走廊里。"

"我的邻居出远门了。"

威尔把外卖单扔到饭厅的桌上，举起莎拉的公寓钥匙，问道："我还可以用这个吗？"

"当然。"莎拉整理了一下衣裤。威尔显然是从家里过来的，他穿着牛仔裤和运动上衣。泰莎的第三个选项掠过她的脑海。

威尔说："菲斯刚给我打电话，吉普·基尔帕特里克二十分钟前死了。"

莎拉知道那个人过去二十四小时都在医院里，已经病入膏肓："他们有没有查出他是怎么回事？"

"他吞下了大剂量的乙二醇，那通常用来当防冻剂或者……"

"变速箱润滑油。"莎拉想起安吉后备箱里那个显眼的红瓶子，"她能全身而退吧？"

"我不关心。我是说，我只关心一个人死了这件事，虽然他是个浑蛋。"威尔耸耸肩，"菲斯说是那个运动饮料害的。它和变速箱润滑油都是红色的,而且似乎味道都是甜的,所以基尔帕特里克没有注意到。他办公室小冰箱里一半的瓶子都被扎破了。"

"聪明。"

"是啊。"

两个人同时陷入了沉默。

莎拉感觉,这次的对话跟一周半以前那次有了一些变化。他们谈到了安吉做的可怕的事情,谈到了工作。现在,他们中的一个可以提出出去吃顿饭,吃饭的时候他们会有一番更加生硬的对话。随后,威尔会找个借口回家,说还有些工作要完成,而莎拉会回家盯着天花板。

莎拉说:"嗯,还有别的吗?到午饭时间了,你饿吗?"

"有点饿。"

"家里什么也没有,如果出去吃的话我得先去洗个澡。"

"我想你。"

莎拉被他的直接吓了一跳。

"我想念你的声音,想念你的脸。"威尔朝她走过来,"我想念触摸你的感觉,想念跟你说话,想念跟你在一起。"他站在了几尺之外,"我想念当我在你身体里的时候,你摇摆着屁股的样子。"

莎拉咬起了嘴唇。

"我一直想要给你一点时间,但我觉得那没有用,我应该吻到你原谅我。"

要是可以那么容易就好了。"亲爱的,你知道,我并没有生你的气。"莎拉说。

威尔把手放在裤兜里,没有看着地板,也没有从她肩上看过去:"下个月底我要出一次庭,为了人们所说的'离婚',就是在报纸上登一则公告,如果六个星期内没有异议,法官就会判定离婚生效。"

"你以前为什么不这样做?"莎拉皱起眉头。

"我的律师说这样很难成功,法官不喜欢公告离婚的方式,极少批准。"威尔说,"我请求阿曼达帮忙,找到了一个愿意这样做的法官。"

莎拉知道要威尔请求别人帮助有多难。

他说:"我很抱歉有些事情没有告诉你。我知道自己不该有事瞒着你,对不起。"

莎拉不知道说些什么,只说了一句"谢谢"。

威尔还没有说完:"我就是这样长大的,不得不瞒住那些不好的事情,瞒着每一个人。这不仅仅是别人喜不喜欢你的问题。如果你表现出格或者说错了什么话,就会被交给社工处理,社工就会在你的档案里写上一笔。而别人,领养的夫妻,他们想要正常的孩子,他们不想自找麻烦。所以你必须做出选择,或者让你自己变得很坏,让他们知道你根本不在乎他们选不选你,或者就是把你所有的问题都隐藏起来,然后……盼望和等待。"

莎拉不敢回应他。他极少谈起自己的童年。

威尔说:"跟安吉在一起的时候,不管我跟她说什么,她都会想办法扔回到我脸上,想办法用我说的东西伤害我,或者让我觉得自己很愚蠢,或者……"他耸了耸肩,似乎有无穷的可能性,"所以我把所有东西都藏在心里,无论重要与否,因为这就是我保护自己的方式。"他仍然没有移开目光,"我知道你不是安吉,我也知道我不再是儿童福利院里的孩子。不过我想说的是,这是我的一种习惯,习惯于有话不对你说。这不是我的本性,而是一个缺点,是可以改变的东西。"

"威尔。"莎拉不知道还能说什么,如果两周前他对自己说了这些话,自己可能已经跳到他的怀里。

"我为你做了这个。"威尔从口袋里拿出一把钥匙,从柜台上推过去,"我换了锁,安装了警报器,换了保险柜密码,把我身上所有跟安吉有关的东西都抛掉了。"他又顿了一下,"我知道你需要时间,但你要明白,我永远永远不会让你离开我,永远不会。"

莎拉空洞地摇了摇头,说:"谢谢你的坦诚,但是还有些别的事……"

"没有别的事。"他拿出往常的坚定语气,"我们不需要谈论那些细枝末节,因为唯一重要的就是我们对彼此的感觉。我知道你爱我,你也知道我爱你。"

莎拉看到他绕了一个大圈回到原地。他道歉说不该不跟她沟通,而现在又说他们没必要谈论具体的事情。

"就这样吧。"他最后说,"我先走了,给你一点时间想一想,也许你也会开始想念我。"他的手放在门把手上,"等你想好了,我还会在这里。"

"咔嗒"一声,门关上了。

莎拉望着那扇门,又摇起了头,克制不住地摇头,就像一条耳朵里钻进了虱子的狗。他简直被动得让人恼火。

"等你想好了,我还会在这里。"

这句话究竟是什么意思?

他指的是他还会再来这里,还是说他此刻就站在楼道里,等待她的决定?

为什么应该单单由她来做决定?他们的未来难道不该是由两个人共同决定的吗?

她绝不会那样做。

她转身回到厨房,锅碗瓢盆还摆在地板上,吸尘器里满是狗毛。她应该先清理干净再去吸橱柜,或者她今天可以先把活搁下,洗个澡,躺在沙发上,喝上一杯。

两只小狗跟着她来到浴室。她打开淋浴,脱下衣服,看着水喷下来,但是没有走进去。

威尔的那些话在她的脑海中周而复始地回响,像一根火柴一样点燃了她的怒火。他给她的全部都是皮洛士式的胜利①。他终于要和安吉离婚,但安吉还会阴魂不散。他换了家里的锁,但安吉还是会像以往一样想办法进来。他装了警报器,但安吉会知道密码,就像威尔知道她手机的开锁密码一样。他说他永远不会离开莎拉,那又怎样?安吉也不会。这只不过是威尔又一个童话故事一样的想象,认为只需要等事情过去,一切就会像施了魔法似的好起来。

莎拉关掉淋浴,心情非常沮丧,两只手都颤抖起来。她穿上睡袍,回到卧室,拿起电话想要打给泰莎,却又想起茅坑的事。而且她也意识到,给她妹妹打电话没有什么意义,因为她只会说那些显而易见的话。威尔只是用他一向的迂回方式,许诺给了莎拉她一年半以来想要的一切,而她的反应却是眼睁睁地看着他走出了门。

莎拉坐在床上。

"笨蛋。"她在心里说,但她不知道说的是自己还是威尔。

她不得不用逻辑来分析这个问题,威尔刚才的话可以做两种解读:他想要努力变得更坦诚,但是宁愿自己忍受痛苦也不愿谈

---

①古希腊伊庇鲁斯国王皮洛士率兵与罗马交战,打败了罗马军队,却付出了惨痛代价。"皮洛士式的胜利"代表以惨重的代价换取的胜利。

论他们两个人的关系；或者，既然他们已经得到了想要的所有东西，就没有必要还要谈论他们想要什么。

前者还是后者？选择题。

"该死的。"莎拉咕哝着，唯一比她妈妈的自以为是更糟糕的，就是她妹妹的自以为是。

莎拉从床上站起来，把睡袍系紧，走回客厅。两只小狗跟着她走到门前，竖起耳朵，看着莎拉用手握住门把手。

她的手开始转动起来。

万一她打开门的时候，威尔没有站在外面怎么办？

已经过去太久了。五分钟？十分钟？他应该不会还在那里。

万一"这里"指的不是这里怎么办？

过多的思虑让她晕头转向，于是她决定听天由命。如果威尔不在楼道里，她会把它看做一个信号，他们无缘在一起的信号，她是个傻子的信号，安吉胜利的信号。这是莎拉让给她的胜利，因为她太过沉溺于自己的想法和需要，不会停下来享受她已经拥有的东西。

"让他知道你的感受。"

泰莎总是教她变得更脆弱，而最令人感到脆弱的，就是即将打开一扇门，却不知道门外是什么的时刻。

莎拉松开了睡袍。

散开了头发。

打开了门。

尾声

安吉坐在公园的长椅上，木条冰冷。她本该穿上大衣，但是一月的天气很奇怪，阴影里冷得刺骨，太阳下又热得发烫。她有意选了一条树荫下的长椅，并不是在躲藏，只是不想被人看到。

这个位置可以让她清楚地看到公园另一边的安东尼。

她的外孙，没有外孙之名，只有外孙之实。

他荡着秋千，身边围着至少十个小朋友。他的腿直直地伸出去，头向后仰，一边用力越荡越高，一边咯咯笑着。安吉不了解他们的世界，但也知道这才是一个六岁孩子该有的样子，不是靠坐在墙边，看其他小朋友玩耍，而是融入他们之中，到处疯跑，像他们一样快乐。

她希望这个男孩儿的快乐持续得越久越好。六个月前，鲁本·费加罗自杀，乔也曾命悬一线，安东尼自己还被一个冷酷无情的女人挟持过两天。他们搬离了亚特兰大，回到托马斯顿，这是他妈妈长大的地方。他上了一所新学校，需要去结交新朋友。鲁本·费加罗越来越多的罪行被揭发出来，他仍然是新闻的常客。

然而此刻，安东尼正在快乐地荡着秋千。孩子们就好像皮筋，很快就可以恢复原状。只有时过境迁之后，他们才会被拉回记忆的阴影里。

乔依然生活在记忆的阴影中吗？

安吉从秋千架的方向望过去，一群母亲坐在她们平时的那张野餐桌旁。

乔跟她们坐在一起，不过是坐在边缘。她的手臂吊着绷带，悬在腰间。安吉不知道她的治疗结果如何，但看到乔的手还在，她感到很欣慰。她更加欣慰的是，乔终于融入其他女人之中。公园是她们下午最常来的地方。有几个月的时间，乔都一个人坐在相隔几张野餐桌的地方，礼貌地微笑，拿着一张报纸或者一本书向她们点头。而现在，她坐到了她们这张桌子里来。她还需要进步，要学会看着她们，跟她们说话。

自从黛丽拉试图杀死乔的那一晚之后，安吉就没有再跟女儿说过话，至少乔听不见。安吉跟乔说的最后几句话，就是把她送到格雷迪医院后给她的指示。当时安吉已经打电话叫丹尼赶来医院，老吴也到了，他们要一起想出一个可信的剧本给乔：乔的男朋友打伤了她，然后跑掉了。她不愿意说出他的姓名，不愿意起诉他。她的名字是黛丽拉·帕尔默。

乔把自己的角色演得很好，但她不知道安吉做的其他事。比如收拾犯罪现场，用她受过的训练把一些东西隐藏起来，比如给了黛丽拉一生中最后一次，也是最悲惨的一次凌虐。

安吉想到自己对黛丽拉的身体做的那些事，仍有些不寒而栗。不是说让她死，那是那个贱人应得的，而是说在她身上动的那些刀子。

当然，安吉是一个危险的人，但她不是变态。

最重要的是，结果可以为手段辩护。乔就是一个活生生的例子。确实，她还活着。她日后的生活如何，安吉不得而知。乔的手有希望痊愈，但是有些伤口永远无法缝合，无论用怎样的灵丹妙药。

安吉只能猜一猜女儿此刻头脑中的所思所想。乔大概还在为鲁本感到愧疚，更愧疚的是他的死带给了自己解脱。她大概还在担心着安东尼，担心这件事对他造成的短期伤害和长期伤害。她也许没在担心自己，但是她一定有一种暴露于别人目光中的感觉，因为全世界都知道她的丈夫对她做了什么，对安东尼做了什么，对凯莎·密斯卡维吉做了什么，对其他女人做了什么——因为在接下来的几个月里，受害者们纷纷从暗处冒了出来。马库斯·里皮和鲁本·费加罗走到哪里就祸害到哪里，在全国各地下药强奸女人，受害者可能有三十个之多。

鲁本从不殴打他强奸的女人，安吉不知道乔知道后是否会感到某种欣慰，因为那是他只为乔保留的"特殊关照"。

如果计算一个分数，那么凯莎·密斯卡维吉是真正的赢家。只要有一台电脑，任何人都可以在网上搜索到她被轮奸的视频，但这并没有吓倒这个女孩儿。安吉在新闻中持续关注着凯莎的动态。她回到了学校，不再嗑药，开始巡回演讲，向其他学生谈起性侵的话题。人们现在开始相信她了，至少越来越多的人愿意相信她。一个女人控告一个男人强奸，会被说成发疯的贱人，但是两个女人、三个女人、十几个女人……她们一定不是无中生有。

安东尼从秋千上跳下来，没有站稳，一屁股摔在了地上。乔一下子站起来，而安东尼也在同一时间站起来，拍了拍屁股上的土。他荡出了四次锯齿线，心满意足地走开了。

直到她儿子开始玩起了爬绳子，乔才坐了回去。她把手放在胸口，其他妈妈明显在取笑她担惊受怕的样子。乔微笑起来，但一直低着头，这样小小的关注也让她有些不安。

安吉希望乔能像凯莎那样，走向外面的世界去横冲直撞，让所有人滚开。她希望乔能像她妈妈一样强大，昂首挺胸，去做些事情，而不是把自己藏起来。

她是害羞，还是恐惧？

过去的几个月里，安吉一直在心里构思一封写给乔的信。她最先想到的不是信的具体内容，她并不太看重那些。她只是在收拾东西准备搬家，或者在路上开着她新买的车时，想到了这样几句：

我本该把你抚养长大。
我不该离开你。
我爱你，见到你在星巴克里对那个蠢蛋咆哮的那一刻，我就知道你是我的女儿。

安吉知道，只要她想给乔幸福的结局，就永远不能真的写这封信，虽然这个想法一直诱惑着她。安吉足够自私，足够冷血。她也证明了，她毫不介意为了达成自己的目的送掉几条人命。但是此时此刻，她只满足于像平时那样，远远地望着女儿。

乔似乎在渐渐好起来。她出来得越来越频繁。有时候，她会出现在安东尼新学校旁边的咖啡馆，一坐就是几个小时，仅仅因为她现在可以这样。还有些时候，她会去教堂，坐在后排的长椅上，双手扣在腿间，凝望着圣坛背后的彩色玻璃。那里平常会有各路大叔大婶，扶老携幼，喧闹而快乐地度过感恩节和圣诞节。安东尼上的是一所位于两座镇子之外的私立学校。他们经济上是有保障的。乔虽然不在鲁本·费加罗的任何账户上，但他自杀之后，因为他们的夫妻关系，乔继承了他全部的投资、房产、车和钱。

安吉也继承了一笔钱，来自她的舅舅。这实在有些讽刺，因为哈丁从未承认过他们的关系。安吉从他那辆起亚的后备箱里拿走了全部的现钞，一共有一万八千美元，加上她自己银行账户里的钱，大约一共有五万美元。这些钱可以让她在想清楚余生如何度过之前，保障她的生活。

做回私家侦探，接着坑蒙拐骗？再做回一个老鸨，继续卖药？回到亚特兰大？

自从狄德丽吸毒过量不省人事之后，安吉从未觉得她有什么别的选择。从十岁开始，哈丁来到她身边，利用她、使唤她、虐待她。即使她跑掉，弗吉尼亚也总会把她骗回魔窟。

在她给乔的这封想象中的信里，安吉会述说哈丁和弗吉尼亚的魔爪是如何伸向她的，那时候她只比安东尼大四岁。她脆弱、恐惧，必须竭尽所能讨他们的欢心，因为这两个人是她在世上拥有的全部。她也许还会在信中提到拉登娜·里皮，那个贱人会在监狱里为那双鞋懊悔不已，但是她做的事并没有什么错。有些人的内心有一个深坑，他们花一生的时间想要填满它，用仇恨、用药片、用阴谋、用嫉妒、用一个孩子的爱、用一个男人的拳头。

安吉为乔挖出了那个深坑，她从一开始就知道。乔由养父母抚养长大，本该有一段正常的人生。但是，就在安吉把她遗弃在医院病房的那一秒，乔啼哭起来。一种老生常谈是，女人会嫁给跟她们父亲相似的男人。安吉却有一种非常不安的感觉：乔会被像自己母亲那样的男人所吸引。

安吉并不想为自己找太多借口，但是她想要告诉女儿，一个人变坏并不是一蹴而就的，多米诺骨牌会一个接一个倒下。你不小心伤害了某个人，他们会容忍你，随后你就会尝试故意伤害他们，而他们仍然留在你身边。接下来你就会发现，你伤害得越多,自己的感觉就越好。于是你不停地伤害,而他们则不断地忍受,年复一年,他们仍然站在你身边,因此你会让自己相信,你给他们所造成的痛苦都没有关系。

但是,你会恨他们,恨你对他们做的事,恨他们对你做的事。

突然间,一阵强风吹透安吉薄薄的衬衫。她抬起头,看着头顶的树。那棵树大概有一百尺高,她猜测是一棵美洲桐木,点点枯叶和交缠的卷须让树冠看起来好像一顶发网。巨大的树干,扎得很浅的树根,这种树只有表面的雄伟,一场严酷的暴风雨会让它轰然倒塌。

"安东尼!"乔喊道,声音大而清晰。

他正往滑梯上跑,听到叫喊,内疚地跑下来,挥挥手表示抱歉。乔慢慢坐回长椅上,摇头微笑,笑容没有大到露出牙齿,但是流露出一切都好的神情。

安吉会一切都好吗?

她一直在想着写一封信,但对她而言,唯一一封真正重要的信,就是威尔留给她的那封。

安吉刚被警方释放,立刻就冲向她的邮政信箱。她得赶在吉普·基尔帕特里克的账户冻结之前,把他给她的最后一张支票兑现。

里面没有支票。

她只发现了一封威尔的信。

确切地说,不是一封信,更像一张字条,没有信封,只有一张从笔记本上撕下来的纸折叠起来。他没有用电脑,而是用了一支笔。除了签名,威尔从不手写什么东西,他总是感到难为情。安吉最后一次看到他的字迹还是在中学时代,那时候没有电脑,没有人知道什么是失读症，大家只认为那幼稚笨拙的字迹和一塌糊涂的拼写代表他的低智商。

典型的"威尔风格"，他的字条非常简练，简练得如同安吉留在莎拉车上的挡风玻璃上的那几个字。

结束了。

三个字，每个字都写得很重，没有署名。她可以想象出他写这张字条时的画面：他坐在家里的书桌前，思考着写什么，琢磨这些字的写法，汗流浃背，不知道自己是否写对了，但是他的自尊心不允许他请任何人帮他检查。

莎拉不会知道这张字条，这是威尔和安吉之间的事。

"妈咪！"一声刺耳的叫喊让她打了个激灵。三个小女孩儿开始在这边跑来跑去，大声叫嚷。似乎很没有道理，那种声音好像会传染，不一会儿，所有的孩子都开始叫嚷起来。

这提示她该走了。

安吉向停车场走去，阳光迅速温暖了她。她的车是一辆老款科尔维特，是从二手车网站上买来的，买车的钱则是她从黛丽拉的信用卡上预支的，她当时估计那个小婊子的卡还能用。很奇怪，这辆车让安吉联想到了黛丽拉——轮胎是坏的，油漆斑驳脱落，转动钥匙的时候，发动机发出可怕的轰鸣。

车内萦绕着一股香水味，不是前任车主的，而是安吉的。她还留着莎拉那半瓶香奈儿五号。那种香气并不是很适合她，不过大概也不适合莎拉。

安吉仍在时刻关注着这个占据她位置的女人。

她让萨姆·维拉用复制鲁本电脑的那种技术，帮她重新连接了莎拉的电脑。现在，莎拉的笔记本电脑里的所有内容都可以在安吉那里实时更新。她仍在给她妹妹写着那些肉麻兮兮的邮件。

"他把我抱进怀里的时候,我唯一的愿望就是,这一刻能够永远持续下去。"

读到这一句,安吉笑起来。
"永远"总是没有想象中那么长。